江苏省社科基金后期资助项目《中国文论核心元范畴"象"研究》（14HQ019）的最终成果；

中国矿业大学人文社科前沿项目"中国传统文论培育社会主义核心价值观研究"（2019WP01）资助成果；

中国矿业大学2016年度校级精品课程《古代文学批评文选》资助立项建设成果（2016YPPY05）；

北京师范大学文艺学研究中心国内高级访问学者（2017.9–2018.7）访学成果。

中国文论核心元范畴"象"研究

邓心强◎著

中国致公出版社
China Zhigong Press

图书在版编目（CIP）数据

中国文论核心元范畴"象"研究/邓心强著. —北
京：中国致公出版社，2019
ISBN 978-7-5145-1150-5

Ⅰ.①中… Ⅱ.①邓… Ⅲ.①中国文学 – 文学理论 –
研究 Ⅳ.①I206

中国版本图书馆 CIP 数据核字（2017）第 292257 号

中国文论核心元范畴"象"研究

邓心强　著

责任编辑：尤　敏　梁玉刚
责任印制：岳　珍

出版发行：  中国致公出版社
China Zhigong Press

地　　址：北京市海淀区翠微路 2 号院科贸楼
邮　　编：100036
电　　话：010-85869872（发行部）
经　　销：全国新华书店
印　　刷：天津雅泽印刷有限公司
开　　本：710 毫米 ×1000 毫米　　　　1/16
印　　张：19.25
字　　数：320 千字
版　　次：2019 年 11 月第 1 版　　　2019 年 11 月第 1 次印刷
定　　价：66.00 元

序

　　中国古代文论是我们民族的宝贵理论遗产，是民族文化特色的鲜明体现，它具有与西方文论不同的思维方式、学理结构、言说方式。中国古代文论与西方文论的文化差异与理论形态的不同就在于它是中国古代辩证统一的直观整体把握思维方式的产物，具有自身的学理结构即自身的范畴网络和结构体系，具有直觉感悟、体味品评的特征和以象喻评论分析的言说方式。因此，范畴是研究和把握中国古代文论的基础和关键。长期以来，学者们致力于范畴研究，取得了丰硕成果，我们也在2015年出版了《中国古代文论元范畴论析：气、象、味的生成与泛化》。在这本由我领衔，与弟子肖锋、邓心强合作撰写的著作中，我们认为中国古代文论的学理结构是以元范畴→核心范畴→范畴群构成网络，来表述文学的规律及有关的原理原则。在一系列元范畴中，气、象、味元范畴及其网络是中国古代文论网络体系中最主干的网络，研究气、象、味的发生、衍变及相互的渗透、交融、泛化，也就是研究古代文论范畴在理论指向和审美诠释方面的多功能性、所具有的较广的内容涵盖面和阐释界域，在理论视阈方面体现出的交融互摄、旁通统贯、相浃相洽的特点，及中国古代文学理论的学理结构、思维机制与民族特色。因此，我们选择气、象、味的生成与泛化展开研究。有学者认为："以往对于古代文论范畴的研究是分散的、'各个击破'式的，而对主要范畴间的相互渗透、沟通、派生的梳理及范畴网络结构的事实性描述则少有具体研究成果；宏观抽象论证多，从系统性、生发性、衍变性、阐释性的角度将'气''象''味'三大范畴进行梳理、整合，研究其衍变和泛化者少。此外，在结合古代思维方式和古代文化深入细致地探讨古代文论范畴的生成、衍化方面做得也非常不够。针对以往研究中的这些不足，该著作在这些方面做了比较深入的研究，故而在古代文论范畴研究方面取得了较大的学术突破，其对于阐述古代文论范畴概念的结构特点和学理特征，对于促进中国古代文学理论批评史学科的发展深化，乃至对于古代文学、文艺学的研究和教学，均大有裨益。”①

《中国古代文论元范畴论析：气、象、味的生成与泛化》一书共分三编九章，分编论述气、象、味三个元范畴，另有前言《中国古代思维方式与古代文论范畴》、结语《中国古代文论范畴的特征和体系的建构》。邓心强担任第二编“象”范畴的生成与衍变的写作，他从语词“象”的产生、哲学范畴“象”的产生和泛化追溯了文论“象”范畴的哲学基础，又从哲学“象”范畴向文论“象”范畴的转化和创作实践对文论“象”范畴转化的推动两方面对古代文论“象”范畴的确立与泛化作了充分的论析，并对影响“象”范畴的泛化与成熟的诸因素如玄学、人物品藻、佛学等做了较深入的剖析。其研究和论证充分说明，“象”作为中国古代文论的元范畴之一，“象”及其泛化衍生的范畴群落作为中国古代文论学理结构网络的重要支柱，是十分重要的。“象”范畴及其泛化衍生的范畴群落充分体现了中国古代文论的学理结构、思维机制与民族特色。

该著完成后，邓心强意犹未尽，进一步深入探索有关“象”范畴的问题，终于写就本书。本书无论在广度上还是深度上都大大超越前著，以更为充分、深入、成熟的理论分析呈现于我们面前。本书从语源角度追溯“象”的产生及在先秦的初步发展，分析儒、道、《周易》对“象”的内涵发展影响及“象”在一般意义上的早期运用；进而厘清“象”从哲学范畴向文论范畴的衍变轨迹及不断泛化的过程，从理论家阐发和秦汉创作实践两大层面，分析“象”作为文论元范畴的最终确立；结合佛学、玄学和人物品藻，探讨“象”范畴走向成熟、不断发展的内、外动因，透视它在宇宙、创作、文本和接受诸层面衍生出的系列子范畴，在渗透、交叉、融合中形成关涉不同维度的范畴群落及经典命题。以此窥测元范畴“象”的弥漫、统摄与跨越，见出中国文论的民族特征、审美风格及学理建构，从思维方式、品鉴传统等方面溯源中国文论范畴的民族特征。特别是本书绪论对“象”范畴研究相关著作、论文包括硕博论文展开了充分的研究和梳理，总结了国内近30年关于“象”范畴研究的路径和范式，使自己的

---

① 党圣元《〈中国古代文论元范畴论析：气、象、味的生成与泛化〉序》，杨星映，肖锋，邓心强著《中国古代文论元范畴论析：气、象、味的生成与泛化》，上海古籍出版社2015年8月出版。

研究具有了丰厚的基础，并有的放矢地展开论析。而这种研究和梳理也成为对"象"范畴研究的全景扫描，使读者对"象"范畴研究有了宏观的全面把握，在此基础上更充分理解作者探究"象"范畴的意义和价值。

值此之际，祝贺邓心强著作的顺利出版，并希望这种不断追索、深入研究的精神继续保持下去。

杨星映 2018 年 5 月于山城

目　录

绪　论

　　"象"是中国古代文论基本元范畴之一，它历经千年发展与演变，逐渐衍生出诸如"物象""卦象""意象""兴象""气象""境象"等子范畴，它们在交织、渗透中形成"象"范畴群落，从而不仅跨越宇宙、创作、文本和接受诸多层面，而且像一张巨网层层交织，涵盖整个文学批评史，成为中国古代文论体系的重要支柱，显示出"象"范畴强大的再生能力。

　　自中国古代文论学科建立八十余年来，古代哲学、美学和文论界均从不同角度对"象"范畴进行深入研究，取得累累硕果。世纪之交至今，古代文论界对系列核心范畴——诸如"风骨""韵味""虚实"等，逐一进行了盘点①，然而直接以"象"范畴作为鲜明研究对象的，目前尚无专著出现。前期研究整体上较为零散，当前学界对"象"范畴的论析成果主要体现在如下四个方面。

　　一是相关专著。经过数代学者的耕耘，围绕"意象"和"意境"子范畴，目前已出版了夏之放《文学意象论》（1993）、胡雪冈《意象范畴的流变》（2002）、古风《意境探微》（2001）、王树人《回归原创之思："象思维"视野下的中国智慧》（2005）共四部著作。他们就"意象""意境"这两个核心范畴的渊源流变、审美属性、民族特征等进行了深度的剖析，"象"是其中绕不开的重要环节。

---

　　① 中国人民大学蔡钟翔、邓光东教授曾联合推出《中国美学范畴丛书》（由百花洲文艺出版社陆续出版），组织国内学者在近20年内先后撰写、出版了约30种著述，涉及"和""兴""风骨""意境""神思""雄浑"等范畴，开创了古代文论范畴研究的大好局面，也为学科体系的建构研究奠定了坚实的基础。而此前，徐中玉先生曾主编《中国古代文艺理论专题资料丛刊》，并先后编选出版了《文气·风骨编》等15编资料，亦为范畴研究做出了重大贡献。

二是部分著作中章、节论及 "象"。如曾祖荫《中国古代美学范畴》（1986）中关于形神、虚实、言意和意境的四章均不同角度地涉及 "象"。李建中等人所著《中国古代文论诗性特征研究》（2007）专设 "神用象通" 等节次，在回溯古代文论诗性特征时深入剖析了 "象" 的功用和价值。朱良志《中国艺术的生命精神》（1995）第一章 "生命结构论" 和第四章 "生命符号论"，认为汉字是 "意象" 产生的基元，对 "象" 与艺术创造之关系、"象" 的分类进行了剖析。朱志荣《中国文学艺术论》（2000）专设 "意象论"，述及言意关系时，"象" 是逃不过的理论重镇。樊德三《中国古代文学原理》（1991）第一章论文学的本质特征，提出 "形象" 说；第三章专论创作，就构思中 "想象" 和 "意象" 等范畴进行了透视。李壮鹰《中国诗学六论》（1989）集中辨析了 "象" 的产生及其特质，就 "意" "象" "境界" 之关联进行了辨析。凡此种种，不胜枚举。

三是硕、博论文论 "象"。十余年来，围绕 "意象" "心象" 和 "言意" 关系产生了硕士论文 10 篇、博士论文 5 篇（见书后 "参考文献"）。除少数属于哲学领域以外，多半是从子范畴或相关命题入手论 "象"，基本涉及某一层面（如中西对比、意象思维专题等），这为本书稿的撰写做出了铺垫。

四是单篇小论文论 "象"。据不完全统计，国内近 30 年来涉及与 "象" 相关的单篇论文约有 60 篇，它们或集中论析某个子范畴，或者就易混淆的子范畴进行比较和辨析，从不同角度和侧面为继续展开 "象" 范畴研究提供了启发，奠定了必要的基础。

通观如上成果，国内近 30 年关于 "象" 范畴研究的路径、范式则大体如下。

一、发展演变史

先秦至两汉时期是 "象" 范畴在哲学领域形成和发展的重要阶段，魏晋以后，这一范畴逐渐转入美学和文论中，其作为文论范畴的内涵在不断丰富，外延也在逐步扩大。历时性地勾勒其发展轨迹，是当前 "象" 范畴研究的重头戏，为对其分类、意义和审美价值的判断奠定了必要基础。如陈虹在《审美意象论》中，就"易象"发展成为"意象"进行了历时性地描述和勾勒，认为审美意象理论在中国大致经历了四个主要时期：先秦两汉为萌芽时期，魏晋南北朝为创立时期，唐宋金元是兴盛期，明清则是总结期。张悦《诗与思之和谐交融——论中国传统哲学中的意象思维》^②一文，虽选取哲学思维的视角来解读"象"，然作者分先秦、魏晋、宋明三个阶段，从隐喻意象、提喻意象和历史意象等层面，将"意象思维"放置于中国传统哲学发展的全过程中来予以历史考察，做出总体性的把握，并与西方的抽象思维相比，以彰显中国意象思维的民族特征。

赵新林在博士论文《Image 与"象"——中西诗学象论探源》（2005）第二章中也以较长篇幅对中国诗学之"象"进行了考证，主要论析了"象"范畴由哲学范畴向文论范畴转变的历程，"象"在先秦至唐宋不同阶段的发展演变，刘勰、司空图等名家对"象"所作出的理论阐发，"象"发展历程中受到佛学的影响及其与"味""境"等范畴之关联等。

陈良运在《中国诗学体系论》（1992）一书中，专门开辟一章来论"象"，对其发展演进做了较为细致的勾勒。其余短小论文论及"象"的发展轨迹与演变历程，虽不全面，亦有所涉猎，兹不赘述。把"象"置于中国文学与文论发展的历史长河中，就其渊源、发展、演进与变异等进行全面清理和爬梳，有利于对其泛化与成熟有更清楚的把握与认识，这是从事范畴研究的第一步。

二、思维方式及其特征

从古人整体性把握世界的方式来看，"象"亦是古代形象思维的集中体现，自《周易》提出"立象以尽意"的著名论断后，这一思维方式便为历代艺术家娴熟使用。当前众多学人亦从思维方式角度来研究"象"范畴。如朱浩芳《中国传统"象思维"的审美属性》^③一文，从地理生态、审美感知、物象

---

① 陈虹：《审美意象论》，湖北大学 2001 年硕士论文。

② 张悦：《诗与思之和谐交融——论中国传统哲学中的意象思维》，陕西师范大学 2001 年硕士论文。

③ 朱浩芳：《中国传统"象思维"的审美属性》，郑州大学 2007 年硕士论文。

类化、《周易》阐发等方面系统考察了“象”思维的发生与孕育，汉字对此思维方式的继承和发展，就其特征、优越性及审美性等进行了评析。张悦亦将“象”视为中国古代哲学中的思维方式，论证其“诗”与“思”和谐交融（即诗性与思性两大层面）之典型特征。李计珍则集中论述了中国审美意象理论的历史生成。① 郭令原在《先秦时代几个重要文论范畴的研究》② 中，专列一章论“文学的思维方式——象”，就“象”的本义、内涵及衍生命题进行了深入剖析，认为“象”是先秦人们对客观事物所做的一种诉诸视觉的抽象认识。并且从“象”的文字演变来看，它是由具体的动物衍生出“效法”“形象”“想象”等一系列的抽象语义，反映了汉民族特殊的思维方式，体现在文学方面，一是重视说理、议论和叙事的具体可视性；二是强调反映事物的类型特点，给读者更多的想象空间。何丽野《中国古代易象思维的和谐观》就传统之“象”对建构中国文化和谐观做出的贡献进行了分析③。周秋红、汪小娟《中国古代取象思维及其美学表现》④ 集中论析了取象思维的三个层面：成因、特征及其影响。陈兰香《汉语词语修辞的“象思维”特征》，认为“象思维”的过程、特征与汉民族的原始思维过程相一致，指出“象思维”过程具有取象与观象、注重对“象”的整体直观与体悟、以自我为中心、主客浑融的特点⑤。于春海《论取象思维方式——易学文化精神及其现代价值讨论之一》，直接论“取象思维”⑥。此外，王树人是国内集中研究“象”范畴的集大成者，他先后发表了系列论文⑦，就“象”思维的成因与表现，其与西方概念思维方式的比较等，进行了深入探

① 李计珍：《中国审美意象理论的历史生成》，山东师范大学 2003 年硕士学位论文。

② 郭令原：《先秦时代几个重要文论范畴的研究》，西北师范大学 2003 年博士论文。

③ 何丽野：《中国古代易象思维的和谐观》，载《浙江工商大学学报》2006 年第 1 期。

④ 周秋红、汪小娟：《中国古代取象思维及其美学表现》，载《许昌学院学报》2006 年第 6 期。

⑤ 陈兰香：《汉语词语修辞的“象思维”特征》，载《雄楚师范学院学报》2004 年第 1 期。

⑥ 于春海：《论取象思维方式——易学文化精神及其现代价值讨论之一》，载《周易研究》2000 年第 4 期。

⑦ 参见系列作品：王树人：《“象思维”视野下的“易道”》，载《周易研究》2004 年第 6 期；王树人：《象思维视野下的〈齐物论〉》，载《中国社会科学院研究生院学报》2005 年第 1 期；王树人：《“易之象”论纲》，载《开放时代》1998 年第 2 期；王树人、喻柏林：《论“象”与“象思维”》，载《中国社会科学》1998 年第 4 期；王树人：《中国象思维与西方概念思维之比较》，载《学术研究》2004 年第 10 期。

讨。王前、李舜臣等学者分析了"象"思维的机理及其三个发展阶段①。此外，亦有部分书籍、文章局部论及此种思维方式，不赘述。

三、创作构思

"象"作为古代文论元范畴，同时跨越宇宙与创作、文本等多个层面。从《周易》"观物取象"等命题及后来刘勰《文心雕龙·神思》篇提出"意象"论来看，"象"关涉主体取材、构思和立意的全过程。学界亦从创作层面论及"象"。如王朝元《观物取象：艺术创造的基本方式》②，将"象"置于艺术创造的过程中进行考察，剖析了从"自然之象"到"意中之象"和"艺术之象"的过程，指出艺术创作的运作方式。闫承恂在《论山水诗画意境的"象之审美"》一文中，分析山水诗画"象之审美"的三个方面："仰观俯察，游心太玄"的观物取象方式；"心物相接"或"外师造化"的感物成象方式；"情景交融、境由心生"的由象入境方式③。所谓"取象"与"成象"，皆从审美的角度来论艺术家在创作过程中对"象"的运用与把握。何烨、胡伯项在《超越以游世——"象"与"逍遥游"关系论析》④中，以"象"思维来解读《庄子》中的各类寓言。赵奎英《"道不可言"与"境生象外"——庄子语言哲学及其对意境论的影响》亦论析庄子以"象"来言说哲思的方式⑤。聂春华有《司空图"象外之象"的思维模式及方法论意义》，从标题鲜明可见其对"象"思维

---

① 参见王前：《论"象思维"的机理》，载《中国社会科学院研究生院学报》2002年第3期；李舜臣、欧阳江琳：《〈周易〉的"象"思维》，载《赣南师范学院学报》2000年第1期。

② 王朝元：《观物取象：艺术创造的基本方式》，载《北方论丛》2004年第3期。

③ 闫承恂：《论山水诗画意境的"象之审美"》，载《美与时代》2006年第10期。

④ 何烨，胡伯项：《超越以游世——"象"与"逍遥游"关系论析》，载《江西社会科学》2007年第6期。

⑤ 赵奎英：《"道不可言"与"境生象外"——庄子语言哲学及其对意境论的影响》，载《山东师范大学学报》2007年第3期。

的论析①。孙耀煜则在《中国古代文学原理》（1996）中开辟专章论及"意象"与"象外之象"等子范畴。这些文章多从创作构思层面切入，均给予今人极大启发。

四、审美特征、分类及影响

"象"范畴自产生后便在哲学领域不断泛化，产生出多元的含义，成为文论元范畴后，如一棵参天古树不断分叉，绿叶满树枝，在千年发展历程中渗透和弥漫，滋生出众多子范畴，从而形成以"象"为中心的范畴群落。学界对"象"的泛化和分类进行过初步的盘点和清理。如冯冠军在《中国古代诗论中的"象"》②中，论及"象"的起源后，以三章的篇幅分析"意象""兴象""气象"三个子范畴的形成、发展、审美特征及其与"象"之间的关联，并就它们各自的演进与特征进行了阐述。蒋寅鉴于"意象"范畴含义在当前学界的混用，写有《语象·物象·意象·意境》③一文，专门对此四个概念进行了辨析和比较，以使诗歌理论和批评能得到一个方便实用的概念系统。徐新峰在《言不尽意论》④中，第四章将"象"分为"语言之象""无形之象""有形之象"三类，并从"物象""兴象""意象"方面对"有形之象"进行了细化，就每一种"象"的构成和特征进行了简要的描述。樊斌、郭莎《物象·心象·艺象》⑤结合实例，就"象"的三个子范畴进行了应用例证。陈家顺《立象寓意之述释》⑥介绍了几种常见的"象"——符象、图象、饰象、物象、态象等。显然，不同学人的分类使"象"的二级子范畴更为清晰和明朗，虽然有的研究者采用现代视角来解读"象"（如提出"语象"说）有待于商榷，但系列中心范畴的确立，是

---

① 聂春华：《司空图"象外之象"的思维模式及方法论意义》，载《汕头大学学报》，2003年第1期。

② 冯冠军：《中国古代诗论中的"象"》，新疆大学2001年硕士论文。

③ 蒋寅：《语象·物象·意象·意境》，载《文学评论》2002年第3期。

④ 徐新峰：《言不尽意论》，新疆大学2004年硕士论文。

⑤ 樊斌、郭莎：《物象·心象·艺象》，载《写作》2000年第3期。

⑥ 陈家顺：《立象寓意之述释》，载《闽江职业大学学报》，1999年第4期。

"象"泛化的一种折射。

除此以外，国内先后有近十篇论文集中而专门地论"象"。就此范畴的美学特征和价值意义进行了全面盘点。如冯冠军专论"象"的形成与影响；刘明武《象：文字之外的道理》，视"象"为一种艺术符号，如何通过个别反映一般，通过特殊反映普遍；乐帧益、孙震芳《原象——中国审美意象的历史生成》①，分三个阶段解读了玄学、汉魏文学创作对此范畴特征、形成的最终影响。陈志霞从词语和思维两大层面，解读《周易》之"象"的内涵，阐明其"天人合一"的整体性、阴阳和谐的辩证性及内向体悟的直觉性三大特征，同时就其对后世美学和艺术产生的影响作了剖析②。叶朗在《中国美学史大纲》中，就《周易》所体现出的"易象"之审美价值集中进行了全面而深入的论述。这些研究均有助于对"象"范畴的民族特征和审美意蕴进行深入地把握。

五、哲学关系或命题

"象"从产生到进入文论和美学领域之前，主要是作为哲学范畴在使用。后世在分析言、意等哲学命题时，亦以相当的篇幅涉及"象"范畴，"象"是建构言、意之间的重要桥梁。

一方面，哲学界论老庄之道，以及关于言、象、意的演变过程时都对"象"有深入论析，涉及"象"与"道""器""形"之间的关系，"象"在言、意之间的作用和功能等。如乐帧益、孙震芳《原象——中国审美意象的历史生成》就"象"的语源意义生成及影响进行了剖析。车永强《试论佛教文化对意境理论的影响》论及佛学与"象"之关联③；徐新峰《言不尽意论》④虽是中国文学批评史论文，却在言、意之间引出"象"的诸多种类。罗谡《论中国哲学"言—

---

① 乐帧益、孙震芳：《原象——中国审美意象的历史生成》，载《湖北广播电视大学学报》2006 年第 5 期。

② 陈志霞：《〈周易〉之"象"的文化内涵及审美意义》，河南大学 2005 年硕士论文。

③ 车永强：《试论佛教文化对意境理论的影响》，载《学术研究》2007 年第 5 期。

④ 徐新峰：《言不尽意论》，新疆大学 2004 年硕士论文。

象—意"观对意境理论的影响》①，对"象外之象"美学旨趣集中进行了梳理。此外，博士论文《魏晋玄学"言意之辨"的诗学研究》以及《言意之辩与中国美学》②亦在系统研究言意关系时将"象"置于综合磁场中集中论述。

另一方面，中国历史上第一次对"象"进行思辨而深入的论述者，当属魏晋时期的王弼。学界对其在《周易略例·明象》中对"象"的经典表述，从不同角度进行了阐发和剖析。如吴加才《王弼"得意忘象"说的形成及其美学意义》、王雪《论王弼"得意忘象"方法论的革新》、胡维定《王弼"得意忘象"认识论探微》③等对王弼《周易略例·明象》篇中的经典命题踩点式逐一厘清，同时分析王弼的论析对魏晋南北朝数百年文学创作中摄入"象"的启发和影响。学界尤其就王弼提出的"得意忘象""立象尽意"等命题进行了深入阐发④。

六、范畴辨析

"象"衍生出的系列范畴，彼此关联又有较大区别。近年来，相当多的论文成果集中于"象"范畴群落的分类与辨析，为后人继续探讨夯实了基础，也为本书全面清理"象"家族的"成员"，厘清其泛化过程等，做了重要铺垫。

如刘晗《物象意境》就三个紧密范畴之流变进行了界定、阐释和辨析，指出"象"是"物"提炼的结果，是营造"意境"的基石，并就"象"与"意"

---

① 罗谡:《论中国哲学"言—象—意"观对意境理论的影响》，华中师范大学 2003 年硕士论文。

② 分别见林光华:《魏晋玄学"言意之辨"的诗学研究》，首都师范大学 2007 年博士论文;张家梅:《言意之辩与中国美学》，暨南大学 2003 年博士论文。

③ 吴加才:《王弼"得意忘象"说的形成及其美学意义》，载《春华秋实——江苏省美学学会（1981—2001）纪念文集》（2001 年）;王雪:《论王弼"得意忘象"方法论的革新》，载《长安大学学报》（社会科学版）2004 年第 4 期;胡维定:《王弼"得意忘象"认识论探微》，载《学海》2001 年第 6 期。

④ 分别见叶朗:《中国美学史大纲》，上海人民出版社 1985 年版;尹子能:《"立象以尽意"何以成为可能》，载《云南民族大学学报》（哲学社会科学版）2006 年第 4 期;侯明:《论〈易传〉之"象"》，载《辽宁工程技术大学学报》（社会科学版）2004 年第 2 期。

的关联进行了重新定位①。樊斌《物象·心象·艺象》、蒋寅《语象·物象·意象·意境》集中就意象、物象的区别作了探讨，同时辨析了四个概念各自的意义。方锡球《玄妙之"象"与生命之"境"》就"意境"与"意象"在使用范围、内涵、性质、形象的审美特征等方面进行了辨析②。李昌舒《从"意在象先"到"体无"——论王弼哲学的认识论及其美学意蕴》就"意"与"象"之先后、关系进行了辨析③。赵升奎《"象"与语言艺术》④就道论与象论、易象，"象"与"意"等进行了辨析。李恩江《说"象"、"像"》从语源学角度，就谐音字"象"与"像"之形体演变和用法进行了辨析，提出了自己的看法⑤。陈兰香《汉语词语修辞的"象思维"特征》，就"表象"与"里象"、"实象"与"虚象"的融合性与创造修辞艺术进行了分析⑥。王树人《中国象思维与西方概念思维之比较》就"象""形象""表象"之不同进行了比较⑦。萧华荣《中国古典诗学理论史》专用一节论"兴象"与"象外之象"、"境象"与"象"之关系⑧。此外，贡华南《论象——儒学哲学中象范畴的生成与特征》专门就"象"与"感""意""象"的"抽象"与"取象"层面、"象"与比兴、启发之关联等进行了辨析和区分，指出"象"是能够把握、传达意（处于天下之间生命存在的生长、变化及其结果）的方式，"象"是所感的一种特殊符号，"象"标准是一种具体的存在，"象"是一种形式符号。而著作中的范畴辨析就更为深入和集中。张海明《经与纬的交结——中国古代文艺学范围论要》（1994）第四章第三节论"兴象"与"原始意象""外应象"之关联，该书第五章"以形写神"专门论及"形象"范畴，并就"形"与"象"的差异进行了区分。这些分析都为后人进一步深入研究"象"的范畴群落做了铺垫。

---

① 刘晗：《物象意境》，载《美与时代》2007年第6期。

② 方锡球：《玄妙之"象"与生命之"境"》，载《江苏大学学报》（社会科学版）2004年第4期。

③ 李昌舒：《从"意在象先"到"体无"——论王弼哲学的认识论及其美学意蕴》，载《河北大学学报》（哲学社会科学版）2005年第3期。

④ 赵升奎：《"象"与语言艺术》，载《昭通师范高等专科学校学报》，载2000年第2期。

⑤ 李恩江：《说"象"、"像"》，载《语文知识》2007年第1期。

⑥ 陈兰香：《汉语词语修辞的"象思维"特征》，载《雄楚师范学院学报》2004年第1期。

⑦ 王树人：《中国象思维与西方概念思维之比较》，载《学术研究》2004年第10期。

⑧ 萧华荣：《中国古典诗学理论史》，华东师范大学出版社2005年版，第116—119页。

以溯源兼比较的方式，对 “象” 的系列子范畴进行辨析，有助于厘清 “象” 的演变及范畴群落的泛化历程，从而对 “象” 范畴融入文论、书画、哲学等诸多领域有一个清晰的把握，对这一元范畴强大的统摄力有较为准确的定位，也为本书以 “象” 为突破口，寻求建立中国古代文论体系之一大支柱做出充分的前期准备工作。

七、专题层面

“象” 是中国文论中的核心元范畴，在千年演进历程中它和 “有无” “虚实” “形神” “意境” 等范畴发生着密切关联，鉴于其丰富性和复杂性，学界常选取某个侧面对其进行剖析，可谓之专题层面的探讨，大体有二。

其一，专论 “意象” 与 “意境” 两大核心子范畴。“意象” 范畴跨越文本和创作两大层面，具有很强的统摄性，而 “意境” 作为中国古代美学的最高级范畴，体现了中国古代文人的最高艺术追求，历来深得学者关注。张悦专论 “意象思维”；刘延英专论 “意象” 之意；刘惠文、刘浏《论 “意象” 即 “意中之象”》[①] 认为 “意象” 相比 “形象” 而言，是更高层次上的审美范畴和审美理想。而古风、叶朗等曾就 “意境” 范畴写过多篇论文[②]，古风出版有《意境探微》（2001）专著。此外，著述中夏之放《文学意象论》是国内专门论述 “意象” 范畴的专书；胡雪冈《意象范畴的流变》[③]，从历时维度全面梳理 “意象” 的渊源与流变。因是专书，论析非常深入和透辟，这两部著作立足于 “意象” 范畴，也兼顾地论及 “物象” “心象” “艺象” 等关联性范畴。

其二，集中于其余子范畴或关键命题，就其产生、内涵、民族特征和美学意义等进行分析。如陈志霞专论《〈周易〉之 “象” 的文化内涵及审美意

---

① 刘惠文、刘浏：《论 “意象” 即 “意中之象”》，载《鄂州大学学报》，2003 年第 2 期。

② 如古风：《中古意境研究述评》，载《延安大学学报》（社会科学版）1997 年第 4 期；叶朗：《再说意境》，载《文艺研究》1999 年第 3 期。

③ 胡雪冈：《意象范畴的流变》，百花洲文艺出版社 2002 年版。

义》①。徐新峰在《言不尽意论》中专论言、象、意三者之关系，以命题带动对"象"的探讨。李鹏飞《中国古代诗学兴象论研究》，就"兴"与"象"如何合二为一成为反映唐诗风貌的重要子范畴进行了全面爬梳。孙春旻《论"语象"》从象形语象、指物语象、描述语象等层面，并参照意象、意境等范畴，对语象进行了分析②。此外，段吉方、古风等就"意境"范畴进行了深入探讨，均涉及"象"范畴。王树人专论"易象"思维，对《周易》之"象"用力尤勤。古风、刘保忠《说境象》就此范畴的基本内涵、"境象"的原初表现形式、境象思维、创造和审美心理等进行了系统整理③；孙欣欣、韩晨旭《论殷璠"兴象"说产生的背景》，结合文学创作实践就"兴象"子范畴深入文艺领域做出了剖析④。这些专题论述的成果近年来不断涌现，将"象"范畴研究不断地推向前进。

八、中西对比

"象"是中国古代文论的元范畴之一，它与西方的 Image 遥相呼应。赵新林《Image 与"象"——中西诗学象论探源》⑤是国内以中、西之"象"为研究对象的首部博士论文（后出版），鉴于文学缘"象"而生，哲学抽"象"而成，宗教依"象"而存，此文以比较诗学的角度，分别从哲学、宗教和文艺理论三个方面对中西方文化思想中"象"概念的起源、发展以及最终成为文学艺术中的重要概念的过程进行了详细论述，就它们各自在哲学和诗学发展过程中以及在文化体系中的意义和地位进行了深入比较。文章以"象"沟通二者，从中、西方诗学（或文论）史发展的过程中寻找二者之间的差异性和共同点，能给读者极大启发。

王树人《中国象思维与西方概念思维之比较》⑥，非常深入地就中西两种不同思维方式进行对话和碰撞，认为中国"象"思维成熟的表现形式是《周易》

---

① 陈志霞：《〈周易〉之"象"的文化内涵及审美意义》，河南大学 2005 年硕士论文。

② 孙春旻：《论"语象"》，载《广东技术师范学院学报》2005 年第 2 期。

③ 古风、刘保忠：《说境象》，载《扬州大学学报》（人文社会科学版）2001 年第 3 期。

④ 孙欣欣、韩晨旭：《论殷璠"兴象"说产生的背景》，载《艺术广角》2006 年第 1 期。

⑤ 赵新林：《Image 与"象"——中西诗学象论探源》，四川大学 2005 年博士论文。

⑥ 王树人：《中国象思维与西方概念思维之比较》，载《学术研究》2004 年第 10 期。

的卦象、道家的道象以及禅宗悟禅之禅象，通过比较看出传统"象"思维具有不可比拟的整体创造力、广阔的思维时空和丰富的内涵，以克服西方概念思维所引发的无家可归的悲剧情境，回归人之本真，回归原创之思的象思维。唐晓岚《体味的"象"与写照的"象"——从"象"的比较看中西审美意识的异同》①，何丽野《象·是·存在·势——中西形而上学不同方法之比较》②选择"象"作为切入点，对中西形而上学不同方法进行比较，认为"象"是对事物"势"的认识而非对事物结构的认识。"象"以非语言的方式来表述存在，有利于解决西方语言上的困境，有利于弥补西方形而上学的弊病。马秀鹏《中西文学意象的理论阐释》③就古代文论"意象"范畴和英美诗坛上的"意象"派创作进行对比，认为文学意象是中西理论家在主体与客体、内容与形式、本质与现象等层面建构起来的文本形象理论。李孝佺《中西诗学意象范畴比较论》④则从文化回返影响的角度，论述中国古典意象论和西方意象派的关联，从而进一步明确中西"意象"范畴的若干特征。

此外，林莺《从意象看中国汉字文化内涵和英美意象派的诗歌》⑤，则探讨了意象表现手法的特征及其局限；郭建华、张文艺《论中西美学中的"象"》，立足文化，就中西"意象"的特征及在哲学美学上的区别进行了比较。而刘存珍《重"意"与重"形"的审美诉求——中西诗学中的"象"及其美学意义初探》、赵嘉鸿《中西诗学中的"象"及其美学意义》⑥等成果亦就中西之"象"进行对比，以彰显各自的文化传统和民族特征。

---

① 唐晓岚：《体味的"象"与写照的"象"——从"象"的比较看中西审美意识的异同》，2001 年云南大学硕士论文。

② 何丽野：《象·是·存在·势——中西形而上学不同方法之比较》，载《天津社会科学》2006 年第 5 期。

③ 马秀鹏：《中西文学意象的理论阐释》，载《南京农业大学学报》（社会科学版）2010 年第 3 期。

④ 李孝佺：《中西诗学意象范畴比较论》，载《青岛大学师范学院学报》2004 年第 2 期。

⑤ 林莺：《从意象看中国汉字文化内涵和英美意象派的诗歌》，载《淮南师范学院学报》2007 年第 1 期。

⑥ 郭建华、张文艺：《论中西美学中的"象"》，载《曲靖师范学院学报》2004 年第 4 期；刘存珍：《重"意"与重"形"的审美诉求——中西诗学中的"象"及其美学意义初探》，载《曲靖师范学院学报》2002 年第 5 期；赵嘉鸿：《中西诗学中的"象"及其美学意义》，载《大理学院学报》2002 年第 6 期。

九、其他方面

　　除以上盘点的八大方面外，学界还就如何"意"中藏"象"①等问题进行了论析，这关涉诗歌创作的具体技巧，属于文学作品艺术手法的运用层面。李铁荣《试论〈庄子〉散文意象的层面特征》②，专门探讨《庄子》的言说魅力，就这部经典散文著作中寓言的运用做出论析。何烨、胡伯项《超越以游世——"象"与"逍遥游"关系论析》③则指出庄子以"象"来从事散文创作，通过具体可感的寓言、传说和故事来言说抽象而深邃的哲学道理与人生智慧等，都是对"象"范畴作发散性思考的结晶，兹不展开。

　　反观近30年来国内关于"象"的范畴研究，尽管取得了以上成就，依然存在着如下不足，有待于来者继续开拓和耕耘。

　　其一，"象"在先秦时期如何泛化未有深入探索，"象"作为哲学范畴的内涵和外延论述得还很不够。"象"在先秦时期从孕育到萌芽、从产生到发展经历了漫长的时期，这一阶段"象"主要运用于生活和哲学领域，其外延在逐步扩大，由"效法"到"想象"，再到抽象的"卦象"符号和道家的"象罔"观，进而经《周易》的初步阐发，联通言、意二维成为"立象以尽意"等命题中的桥梁。"象"的内涵从最初动物"大象"，再到"模仿""效法"的动作，"近似""好似"的副词，进而到整体性地泛指诗、骚中的"比兴""象征"手法（这一阶段只是在创作中运用，不自觉地以"象"写作，还没有上升到理论阶段），逐渐指向先秦诸子和史传散文中的寓言、神话、传说和故事，"象"的所指不断转向，它们在彼此关联中不断泛化开来，最终衍生出多元含义，而目前学界对此范畴在哲学领域的泛化过程描述得还不太够，零散而不太全面，缺乏全局的眼光。

　　其二，"象"在泛化过程中不断衍生出子范畴，并交织、渗透形成范畴群落，彰显出元范畴旺盛的生命力，这绝非一蹴而就，而在史传和诸子著作中不

　　①　马力鞭：《藏意于象》，载《阅读与写作》2000年第2期。

　　②　李铁荣：《试论〈庄子〉散文意象的层面特征》，载《喀什师范学院学报》2002年第2期。

　　③　何烨、胡伯项：《超越以游世——"象"与"逍遥游"关系论析》，载《江西社会科学》2007年第6期。

断应用，有着大量的前期实践作为基础①。儒、道两家对言、意的态度直接促进了"象"的孕育与催发，"比德"说的早期实践和"道"论的提出，又极大地提升了"象"的审美内涵，扩展了其使用空间。象喻言说直接成为儒、道惯用的思维方式。先秦诸子和史传作品对"象"的灵活使用，直接赋予了"象"极强的衍生力。通观先秦各种子史典籍，"象"既指动物（"大象"）本义，少数情况也是"舞蹈、乐曲、官职、典籍"等的代称，甚至指木偶、罔象、使用、用途、酒器、战争兵器等。此外，也指可以感知的事物形象，有形象可见，包括物象、天象等，甚至有时指事物的一种存在状态。"象"用作名词或动词时，指"象征"，"象征"物体或迹象、拟象等，有时则指卦象、爻象或相关代称等。作动词时，为"拟象""模仿""仿效"义；而作名词时，多指供人模仿、效法的天象，常与"法"相对应。此后，在《管子》中引申为可遵守的法式、准则、方法等。《国语》《礼记》则引申为可遵守的法式、准则、方法等。这在本书第一章第四节中有详细论述。而当前学界对先秦各种经典著作中关于"象"的使用层面，先秦神话、诸子寓言、《诗经》《离骚》、汉赋、魏晋抒情文学对"象"范畴的早期文学实践，亦未见有详细论述和总结。这尤其需要研究者披沙拣金、集腋成裘。

其三，"象"范畴进入文论层面后的内涵和外延论述得不够。经过南朝刘勰提出"意象""风骨""隐秀"说，唐代殷璠提出"兴象"说，唐朝诸多批评家对"境""象外之象"进行阐发后，"象"逐渐进入文论和批评领域，开始走向成熟和泛化，其内涵和外延相比此前在哲学领域中又有了新的变化。而学界对此显然尚无深入论述。刘勰将"象"置于想象和情感之中，使"象"与"心"融合而成为"心象"，其论想象活动离不开表象，并赋予"象"浓郁的情感性，此外，唐代文论家殷璠对"象"品质的全面提升，受佛教影响后"境象"的提出，"象外"论的长期孕育，以及"象"范畴跨越创作、文本和接受等多个层面后体现出的联通性和辩证性，等等，这些都还需要进一步深

---

① 罗宗强先生在《魏晋南北朝文学思想史·引言》中认为"理论形态只不过是创作所反映的文学思想倾向、文学观念的升华而已"；詹福瑞先生在《中古文学理论范畴的形成及其特点》（《文学评论》2000 年第 1 期）中认为近年来古代文论的研究"多比较重视文学理论范畴的哲学渊源，然而却忽视了影响文学理论范畴的另一个重要因素，即文学创作的现实基础"。党圣元先生在《中国古代文论研究范畴方法论管见》（《文艺研究》1996 年第 2 期）中亦持类似观点。

入探索。只有厘清"象"范畴在文论和批评领域中的多元内涵后，才能寻找到"象"的衍生轨迹和在中国文论体系建构中所处的位置。或许当前学界对其中某一方面有所论及、梳理，然而多半是只见树木不见森林，缺乏通盘考虑，鲜有成果整体地论及在文论领域中"象"是如何走向成熟和泛化的前后轨迹，而这恰恰是本书的着墨所在。

其四，"象"的跨越领域和交织层面。"象"在魏晋唐宋走向成熟后，自身拓展为诸多范畴束，跨越文学不同层面，如世界与取材层面有物象、卦象等；构思与创作层面有象罔、表象、想象、意象、艺象；文本与结构层面有虚象、实象、兴象、气象、形象、乐象等；接受与品鉴层面有境象、象外之象等。其中关键的子范畴意象、兴象和气象关涉创作和文本层面，境象和意境则关涉作品和接受层面。总之，"象"衍生出兴象、气象、质象、景象、境象等诸多范畴，并衍化出事境、物境、情境、真境、神境、妙境、化境等艺术境界之"境"（这些"境"均为"象"——实象、虚象所生发），这些范畴彼此交织、融合、渗透，组成以"象"为核心的范畴群落。"象"因此成为一张巨网，其结点触伸到宇宙、创作、文本和接受四大层面[1]，相比古代文论中其余元范畴（如气、味等），"象"主要涉及文学的反映对象及创作客体的性质特征，然而围绕"象"衍生出的或密切相关的系列子范畴、命题等，如虚静、情志等关乎创作主体，比兴、形神、隐秀、虚实、滋味、兴趣等则关乎创作客体，而妙悟、象外之象、韵外之致等则关乎欣赏主体，从而"象"成为建构起同时跨越创作主体、创作客体和欣赏主体等多个维度的文论网络。而这尤其需要我们花大工夫去梳理"象"是如何在衍生出系列范畴后实现有机交叉与跨越的。

其五，影响"象"范畴发展的各种原因目前学术界分析得尚不够全面和深入。"象"成为文论和批评领域中一个极具统摄力的元范畴，通过其走向泛化和

---

[1]　重庆师范大学杨星映教授撰文《试论以气、象、味为核心的中国古代文论元范畴》（载《西南大学学报》社会科学版 2011.6）认为，气、象、味是中国古代文论最基本的元范畴。其中，"气"主要涉及的是文学的本源、本体及创作主体的性质特征，"象"主要涉及文学的反映对象及创作客体的性质特征，"味"主要涉及的是欣赏主体的审美感受及创作客体的美感特质。气、象、味三者的相互交融、衍生又衍化出无数的子范畴与范畴群，从而构成中国古代文论的梯级范畴网络，体现中国古代文学批评家对文学的特征、规律、本质联系的全面把握。这是从气、象、味三个范畴的整体倾向而言的。笔者认为，实则主要关涉创作客体的"象"在千年发展和弥漫中，同样关乎宇宙、创作、文本和接受诸多层面，它们彼此水乳难分。

成熟后的表现，世人能领略到其强大的衍生能力。而这是其在千年发展历程中，佛学、玄学、人物品藻、理论推进和创作实践多个因素共同作用的结果。学界虽对佛学影响意境、象外之象等范畴多有论述，然而玄学和创作实践对"象"范畴内涵和外延的多种影响，则主要集中于王弼论"象"，显然不够全面。在玄学"言意之辨"中，荀粲、欧阳建等人关于"言可否尽意"的论证，从某种程度上也促发了人们对"象"的认识和思考。六朝时期人物品藻风尚的兴起，引发士人品评人物时对"意"的专注与揭示，对拟象、构象的践行，伴随着"形神"观的发展，品藻中"象"评（意象批评）异常活跃，士人大量地以"意象"来从事写作，实现了创作和批评的共振与融合，这对"象"范畴在唐宋的进一步发展产生了深远影响。而佛学则是"境象""象外之象"的直接催化剂，后世诞生的"妙悟""兴趣"等范畴直接源自佛学。通读各类文献后我们发现，当前学界就学术思潮和创作实践对"象"范畴的演变和推进，还有极大的研究空间。

总之，这些研究话题成为本书重点开拓之处。

第一章 "象"作为哲学范畴的内涵与外延

"象"是中国古代文论史上重要的元范畴之一，它从萌芽、产生到发展、演进，历时千年之久，并最终由哲学转入美学、文学领域，成为核心母范畴，对后世艺术、文论、批评等产生了极为深远的影响。近年来随着范畴研究的不断深入，学界对其在中国古代文论中的地位和影响逐渐有了清醒的认识，给出了比较合理的评价和定位。诚如学者朱良志曾指出：

> 真正能够体现中国独特的艺术精神的正在于由"象"所展开的艺术论述，正是它决定了中国的艺术起源论、审美体验论、艺术表达论、批评方法论，决定了中国审美意象体系的整体框架。正是在这个意义上，与其说中国艺术以"情"为核心，毋宁说它以"象"为核心。①

可见，"象"作为美学和文论的基础范畴，在发展中由起始含义日益拓展，不断辐射而产生范畴群落，并和"气""味"交相辉映，形成姻缘范畴系统，三者交相辉映，衍生出无数的子范畴及其范畴群落，直接关乎文学本体论、创作论、作品论和读者接受等不同层面，具有很强的辐射功能和涵盖力度。由"象"所衍生出的系列重要范畴，如"卦象""兴象""意象""气象""形象""象外之象"等，在文论史上价值和意义不言而喻，然而其和"气""味"等核心范畴共同构成中国文论的梯级范畴网络，建构传统古代文论的潜在体系，却未必那么明显②，而

---

① 朱良志：《中国艺术的生命精神》，安徽教育出版社 1995 年版，第 171 页。

② 近 30 年来，学界对中国古代文论体系及其构成做了诸多探索，一致认为它不像现当代文论体系那么明显，而表现为一种潜在体系。笔者亦认同此观点。

这恰恰是本书的研究重心所在。

中国古代文学和文论中很多重要的范畴,如"虚实""言意""形神"等最初都脱胎于哲学,这与中国古代文史哲不分的传统有关。"象"也不例外。在后世主要作为"意象""形象"应用于文学艺术中的"象"范畴,其含义在先秦时期却经历了诸多演变,我们可以从语源学和大量史籍中窥探这一范畴最初如何从动物的指向("大象"),过渡到人的行为("仿效"等),进而被《易传》泛化(指"卦象"、符号等)后,逐渐进入哲学领域的全过程,相应地其内涵和外延也在不断扩大。

第一节 "象"的产生

"象"的产生历史相当久远。其本义较为实在,衍变、生发出新义,都由原初本义发展而来。

一、动物之"象"

对于"象"的本义,东汉许慎在权威性字典《说文解字》中做了富有说服力的解说:

> 象,南越大兽,长鼻牙,三年一乳,象耳牙四足尾之形。凡象之属皆从象。

可见,"象"英文为 elephant,最初是古代盛产于南越的一种体形巨大的动物。我们从汉语的造字中便可见一斑。甲骨文中"象"写作"🐘"作为动物的代称,该名词是对"象"这种动物外形的形象化模拟。在"多识于鸟兽草木虫鱼"的

18

先秦诗歌总集《诗经》中便经常运用，如"象弭鱼服"等，便是使用的《说文解字》中"象"之本义，即指具体的动物。

然而后世为何衍生出"像"字，它和"象"又有着怎样的关联呢？《说文解字》段玉裁所注（下称"段注"）则曰：

> 古书多假"像"为"象"。人部曰："像，似也。""似者，像也。"像从人象声，许书一曰假借，二曰象形当作像形。全书凡言象某形者，其字皆当作像。而今本皆从省作象，则学者不能通矣。《周易·系辞》曰："象也者，像也。"此谓古《周易》象即像字之假借。

这段阐述中有两点值得我们注意：一是在古老的著作《周易》中，古人便开始附着"象"以新意，由实指动物而转向与人、物、事、情的相像上来，即"象"开始有"像"之义。二是在《说文解字》中，许慎延续《周易》之说而认同"象"的"象形"之意，并指出在"象"字的基础上产生了"像"，"像"是"象"的假借罢了。可见，我们从"象"的所指及字形的变化能看出古人使用语言的日趋丰富，以及汉字的转变方向和古人的造字趋向。

从"象也者，像也""似者，像也"来看，"象"字的"象形"之意何以能够产生？或者说"象"字在演进过程中为何被赋予了"与某物相像、近似"之义？这关乎古人对象（elephant）远逝后的一种集体记忆与深切怀念，体现在造字法中便"从人象声"，顺理成章地产生了"像"字；体现在古籍中，便是先秦大量表示"象舞"（一种模仿远古"象"动作的舞蹈同时配以音乐，类似今天的狮子舞）的滋生。

二、"象"的"像似""象形"之义

战国时期《韩非子·解老》篇中曾有记载：

> 人希见生象也，而得死象之骨，案其图以想其生也，故诸人之所以意想者皆谓之象也。

这里言简意赅地道出了人们绘图求象并在想象中荡起远古记忆的生活片段。随着气候和地理的变化以及物种的变迁，原本盛产在南方地区的大象日趋稀少乃至绝迹，人们再也不能亲眼看见昔日这种随处可见的大型动物。于是，世人通过遗骸来绘图，从而获得某种永久性的记忆保留，而这图的绘制便是模仿活生生动物“象”的外形，此时“象”的“象形”（外貌形似）之意也因之而生。而生产劳动中一旦谈起“象”，人们只能凭借脑海中的记忆功能，谓之“意想者”也，“象”字也同时被赋予了“想象”之意。当然，周朝人稀见者远不止“象”这一种动物，比如还有孔雀、犀牛等，它们都是日趋减少的珍稀动物，然而为何偏偏以“象”生发出“想象”之意呢？这和最初的仿照动物外形而造字的渊源有关。

近代学者胡适曾在《中国哲学史大纲》中大胆推测曰：

> 象字古代大概用“相”字。《说文》：“相，省视也。从目从木。”目视物，得物的形象，故相训省视。从此引申，遂把所省视的对象也叫作“相”（如《诗·械朴》“金玉其相”之相）。后来相人术的相字，还是此义。相字既成专门名词，故普通的形相，遂借用同音的“象”字（如僖公十五年《左传》：“物生而后有象”）。引申为“象效”之意。凡象效之事，与所仿效的原本，都叫作“象”。①

这便指出了“象”的“仿效外形以求形似”之意，同时也暗含了象“通过目视而获得知觉表象”的内涵，容后文详论。纵观《韩非子》记载和胡适之看法，“象”在最初确实被赋予了“案其图以想其生也”的含义，不仅求物体外表之近似和逼真，而且通过想象、意念使某物活灵活现。由此看来，“象”范畴在最初与人的知觉发生紧密关联，其后来衍生出诸如“兴象”“境象”“气象”等范畴，即离不开主体的情思和意念活动。

---

① 胡适：《中国哲学史大纲》（卷上），东方出版社 2004 年版，第 60 页。

三、由"象"到"像"："象"的模仿、仿效、想象义

随着"象"这种动物的大量减少乃至日渐退出人们的视野，一种模仿"象"肢体活动的舞蹈动作，以及随之编排的音乐曲目也随之诞生。比如《吕氏春秋·古乐》记载：

> 商人服象，为虐于东夷，周公以师逐之，至于江南，乃为《三象》，以嘉其德。故乐之所由来者尚矣，非独为一世之所造也。

这里即提到象舞配乐的由来。《三象》亦简称为《象》，虽然现有史料没有完整地记载这种由人来模仿象而活动的舞蹈动作究竟是如何编排的，但称之为《象》，很显然是仿效象舞蹈并配乐的曲名。《汉书·司马相如传》注引张揖曰：

> 《象》，周公乐也。南人服象，为虐东夷，成王命周公以兵追之，至于南海，乃为《三象》乐也。

记载略为不同，意思却一致，都视《象》为效"象"之乐舞曲名。再如《礼记·正义卷三十一·明堂传第十四》中说：

> 升歌《清庙》，下管《象》，朱干玉戚，冕而舞《大武》。

《礼记·内则》篇又谓：

> 十有三年，学乐，诵诗，舞《勺》。成童，舞《象》，学射御。

这里，"象"在原始义、本义的基础上，由"象形""想象"的所指进而发展出两种新的含义：一是"模仿""仿效"；二是模仿象舞并配乐的曲名。可见，"象"的外延进一步扩大，也可看到"象"的抽象色彩日趋浓厚。但早期"象"的多元含义的演变都离不开"象"这种动物的形体、生活特征及其相关记忆。

郭令原博士认为,《三象》舞可能只是南方人自己长期使用的舞蹈,并非周公所作,它只是周公在商人被征服以后方引进过来的。① "象" 是人们对客观事物的模仿、仿效,故 "象" 有 "效法" 之义;《象》舞虽模仿 "象" 的动作,但由于只是凭借既有的经验和记忆,不可能那么准确和到位,中间必然加入了人们自己的肢体动作和相应理解,带有主观的印迹,这大概就是后起之 "像" 字何以 "从人象声" 的真正缘由吧!这也完全符合古人造字的规律(汉字中很多形声字的声符亦可表义)。著名学者高亨先生在《周颂考释》中提到《三颂》名称的来源时曾说:

> 周公灭商,取其象而教之舞,配以人之歌舞,故名《象》舞。其后北方舞象,当以人饰象,如今之狮子舞之例也。

这里,"以人饰象" 即有古人的模仿、效法之意,同时也不乏最初的创造。② 同时随着文化的传承,后世无论是在集体娱乐场所还是主动承传文化中,类似的仿效和舞蹈都必然伴随着对先人动作、方式、成就乃至功劳的一种集体记忆,这同样使 "象" 逐渐被赋予了 "联想" "想象" 之意。《说文解字》段玉裁注曾针对韩非子之语("人希见生象")有如下一段评论:

> 似古有象无像,然像字未制以前,想像之义已起,故《周易》用象为想像之义。③

> 然韩非以前或只有象字,无像字。韩非以后小篆即作像,许断不以象释似,复以象释像矣。
> ……凡形象、图像、想象字皆当从人,而学者多作象。象形而像废矣。④

---

① 郭令原:《先秦时代几个重要文论范畴的研究》,西北师范大学 2003 年博士论文,第 73 页。
② 即在仿效 "象" 形体和动作的同时,也按意愿添加了新的理解,《象》舞的样式也因 "人" 而栩栩如生,活灵活现。
③ [汉]许慎著,[清]段玉裁注:《说文解字注》,上海古籍出版社 1981 年版,第 459 页。
④ [汉]许慎著,[清]段玉裁注:《说文解字注》,上海古籍出版社 1981 年版,第 375 页。

可见,自从"象"成为"像"的假借以后,该字自身内涵便被赋予了"想象""意象"之意,其外延再次得到扩大。

四、"象"外延的进一步发展:指向音乐官职及效仿的对象等

从以上分析来看,古人曾把模仿大象舞蹈的曲名称为"象"(《象》),如"武王胜殷杀纣,环天下自立为王,事成功立,无大后患因先王之乐,又自作乐,命曰《象》。"(《墨子·三辩》)即是以"象"指称音乐。同时,他们也把执掌象乐的人称为"象胥"。如《周礼·秋官·司寇》载:

> 象胥掌蛮夷闽貉戎狄之国使,掌传王之言而谕说焉,以和亲之。"
> (注曰:通夷、狄之言者曰象胥……总名曰象者,周之德先致南方也。)

可见,"象"不仅指"兽"(本义),亦可指"人"(乐官职,演变义)。这在最早的中国史书《尚书》中承续了远古时期人们在语言交流和生活习惯中对"象"含义的运用,"象"不仅可指称梦境追忆式的"想象",如:

> 梦帝赉予良弼,以代予言,乃审厥象,俾以形旁求天下,说筑傅岩之野,惟肖。爰立作相。(《尚书·说命上》)

由此论述可见,"象"进一步从"仿效""模仿"义引申到指称"仿效的对象",其外延得到扩大。

先看该字在《尚书》中的"模仿""仿效"义。《尚书》不同篇章均记载过"象":

> 象以典刑。(《尚书·尧典》)

> 唐虞象刑而民不敢犯,苗民用刑而民兴相渐。(《尚书·大传》)

据《左传·襄公三十一年》载:"作事可法,德行可象。"从古人用字及互文规律来看,"象"即"法"义。故前引中,"象以典刑"即是"法以典刑"的意思。"象"表示效仿、效法、模仿等内涵。

而何谓"象刑"?它是奴隶制时代国家机器制定的一套驯服人供民众效法的刑条或典制。《荀子·正论》有阐释曰:

> 世俗之为说者曰:"治古无肉刑而有象刑:墨黥、慅婴、共、艾毕、剕、对屦杀、赭衣而不纯。治古如是。"是不然。以为治邪?则人固莫触罪,非独不用肉刑,亦不用象刑矣。以为人或触罪矣,而直轻其刑,然则是杀人者不死,而伤人者不刑,是谓惠暴而宽贼也,非恶恶也。故象刑殆非生于治古,并起于乱今也。

显然,荀子毫不留情地对殷商时期的"象刑"说进行了严厉的批评。可见,"象刑"者即"法刑"也。而从现有文献看,"象"字最早用以指称此意当在舜时。《尚书·益稷》曰:

> 皋陶方祗厥叙,方施象刑,惟明。

可见,"象"后来大量运用于法律政治界,并组词为"象刑""象胥"等,依然没有脱离最初人对动物象的模仿、效法之含义,"象"的后起之义都可从其本义或延伸义中找到源头。

只是后来随着社会的发展,人们仿效的领域、对象在不断扩大,"象"也逐渐指称一切效法、学习典章的对象与事物,其外延也进一步扩大。如《尚书·益稷》帝舜曰:

> 予欲观古人之象,日、月、星辰、山、龙、华虫,作会,宗彝;藻、火、粉、米、黼、黻、缔、绣,以五采彰施于五色,作服,汝明。

据清代学者皮锡瑞《今文尚书考证》曰:"日月星辰乃天象,似不宜画于衣。"可见,象的外延乃指称为人世、宇宙间的各种"天象"。它们广泛存于天际,不论是人们肉眼所能目睹观察到的,还是无法诉诸视觉的细微宇宙奇观,都可视为"天象"。古人正是仿效、揣摩各种天象的运作和特征来认识变幻莫测的自然及纷繁复杂的社会，如《尚书·尧典》载尧"乃命羲和，钦若昊天，历象日月星辰，敬授人时。"便是从日月星辰的变化中获取灵感与启迪来治理人世。又《左传·襄公九年》载曰：

> 晋侯问于士弱曰："吾闻之：宋灾，于是乎知有天道，何故？"对曰："古之火正，或食于心，或食于咮，以出内火。是故咮为鹑火，心为大火。陶唐氏之火正阏伯居商丘，祀大火而火纪时焉。相土因之，故商主大火。商人阅其祸败之衅，必始于火，是以日知其有天道也。"公曰："可必乎？"对曰："在道。国乱无象，不可知也。"

在条件有限的先秦时期，古人正是凭借着天象的变化来从冥冥中获取行动的指南、治理的启示乃至祸福的推理。晋侯下属所答"国乱无象"是说国家政治极度混乱，以致天上的星辰不再显示祸福。[①] 当然，这种借助天象来进行预测的所谓迷信方式，某种程度上也附和了古人相当的想象在内。但无论如何，我们从史料来看，春秋战国时期人们使用"象"，已经兼有"模仿""效法"和"想象"之义，而这在某种程度上已经初步孕育着后世"象"在文艺、美学界多元而丰富的内涵。

综上所述，我们可根据"象"最初含义的发展，勾勒出如下的演进脉络图：

动物"象" ➝ 模仿、效法 ➝ 想象 ➝ 舞曲名、乐官 ➝ 天象

当然，后期含义并非严格按照时间顺序先后产生，有的同时并存，如在效法大象来编制舞蹈的同时，也伴随着一定的想象和记忆，而曲名和乐官也几乎与效法同时发生，它指称"效仿"这一动作行为也差不多和所模仿、效法的对象一起泛化。但无论怎样演变，"象"这一范畴（汉字）依然遵循着古义的发展规律，其后续引申义都始终紧扣最初动物"大象"的本意而来，在这一漫长的语言发展过程中，"象"日趋抽象化、所指也在不断扩大则是不争的事实。

---

① 这里参照了郭令原：《先秦时代几个重要文论范畴的研究》，西北师范大学 2003 年博士论文，特此说明。

第二节 "象"在一般意义上的早期使用

从古人创造"象"字到在生产劳动、社会生活中不断转化"象"的本义，赋予其新的内涵，前后历时千年之久。经过我国最早的经典著作《周易》创制卦象、并以抽象符号来表达对宇宙万事万物的认识后，"象"便正式进入儒道等哲人的视野之中。先秦孔孟、老庄等各自在哲学著作中对"象"均有极为深刻的论述与言说实践，从而使"象"在一般意义上得以拓展开来。不过，他们谈"象"更多时候是跟随"言意"之论而出场的，或者说在哲学性地思考"辞"的作用与功能、言与意之间的复杂关系时，附带性地来论及"象"。

一、对"象"的初步认识

春秋战国时期，士人们已经开始关注并探讨关于语言、思维和存在的问题，关于名与实、言与意的大量议论散见于其著作中。这里且以对"象"的论述最为深刻，使用最为密切的儒、道两家为切入点进行阐发。

1. 儒家对"言"的态度

先看儒家的修辞观。儒家对言辞是充满信心、相当认同的。孔孟很重视语言的作用和意义的表达。整体而言他们认为"言能尽意"。孔子论文，既重文学作品的形式，也重文学作品的内容。《左传·襄公二十五年》载孔子言：

> 志有之：言以足志，文以足言。不言，谁知其志？言之无文，行而不远。

在孔子看来，文采能使言辞得以充分地表达，没有文采言辞就不能传之久远，可见辞能达意、言可传志是孔子一贯的追求，亦是其立论的基础，只是他对辞的内容和形式有双重要求。《礼记·表记》还引孔子之语曰："情欲信，辞欲巧。"也是强调要用精巧的艺术形式来表达内容，孔子就是这样从不同角度来对"言辞"进行规定的。他还说"辞达而已矣"（《论语·卫灵公》），强调言辞等形式的根本目的是尽可能完美地表现内容。孔子文质并重，对语言的内容所指和形式之美都有讲究，他曾将这种要求表述为"尽善""尽美"（《论语·八佾》），先秦儒家文化中，《周易》有"言有物""言有序"之说，《左传》有"三不朽"（立德、立功、立言）之论，都充分表明孔子的"言可尽意"观。并且孔子在评说《诗经》提出文学批评标准时对自己的语言概括力也相当自信，他采用聚合思维谓之《诗》三百，一言以蔽之，曰：思无邪"（《论语·为政》）并且强调"有德者必有言"（《论语·宪问》）。可见，孔子无论从认识上还是实践上对言辞都是坚信不疑的。而孟子则明确提出：

> 故说《诗》者，不以文害辞，不以辞害志，以意逆志，是为得之。（《孟子·万章上》）

辞的表达在于达意，而不能过于讲究花哨的外在形式，并且读者的理解之意如不拘泥于个别文字而误解词句，从实际出发通观全篇是可以领会书中的思想情感，是可以和古人之意实现对话、达成一致的。并且孟子还提出著名的"知人论世"说，认为只有了解了作者的身世、经历、思想、情感、人品等，并结合作者所处的时代环境和文化背景等，是可以透过作品的"言"来通达其"意"的。

2.道家的"言意"观

而道家则决然相反，老庄是主张"言不尽意""绝圣弃言"的，他们本着"无为"和"逍遥"的哲学观来"废言""弃言"。老子鲜明地提出"是以圣人处无为之事，行不言之教"（二章）倡导要像心目中设想的圣人那样通过"无为"而达到"无不为"的效果和境界，凡事要顺应自然而不加以人为干涉或主观努力，通过不言的方式实现对万民的教化。唯有这样的圣人才能真正地体道、悟道。本着"无为"的哲学观，老子否定了任何人为的举措，也从根本上否定了语言的功能和存在的必要。在对待语言的态度上，道家和儒家分道扬镳。道家

并不主张完全用语言来表达自己对宇宙、世界、人生的看法，他们用语言主要
为了把握世界的"道"本体以及人生体验等意义。

老子的言意观源自其思辨哲学，附着于道论之中。道处于自然无为的状态，
是言语无法准确表达的。其开篇即言："道可道（言说），非常道；名可名，非
常名。"（一章）道无法言说，也难以命名。而人类可言之道、可命之名便是非
恒道，因为道是"常无名"（三十二章）、"隐无名"（四十一章）此外他又曰：

> 有物混成，先天地生。寂兮寥兮，独立而不改，周行而不殆，可
> 以为天地母。吾不知其名，强字之曰道，强为之名曰大。大曰逝，逝曰
> 远，远曰反。（二十五章）

> 知者不言，言者不知。（五十六章）

> 信言不美，美言不信。（八十一章）

> 善者不辩，辩者不善。（八十一章）

庄子则谓：

> 天地有大美而不言，四时有明法而不议，万物有成理而不说。
> （《庄子·知北游》）

> 道不可闻，闻而非也；道不可见，见而非也；道不可言，言而非
> 也。（《庄子·知北游》）

这样的论述还有很多，集中表达了老庄对言与意（道）关系的辩证看法。在老
子看来，道无声无形，非感官可言可把握，它具有玄言、精微、博大、源深、
恍惚之特征，它以无为本，至大之美，绝不是具体事物累计相加的总和，也非
通过具象可以把握和认识的。虽然"言"作为人类的一种具有很强所指功能的
语言符号系统，有很强的概括性和宽广的应用性，但它相比恍惚精微、统摄万
物的"道"而言，依然是一种具体的存在，其局限性不足以尽"道"，这从后来

庄子的"精微"之论（《秋水》）中也可见一斑，二者同出一辙。在老子看来，用语言来指称恍惚性的"道"便是对其整体性的破坏，"美的完整性确实丧失在言语中。任何人、任何言语包括'道'或'大'，都无法把'可以为天地母'的恍惚之美表达出来，所以言不能完全称意，既然如此，最好是'稀言自然'。老子认为道是自然。对道少'说'（言说）多'体'（体悟），与道为一，就能'执大象，天下往'（三十五章），也就能识大美，体大道。"①

　　紧承其后的庄子则更为鲜明地提出"言不尽意"与"得意忘言"。如果说老子的"言不尽意"观是在论"道"时从不同章节中互文获得的，那么庄子则直接认为，语言作为认识工具只能涉猎到事物的表象，而难以穷尽事物的本质与真谛，《庄子·秋水》篇谓：

　　　　可以言论者，物之粗也；可以意致者，物之精也。言之所不能论，意之所不能察致者，不期精粗焉。

可以言说的，只是事物的大概和皮毛，而事物的精粹和深意是语言所不能达到的。显然，言不尽意，意的领地更宽广，包蕴也更丰厚。由此，他批判了重言贵书的倾向：

　　　　世之所贵道者，书也。书不过语，语有贵也。语之所贵者，意也，意有所随。意之所随者，不可以言传也，而世因贵言传书。世虽贵之，我犹不足贵也，为其贵非其贵也。（《庄子·天道》）

世人认为书籍承载着前人的经验与思想，所以弥足珍贵，但庄子以为书籍只不过是糟粕而已。《庄子·天道》篇中有"轮扁斫轮"的著名寓言，轮扁说齐桓公读书只能读到糟粕，他以斫轮为例，说他的斫轮之技可以"得之于手而应于心"，却"口不能言"，所以他无法把斫轮之技传授给他儿子，以至到七十岁还不得不劳作。轮扁据此推论，在世之人尚无法传道，更何况已逝的古人。总之，庄子无处不在清晰地告诫世人：语言在精微的"道"面前是多么苍白和无力，

---

　　① 马国柱：《论老子语言审美观的特点及其影响》，载《吉林大学社会科学学报》2000年第1期。

真正的 "意" 是无法言传的。

老庄是在论 "道" 时提出其言意观的,为其 "象" 论蓄势、奠基。他们或者在表述 "道" 和 "象" 的关系时论及 "象" 的功能,或者模范性地立 "象" 言 "道" (如庄子以寓言创作散文,传达其哲学思想)。不论是否直接论及 "象",老庄都是后世溯源 "象" 时不可逾越的名家。可以说,道家从哲学的高度赋予了 "象" 极为抽象的思辨内涵,使 "象" 不再仅仅局限于《易传》所言的符号表征功能,而是处在 "言" 和 "意" 之间,并直接连通二者,同时也为魏晋玄学论及言、象、意之关系夯实了理论基础。

二、哲学家对 "象" 的评说与实践:儒、道论 "象"

1. 儒家对 "象" 的认识与实践: "比德" 说

儒家的诗歌总集《诗经》向来以成熟运用比兴手法见长,长期以来儒家自然受到其言说方式的影响,突出表现在对 "以象喻意" 的借鉴。《论语·雍也》曾曰: "能近取譬,可谓仁之方也已。" 儒家为了阐发其仁义礼智信的伦理道德学说,善于敏锐地从日常生活事物与现象中获得思路与灵感,采用取譬的思维方式来观察和看待世界,将身边各种物象作为他们表达仁学观、传达政治主张的载体。 "在他们看来万事万物莫不是哲理的象征,许多 '象' 经过无数次的应用已经成为带有伦理色彩的文化象征符号。"[1] 这种重象的思维传统可以追溯到《周易》的 "立象以尽意",儒家带着伦理的眼光言说万物,在自然物象和伦理道德之间建立起一座桥梁,经孔子阐发后在荀子那里便被发展成为 "比德" 说。

早期孔子对于这种言说方式已有一定的尝试。他面对日常事务有感而发,通过选取富有说服力的 "象" 来表达其政治主张和个人思想。如《论语·为政》载曰: "为政以德,譬如北辰,居其所而众星拱之。" 这里孔子巧妙地从自然天

---

① 闫薇:《以象尽意——论审美化意象生成过程中体现出的儒家思想影响》,山东大学 2006 年硕士论文,第 16 页。

象——众星紧密环绕在北极星周围来获得启发，譬如高明的君主当受到群臣的热烈拥戴，从而形成清明的治国环境。又如《论语·子罕》篇曰："岁寒，然后知松柏之后凋也。"取譬松柏耐寒的特征来象征圣贤的高洁品质。《论语·颜渊》则曰："君子之德风，小人之德草。"孔子以"风"与"草"象征"君子之德"与"小人之德"，借以表达自己的志向。这种取譬的思维方式在通篇《论语》中比比皆是：

> 山梁雌雉，时哉时哉！（《乡党》）

> 色斯举矣！翔而后集。（《乡党》）

而《荀子·法行》则曰：

> 夫玉者，君子比德焉。温润而泽，仁也；栗而理，知也；坚刚而不屈，义也；廉而不刿，行也；折而不挠，勇也；瑕适并见，情也；扣之，其声清扬而远闻，其止辍然，辞也。故虽有珉之雕雕，不若玉之章章。

荀子以玉比君子之德，从不同侧面就玉的形态和特征进行陈述，并与儒家的"仁""知""义""行""勇""情""辞"等诸多品德一一对应起来，试图建构君子道德品质和玉的形貌特征之间的内在联系，这是一种典型的象喻言说方式。"这种异质同构关系使主体情感不自觉地投射到自然对象上，使客体具有了一种形而上的道德人格象征意义，成为主体内在本质力量的感性显现。玉之温润，水之奔流不息，山之巍然挺拔，松柏之后凋，芷兰之芳香，以及其他的自然存在物，无不成了人的品德体现。"[1]

比如，同样是水，进入儒家以象取譬的言说系统后，虽然所指各不相同，但无一例外地是都是以自然之象来象征某种志士仁人所必备的伦理品格和精神气度：

---

[1] 闫薇：《以象尽意——论审美化意象生成过程中体现出的儒家思想影响》，山东大学2006年硕士论文，第20页。

> 子曰：智者乐水，仁者乐山。智者动，仁者静。智者乐，仁者寿。
> （《论语·雍也》）

孔子取象于水形成著名的"智者乐水，仁者乐山"命题。在这里他只是借助山水来陈述仁者和智者不同的自然审美趣味，他以凝练的语言对比性地示意区分，并未详细给出肯定的结论。朱熹在《论语集注》中给出了比较中肯的阐发，一针见血地道出了孔子以"象言"说的伦理学内涵：

> 乐，喜好也。知者达于事理而周流无滞，有似于水，故乐水；仁者安于义理而厚重不迁，有似于山，故乐山。动静以体言，乐寿以效言也。动而不括故乐，静而有常故寿。

朱熹详细地分析了其中的原因，揭示了孔子"以象取譬"来说治国与伦理之意的真正意图。"象喻"说经孔子推演后，在其后的孟子、荀子乃至汉儒董仲舒那里得到了进一步的推进。且看同样是取象于水：

> 徐子曰："仲尼亟称于水，曰：'水哉，水哉！'何取于水也？"
> 孟子曰："源泉混混，不舍昼夜，盈科而后进，放乎四海。有本者如是，是之取尔。苟为无本，七八月之间雨集，沟浍皆盈；其涸也，可立而待也。故声闻过情，君子耻之。"（《孟子·离娄章句下》）

> 水则源泉混混沄沄，昼夜不竭，既似力者；盈科后行，既似持平者；循微赴下，不遗小间，既似察者；循溪谷不迷，或奏万里而必至，既似智者；障防山而能清净，既似知命者；不清而入，洁清而出，既似善化者；赴千仞之壑，入而不疑，既似勇者；物皆困于火，而水独胜之，既似武者；咸得之而生，失之而死，既似有德者。孔子在川上曰："逝者如斯夫，不舍昼夜。"此之谓也。（《春秋繁露·山川颂》）

孟子从水的"混混""不舍昼夜"的特征联想到人类进取不息的精神，用水的"盈科而后进"的特征，比喻人之"有本"，他将水的本质与人的内在品质相关联，借助水的特性来说明人格之美取决于自身内在，用圣人爱水来类比君子对道德境界和人格之美的推崇与向往。而董仲舒则高度认同自然事物之间相互有一种感应，谓之"同类相动"，他从水的性质、形态、作用等方面与人的"德"一一对应，加以观察比附，"力""察""知命""善化""勇""有德"，这分明就是从人的品德、追求加以审美观照，寓自然万物以深邃广博的伦理道德意蕴。可见，从孔子、孟子到董仲舒，山、水乃至其他一切自然万物不再是静止而纯粹的自然之物，也不再是自然意义上的自然之物，而成为君子之德、伦理人格的象征和典范。"比德"思想及言说方式不断得到强化，成为儒家立象论德的早期实践。后来随着行为活动和人的道德情感逐渐被摄入进礼乐系统加以符号化[①]，儒家的哲学实践极大地丰富了"象"的外延。

当代美学家李泽厚曾说，儒家"以不同方式将自然性的形象特征，通过概念性的理性认识激发伦理情感，摇身一变成为审美感受或表现对象"。[②]儒家的"比德"说以"一种拟人化的眼光去发掘自然万物内在属性和人的道德属性的对应关系，从对自然事物的主观猜测和诗意的联想出发，引申出仁人君子应该具备的人伦道德品格和价值取向"。在论及儒家这种象喻言说方式的特征和意义时，学界有这样一种评论：

> 自然界的一切都被打上了主观情感的烙印，变成了象征意象，变成仁人君子道德境界的象征。比德目的，就在于寻找自然审美对象与人品质价值取向的相似点，以此作为提升人格修养的途径。把自然的特征人格化、道德化，把人的特征客观化、自然化，从自然发展变化的秩序和运行规律中引申出人与人交往中应遵循的行为准则和规范，并为这种规范找到了合理的"天道"依据，使人在社会中生存应遵循的伦理准则赋予自然，完成自然的人格化。通过对事物的认知、感悟转化为心理和情感的沉淀，以至于对"象"的体验达到了一种普遍一致性，成为思维方式。[③]

---

① 可参见闫薇：《以象尽意——论审美化意象生成过程中体现出的儒家思想影响》（山东大学 2006 年硕士论文）第二章"'比德说'中体现的儒家意象思维——'象'之认识"。

② 李泽厚：《美学三书》，安徽文艺出版社 1999 年版，第 357 页。

③ 闫薇：《以象尽意——论审美化意象生成过程中体现出的儒家思想影响》，山东大学 2006 年硕士论文，第 20 页。

所论十分中肯。儒家阐发伦理道德思想时采用的这种比德思维方式，只是春秋战国时期象喻言说的一种罢了。但这种建构自然物象和伦理礼乐之间关联的尝试，成为后世的一种文化积淀，赋予了很多物象人伦情感和道德意味，如古代松、竹、梅、兰等物象均有独特的所指，极大地影响了后世文人对"象"的选取和解读。

2. 道家的"象"论及其实践

其一，老子"大象无形"观。

据笔者初步统计，《老子》一书中先后五处论及"象"。在《老子》第二十一章中曰：

> 道之为物，惟恍惟惚。惚兮恍兮，其中有象；恍兮惚兮，其中有物。窈兮冥兮，其中有精；其精甚真，其中有信。

他指出"象"的特点是恍惚而非清晰可辨的，其原因在于"道"自身的不可言明性，老子便在"象"与"道"之间建立起一种难以把握的复杂微妙的联系。但所幸的是，老子在论道时，赋予"象"的这种本体论特征和思辨性色彩的同时，也坚信"象"是蕴含了精、真、信等元素与品质的。这就内在地肯定了言说和本源之"道"的关系。只不过和儒家坚决认为"言可尽意"不同的是，老子言说的方式和目标与孔孟存在根本的不同，他力图避免像儒家那样采用日常的生活语言来对世界本源之道进行直接言说，而是创造了"思辨"这种独特的方式。以更为诗性的方式来言"象"，"用文学的比兴手法将抽象的形而上问题通过隐喻来进行暗示，冲破现成生活语言的囚笼，是老子哲学的一大特色，也是一大理论创举"。[①]

可见，正是基于"道"精微恍惚的特征，老子认识到了语言的局限性。现实中的人们过于相信语言和感官，要识"道"就必须突破语言的局限和束缚，以语言为材料搭建一个通向"道"的桥梁——"象"。《老子》在论"象"特征

---

① 赵新林：《Image 与"象"——中西诗学象论探源》，四川大学 2005 年博士论文，第 53 页。

的同时，自身也在以隐喻的方式来实践着"象"的言说。在《老子·第十五章》中，他明确地表示：

> 古之善为道者，微妙玄通，深不可识。夫唯不可识，故强为之容：豫兮若冬涉川；犹兮若畏四邻；俨兮其若客；涣兮其若凌释；敦兮其若朴；旷兮其若谷；浑兮其若浊。

在《老子》第二十五章中亦曰：

> 有物混成，先天地生。寂兮寥兮，独立而不改，周行而不殆，可以为天地母。吾不知其名，强字之曰道，强为之名曰大。

"强为之容""强字之""强为之名"等语句，鲜明地表达了老子面对难以把握的道之"象"采用的特有言说方式的态度，这体现出道家哲学的深刻悖论：一方面坚信道不可言、言不尽意，一方面又不得不通过言的途径来论道，否则言语的沉默只会导致道的无人知晓乃至最终死亡，众人也无法领悟道的精微与博大。且看老子如何以高度诗性特征的喻象来表述深刻的哲理。如"知其雄，守其雌，为天下溪，为天下溪，常德不离，复归于婴儿"。（第二十八章）用生动的比喻之"象"来阐明进退、强弱以及受德返璞之理。赵新林曾说：

> 《老子》用独有的诗性之象方式改变了《易经》之"象"的符号言说，使"象"具备了一种完全不同的诗性形态，这对中国古代哲学，特别是在诗学发展史上可以说是一个最伟大的贡献。①

说是完全改变似乎言之过实，毕竟《易经》中很多卦辞也采用了比兴的手法，本身也具有一定的文学色彩，但高度肯定《老子》喻象言说的实践价值则是比较中肯的。老子的这种诗性言说实际上是一种以象尽意的特有方式，是一种摆脱理性方式展开言说的深刻尝试。"象"发展到老子这里，成为"似乎可言说又

---

① 赵新林：《Image 与"象"——中西诗学象论探源》，四川大学 2005 年博士论文，第 53 页。

无法言说，居于言与思之间的一个恍惚边地"。① 这是 "象" 成为哲学范畴的一个重要转折点，在先秦 "象" 范畴史上，具有里程碑的意义。

其二，庄子 "象罔" 观。

庄子对 "象" 的哲学思索和写作实践同样是建立在言、意冲突与困惑的基础上的。上文笔者引《庄子·天道》篇集中分析了其 "言不尽意" 观，从其言论和意致导致的粗、精之分来看，庄子认为表面的、粗浅的现象世界，是可以用语言来表述的，而 "意致" 则是日常语言无法表达的本体世界，"可以言说的东西或以语言表达出来的与可以意致的即心灵去领会的东西是不同的……庄子拒绝用日常生活语言对道进行阐述，因为日常生活语言源自经验世界，它无法达到最高本源，自然也无法言说本体之道"。② 其 "轮扁斫轮" 的寓言表明，以典籍的方式记载下来的古代先圣之言自然也是无法再度对其进行阐述的，因为后人的所思所悟和古人流传下来的语言表达之间存在着不可逾越的鸿沟。

在无法两全的情况下，庄子重意轻言，提出 "得意忘言" 说，从而解决了 "言不尽意" 与不得不言的悖论，《庄子·外物》篇云：

> 荃者所以在鱼，得鱼而忘荃；蹄者所以在兔，得兔而忘蹄；言者
> 所以在意，得意而忘言。吾安得夫忘言之人而与之言哉！

荃、蹄是捕捉鱼、兔的工具，使用它们是为了获取鱼、兔。庄子以此来比喻言与意的关系，认为语言也是像荃、蹄一样的工具，使用语言的目的是为得到意，语言是工具，得 "意" 才是目的。庄子正是要求人们克服语言 "不尽意" 的缺陷，超越语言的局限性，充分调动自己的生活体验与知识积累，展开联想与想象，以获得比语言文字表达出来得更为广阔也更为深刻的思想内涵。

其次，相比老子一再 "强为之" 论 "象" 言 "道"，庄子提出 "象罔" 观来把握本体世界的大道。《庄子·天地》篇云：

> 使知索之而不得，使离朱索之而不得，使喫诟索之而不得也。乃

---

① 赵新林：《Image 与 "象" ——中西诗学象论探源》，四川大学 2005 年博士论文，第 53 页。
② 赵新林：《Image 与 "象" ——中西诗学象论探源》，四川大学 2005 年博士论文，第 56 页。

使象罔，象罔得之。黄帝曰："异哉！象罔乃可以得之乎？"

对庄子周边的世俗之人而言，采用传统的知识和方法去认识道，是无济于事的。在才智、明察和善辩之人均索之而不得的情况下，采用"象罔"即可得。学界目前对"象罔"大致有两种不同的理解：一是认为"象"即"有"，"罔"即"无"，即指无形可依无迹可寻的有无结合之象，或者是有无相生的统一体，而传统社会是过于依赖人之有、人之为，庄子则提出从无、有之中去深刻把握世界的本源之道。得道必须寓无智、无识、无闻，这是对儒家认识和解释世界方式的一种彻底性颠覆。二是可以作"罔象"讲[1]，即指对"象"的忽略和遗忘。在这种理解上，"象罔"和其"得意忘象"的主张相一致。

这里，庄子抛弃了儒家惯用的方式和态度来论象体道，他是在论言与道、言与思时道出一种崭新的"象"论观，对后世文艺美学思想观念的形成产生了极大的影响。"他的言意理论实际上也隐含了对'象'问题的特殊表述和处理方式。既然无形的本原之象是不可以日常语言直言，那么对它便只能以言说他物的方式而旁及象中之道。这就形成了庄子论道的特殊方式，即寓言性表达，所以庄子的论说中充满了大量寓意深刻的生动喻象。"[2]言说它物即是一种有（"象"），而忘之以获"意"即是一种象中之"无"（罔），任何言说绝不能仅停留于直接呈现的语言层面。

庄子本着对"象"的如此认识，在不可言和传达道的悖论与夹缝中，大量采用寓言来言说其哲学思想，这种尝试和实践完全是诗意的隐喻言说，对赋予"象"范畴丰富的内涵并拓展其外延做出了巨大的贡献，也赋予了"象"深厚的哲思意蕴和美学意味。

可见，先秦时期儒、道两派在阐发、申述各自的思想观念时，对"象"的理解、选取和赋予都不尽相同，但都无一例外地承传《周易》开创的"立象以尽意"传统，绝非采用西方凭借分析、推理和判断的方式来言说。儒家的"比德"说建构了自然物象和伦理道德之间的关联，而道家的"大象无形"说、"象罔"观以及大量寓言的创造性运用，极大地提升了"象"的审美蕴含，也拓展

---

① 陈鼓应《庄子今注今译》（中华书局 1983 年版）第 307 页即是如此，并举多处古例证明此处"象罔"即为"罔象"。

② 赵新林：《Image 与"象"——中西诗学象论探源》，四川大学 2005 年博士论文，第 58 页。

了"象"的使用空间。

总之，象喻言说经儒、道的理论阐发和写作实践，日益成为中国文人惯有的一种思维方式。

第三节 《周易》"象"论概观

《周易》是中国哲学与美学史上一部十分重要的著作，它集中反映了中国古人采用丰富的卦象来认识复杂世界的高超智慧。《系辞传》用"象"来概括整部《易经》，从而使"象"成为一个十分重要的范畴，直接成为后世美学和文艺学领域中诸多泛化衍生范畴，如"意象""心象""景象""境象"等的源头，对古代文学及批评产生了深远的影响。

一、《周易》中"象"的缘起及内涵

"象"在《周易》中究竟指什么？《系辞传》中曾谓："是故《易》者，象也；象也者，像也。"整部《周易》中的"象"，通常是指"卦象"和"爻象"。

所谓"卦象"，是古人推测吉凶的基本依据。组成卦象的基本符号是"—"和"––"，它们被称作爻。所谓"爻象"，是指"爻"所象征的事物。"爻象"有两类：一为"阳爻"（—），一为"阴爻"（––）。阴爻和阳爻的结合，构成卦象。用三个爻重叠起来，可组成八种符号，分别是乾、坤、震、巽、坎、离、艮、兑（象征天、地、雷、风、水、火、山、泽八种符号），这便是八卦。用两个八卦即六个爻重叠起来，可组成六十四种符号，称作六十四卦。八卦作为一种符号，既不是文字，也不是数字，它似乎兼有这两种符号的功能，其最大特点在于突出的象征意义，可以说卦象的特点在于"象"。《周易·系辞上》说："圣人设卦观象，系辞焉而明吉凶。"《系辞下》

曰："八卦成列，象在其中矣。"可见，古人设八卦之象的初衷只是为了预测吉凶，采用象征的符号来反映某种与占卜相关的认识，并且"象"成于八卦之列中，脱离不开八卦的两种基本符号所组成的系统。《周易·说卦》载："昔者圣人之作《易》也，将以顺性命之理。是以立天之道，曰阴与阳；立地之道，曰柔与刚；立人之道，曰仁与义。"这说明"圣人"作《易》时，已将天地万物高度概括为阴、阳、柔、刚、仁、义六种基本元素，沿着这六种基本元素的运行轨迹和规律，就可以把握天地万物及其运行规律，体味"圣人之意"，这个过程也是符号化的过程，用象征阳的"—"和象征阴的"– –"符号叠加和变化表示出来，就是"卦"。正是爻的组合变化，才产生出丰富多样、表示万物的六十四卦。

《周易》的创作一般传说是经历了三位圣人。先是伏羲画八卦，再是周文王演为六十四卦，最后由孔子作《易传》（即《十翼》）。虽然学界对此说存有争议，但从八卦演化为六十四卦必然经历了一个漫长的发展过程，并且由传说中的人物（伏羲）过渡到历史人物也是比较可信的，也为学界多数学者所认可。《周易·系辞下》曰：

> 古者包牺氏之王天下也，仰则观象于天，俯则观法于地，观鸟兽之文，与地之宜，近取诸身，远取诸物，于是始作八卦，以通神明之德，以类万物之情。

伏羲生于神农氏之前，是古代渔猎狩猎时代的象征。且不论其作八卦的传说是否属实，但八卦的取象确实包含有远古人类的某些认识特点。宇宙间最大者为天地，天上最惹人注目者为日月，地上最博大载重者为山泽，社会之初最实用者为水火。天、地、风、雷、山、泽、水、火是原始社会中人们感受最深也最直观的八种自然现象，这反映出古人观察万物的经验性和直观性。这种对宇宙主要事物、八大现象的划分，代表着远古人类的认识成果。除了这些最基本的现象以外，牲畜有牛、马、鸡、狗等种类，人有耳、目、首、腹、足等部分，颜色有玄、黄、赤、白之别。这些在说卦中都被列入八卦的象征，非常自然而直观。"由八卦至六十四卦，时移世改，社会生活复杂起来，人们具有进一步抽象和概括的能力，卦的取象也就丰富起来。《系辞下》所谓八卦的取象来源于人类直接的观察，仰观天，俯察地，近取之于身，远取之于物，多注意鸟兽之迹和适于生长的植物，含有相当的合理性。"①

既然以六十四卦来象征宇宙间的万事万物，那么八卦究竟象征什么呢？《易传·说卦》认为，用三个爻组成的八卦所代表的象征意义依次为：乾为天、坤为地、震为雷、巽为风、坎为水、离为火、艮为山、兑为泽。不过，这只是最基本的象征意义，每卦都还可以象征许多东西。如乾卦既可象征人类社会的君父，也可代表自然界的金玉之类和动物界的马、植物界的木果，还可表示感觉（如寒冷）和颜色（大赤）等。其他卦象莫不如此，其象征所指完全出于古人占卜之需，起初具有很强的随意性，后来逐渐约定俗成。这从战国的《左传》和《国语》中大量使用可见一斑。八卦的象征意义逐渐为人所承认和接受，各卦的取象，涉及包括社会和自然界在内的范围很广的事物及现象。

《易经》通篇直接采用卦象符号来象征万物，但并未直接提及 "象" 这个范畴，而真正从不同角度来言说 "象"，还在《易传》中。通观整部《周易》，"易象" 是指客观存在的事物，它是一种物象符号。因此，在不同语境出现的 "象" 大致可以分为 "物象符号" 和 "象征符号" 两类。

据今人李舜臣、欧阳江琳研究，《周易》"观象立卦" 大体遵循如下 "三部曲"②：

第一，在直观表象基础上的简单分类、归纳。《周易》初创期不可能有现代意义的逻辑理性思维，但是在凭感性认识世界的过程中亦孕育着原始的逻辑思维。从论析来看，周朝先民们 "近取诸身" "远取诸物"，他们认定了与自身生存息息相关的八种基元事物：天、地、雷、风、水、火、山、泽。后来，随着认知能力的提高和生存空间的拓展，更多的事物进入了他们的视野而成为某种表象，如：马、牛、木、花、果、狗、羊等，如此庞杂的表象一方面丰富了占筮的内容，但同时也给他们在占筮过程中获取吉与凶、利与不利的二元判断带来了一定的麻烦。于是，他们逐渐把这些复杂的事物有序化，其方法就是简单的分类、归纳。在先民们看来，这些事物与他们所认定的八种基元事物在形、声、色甚至质等方面有一定的相似性，于是就将它们逐一归类：马、首、金等归于 "天" 类，布、釜、大舆等归于 "地" 类……这种分类的标准在现代人看来是缺乏足够的理性，甚至是难测的。但是 "不管

① 陈襄民：《周易全译》，青海人民出版社 1995 年版，第 17 页。
② 李舜臣、欧阳江琳：《〈周易〉的 "象" 思维》，载《赣南师范学院学报》2000 年第 1 期。

（这种）分类取什么样式，它与不进行分类相比，自有其价值"，即把混沌、朦胧的世界引入有序化。这一步在《周易》"象"体系之建构及先民思维发展过程中具有极其重要的意义。

第二，在原始分类的基础上进一步观念化。在某一类事物中，先民们凭其独特的感性认识和朴素的理性认识概括出其中相似的属性。如"天"类事物中"马""首""金"等都是具有刚硬、高高在上等特征；"地"类事物中，"牛"（古又称牡马）、"腹""臣""母"等则具有阴柔、位居卑下的特质……相应地，雷、风、水、火、山、泽类事物也具有独特属性，这便是后来《说卦传》中概括的"健""顺""动""入""陷""丽""止""悦"等属性的雏形。随着理性意识的不断加深，先民们又进一步将八种属性综合概括为二大特性，即"阴""阳"二种特性。

第三，直观抽象阶段。先民们的原始理性思维并不是建立在语言、概念基础上的逻辑思维，而是始终建立在感性表象基础上的前逻辑思维。因此，不妨把这种思维称为"直观抽象思维"。《周易》中的象征符号既具有抽象性又含有感性的意味。如阳爻（—）和阴爻（– –），许多学者认为是某种物象的象形，钱玄同的《答顾颉刚先生书》、郭沫若的《中国古代社会研究》均认为是像两性生殖器；乌恩溥在《周易——中国古代的世界图式》中则认为像日、月之形，高亨先生研究《周易》则认为像天体和地体。这些说法都表明了这两个符号的具象性。但这两个符号更深层的意蕴是两类事物的代表，即"认'—'像阳类事物，认'– –'像阴类事物"。这是这两个符号抽象性的表现。所以，陈良运先生认为：《周易》的'象征'不是直接与感性形象结合，而是以感性形象的抽象符号，形成独特的象征。"[1]

先看八卦指的"物象符号"，它代表客观存在物。从上引《周易·系辞下》来看，"仰观象于天"中的"象"显然是指客观存在的事物，是自然世界最原始的表层物象。而这层"象"在整部《周易》中指涉相当广泛，几乎无所不包。诸如日月星辰、山川草石、飞禽虫兽乃至人的气息血脉，都可以取为"象"，这是《周易》用来象征某些义理的全部基础。有人曾进一步总结这种"物象符号"作为一种客观存在事物具有两种含义：一是指作为"鸟兽之文"和"地之宜"的某种事物的表象，即自然界万物最直观的表层物象；二是事物表象之下蕴藏

① 陈良运：《周易与中国文学》，百花洲文艺出版社1999年版，第37页。

着深层富有意义之"象",《周易》将其定义为"赜",即精微深奥之物,特指隐于事物表象之下的深层本质和功能。《周易·系辞上》曰:

> 圣人有以见天下之赜,而拟诸其形容,象其物宜,是故谓之象。

可见,深层的"赜"才是《周易》关于"象"最核心的阐释,对本质和功能的把握,便是将客观事物深度蕴含抽象化、符号化的过程。[①]

再看卦象符号。所谓"卦象",是八卦所显示出的各种"象",用以指称自然和社会的事物。随着生产劳动实践的不断扩大,许多比较复杂的事物、现象无法采用直观的模拟符号来呈现,尤其是一些无法可视可触的较为抽象的义理很难表达,这迫使古人在原有卦象符号的基础上通过象征和引申的方式来曲径通幽。这必然从自然万象中选取、归纳、提炼,并经过主体思维的过滤最终凝聚为象征符号系统。

可见,"卦象"是从对客观存在事物能动性的反映、模拟中得来的,它作为一种象征符号,与具体万物相对应,如乾为天,为阳,为君,为男;坤为地,为阴,为臣,为女。天与地是乾卦、坤卦的本意,阳、君、男、阴、臣、女显然都是根据本意引申、抽象出来的第二意义。因此"易象"具有抽象的符号性特征,是经过了主体思维抽象提炼出来的"象"。"卦象"跟前文述及的客观之"象"又有着密切联系。《周易·系辞》曾曰:"象也者,像也。"可见,卦象并不是凭空产生的,而是从对客观存在事物的模拟中产生的,不仅像其外表,而且建立起相互之间的某种关联,体现出二者的内在属性。现代学者刘长林曾说:

> 《易经》把八种自然物作为构成世界的物质基础,不是着眼于它们的形体形质,而是着眼于它们的功能动态属性,并且认为这些功能动态属性具有普遍意义。[②]

"卦象"就是将客观事物的表象以及客观事物蕴藏的"赜"以"象"的形式表

---

① 闫薇:《以象尽意——论审美化意象生成过程中体现出的儒家思想影响》,山东大学 2006 年硕士论文,第 9 页。

② 刘长林:《中国系统思维:文化基因透视》,中国社会科学出版社 1990 年版,第 81 页。

达出来，这个表达的过程，就是将"象"抽象性、符号性的"卦象"过程。用"卦象"来反映客观物象和主观之"象"的内在属性的一致性。在八卦中，天、地、风、雷等卦实际上就是将事物本质提炼并重新整合的结果。

"卦象"是占卜者经过无数次占卜之后形成的卦象符号，它建立在主体对天道的认知基础上，是先民在长期的社会生活经验积累基础上，通过不断反复地社会实践提炼出来具有"共性"的符号。这种共性"符号"，既包含着对宇宙万物认识的具体经验，同时又超越这些具体经验层次而进入共性的抽象，从宇宙万物中抽离出本质的东西，模拟成"卦象"，是个性与共性的统一，抽象与具象的统一，古人用以认知宇宙社会，认识自我人生。①

《周易》中的"象"同时兼备"物象符号"和"象征符号"两类符号形式，或者说是"一体两用"，从而使易象可传达出丰富的内涵。卦象所指称事物的范围远比原来的物象扩大了，其所象征的义理也大大突破了"物象"单一、静止、感性的所指，直接通向无尽的自然万物和复杂的社会万象。因此，"象"在《周易》中经过了多维透视，指向与原始物象相通的社会事物，其意蕴涵盖时空极为广大。《周易》的文本逻辑是卦（卦象）—受（象传）—辞（象传），构成一个文本体系，与之相对应的《周易》之思维逻辑，是秉持万物之象—自然之象—社会之"象"的逻辑过程，将人和天视为一体，由自然物象推断出人事物理之变化，再从人事物理之吉凶溯源自然万象之本质。因为人与自然宇宙在本质上的一致性，所以对人类自身的探索也就是与宇宙万物相沟通的过程，而人类自身的生命机制可以外化为宇宙的生命机制。②

基于这种心理，《周易》"卦象"中的第一象，通常选择它用人所熟知的自然现象，通过它来象征见微知著的人生哲理。如以《恒卦第三十二》为例，其卦为"恒：亨。无咎，利贞。利有攸往"。《象传》对此卦的解释则是：

> 刚上而柔下，雷风相与，巽而动，刚柔皆应，恒。

---

① 闫薇：《以象尽意——论审美化意象生成过程中体现出的儒家思想影响》，山东大学 2006 年硕士论文，第 10 页。

② 闫薇：《以象尽意——论审美化意象生成过程中体现出的儒家思想影响》，山东大学 2006 年硕士论文，第 10 页。

"恒"指天下万物永恒不止，圣人"观其所恒"，见天地万物之情。《象传》则直接将雷风和人事道理连接，认为"雷风恒；君子以立不易方"，雷、风相互交助、同时并存本来就是自然现象，《周易》引申为天地运行持久可行的道理，又引申为君子效仿"恒象"，以此树立坚持正道、恒久不变的观念。再如《渐卦第五十三》篇谓"鸿渐于陆"，引出"夫征不复，妇孕不育"，从自然存在引申出社会、历史等现象，并且渗透了主体的某种情感在内。

二、"观物取象"

《周易》不仅为"象"确立了如上双重内涵，而且还对"象"的生成方式、"立象"的目的等进行了全面界定和阐释，从而使"观物取象"和"立象以尽意"成为古代哲学史和美学史上两个极为重要的命题。

无疑，自然界物象的丰富性远非寻常语言文字所可拟尽，更何况在言说方式还不太发达的远古时期。然而自然无时无刻不在赋予立于天地之间的人类以启迪和灵感，使他们从无穷无尽的物象中精心选取有典型代表性的部分，进行提炼、归纳与概括。从而"天垂象，见吉凶"，"在天成象，在地成形，变化见矣。"（《易传》）因此，"象"的选取与营造就成为至关重要的一步。《系辞传》提出"观物取象"，叶朗先生曾从"象"的来源、产生及观物的方式三个方面分析过这个著名命题[①]，给了读者很深的启发，这里结合叶先生的阐释稍做分析。

1.含义解读

其一，"观物取象"凝练地道出了《易》象的来源。《易》象并非凭空臆造，也非古人想象的产物，它是"圣人"根据他对于自然现象和生活现象的观察创造出来的，具有强烈的生活气息和现实感。在"观"中取"物"，在"取"

---

① 叶朗：《中国美学史大纲》，上海人民出版社 1985 年版，第 73—77 页。

中成"象",一"观"一"取",充分说明《易》象的最终形成并非源于圣人的心灵,而是来自真实事物和现实生活。同时,古人之"观",不仅模拟事物的形似,更为看重事物之间的相似性,从而表现万物的内在联系和特征,获得对宇宙深奥微妙道理的深刻认识。因此,这种"观""取"带有很强的概括性。比如"革"卦,卦形为"革","变动"之义。卦形是"离下兑上",火在下,泽在上。这个卦象就是"圣人"观察了篝火把盆里的水煮开成汽以及盆里的水把篝火浇灭这样一类物象,尔后创造出来的。它表现了处于变革阶段的事物的矛盾斗争特性。可见,《易》象来自周边生活,古人从物象本意不断类比、衍生出某种象征意义,从而实现对某种抽象义理的表达。

其二,"观物取象"说明《易》象的产生始终离不开人的作为与造化,它不仅是一个认识外界的过程,同时又是一个智慧创造的过程,须臾不离古人的主观能动性和创造转化。"观"就是对外界物象的直接观察与鲜明感受;而"取"便是在"观"的基础上进行某种提炼、概括与创造。《系辞》云:

> 仰以观于天文,俯以察于地理。
>
> 圣人有以见天下之赜,而拟诸其形容,像其物宜,是故谓之象。

显然,《易》象对外在客观事物之模拟,不仅是模仿外表,还需体现出其内在的本质和原理。"是故易者,象也。象也者,像也。"(《系辞下》)当外物进入古人眼帘后,必然经过感知觉的化合作用,从某种表达需求或审美目标出发经过处理、浓缩、摄取、变形等,使自然物象成为符号性的卦象,蕴含某种象征意味,达到对事物普遍的认识。因此,圣人最擅长的就是采用最简单直观的"象"来演绎深奥复杂的"理",他们所取之"象"具有高度的概括性和典范性,足以完成承载和传达某种义理的使命。

其三,这一命题还引导人们如何去"观物",即告知了"观物"所应采取的方式:

> 仰则观象于天,俯则观法于地,观鸟兽之文,与地之宜,近取诸
>
> 身,远取诸物。(《系辞》)

从一仰一俯、一远一近的罗列和对比来看,"观物"不能过于机械僵化,也不能

仅仅局限于某个孤立的对象，而应该“仰观”“俯察”，既观于大，又观于小，既观于远，又观于近。只有这样，才能把握“天地之道”与“万物之情”。

可见，“观物取象”的命题具有丰富的思想内涵。它对后世美学的深远影响亦鲜明可见。

第一，由于历代众多艺术家、思想家都把《易》象作为艺术的起源，并形成一种传统的看法，所以“观物取象”也被很多人看作是艺术创造的法则。在诗话、书法、小说中，这种例子不胜枚举。比如五代大画家荆浩说：“画者画也，度物象而取其真。”（《笔记法》）这就是“观物取象”之思想，此即论画。而清初文学理论家叶燮则说：“文章者，所以表天地万物之情状也。”（《原诗》内篇）又曰：

> 吾尝谓凡艺之类多端，而能尽天地万事万物之情状者，莫如画。彼其山水、云霞、林木、鸟兽、城郭、宫室，以及人士男女、老少妍媸、器具服玩，甚至状貌之忧离欢乐，凡遇于目，感于心，传之于手而为象，惟画则然，大可笼万有，小可析毫末，而为有形者所不能遁。吾又以谓尽天地万事万物之情状者，又莫如诗。彼其山水云霞、人士男女、忧离欢乐等类而外，更有雷鸣风动、鸟啼虫鸣、歌哭言笑，凡触于目，入于耳，会于心，宣之于口而为言，惟诗则然，其笼万有，析毫末，而为有情者所不能遁。（《赤霞楼诗集序》，《已畦文集》卷八）

这也是“观物取象”的思想，且兼论诗与画两大领域。其对外物摄目而成像的过程进行了细致描绘。由此可见，《易传》“观物取象”的命题，在美学史上形成了一个极其重要的传统思想，对中国古典美学体系有着重要的意义。在两千余年中国文学批评史上，被历朝历代批评家广为使用。

第二，“观物取象”的命题所包含的“仰观俯察”的观物方式，在美学史和艺术史上的影响也极为深远。宗白华先生曾指出：

> 俯仰往还，远近取与，是中国哲人的观照法。而这观照法表现在我们的诗中画中，构成我们诗画中空间意识的特质。①

---

① 宗白华：《美学散步》，上海人民出版社1981年版，第93页。

又比如，王羲之《兰亭集序》中有名句曰：

> 仰观宇宙之大，俯察品类之盛，所以游目骋怀，足以极视听之娱，
> 信可乐也。

就是说，艺术家不能只着眼于某一个孤立的对象，不能局限于某一个固定的角度，而要着眼于宇宙万物，要仰观俯察，游目骋怀，只有这样，才能得到审美的愉悦。而这实际上就是直观、整体把握的思维方式。

2. 理论价值

古人观物、取象和创造卦象符号系统，具有多重理论价值，对后世"意象"范畴进入文艺学领域，并在创作和文本等层面产生了深远的影响。

首先，"观物取象"激发了古人的联想思维。观物所取之"象"乃卦象，即卦的符号形式。而卦象是对客观物象的反映，从根本上说是一种符号而非实物，它虽源自客观物象并在模拟中竭力求其形似，但在赋予其象征内涵时已经经过了观察者主体的改造，必然打上了其鲜明的情感印迹。因此，经过"观""取"之后的卦象符号，最终是以隐喻、象征的方式来显意和"尽意"的。

《周易》创构时期的先民，将生活中遇到的问题借助"卦象"形式，通过象征的联想方式做一番"合情合理"的解释，他们采用的方式就是借助"象"，将意义相通的东西加以模拟和比附，形成可以理喻的东西。可见，古人在改造和象征的途中，必然根据自己的理论水平和客观需求充分发挥自身的创造性。正如哲学家张岱年先生所言：

> 中国传统思维方式中的类比、比喻、象征等思维形式，从本质上看，是同一形态的东西。比喻是类比的表现形式，象征即是隐喻，是一种特殊的比喻。三者都建立在经验的、具象的基础上，都是主体借助一定的物象或原理，以阐明特定的情感意志的一种方法。①

---

① 张岱年、成中英：《中国思维偏向》，中国社会科学出版社1991年版，第100页。

可见,"取象"之"象"并非完全与物等同。而卦象一经联想、象征、比拟等思维作用后,必然会体现并促进古人的联想水平。

其次,古人在"观"中实现客观外物和主体自身情感之间的融合。命题中的"观"缘于客观事物和主观情感之间因为生命之气的交流共鸣而做出的选择和判断。"意象起于'观物取象'。这个'取',不是单纯模仿,而起于物我之间因生命之气的交流共鸣而感应互通,是基于同态对应的深切认同。古人以整体直觉的思维方式来面对万物。当物象转化为意象而充满主观情绪色彩时,不是主体情绪的单向投射,而是'情往似赠,兴来如答',我既赠物以情,物亦答我以兴"。①这种"同态对应"的认同态度渗透了强烈的主体意识,当人类理性思维刚刚觉醒,就将万物纳入自己的视域之中,从自身情感和与自然万物的共鸣出发,将物象转化为意象,对"象"的文化关注由此而成。但概括说来,此时的"象"还只能被称之为"有意味的象",打上了主体的印迹,而不能称之为"审美意象"。

再者,"观物取象"促进了类比外推思维的发展。这一命题的重要价值还在于,它反映了中国古人最初不断扩大认识的途径和追求,它建立了已知之"象"和未知之"象"的内在联系,由已知之象来认识未知之象,通过个别反映一般,运用具象折射义理,并由自然物象扩大到社会领域,这种取象的方式极大地增强了中国古人类比推理的思维素养,而魏晋文论家王弼论及言、象、意之关联时,所充满的思辨色彩正是得益于古人的熏陶和培养。总之,"圣人'观物取象'的目的就是希望通过卦象及其变化,去象征、模拟宇宙万物及其联系,并不断引申、扩展象征对象和范围,从而形成'以类万物之情'的尽意效果。"②

三、"立象以尽意"

《易传》在《庄子》"得意忘言"的启发与基础上,鲜明地提出"立象以尽意"的重大命题,明确赋予"立象"以功能和目的。这一命题的提出对言与象,

---

① 选自汪裕雄著《意象探源》(安徽教育出版社 1996 年版),下编"审美论"首章。

② 参考了闫薇《以象尽意——论审美化意象生成过程中体现出的儒家思想影响》,2006 山东大学硕士论文,第 13 页相关论述,特此说明。

意与象之关系做出了很深的思索：

> 子曰："书不尽言，言不尽意。"然则圣人之意，其不可见乎？子
> 曰："圣人立象以尽意，设卦以尽情伪，系辞焉以尽其言，变而通之以
> 尽利，鼓之舞之以尽神。"(《周易·系辞上》)

1. "象"与"言"

《周易》提出本命题时，重温了此前"言不尽意"观。正是在充分认识到语言的局限性之后才呼吁通过立"象"解决"言不尽意"之难题。所谓"言"，相比丰富无穷的万物来说永远都是局部的、有限的，它不过是实体的符号化表达。叶朗认为此处"言"是"指使用概念、判断、推理的语言，即逻辑思维的语言"。[①] 如此理解，则"言不尽意"反映出语言在表达思想感情时的局限性。因为"言"无法也不可能充分表现，穷尽特殊的、个别的事物。再者，人的内心世界极其复杂，思想感情如一条奔腾不息的江河，有时只能意会，凭借感受、体验来领略，无法用语言来逐一道尽。这正是"言"与"意"的巨大矛盾与深刻悖论。

《庄子·秋水》篇云：

> 可以言论者，物之粗也；可以致意者，物之精也。言之所不能论，
> 意之所不能察致者，不期精粗焉。

可以言说的，只是事物的皮毛与表层，而事物的精粹和深意是语言所不能达到的。由此，他严厉批判了重言贵书的倾向[②]，并在《庄子·天道》篇中提出著名的"轮扁斫轮"寓言，言斫轮之技可以"得之于手而应于心"，却"口不能言"，更无法后传。

---

① 叶朗：《中国美学史大纲》，上海人民出版社 1985 年版，第 70 页。

② "世之所贵道者，书也。书不过语，语有贵也。语之所贵者，意也，意有所随。意之所随者，不可以言传也，而世因贵言传书。世虽贵之，我犹不足贵也，为其贵非其贵也。"(《庄子·天道》)

正是基于这样的大前提,《易传》提出“立象以尽意”命题,认为概念无法清楚表现的内容,可以借助于巧妙的形象设立来传达,也就是说在“言”与“意”的巨大屏障之间架起跨越式的“象”之桥,从而实现问题的根本解决。即圣人为了能够将“意”准确表达出来,选择立“象”为中介,用具体可感的“象”来表现幽微晦涩的“意”。可以说“象”是“意”的感性显现,“深意”寓于“象”之中。

2. “象”与“意”

“象”为何要去尽“意”,所指之“意”又有何指呢?先看“意”的特征与内涵。《周易·系辞上》曾提出:

> 夫《易》,圣人之所以极深而研几也。唯深也,故能通天下之志;唯几也,故能成天下之务;唯神也,故不疾而速,不行而至。

可见,用“象”来揭示天下万物运行变化的道理和社会人事的吉凶,是一种可取的方式和优良的途径。那么“意”所指为何?除以上引文外,《周易》全书多处提及“道”:

> 子曰:“夫《易》何为者也?夫《易》开物成务,冒天下之道,如斯而已者也。”是故,圣人以通天下之志,以定天下之业,以断天下之疑。(《周易·系辞上》)

> 观变于阴阳而立卦,发挥于刚柔而生爻,和顺于道德而理于义,穷理尽性以至于命。(《易传·说卦》)

可见,除去决疑惑、断吉凶之外,“象”所要尽的“意”(“圣人之意”),不仅在于揭示天下万物运行变化之理和物象人事的吉凶之意,而且也指向儒家所追求的君子道德、人格情操乃至建功立业、治理天下的壮志豪情等。并且认为《周易》包含“圣人之四道”:

《易》有四象，所以示也；系辞焉，所以告也；定之以吉凶，所以断也。(《周易·系辞上》)

体现了圣人研讨事物之精微的结晶，具有相当普遍的意义。故此，探讨《周易》之意并非易事，唯有"立象"方可尽之。

再看"立象"的方式与目的。从上述"象"的"观""取"来看，拟形、概括是"尽意"的重要步骤，构象的图式具体为：先是"极深而研几"的感悟，接着提出"能通天下之志"的道理，从而形成精微奥妙之"意"。中国古人擅长以简单的方式来传达复杂深奥的道理，综合卦言和立象来表现圣人之意。因此，"立象"只是手段、途径与方式，尽意才是最终目的，"立象"只是对现实物象的模拟与仿效，其最终旨归在于通过提炼"以通神明之德，以类万物之情"。

3. 命题分析

"立象以尽意"命题究竟有何特点？《系辞下》[①]鲜明指出：

其称名也小，其取类也大，其旨远，其辞文，其言曲而中，其事肆而隐。

可见，卦象符号虽不是感性的、具体的，但它以小喻大、以少总多，概括了丰富的内容，其旨远，由此及彼，由近及远。而"意"主要指思维，是隐秘的、深藏的、抽象的、无尽的。"立象以尽意"便从哲学的角度触及了文艺领域中用个别表现一般、传达丰富意蕴的普遍性，对后世的文艺创作有很多的触发和启迪。

4. 文艺影响

虽然所尽之"意"原指宇宙万物运行的内在之"道"，但在观象与取象的过程中，必然渗透进圣人的主体意识，在阐发与创造的过程中也和人的志向、情

---

① 在《周易正义》(中国致公出版社 2009 年版)中，学者韩康伯、孔颖达等均做过很到位的注疏或阐发，读者可参看。

感、理想等密切相关,尤其是占卜为了准确预测吉凶,需要解卦者根据卦象即兴发挥、言之成理,而所观所取者、所言所解者都属于人内心情感的表现,和艺术形象的创造过程及功能等有着某种相通之处。

而看卦之人要领会"象"中之"意",须"观其象而玩其辞"(《系辞上》)。而对于"象"则要"极深研几",对其理解与领悟可谓"神而明之,存乎其人"(《系辞上》)。这里所说的"观""玩"之间,"深研"云云等,均包含对文本有选择性地摄取,也含有精心品呷的意味,而这又和此后纯粹的艺术欣赏存在着一定的相通性,或者说,《周易》的"立象以尽意"命题给予了后世文艺美学思想极深的启迪和影响。

可见,《系辞传》提出"观物取象""立象以尽意"之命题,意义极其重大。把"象"置于"物""言""意"综合构成、彼此作用的磁场中来界定和审视。一方面指出"象"的来源,"象"和"物"的关联及其分野;另一方面也赋予"象"独特的地位与功能,连接"言"与"意",实现对自然万物运行之道的准确把握以及宇宙微妙之理的深刻认识。《周易》对"象"的这种规定,具有浓厚的哲学色彩,也成为魏晋王弼论言、象、意关系的滥觞,也为后世美学与批评史上对赋、比、兴做出进一步的规定,以及"意象"说的最终形成奠定了理论基础。

四、《周易》之"象"的当代透视

1."象"思维的三维构成

《周易》"象"包括"卦象"和"辞象",其中八卦和六十四卦,法象万物,写万物之形象,谓之卦象;而卦辞和爻辞往往是对天地万物之象的描绘,或取于万物杂象,故亦为"象"。可以说,"象"思维不仅贯穿于古人占卜的全部过程,而且也是《周易》成书的基本思维方式。学界认为这一重要思维方式在《周易》中存在着三种不同的形态,依次经历了直观表现思维、象征思维和意象思维三个阶段[①],这里参照前人成果,稍做分析。

---

① 李舜臣、欧阳江琳:《〈周易〉的"象"思维》,载《赣南师范学院学报》2000年第1期。

从形成的最初功用来看，《周易》是用来占卜的，而运用卦象来占卜在远古时期是一种仪式，它往往伴随着人体对不同动物的模仿行为，而这种即时模仿逐渐化入记忆之中，并逐渐转化为内心表象，不断积淀以便于下次模仿、演练时得心应手，随时提取。可以说表象记忆思维是人类突破即时动作而实现能动再现和创造的重要一步。而在《周易》中较为成熟的卦象、爻象产生之前，古人占卜是依据各种暂存的表象之关联来预测吉凶、获得判断的，而在他们混沌和模糊的意识下，经不断验证与使用，意识中的某种事物可能因表象的关联而被视为另一种事物的因果。长此以往，则天地、因果、主客等后人极易凭借逻辑区分的概念，在先人看来，都是互渗的、关联的。正如布留尔所说："表象的关联通常都是与表象本身一起提供出来的。"[①]表象关联的基本逻辑是类比，即通过类比建立本体与征体（表象）之间的因果关系。《周易》中这种类比关联不胜枚举，比比皆是。如：

> 《大过》卦九二爻辞："枯杨生稊，老夫得其女妻，无不利。"

> 《渐》卦九三爻辞："鸿渐于陆，夫征不复，妇孕不育，凶，利御寇。"

前者用枯槁的杨树生出嫩芽新枝来类比老夫娶年少的娇妻，可带来吉利；后者用大雁飞行渐进于小山丘喻夫君远征，可妻不忠得孕生育，有凶险。很显然，这种表象之间的关联已经跨越了时空的局限，突破了单向度、单一事物之间的联系，而从自然世界引申到社会现象。在漫长的实践中，远古祖先积累起丰富的表象记忆，逐渐寻找简单归类，在概括中简化为某种具有普泛意义的符号，从而赋予易象一定的象征意味，这便过渡到象征思维，这是人类认识史上的一次飞跃与跨越。

　　而所谓"象征"即是采用比较抽象的符号，来隐喻、比拟、暗示超出符号本身意义的广泛而普遍的事理，即如《系辞下》所指出：

---

① ［法］列维－布留尔：《原始思维》，商务印书馆 1985 年版，第 101—102 页。

> 其称名也小，其取类也大，其旨远，其辞文，其言曲而中，其事肆而隐。

借助"象"这一中介，来实现由"小"见"大"，由"名"到"类"。而象征思维的特点在于不能拘泥于本来物象，必须以言成象、得意忘言，寻找"象外之意"。随着直觉表象的不断增多和娴熟运用，古人"观物取象"，将自然界丰富多样的物象按身体、物品、六亲、表里、时间、空间等进行分门别类，可见，圣人作卦时不仅要"拟诸形容"，还要"观其会通"，即通过事物的交感，寻求互化、变通之理。虽然"意象"的提出与成熟要到南朝刘勰《文心雕龙·神思》篇，但《周易》观物取象，始终是"以意运象"，"意"占主导性的地位。比如孔颖达《周易正义》引庄氏注曰："六十四卦之中，有实象，有假象，有义象，有用象，为四象也。"而"虚象"、用"象"已经将卦爻观念化了，这是比象征思维更高的一个阶段。如将"乾坤震巽坎离艮兑"分别赋予"健顺动入陷丽止悦"的意向和情感，这时八经卦便成为"意中之象"了。而后来的六十四卦则是更加细腻之意象了，如有吉凶祸福的《泰》《否》《损》《益》等卦，有审美观念的《贲》《丰》《大壮》等卦，有情感色彩较浓的《兑》卦等等，总之，意象思维使卦象与爻象更加贴近人的审美心理和审美意识，均是以卦象进行象征的体现。

2. 卦象与艺术形象之异同

《易传》中"象"的大量使用开始突破了原有巫术占卜的色彩，而开始成为具有一定哲学与审美意识的符号。比如在甲骨文中，初升之朝阳称"旦"，上像太阳（日），下似大地，其义为"晋"，古文"旦"即"晋"。在《周易》本经中，晋卦的卦象为坤下离上，写作"䷢"，坤为大地，离为火，火即太阳。整个晋卦是太阳冉冉升起之象。这一卦象的创构，体现了中华先民对太阳的崇拜与希冀。初升的朝阳，在先民心目中，是温暖、丰收的好兆头。而在《易传》，晋卦这一卦象已被赋予了新的人文意义，包括审美层面："晋，进也，明出地上。""明"者，光明也，阳光也。《易传》进而说："明出地上，晋；君子以自昭明德。"这是说，君子以"明"自比，使仁道显出光辉，这与太阳发光普照万物异曲同工。这里已有人格的审美因素。晋卦的这一卦象，实际是初升之朝阳在文字符号（"旦"）之外的另一表达。

也正因为如此，《易》象从产生及其功用等方面，都与后世成熟的审美形象的确有某种相通之处。或者说，易象虽不能完全等同于审美形象，但可以转化成审美形象。"立象"是为了"尽言"，也就是说，描摹客观事物并不是最终的目的，最终目的是通过"象"来反映"意"。这正和文学艺术相通，文艺通过刻画艺术形象来传达作家心中的某种主旨，让人领悟或感受作者的思想和情感。叶朗先生曾有较详细的分析[①]，大体说来表现在如下几个方面。

其一，《易》象是具体的、感性的、可见的，是对现实事物一种模拟、反映与写照，"见乃谓之象"（《系辞上》），"易者，象也。象也者，像也"（《系辞下》），"象"之源在于"近取诸身，远取诸物"，而艺术则是"诗人感物，联类不穷"（《物色》）二者在象与物——联类获象与客观物象的关系上是相通的，都不仅模仿、表现事物的外表，而且还要体现事物的本质。差异在于《易》象的反映虽然具有些微的审美性，但以认识宇宙精微之理为旨归，而艺术形象必须是审美的反映。

其二，《易》象是以形象来说明义理。孔颖达曾曰："凡《易》者，象也，以物象而明人事，若《诗》之比喻也。"而艺术形象则主要是以形象来表达情意，无论是《易》象，还是艺术形象，二者都是以形象来表达有关社会生活内容，都突破了单一的"象"，而诉求于无形、无限的某种情理。只是《易》象与其所言之义理紧密关联、不可分离，同一义理可以用不同的《易》象来说明，如"乾"卦的卦相是"健"，其意义为刚健，而天、朝廷、君、父、首、玉、金、寒、冰、大赤、马、木果、龙、衣等，则是象征这一卦象意义的事物，显然多象表一义；而艺术形象和它表达的情意却是不可分离的，无论是创作还是鉴赏，脱离了形象，则意义就被架空，并且情不离象，二者如影随形。[②]

其三，它们在表情达意，具有或隐或显的感情色彩方面是相通的。艺术形象表情达意是其基本功能，自不待言。《周易》也并非一副冷峻面孔，"圣人之

_____

① 这里参照了叶朗：《中国美学史大纲》（上海人民出版社 1985 年版），第 66—69 页的部分评述，取其主旨，特此说明并致谢。

② 钱钟书在《管锥编》（中华书局 1979 年版）第一册第 11—14 页中曾分析过，《无羊》中"牛耳湿湿"是不能换成"象耳扇扇"的，"马鸣萧萧"也不能替换物象而成"鸡鸣喔喔"的。"牵一发而动全身，着一子而改全局，通篇情景必随以变换，将别开生面，另成章什。"

情见乎辞"，通过卦象表现出"圣人"的爱恶忧患之情是多种多样的。如《明夷》卦表现了光明失去后的"忧虞"之情；《困》卦表现了困厄惶恐之情。卦爻辞中表现的感情色彩则更为浓烈，如表现男子求婚被拒，伤心而返的"乘马班如，泣血涟如"（《屯》卦上六）；表现前方战士艰苦战斗，终于克敌制胜，因而悲喜交集的"先号咷而后笑"（《同人》卦九五）等等。可以说，具有强烈而真切的感情基调正是《易》象的突出特征之一。

其四，卦象和艺术形象在"言"与"意"的关系上有相通之处，都是"不尽之尽"。《周易》中的"言"，指一个卦的卦辞和爻辞，如乾卦的卦辞是"乾，元亨，利贞"，它的初爻的爻辞是"初九，潜龙勿用"；此著"立象以尽意"，正是通过言、象相佐的载体把吉凶、悔吝之意传示于人，从这点来说是"尽意"的。但是"象"具有多义性，因此在怀有不同意向的占卜者面前，"象"便有了不能穷尽之意。而艺术形象是遵从"形象大于思想"之规律的，一个成功的艺术形象在不同的鉴赏主体间会唤起不同的审美体验，对于作者的初衷来说，也是"言有尽而意无穷"的，也是不尽意的。而且，有时艺术家是有意地使之不尽，为鉴赏者留有余地，往往越是高明的艺术家越使不尽之"意"更加开放和多元。

其五，《易》有一些爻辞，本身即可当作诗歌来品鉴，是对"赋""比""兴"三者的成熟运用。如：

（1）得敌，或鼓或罢（疲），或泣或歌。（《中孚・六三》）

（2）枯杨生华，老妇得其士夫。（《大过・九五》）

（3）鸣鹤在阴，其子和之。我有好爵，吾与尔靡之。（《中孚・九二》）

（1）句描写战胜敌人，有所俘获，有人高兴有人悲伤的情景。这是直言其事的"赋"体。（2）句是用枯杨树发芽开花，比喻老年人寻得了年轻的配偶。这是以彼物喻此物的"比"体。（3）句是说，两只白鹤在树荫里唱得多好听呀，让咱们一起来快乐地干一杯吧！这是触景生情的"兴"体。《易》中类似篇章还有《明夷・九五》《中孚・九五》《屯・六二》《渐・初六》《大过・九二》《大过・九五》

《明夷·初九》《中孚·九二》《睽·六三》《困·六二》《井》等。①

可见，《易》之"象"虽然不等于就是审美形象，但它与之有密切的联系，它可以通向审美形象，甚至有一部分已经就是审美形象。卦象之"象外之象"的底蕴是可为艺术之"象外之象"所借鉴。所以《易》象不仅仅是一个哲学范畴，而且在一定程度上已经趋向于美学范畴。

第四节 "象"的泛化

所谓范畴的"泛化"是指其使用不再局限于最初某一固定含义，而开始走向多元化，广泛运用于不同情境，同时涵盖具体与抽象层面。就"象"范畴而言，它由动物"象"的最初本义演变为模仿、效法、想象之义后，内涵不断泛化，在保持本义的同时，既可指乐官、舞名，也指八卦所代表的物象符号，并由此衍生出抽象的各种所指。同时，"象"经过道家老庄"言意"观和儒家孔子"比德"说的浸润和实践后，获得了蓬勃发展的生命力，"象喻"言说几乎成为先秦诸子和史传著作中普遍使用的方式。

一、"象"在其余诸子、历史著作中的应用②

"象"在先秦时期不单在《论语》《孟子》《老子》《庄子》中得到阐发和

---

① 读者可参见杨庆中著《卦爻辞中的诗歌》（《周易经传研究》，商务印书馆 2005 年版，上编第 2 章第 3 节）、李镜池著《周易中的比兴诗歌》（收入《周易探源》中华书局 1978 年版）、高亨：《〈周易〉卦爻辞的文学价值》（《文汇报》1961 年 8 月 22 日，后收入齐鲁书社 1979 年版《周易杂论》）等文，均对卦爻辞中的诗歌问题进行了探讨。

② 本处均据不完全统计而总结出"象"在先秦诸子、史著中的大体使用情况。

应用，而且在早期子、史著作中同样被广泛运用，它们共同对"象"内涵的确定和外延的拓展产生着重要影响。这里选取几部有代表性的著作稍做分析，观管窥豹，以透视"象"在先秦不同语境的使用下所呈现出的多元而丰富的内涵。

（一）《老子》论"象"

据不完全统计，《老子》一书中"象"的使用大体有三种情况。

其一为名词，指事物之"精"，常与实体有形之"物"相对应来使用，如：

> 道之为物，惟恍惟惚。惚兮恍兮，其中有象；恍兮惚兮，其中有物。窈兮冥兮，其中有精；其精甚真，其中有信。（《老子》第二十一章）

> 是谓无状之状，无物之象，是谓惚恍。（《老子》第十四章）

其二为副词，意指"好像""近似"，是由最初效仿、近似之义发展而来。

> 吾不知谁之子，象帝之先。（《老子》第四章）

其三专指"道象""大象"，实为最大的、不可见的"象"，即大道。如：

> 执大象，天下往。往而不害，安平太。（《老子》第三十五章）

> 大方无隅，大器晚成，大音希声，大象无形。道隐无名。（《老子》第四十一章）

可见，在同一部《老子》中，"象"的使用既指抽象性的名词，也保留了"近似""好像"之初义，且被用来专门指"道"，其使用正不断走向泛化。

（二）《庄子》论"象"

据初步统计，《庄子》论"象"比《老子》更为丰富和多元，大约存在如下几种情况。

1. "象罔"：

> 使喫诟索之而不得也，乃使象罔，象罔得之。黄帝曰："异哉，象罔乃可以得之乎！"（《庄子·天地》）

> 水有罔象，丘有峷，山有夔，野有彷徨，泽有委蛇。（《庄子·达生》）

这里，"象罔"之"象"是"有"，"罔"是"无"，意为"有无结合""虚实结合"。也可理解为一种特殊的"象"。这是庄子敏锐察觉出言、意冲突后，创造性地提出这一范畴来把握世界之大道。

2. 名词或动词，"象征"义：

> 而况官天地，府万物，直寓六骸，象耳目，一知之所知，而心未尝死者乎！（《庄子·德充符》）

> 郁闭而不流，亦不能清，天德之象也。（《庄子·刻意》）

前者是把"耳目"当作一种象征性的摆设，"象"为"虚象"，是"形式"的体现；而后者以"水"象征"天德"，"象"则有"象征""显象"之义。

3. 名词，"迹象"义：

> 上际于天，下蟠于地，化育万物，不可为象，其名为同帝。（《庄子·刻意》）

意思是指寻找不到它的踪迹，无法模仿出它的形象。这里"象"与"物"呼应使用，显然"象"是对实体的、可视可触可摸的物体的"印迹"。

4. 指可感知的事物形象：

> 居！予语汝，凡有貌、象、声、色者，皆物也，物与物何以相远！（《庄子·达生》）

> 故两无为相合，万物皆化生。芒乎芴乎，而无从出乎！芴乎芒乎，而无有象乎！（《庄子·至乐》）

此两处 "象" 皆为某种形体，是具体 "物象" 的外在，它属于事物的形状、外在属性，和貌、色等同类。

5. 名词，特指 "木偶"，外形模仿人而作。如：

> 当是时，犹象人也。（《庄子·田子方》）

所谓 "象人"，特指 "木偶"，土木之人也。其实，这也是由最初 "仿效" 人体而作的拟体发展而来。

6. 动词，"模仿" "拟象" "仿效" 义。如：

> 心不待学而乐之，体不待象而安之。（《庄子·盗跖》）

> 灭而有实，鬼之一也，以有形者象无形者而定矣！（《庄子·庚桑楚》）

（三）《管子》论 "象"

《管子》诸篇中也大量使用 "象"，分列、归纳如下：

1. 指事物存在状态或呈现出的姿态、形貌。如：

> 正天下有分：则、象、法、化、决塞、心术、计数……义也、名也、时也、似也、类也、比也、状也、谓之象。（《管子·七法》）

此处对"则""象"等分别进行了解释。"象"为事物的存在状态，是事物概念的代称。同时，该篇对"象"的比、类、仿效（似）义也进行了总结。

2. 可感知的形象，主要指事物的外形、相貌、图像。如：

不明于象，而欲论材审用，犹绝长以为短，续短以为长。（《管子·七法》）

论材审用，不知象不可。（《管子·七法》）

原始计实。本其所生。知其象，则索其形，缘其理，则知其情。索其端，则知其名。（《管子·白心》）

……天有常象，地有常形，人有常礼，一设而不更，此谓三常。（《管子·君臣》）

天象，是古人推崇敬畏的上天，以风、雨、雷、电等形式所呈现出的形貌，它给人以灵感和启迪。

3. 动词，"模仿""仿效"义，及由此演变出的"效法""执行"义。作"仿效"讲时，通常"法""象"对用、连用居多。如：

法天合德，象地无亲。《管子·版法》

原无象，胜之。……（《管子·幼官》）

霸王之形，象天则地，化人易代，创制天下。（《管子·霸言》）

是故能象其道于国家，加之于百姓，而足以饰官化下者，明君也。（《管子·君臣上》）

若影之象形，响之应声也。（《管子·心术上》）

明主法象天道，故贵而不骄，富而不奢。(《管子·形式》)

版法者，法天地之位，象四时之行，以治天下。(《管子·版法》)
故曰："法天合德，象地无亲。"(《管子·版法》)

4.名词，引申为可供遵守的"准则""法式""方法"等。如：

合群国，比校民之有道者，设象以为民纪。(《管子·匡君小匡》)

先立象而定期，则民从之。故为祷。(《管子·侈靡》)

5.动物"象"本义。如：

管子对曰："吴越不朝，珠象而以为币乎！发朝鲜不朝，请文皮毡。"(《管子·轻重甲》)

（四）《左传》论"象"

在《左传》这部历史著作中，"象"的使用频率极高。从其使用层面可以看出，早在先秦时期，"象"就被中国古人运用于不同场合和层面，其含义正逐渐走向泛化。

1.指普通可感知的"象"，物象，形象。如：

桓公二年：五色比象，昭其物也。

2.动词，近似，拟象，模仿，仿效义。如：

桓公二年：以明示百官，百官象之，其又何诛焉？

宣公三年：贡金九牧，铸鼎象物，百物而为之备，使民知神、奸。

宣公十二年：百官象物而动，军政不戒而备，能用典矣。

襄公三十一年：有威而可畏谓之威，有仪而可象谓之仪。君有君之威仪，其臣畏而爱之，则而象之，故能有其国家，令闻长世。

襄公三十一年：文王之功，天下诵而歌舞之，可谓则之；文王之行，至今为法，可谓象之。有威仪也。

"则"与"象"对用，是仿效、效法的意义：

襄公三十一年：作事可法，德行可象，声气可乐，动作有文，言语有章，以临其下，谓之有威仪也。

昭公二十五年：为父子、兄弟、姑姊甥舅、昏媾姻亚，以象天明，为政事、庸力、行务，以从四时。

3.名词或动词，"象征"。如：

僖公三十年：辞曰："国君，文足昭也，武可畏也，则有备物之缱，以象其德。"

昭公五年：明而未融，故曰"垂其翼"。象日之动，故曰"君子于行"。当三在旦，故曰"三日不食"。

昭公六年：士文伯曰："火见，郑其火乎？火未出，而作火以铸刑器，藏争辟焉。火如象之，不火何为？"

昭公十七年：彗所以除旧布新也。天事恒象，今除于火，火出必布焉。诸侯其有火灾乎？

4.名词，迹象、拟象：

襄公九年：在道。国乱无象，不可知也。

5. 动物本义：

襄公二十四年：象有齿以焚其身，贿也。

6. 其余："卦象""舞蹈""类属"等含义。如：

僖公十五年：龟，象也；筮，数也。物生而后有象，象而后有滋，滋而后有数。先君之败德，乃可数乎？

卦象：

桓公六年：公问名于申繻。对曰："名有五，有信，有义，有象，有假，有类。以名生为信，以德命为义，以类命为象，取于物为假，取于父为类。"

襄公二十九年：见舞《象箾》《南钥》者。

昭公二年：观书于大史氏，见《易》《象》与鲁《春秋》。

定公四年：针尹固与王同舟，王使执燧象以奔吴师。

定公十年：且牺、象不出门，嘉乐不野合。飨而既具，是弃礼也。

哀公三年：季桓子至，御公立于象魏之外，命救火者伤人则止，财可为也。

哀公三年：命藏《象魏》，曰："旧章不可亡也。"

（五）《国语》论"象"

1. 普通的"象"，可以感知的事物形象。

文章比象，周旋序顺，容貌有崇，威仪有则。（《国语·周语中》）

经之以天，纬之以地。经纬不爽，文之象也。文王质文，故天胙之以天下。（《国语·周语下》）

上下议之，无所比度，王其图之！夫事大不从象，小不从文。（《国语·周语下》）

2. 名词或动词，象征。

恒，常也。事善象吉，事恶象凶也。（《国语·周语上》）

3. 动词，近似，拟象，模仿，仿效。

象天能敬，帅意能忠，思身能信，爱人能仁。（《国语·周语下》）

象天之敬，干干不息。

上不象天，而下不仪地，中不和民，而方不顺时，不共神祇，而蔑弃五则。（《国语·周语下》）

4. 引申为可遵守的法式、准则、方法等。

取法天地之物象也。在天成象，在地成形也。类，亦象也。（《国语·周语下》）

5. 名词，迹象、拟象。

夫政象乐，乐从和，和从平。声以和乐，律以平声。(《国语·周语下》)

6.其余，如舞蹈乐曲、典籍、木偶、罔象、使用用途、酒器、战争兵器等等。如：

修其簠簋、奉其牺象，出其樽彝、陈其鼎俎。(《国语·周语中》)

舌人，能达异方之志，象胥之官。(《国语·周语中》)

辰马，谓房、心星也。心星，所在大辰之次为天驷。驷，马也，故曰辰马。言月在房，合于农祥。(《国语·周语下》)

(六)《韩非子》论"象"

1.动词，近似，拟象，模仿，仿效。如：

若地若天，孰疏孰亲？能象天地，是谓圣人。(《韩非子·扬权第八》)

2.其余，如舞蹈乐曲、典籍、木偶、罔象、酒器、战争兵器等。如：

因令象武发东郡之卒，窥兵于境上而未名所之。(《韩非子·存韩第二》)

昔者黄帝合鬼神于泰山之上，驾象车而六蛟龙。(《韩非子·十过第十》)

(七)《礼记》论"象"

1.普通的象，可以感知的事物形象。

地载万物，天垂象。(《礼记》第十一)

方以类聚，物以群分，则性命不同矣。在天成象，在地成形，如此，则礼者天地之别也。(《礼记》第十九)

2. 名词或动词，象征。

器用陶、匏，以象天地之性也。于郊，故谓之郊，牲用骍，尚赤也。用犊，贵诚也。(《礼记》第十一)

祭之日，王衮以象天，戴冕璪十有二旒，则天数也。(《礼记》第十一)

旗十有二旒，龙章而设日月，以象天也。天垂象，圣人则之。郊所以明天道也。(《礼记》第十一)

3. 动词，近似，拟象，模仿，仿效。

曰："天地则已易矣，四时则已变矣，其在天地之中者，莫不更始焉，以是象之也。"(《礼记》第三十八)

上取象于天，下取法于地，中取则于人。(《礼记》第十九)

然则先王之为乐也，以法治也，善则行象德矣。(《礼记》第十九)

故酒食者，所以合欢也，乐者，所以象德也，礼者，所以缀淫也。(《礼记》第十九)

是故，宫室得其度，量鼎得其象，味得其时，乐得其节，车得其式……(《礼记》第二十八)

是故清明象天，广大象地，终始象四时，周还象风雨。五色成文而不乱，八风从律而不奸，百度得数而有常，小大相成，终始相生。(《乐记》第十九)

宾、主象天地也。介僎，象阴阳也，三宾，象三光也。让之三也，象月之三日而成魄也。四面之坐，象四时也。(《礼记》第四十五)

4.引申为可遵守的法式、准则、方法等。

不能敬其身，是伤其亲；伤其亲，是伤其本；伤其本，枝从而亡。三者，百姓之象也。(《礼记》第二十七)

5.名词，迹象、拟象。

凡奸声感人而逆气应之，逆气成象而淫乐兴焉。正声感人而顺气应之，顺气成象而和乐兴焉。(《礼记》第十九)

6.其余含义，如舞蹈乐曲、典籍、木偶、酒器、战争兵器等。

君西酌牺象，夫人东酌罍尊，礼交动乎上，乐交应乎下，和之至也。(《礼记》第十)

达其志，通其欲，东方曰寄，南方曰象，西方曰狄，北方曰译。(《礼记》第五)

十有三年，学乐，诵诗，舞《勺》。成童，舞《象》，学射御。(《礼记》第十二)

日五盥，沐稷而靧梁，栉用樿栉，发晞用象栉，进禨进羞，工乃升歌。(《礼记》第十三)

……居外寝，沐浴，史进象笏，书思对命，既服，习容观玉声，乃出。

笏，天子以球玉，诸侯以象，大夫以鱼须文竹，士竹，本象可也。见于天子与射，无说笏，入大庙说笏，非古也。

孔子佩象环五寸，而綦组授。（《礼记》第十三）

尊用牺、象、山罍，郁尊用黄目，灌用玉瓒大圭，……

升歌《清庙》，下管《象》，朱干玉戚，冕而舞《大武》，皮弁素积，裼而舞《大夏》。

牺象，周尊也。（《礼记》第十四）

升歌《清庙》，示德也。下而管《象》，示事也。（《礼记》第二十八）

下管《象》《武》，《夏籥》序兴。（《礼记》第二十八）

乐者，心之动也。声者，乐之象也。文采节奏，声之饰也。君子动其本，乐其象，然后治其饰，是故先鼓以警戒，三步以见方，再始以著往，复乱以饬归。（《礼记》第二十七）

（八）荀子《乐论》篇论"象"

作为《荀子》中专门论述"音乐"的著名篇章，《乐论》中多处使用"象"。其含义分布大体如下：

1.动词，近似，拟象，模仿，仿效。

故其清明象天，其广大象地，其俯仰周旋有似于四时。

2.名词，迹象、拟象。

凡奸声感人而逆气应之，逆气成象而乱生焉；正声感人而顺气应之，顺气成象而治生焉。唱和有应，善恶相象，故君子慎其所去就也。

3.其余含义，比如指舞蹈乐曲、典籍、木偶、酒器、战争兵器等。

> 弟子勉学，无所营也。声乐之象：鼓大丽，钟统实，磬廉制，竽笙箫和，筦龠发猛，埙篪翁博，瑟易良，琴妇好，歌清尽，舞意天道兼。

以上主要选取先秦时期（《礼记》为汉代所作，除外）具有代表性的著作、篇章中"象"的使用。由此来看，"象"在魏晋南北朝时期正式成为美学和文论范畴之前，已在不断使用中衍生出多元的含义来。其"泛化"得益于当时各种诸子、史传著作的推动和实践。尽管在这一阶段还没有理论家站在一定的认识高度对其泛化含义进行全面总结，但后人依然可以通过其大量实践，厘清其在日常生活和表达中的基本内涵。除少数特殊含义如"象罔""舞蹈""酒器"外，先秦诸子、史传著作中"象"的使用，在保留了动物"象""模仿""效法""想象"的基本意义外，正不断向"近似""象征""形象""拟象"等含义发展，其所指离最初的本义日渐遥远，这种泛化为此后"象"范畴内涵丰富化，为赋予此范畴衍生力，以及为其在美学和文艺领域中滋生出系列子范畴并通过交织、联姻形成系列范畴群落，奠定了厚实的基础。

二、《周易》论"象"促使此范畴的进一步泛化

和先秦诸子、史传著作中以实践的方式来泛化"象"的内涵不同，《周易》直接、鲜明地提出"立象以尽意"，这部原本属于占卜性的著作集中体现了中国古代的阴阳八卦思想。关于其论"象"的几大层面，前文（本章第三节）多有论析，兹不赘述。这里主要透视该著作中的八卦符号对"象"内涵泛化所起的里程碑式的意义。

先是由具体"物象"，经归纳、提炼后变成"卦象"，由实体之"物"过渡到符号之"象"（八卦、爻象等），这是促使"象"泛化并衍生（滋生）出多元含义的关键性步骤。古人从劳动和生活中最常见的八种基本事物——天、地、

雷、风、水、火、山、泽中获取最初直观而朴素的经验，就各自的典型特征（如天行健、地势坤等）做出感性认识后，并结合不断摄入的其他事物，在比照中概括出相似事物的某种特征（故曰"象也者，像也"），进而以八种基本卦象符号来指称八类事物，随着生产的扩大和认识的不断深入，进而在八卦符号（卦象）的基础上推演出六十四卦，用来概括宇宙间各自事物的特征及其规律，从而实现由感性认识到概念思维和逻辑推理的重大转变。而其"易象"不是简单地对物象的描摹，它代表了一类或几类接近的事物，因此"易象"具有象征性、概括性、代表性。故谓"圣人设卦观象，系辞焉而明吉凶"是也。正是凭借这种符号之卦象，古人可以推演万物，获取普遍的认识，"八卦成列，象在其中矣""以通神明之德，以类万物之情"。（《系辞下》）

再看"卦象"符号形成后，它所具有的强烈象征意味，直接促使此范畴发挥其象征功能以推演某种抽象认识，成为人们行动的指南，或从中获得新的认识。其在论"象"时提出言、意关系的经典命题，笔者以为这对推进"象"泛化的征途中至少发挥了如下两重功能：一是意识到语言的局限性、看清言不能尽意的实质后，提出"立象以尽意"说。以"象"来尽"意"显然是对"象"的推崇和对其功用的充分肯定。而生活中"意"蕴无穷，必然列"象"也显现多元化，这为"象"的必然泛化提供了可能。二是经归类推演出符号性的"卦象"后，"象"的所指不再单纯约束于自然领域，而是走向广阔的历史、社会、哲学和人生诸多层面，谓之"其称命也小，其指类也大"，从而空前地拓展了"象"的外延。如"恒"卦从雷、风现象引出坚持正道、恒久不变的观念，以象喻人间政治和治理经验，而这在整部《周易》中比比皆是。

三、"象"在早期的含义与走向文学实践

1. 动物"象""模仿""想象""象征"之义

从《周易》的创构到孔、孟、老、庄在各自著作中对"象"范畴进行不同的实践后，"象"的内涵逐步走向多元化。这里简要勾勒、描述其泛化轨迹。最初"象"是指具体的动物（elephant），后来象形字"象"就是按照其外形结构

而模拟的。这一本义在后来《管子》等著作中依然大量使用。从《周易》解释"象也者,像也"开始,所指便开始多元化,转向一切相似的人、事、物,并以"像"作为其通假字,体现了古人对逝去这种珍贵动物的无限怀念之情。此后人们不断以大象的姿态来表演舞蹈,试图在记忆中回想已经储存的表象,且不乏主观地加工,于是这一范畴的"仿效""模仿"和"想象"之义由此产生,围绕"象"的乐舞乃至相关掌握音乐的官职也顺理成章地以之命名。再往后,人们将对"象"的这种具体模拟(偶尔且有限)进而扩大为一切仿效的行为,其词性也发生重大变化,由名词过渡到副词、动词,其使用的空间也与日俱增。从前文描述来看,"象"的泛化表现在秦汉之际不同著作中的灵活使用,不断赋予其新的内涵。除少数含义如"木偶""酒器"外,"仿效""好似""物象""迹象""准则""象征"等内涵则相当普遍,"象"在魏晋南北朝从哲学范畴进入美学和文论领域之前,就获得了腾挪跌宕的巨大空间。这些都与《周易》的深入阐发分不开。《周易》从生活观察中推演出事物的规律及特征,创造性地以卦象符号(八卦、六十四卦)来提炼出观念化的认识,并将之推广、扩展到占卜、社会等领域,赋予"象"多元含义(卦象、卦辞等)的同时,也使此范畴具有空前的概括性和抽象性,不仅在"观物取象"中激发了古人的联想思维和类比外推思维,也促使古人在"观"中实现客观外物和自身情感的融合。可以说,"象"正是在不断泛化的路途中,获得了巨大的弹性和强大的生命力,并最终成为中国古代文论中一个涵盖性极强的元范畴。

2. "象"的文学实践:"比兴""寓言"言说

促使"象"在先秦走向泛化的另一个重要推动力量是文学创作实践活动。大量诸子、史传乃至散体文学均采用比兴、寓言来展开言说,这是对"象"整体意义上的运用,使"象"的含义从模仿、效法转向神话、传神、譬喻、寓言、故事等所指。

一是《诗经》等先秦文学鲜明地以"比兴"手法来抒发感情,这是以"象"尽"意"的典范,后来进一步发展成为文学创作中譬喻修辞的大量使用。如《小雅·巧言》曰"巧言如簧",《邶风·谷风》曰"其甘如荠",皆以具体形象"簧""荠"来表达"巧言""甘"等不易描摹的情态,读者借助这些具体的"象"可迅速领会本意。此外,《魏风·硕鼠》《王风·黍离》《召南·野有死麕》

等篇章莫不如此。整部《诗经》之"比兴"手法随处可见，后来发展为《离骚》之"象征"，这在后文（第二章第二节、第三节）中将专门剖析，兹不赘述。

而这种种引类譬喻或借助"象"来营造某种艺术氛围的方式，在先秦其余散文创作中也运用得相当广泛和普及。如《战国策》中，游士为说服君相，通过大量引类譬喻来增强说服力。如《楚策四》记载庄辛说楚襄王，他针对国王不理朝政、骄奢淫逸的特征，为使其避免杀身之祸，他接连运用了四种譬喻，即蜻蜓为五尺之童所粘捕，黄雀被王孙公子所捕杀，黄鹄被射者用网罗捕获，蔡灵侯因放荡逸乐被楚大夫发用绳索捆绑。四种譬喻极具代表性，是以整体譬喻之"象"来言说"居安思危"的典型，其效果远比直接说教要显著得多。

二是大量、频繁借助各式寓言之"象"来表达某种道理，这在诸子和史传散文中不计其数。典型如《战国策》共计70余则寓言故事，诸如"两虎相斗""一举而兼""鹬蚌相争，渔人得利""画蛇添足""狐假虎威""惊弓之鸟""南辕北辙"等寓言故事，皆是言理之"象"，和《诗经》采用譬喻来抒情不同的是，这些寓言皆是整体性地来言理。此外，《庄子》《韩非子》《吕氏春秋》中的寓言故事在秦汉文学中都是非常突出的。整部《庄子》离开了寓言，其丰富、深邃的哲学思想甚至根本无法有效传达。而《吕氏春秋·察今》篇为说明"因时变法"的主张，接连使用"荆人涉雍""刻舟求剑""引婴投江"三个寓言，作家直接将观点寄寓在寓言故事之"象"中，使人晓之以理，便于接受。

通观秦汉尤其是先秦诸子和史传散文创作，笔者以为"象"的文学实践呈现出如下两个突出特点：

其一，"象"或者是自然景物，常作为譬喻的喻体出现；或者是神话传说、寓言故事。作为前者，"象"多半是局部性地作为比拟的零部件；而后者则往往是整体性地出现，寓言可能涉及多个物象，然而它们只是故事的组成因子，彼此配合构筑起"象"，以达到说理的目的。①

其二，以譬喻或寓言之"象"来言说的技巧日趋娴熟，不断走向圆融。如果说《诗经》还是单一地使用譬喻来抒情，那么诸子言理则十分讲究寓言的安排，作家在文中不必通过议论、阐发来亮出观点，而是直接以寓言之"象"自身来说话。或者说，在先秦（尤其是后期）"象"成为散文的本体而非喻体，离

---

① 《庄子》等著作中的寓言只是文章的结构组成部分，而非单独的寓言文体，这是需要区分的。

开了寓言之"象"(本体),则无论何理,必将如水中月、镜中花。庄子散文部分篇章如《达生》《山木》《让王》《田子方》《列御寇》等通篇是寓言故事的生动体现。

从以上论述来看,笔者以为"象"在先秦的泛化主要表现在两个方面:一方面是"象"的内涵开始多元化,从动物"象"到"模仿""效法",再到相似、物象、想象等;另一方面,"象"在先秦各式散文创作中,成为尽意、言理的工具和手段,具体表现为神话传说、寓言故事等。从某种程度上来说,这是《周易》"立象以尽意"的回响,也对后来文艺领域中"象"的多元使用产生了很深的影响。

第二章 "象"向文学理论范畴的衍变与转化

　　"象"在先秦时期主要作为哲学范畴在使用，其在诸子或史传中不同语境下呈现出多元的姿态，内涵也逐渐扩展开来。然而它真正实现由哲学范畴向文学、美学范畴的彻底转变，从模仿、效法、象征等含义向文学构思的意象以及作品的余韵、空间等含义转换，当属魏晋南北朝时期。而汉魏子学及散文中对"象"的使用，只是为这一转变过程做出铺垫。魏晋南北朝时期是中国文学全面自觉和丰收的黄金时期，文学创作和批评都成就斐然，随着人的自觉和文论的充分发展，许多对后世文艺影响深远的美学范畴，如言意、形神、风骨、比兴等都演进于这一时期。这固然得益于批评家及时的理论总结，同时也离不开先秦至汉魏漫长时期的文学创作实践所做出的铺垫。陆机、刘勰、钟嵘等批评家先后为"象"内涵的提升做出了积极的贡献，他们无论总结创作经验还是阐发理论观点，都将"象"置于"言""意"的网络磁场中进行立体审视，或者另辟蹊径创生"意象"新范畴，从而开了由"象"衍生出系列子范畴的先河。而先秦诗骚、两汉赋体以及魏晋南北朝抒情文学的创作实践则为"象"范畴的演进、发展提供了肥沃的文学土壤。漫长文学史中，不同作家、不同文体的文学创作从不同侧面为"象"范畴内涵的充实及含义的厘定添砖加瓦[①]。

---

　　① 对于范畴演进与文学创作之间的关系，一直为学界所忽略，国内罗宗强、詹福瑞、党圣元等先生均有所意识和提醒。

第一节 汉代论"象"

两汉以注经为主，文学在依附中缓慢发展。虽然文未自觉，但"象"的诸多原初含义在汉代创作和批评中依然得以延续，并且逐渐产生了新的变化。或者说，汉代是"象"由此前哲学范畴向其后文艺范畴转变的过渡时期。在聚焦魏晋南北朝批评家论"象"之前，有必要对汉代王充论"象"略做管窥。

一、王充论"象"

"意象"是反映艺术构思的核心范畴，自南朝刘勰在《文心雕龙·神思》篇中提出后具有很强的审美色彩，此后逐渐进入各门艺术领域中并广泛蔓延开来。虽然《易传》有"立象以尽意"之说，但"象"和"意"在当时还是分开来讲，属于两个不同的所指。而从现有史料看，"意象"真正组词连用是在东汉，著名批评家王充在《论衡·乱龙》中，首次鲜明提出"意象"这一范畴：

> 天子射熊，诸侯射麋，卿大夫射虎豹，士射鹿豕，示服猛也。名布为侯，示射无道诸侯也。夫画布为熊、麋之象，也布为侯，礼贵意象，示义取名也。土龙亦夫熊麋、布侯之类。四也。

> 礼，宗庙之主，以木为之，长尺二寸，以象先祖。孝子入庙，主心事之，有所主事。土龙与木主同，虽知非真，示当感动，立意于象。

这里同时出现了"象"和"意象"两个范畴。前者指熊、麋、虎、豹等动物被画在布皮上的图像（或画像），其"示义取名"的功用在于以此象征、区分贵族们的不同身份与地位。"以象先祖"的"象"显然具有"象征"的含义，延续先秦之用法。而孝子在祭祀时虽然面对的是木牌（"虽知木主非亲"），但在心理上依然把它看作先祖对待，"亦当尽敬""示当感动"，立木牌象征祖先，以起到寄托情感、表达怀念之功用。"这就是'立意于象'，把心理的'意'与物理的'象'联系在一起"，①首次赋予"象"心理学意蕴，使此前"象"的用法不再局限于物理学意义上的模仿、效法和象征，在这一点上，《论衡·乱龙》篇中"立意于象"的取象原则依然承续《周易》中"圣人立象以尽意"而来，并非空穴来风。虽然这里的"意象"连用并非完全意义上的美学范畴，仍停留在哲学层面，但已经是"象"发展演进史上的重要一步，"象"与"意"的连用、结合，极大地赋予了"象"的主观性内涵，而这是后来"象"及其"意象"等系列衍生范畴广泛渗入文艺学和美学领域的重要一步。汉人对其象征意味的不断推崇，必然促使它实现由符号之"象"向主观之"象"的跨越与飞跃。而这尚得力于其后魏晋批评家的推陈出新。

二、东晋批评家论"象"

东晋挚虞《文章流别论》中有两段话也提及"言"与"象"，被认为是"意象"运用于文论中具有承前启后的代表性观点：

> 文章者，所以宣上下之象，明人伦之叙，穷理尽性，以究万物之宜者也。

> 情之发，因辞以形之；礼仪之指，须事以明之；故有赋焉，所以假象尽辞，敷陈其志。

前一个"象"延续先秦，是说文章为宇宙天地之间万事万物的显现与表征。而后面，挚虞将"象"从对礼仪、人伦的表述中引入、过渡到情、意之间来，明确提出以"假象尽辞"的方式来"敷陈其志"，虽然他并未就"象"的属性、含义等进行解说与阐发，但这里他不仅联通了言、象、意（情）之关联，而且高度重视"象"作为表达情感的工具的作用（"尽辞"），并且对情意在文章中的表

---

①　朱恩彬、周波主编：《中国古代文艺心理学》，山东文艺出版社 1997 年版，第 280 页。

达也有较为清晰的认识。这对于后世将"象"作为达"意"的桥梁、凸显"象"的内涵和意蕴，不无启迪意义。

第二节　魏晋南北朝批评家对"象"的推进与总结

一、陆机论"象"

王弼是魏晋玄学的开创者之一，他在讨论《易传》"言—象—意"之关系时，提出自己的言意观。其"得意忘言"论成为正始玄学之要义，亦为当时文人解读经典之新法，颇有其应用空间和理论价值。比如嵇康、阮籍越名任心，旷达奔放，追求天地之和美，尤其是嵇康的《声无哀乐论》，论音乐亦本"得意"之旨。可见，玄学家对"象"功能的重新确认，对当时的文艺批评和文学创作实践产生了很深的影响。陆机就是紧承王弼思辨性的哲学论述而直观地阐发自己创作中遇到的各种苦衷，即关于言、象、意的矛盾及如何处理等问题。

《文赋》专论文学创作过程。陆机以文学创作谈的直观方式，将玄学思潮中关于言意之辨的话题与思想引入文论之中。在开篇序言中，他深有感触地写道：

> 余每观才士之所作，窃有以得其用心。夫放言遣辞，良多变矣，妍蚩好恶，可得而言。每自属文，尤见其情。恒患意不称物，文不逮意，盖非知之难，能之难也。故作《文赋》，以述先士之盛藻，因论作文之利害所由，他日殆可谓曲尽其妙。至于操斧伐柯，虽取则不远，若夫随手之变，良难以辞逮。盖所能言者，具于此云尔。

这里陆机自称"恒患意不称物，文不逮意"，集中论述了文学创作过程中的"物—意—文（言）"间的复杂关系，谓"意不称物"，则指构思之意不能很好地反映客观物象，而"文不逮意"则指语言传达成文后，与最初的构思差距很大，甚至根本无法完全将构思之意酣畅淋漓地、完全地传达出来，正是意和言、意和物之间的差距，催促着批评家寻求一种较为理想的解决之道，也呼吁着"象"进入美学视野。

从创作的全过程看，由"物"到"意"是讲创作的发生阶段，而由"意"至"文"则是讲构思和表现的阶段，这一阶段所体现的言意关系，是一个古老的哲学命题。《庄子》认为，"意之所随者，不可以言传也"，提出"得意忘言"；《周易·系辞》则谓"言不尽意"，又说"立象以尽意"。至魏晋玄学的言意之辨方才将此问题推向深入。陆机经常担心"文不逮意"，反映出作家创作中遇到的具有普遍意义的两难问题[①]。虽然陆机将更多的篇幅放在论述言意上，但他是把"象"置于"物""意""文"综合构成的磁场中来论述的。笔者以为，其对"象"的思考和推进呈现出如下显著的特点。

一是陆机将玄学中的言—象—意之论引入文艺学领域，从创作构思的角度出发深入阐发三者之关系，这为"象"从哲学领域进入到审美视野和艺术天地奠定了坚实的基础。陆机在长期的辞赋、诗歌创作过程中，有着深切独特的感受，积累了丰富的创作体验，所以《文赋》开篇一段对创作的困惑描绘得相当真切细腻。而作为批评家，他善于把自己的所思所感、所想所恼等提升到理论的高度，进行及时的总结，并以精致而富有气势的赋体来传达。陆机以作家的体验与思考来谈原本属于玄学领域的重要文学话题，大量地以"象"论构思，实现"象"由哲学（卦象）向审美（艺术形象）的重大转换，这是其重要开创。

陆机论言意关系，亦与当时盛行的玄学思潮相契合。后来刘勰谈及艺术构思时云："方其搦翰，气倍辞前，暨乎篇成，半折心始。何则？意翻空而易奇，言征实而难巧也。"（《文心雕龙·神思》）苏轼论及艺术表达时曰："求物之妙如系风捕影。能使是物了然于心者，盖千万人而不一遇也，而况能使了然于口与手者乎！"（《答谢民师书》）这些都与陆机的"恒患意不称物，文不逮意"有异曲同工之妙，或者说，都是紧承陆机而论及言意的困惑。可以说，物—意—文三者的关系构成了文学创作的几乎全部内容。如何巧妙地摄取外界物象，融入主体情思，经加工后传达成文，这是任何创作必然面临的三个阶段。《文赋》一

---

① 有人认为陆机此论与玄学思潮相互契合，所不同的是，玄学家们的言意之辨重在精微之理与言辞之关系，而陆机的文意之虑则强调微妙的审美感受与言辞之关系。

文，即围绕着文学创作中的这三个概念展开。

二是在论述意、物关系时，提出构象在传意过程中的功用，并触及文学创作过程中的形象思维问题。陆机所论之"物"指作为表现对象的客观外物，即人的思维活动对象，或者说是即将进入作者笔端以传达某种思想感情的物象。这里"物"就是"象"的一种（物象）。"意"指创作主体之心，即构思过程中的心理活动，也可指作者运笔构思、调遣词句时的情感意念；而"文"则是外在之言辞，亦即外化为语言文字的文章。可见，陆机论"意"已突破了抽象的玄思层面，而专论构思之"意"，涉及创作中作者的情感、想象等因素，"意"非空穴来风，它来自外物感发和个人对典籍的学习①，从创作发生来说，文因情生，情因物感；而就创作传达而言，物象在丰富复杂、难以言传的"意"面前显得异常渺小，无法传达殆尽。然而创作若离开了对物象的灵活调度便成为一纸空文，作家需要在想象中"观古今于须臾，抚四海于一瞬"，方可"笼天地于形内，挫万物于笔端"，（《文赋》）可以说，"陆机用诗的语言说明，诗人从感物生情到穷情写物，自始至终是在具体的形象伴随下进行的。"②这里，陆机从创作视角形象地论及"象"和"意"的微妙关联，以及作者如何"构象以传意"的途径和方法。

当然陆机还论述到"意"与"文"，即构思之意和语言传达的关系，提出要防止的五种弊病，因与"象"关联不大，故存而不论。可以说纵观文论史长河，陆机首次从纯粹文学创作角度来深入论述象与意的复杂关系，并就意的来源、构象的功能与方法、象与意之关系等进行深入阐发，并以诗一般的语言来传达物、意、象、文之间的复杂关联，具有很强的思辨性，在文论史上具有重大的学术开创意义。并且，陆机强烈地感到在语言之外有许多不能表达的空间存在，言辞似乎在无尽而微妙的"意"面前显得苍白乃至无能为力，其困惑溢于言表：

> 课虚无以责有，叩寂寞而求音；函绵邈于尺素，吐滂沛乎寸心；
> 言恢之而弥广，思按之而逾深。（《文赋》）

---

① 《文赋》载曰："悲落叶于劲秋，喜柔条于芳春。心懔懔以怀霜，志眇眇而临云。咏世德之骏烈，诵先人之清芬。游文章之林府，嘉丽藻之彬彬。慨投篇而援笔，聊宣之乎斯文。"

② 曾祖荫：《中国古代美学范畴》，华中工学院出版社 1986 年版，第 198 页。

这连同其以"象"论"意"、以"文"论"意"可见，陆机真切地传达出他对"意"的困惑，这必将激励后人沿其足迹进一步探讨如何传意、怎样尽意等问题，也为其后的批评家深入思索"构象"而埋下了伏笔，"象"的进一步发展便呼之欲出，其内涵和外延不断扩大只是时日问题了。

二、刘勰论"象"

《文心雕龙》不仅是魏晋南北朝文论史上的集大成之作，也是中国文学批评史上具有里程碑意义的典范之作。经过刘勰对大批范畴、术语命题的总结与提升后，许多文学思想在后世产生了深远的影响，其对于"象"的论述最为深入和透辟。这集中在论述艺术构思的《神思》篇之中。据笔者初步统计，在《文心雕龙》中刘勰先后提到"象"21次，"意象"和"境象"各1次。比如：

> 幽赞神明，《易》象惟先。(《原道》)

> 《易》之姤象，"后以施命诰四方"。(《诏策》)

> 取象于夬，贵在明决而已。(《书记》)

> "贲"象穷白，贵乎返本。(《情采》)

只是这些"象"代指《易》象，和此前论"象"并无大的不同。而其对"象"的推进与阐发主要见于《文心雕龙》中《神思》和《隐秀》篇。且看：

> 是以陶钧文思，贵在虚静，疏瀹五藏，澡雪精神。积学以储宝，酌理以富才，研阅以穷照，驯致以怿辞，然后使元解之宰，寻声律而定墨；独照之匠，窥意象而运斤：此盖驭文之首术，谋篇之大端。

如果说王充《论衡》中首次使用"意象"还是属于哲学与伦理学意义层面的话，

81

则刘勰在中国文论史上直接而鲜明地将之应用于美学和文论之中，这是 "象" 在魏晋南北朝由 "符号之象" 向 "主观之象" 转变，并不断扩大、充实自身内涵的关键一步。刘勰提出审美性的 "意象" 范畴，实则反映创作过程中的心物关系，近似于 "拟容取心"（《文心雕龙·比兴》），"容" 即普遍存在于自然界的外在物象；"心" 便是作家经物感和虚静后存留于内心的情感意念。只有客观物象与主观精神有机融合才能产生创作所需的意象，从而营造出一种充满余韵、耐人寻味的艺术审美空间。

聚焦《文心雕龙·神思》篇并结合其余篇章，我们发现刘勰对 "象" 内涵的提升、对 "象" 意蕴的推进，主要体现在如下几个方面，其特点亦鲜明可见。

其一，刘勰是在集中分析创作构思和表达过程时提出 "意象" 观的，他将 "象" 置于 "意象" 形成的动态过程中进行考虑和评析，赋予其思辨的色彩。从以上这段文字看来，刘勰论及创作过程涉及 "虚" 与 "实"、"情" 与 "景"、"言" 与 "意"、"动" 与 "静" 等多种辩证因子，"意" 与 "象" 也是在二元对立中有机统一，从其论赞中所云 "神用象通，情变所孕" 来看，"象" 通常指物象，包括万事万物、各种生活场面，而就中国主流的抒情文学而言，则侧重指自然景象；而 "神" 指主体的精神现象而言，包括思想情感、意志、想象以及灵感、思绪等一切与构思活动相关的心理，其中尤其以情感为主宰。关于 "神" 与 "象" 的关系，他在另外一篇《原道》篇中也有论及："人文之元，肇自太极，幽赞神明，《易》象惟先。" 可见，"象" 是体现神明的途径与工具，而有学者分析，其神象论主要是受了当时佛学的启示[1]。并且，"假象以神通" "神游象外" 的表现方式，在六朝画论中也随处可见，非常普及。加之如上所论，刘勰之前的王充、挚虞等人论及 "意" 与 "象"，可能给了刘勰某种启迪[2]，从而融通 "意" 与 "神"，实现 "意象" 的组合及成型，这一范畴因而最终进入文艺美学和批评理论之中。

其二，从刘勰在不同场合变换使用 "物象" "意象" 来看，他已经将着重于主观表现的 "意象" 和侧重客观反映的 "物象" 区别开来，并赋予 "象" 审美化的艺术品位。《神思》篇云 "神与物游" "物以貌求" 中的 "物" 便是指 "物

① 孙耀煜：《中国古代文学原理》，江苏教育出版社 1996 年版，第 197 页。
② 从《文心雕龙·序志》等篇来看，刘勰志向高远、博览群书，必涉猎了大量前人作品，王充、挚虞之书可能会说到，这只是一种推测而已。

象"，它是客观事物的外貌形状反映到作者的头脑中形成的视觉直观印象；而"意象"一词在全书中虽只完整使用过一次（"窥意象而运斤"），但从语境来看，刘勰显然着重指经过提炼概括和情感渗透后的心灵化的产物，它更多地熔铸了主体情感与心灵印迹。

其三，刘勰在详细而深切地论及创作构思心理过程时，描述了神与物、意与象结合跃动的情态，以及物象逐渐进入情感化的全部过程，可以说，意象的创造是在动态中，在情感中孕育出来的。"悄焉动容，视通万里""眉睫之前，卷舒风云之色""物沿耳目""物无隐貌"（《文心雕龙·神思》），外在的万象正是在"动容"和"卷舒"之间，由客观物象进入到主体的审美心理世界中而成为带有情感意蕴的意象，在这个过程中"象"始终是被主体情感所调动的，这正是构思时情感高涨、灵感将至而又思绪未定的微妙状态。同时，刘勰还论及主体构象必备的"虚静"心理。当外象碰触到诗人心灵时，主体必须具有铸造意象以巧妙传达的能力和心态，这要求"疏瀹五藏，澡雪精神"（《文心雕龙·神思》），唯其如此，才能创造出意中之象，在实现意与象有机交融的同时，也生发出一种无尽的韵味，只有达到了"独照之匠，窥意象而运斤"的境界，意象的空前活跃才能"规矩虚位，刻镂无形"，"使抽象的精神获得生命的形式（象），使客观现实成为心灵化的意蕴（神）。在情感的孕育和想象的熔铸下，达到神与象的融会贯通。"[1] 而这不仅是艺术构思的妙境，也是意象思维的最高阶段。可见，"象"始终伴随着情感活动与想象过程，这是刘勰论"象"的独特发现，是对"象"从创作层面进入审美领域的重大推进。

刘勰在《神思》开篇就提出，"神居胸臆，而志气统其关键"，"志气"是主体的思想情感与个性气质，它"关键将塞，则神有遁心。"就创作来说，"神"为心灵之表现，它是被情感激发出来的，神因情动，主体构思中的一切意念、思绪等都要受到其情感、精神的制约。可见，刘勰比此前的任何批评家都更加重视"情"对"象"、对"神"的激发与统摄作用，而"象"能显"神"也正是基于"情"的孕育与勃发[2]。同样是论物、意、文（或象、意、

---

① 孙耀煜：《中国古代文学原理》，江苏教育出版社 1996 年版，第 199 页。
② 在《文心雕龙》中，刘勰十分重视情感的作用，将之放在创作首位，如"三准""六观""六义""四事"等文论观莫不如此。此外，他在《物色》《风骨》《神思》篇中也反复强调"情感"的重要性。

言），刘勰对"象"的推动要比陆机等其余批评家更为深入，大概也就在于其"情变所孕"观的提出。而对于其理论意义，正如孙耀煜先生所言："魏晋六朝中国的美学思想经历了一次重大的转变。这个过程滥觞于魏晋，完成于齐梁。主要特征是：对文艺性质的认识由强调道德教化的社会功利目的，转而重视情感、个性的表现，即强调文艺本身的审美特征和美感作用。"① 也正是在这种语境下，"象"经刘勰阐发后，在中国文艺史和美学史上才真正成为一个美学范畴。

其四，为使文学生发出余音绕梁的艺术美感，刘勰提出"隐秀"观，对客观物象进入作家笔下转化为审美意象进行了明确规定，文学之象的获取必须工巧且自然，形象描绘必须具体而鲜明。

对于文学创作过程中的"言不逮意"，刘勰亦有清晰的认识。就文学形象的审美特征来看，艺术形象不可能也没必要用语言把什么都写出来，一览无余反而唤不起美感。因此，他提出"隐秀"说：

> 隐也者，文外之重旨者也；秀也者，篇中之独拔者也。隐以复意为工，秀以卓绝为巧。斯乃旧章之懿绩，才情之嘉会也。(《文心雕龙·隐秀》)

"秀"，是指艺术意象中的"象"而言的，它是具体的、外露的，是针对客观物象的描绘而提出的，故以"卓绝为巧"。"隐"，是指意象中的"意"而言的，它是内在的、隐蔽的，是寄寓于客观物象中的作家的心、意、情、志，故以"复意为工"。这就是张少康教授的"意隐象秀"说②。这里，刘勰从两个方面为"象"做出了极大的推进。

首先，其"隐"是字面以外的意义，即言辞不能完全（也许不必）表达的字面之外的意蕴，所谓"重旨""复意"都是文章字句表面没有直接道出的意思，而这是需要读者调动自身审美感官去进行品味的，它"隐之为体，义生文外，秘响旁通，伏采潜发，譬爻象之变互体，川渎之韫珠玉也"。(《文心雕

---

① 孙耀煜：《文心雕龙美学价值初探》，载《文心雕龙学刊》第 1 辑。

② 张少康、刘三富：《中国文学理论批评发展史》（上），北京大学出版社 1995 年版，第 233 页。

龙·隐秀》）好像没有音响，却使人感到余音绕梁，有如水中蕴藏的珠玉，发出耀眼的光辉。而这种因"隐"而生发的"意"正和当时在佛学、艺术界提倡的"象外"说，有异曲同工之妙。或者说从某种程度上来讲，刘勰论意论隐，正促使了文艺学领域"象外说"的产生。而其在唐朝由司空图鲜明提出"四外"说①，则只是个时间问题了。

其次，有学者认为刘勰之"秀"是指文中特别精彩的句子，而据宋代张戒的《岁寒堂诗话》引刘勰之语"情在词外曰隐，状溢目前曰秀"，不仅一如既往地呼唤言外之意，为"象外"说造势，而且"状溢目前曰秀"也表述了语言和形象的关系，他要求用独拔、卓绝而警策的语言，把形象描绘得具体而鲜明，活灵活现，仿佛呈现在读者眼前一般。应该说"句"的"秀"来源于"象"的"秀"，正是刘勰对"象"品性和功效的这种规定，使"象"的审美内涵和文学品位在魏晋南北朝时期得到极大地推进。

由上可见，刘勰论"象"的首要贡献在于鲜明提出"意象"说，并赋予其文学内涵和美学意蕴。他在论述创作构思过程时，始终把"象"置于情感、想象活动中，对文心、情意和物象、意象的关系认识得更为深刻和辩证，同时对"象"在营造余味、构象传意等方面也提出了相关规定和要求，为"象外"说的出台奠定了深厚的基础。

三、钟嵘论"象"

在刘勰之后，钟嵘论及"三义"说、"直寻"说、"滋味"说时，也不同程度地涉及"象"，并且其有意识地以"象"进行批评实践也成为后世"意象"批评的滥觞。笔者以为，其特征和贡献主要有三点。

第一，从其"直寻"说来看，钟嵘十分推崇"物"与"情"有机融合而形成美妙的"意象"，认为这种诗作并非由苦苦思索、呕心沥血得来。《诗品序》云：

---

① "四外"说是指司空图"象外之象""景外之景""韵外之致""味外之旨"理论之简称。

> "思君如流水"既是即目;"高台多悲风"亦为所见;"清晨登陇
> 首"羌无故实;"明月照积雪"讵出经史?观古今胜语,多非补假,皆
> 由直寻。

而就如何构象,钟嵘提出"即目会心",即作者以审美直觉触物兴情,创造意
象,诗歌之"象"必须清新自然,而无雕琢之痕。显然,钟嵘的"直寻"说与
其"自然英旨"的审美思想是一致的,这与他反对当时不良文风(如文章殆同
书抄,诗歌过分讲究声律等)有关。在他看来,真正受人欢迎的诗作必须"象"
与"意"合,乃"直寻"而得。

第二,在如何构象以营造诗味上,钟嵘亦功不可没。在《诗品序》中,他
以"味"论诗,数次提及诗作要有"滋味":

> 五言居文词之要,是众作之有滋味者也,故云会于流俗。岂不以
> 指事造形,穷情写物,最为详切者耶!

> 使味之者无极,闻之者动心,是诗之至也。

这里且不说"滋味"说的理论价值和后世影响,单就如何营造诗歌滋味言,
钟嵘提出五言诗"指事造形,穷情写物,最为详切",认为玄言诗"淡乎寡
味",说明他已经认识到诗歌形象与"滋味"的关系,诗之"味"在于"指事
造形,穷情写物,最为详切"。诗歌创作中,"指事"是经过"造形"来达到
的,"穷情"是借助"写物"来实现的,而"造形""写物"即塑造艺术形象,
就是如何构"象",只有"象"愈是"详切",越是鲜明、具体,则"滋味"
才越是明显。他在评阮籍的诗时说"言在耳目之内,情寄八荒之表"就很能
说明这一点。"味"因"象"生,"象"的功用在于使诗作产生让读者品匝不
尽的艺术美感。

可见,钟嵘不仅就"象"的品质及功效进行了论述,而且紧承刘勰建立
了"象"与"情感"、"象"与"滋味"之间的关联,从而不仅在创作层面开
拓了文学之"象"的内涵,而且在文本层面、在读者接受层面也扩大了"象"
的外延。正是在钟嵘这里,核心元范畴"象"与"味",首次在文本层面实现
了"共振"。

第三，钟嵘在整部《诗品》中采用"意象"进行批评，其以"象"评人的言说方式具有很强的典范性和极高的实践价值。整部《诗品》虽为文论著作，但语言美轮美奂，耐人寻味。钟嵘并没有采用概念思维，而是用形象化的语言来论诗，如：

> 范诗清便宛转，如流风回雪；丘诗点缀映媚，似落花依草。（评范云和丘迟）

> 潘诗烂若舒锦，无处不佳；陆文如披沙简金，往往见宝。（评潘岳和陆机）

> 谢诗如芙蓉出水，颜诗如错彩镂金。（评谢灵运和颜延之）

这种形象化的论诗在全著中不胜枚举，工整而对称，"象"评方式实现了批评与创作的合一，也是其理论上"直寻"说的某种实践，使批评具有很强的文学色彩和美感气息，读来生动活泼、趣味盎然，是一种美的巡礼，对后世诗话、词话及其他文艺评论产生了深远的影响。① 钟嵘是魏晋南北朝时期批评实践和理论主张较为吻合的重要批评家之一。

我们认为，"象"在魏晋南北朝彻底实现由哲学范畴向文学、美学范畴的转变，正是得力于陆机、刘勰、钟嵘等具有真知灼见的批评家及时的理论总结和深入的批评阐发。"象"在魏晋南北朝被赋予了浓厚的文学色彩，不仅自身的内涵得到了充实和提升，而且初步涉及创作论、文本论、接受论等不同层面，并在各门艺术中广泛蔓延开来。没有众多批评家们的不懈探索，"象"范畴无法实现自身的蜕变，也不可能在唐宋时期进一步蔓延和发展，趋于独立和成熟，并对后世产生如此深远的影响。

---

① 张伯伟：《钟嵘诗品研究》，南京大学出版社 1999 年版，第 87—92 页。

第三节　创作实践对"象"范畴转化的推动

综观中国文论，许多范畴的提出与发展是基于此前长久的文学创作积累，在拥有一定的经验后，由某些敏锐的文论家从中总结升华出理论范畴来。毕竟理论是来源于实践又反作用于实践。而"象"作为美学范畴的最终形成及不断发展，尤其是其含义的日趋丰富与翻新，与文学创作密切相关，而这一点往往并未引起学界足够的重视。近年来，已有学者开始意识到研究文论范畴必须高度重视"创作实践"这一维度，并呼吁研究视角需要转换。如詹福瑞先生认为近年来古代文论的研究"多比较重视文学理论范畴的哲学渊源，然而却忽视了影响文学理论范畴的另一个重要因素，即文学创作的现实基础"。[1]党圣元先生则指出：

> 以文学创作为核心的文学现象，是文学理论认识的对象。比起哲学范畴，文学创作对文学理论的影响似乎更为直接更为具体。中国古代文学理论中的许多问题，多从历史与现实的文学现象中归纳总结出，建立在创作实践的基础之上。[2]

无疑，文学范畴、命题乃至思想的发展，固然得力于批评家的睿智，然而一个无法回避和忽视的事实是，在他们总结和提出某种文学见解之前，范畴已经被此前或同时代不同创作予以实践，正是大量创作成果启迪着批评家去洞幽烛微地进行理论批评。因此，我们"必须将传统文化的概念范畴与传统文学创作和批评鉴赏结合起来加以研究……在融会贯通的基础上进行考察研究，这样至少可以保证使我们从不同的角度、不同的层面对传统文论的范畴及其体系的形成、演变的历史轨迹和义理、特征获得较为深入的把握"。[3]研究中国古代文论范畴如脱离创作和批评任何一方，都不可能得到完整而客观的认

---

① 詹福瑞：《中古文学理论范畴的形成及其特点》，载《文学评论》2000 年第 1 期。
② 党圣元：《中国古代文论研究范畴方法论管见》，载《文艺研究》1996 年第 2 期。
③ 党圣元：《中国古代文论研究范畴方法论管见》，载《文艺研究》1996 年第 2 期。

识。基于此，我们回溯先秦诗骚到魏晋抒情文学，不同阶段不同样式的文学创作究竟是如何使用"象"的，他们以"象"写作的方式、类别和特征又有哪些，他们在前人的基础上有着怎样的突破，这些都是本节重点关注的话题。

一、远古神话与《周易》拟"象"

1. 远古神话拟"象"所体现出的"隐喻思维"

在远古时期，中国先民还不能明确区分思维主体和客体，认为人和外界自然之间普遍存在着一种互渗的关系，拥有思想情感和意志灵魂。在他们眼中，世界具有生命力，充满神秘的奇异色彩，他们感受和理解世界的方式是自然和自身同为一体，并逐渐形成以己观物、以己感物的神话思维特征。① 而神话思维的突出特征是一种具体、形象的思维，那时原始先民的抽象思维能力尚不发达，思维时"不能脱离具体的物象，不能离开那些具体而感性的材料"②。比如对于东、南、西、北四方，他们并不能像今天这样明确地以概念来区分，比如北方常与冬天、黑夜、水等相随；谈及东方，则常用春天、青色、木等指代或导引，正是凭借着某些特定的经验甚至情感体验，搭建起具体物象和抽象所指之间的关联。因此从中国远古神话来看，很早时期古人就开始无处不在地使用"象"思维。而《山海经》等早期典籍几乎就是古人的神话集，其中涌现出的诸如夸父逐日、精卫填海、鲧禹治水、共工怒触不周山等神话皆是古人以"象"进行创作的智慧结晶。《山海经》以"象"言说神话，整体而言表现出如下两大突出特征。

一是从人自身出发，以自我为参照向外界拓展，实现"象"的拟人化。如《山海经·海外北经》所描述的"象"都是自然界耳熟能详的，所谓昼夜、冬夏以及风的形成，都和人的日常起居行为及常见的物象相关，自然界似乎也具有人的生命气息与活动色彩，从而被拟人化了。远古人类习惯以己度物，由自我

---

① ［法］列维–布留尔：《原始思维》，商务印书馆 1981 年版，第 101—103 页。

② 袁行霈主编：《中国文学史》（第一卷），高等教育出版社 2001 年版，第 50 页。

推及外界，从个体的情感与认识出发去诠释万物，其取象"从人体稍稍扩大到人的性情、行为、人所熟悉的环境"①，因而所选择的具体物象均打上了人的印迹。

二是所拟之"象"具有强烈的情感色彩。正因为取象从人自身出发向外拓展，"象"往往体现或寄寓着古人某种情感色彩或内心愿望。比如《山海经·海内经》记载：

> 帝俊生晏龙，晏龙是为琴瑟。
> 帝俊有子八人，是始为歌舞。

这种龙凤神话的出现，总是和琴瑟、歌舞等音乐之"象"同时出现的，反映了古人对祥和、安乐情感的祈盼与渴望。类似取"象"均有某种情感的积淀。有学者曾指出：

> 神话思维实际上是一种象征性或隐喻性的思维。所谓象征、隐喻，就是某种具体的物象和某种特定意义之间的联系。②

在古人思维能力尚处于初级阶段时，他们只能凭借某种物象来暗示某些特征上相似或相关联的观念，比如把"禽卵"和"生殖"崇拜相连即是典范。正是在长期拟象的实践过程中，某些意象（如"龙"等）便凝聚着一种独特的民族情感，甚至成为民族精神的象征。

2.《周易》卦爻辞与 "象"

《周易》最初是一部占卜性著作，古人"立象以尽意"，通过不同卦爻象来预测吉凶，具有很强的应用性和抽象性。其立象的缘起、方式等已如前文所述，这里笔者集中探讨《易经》《易传》在传达过程中是如何去构象尽意，以让读者们理解和接受的。

《周易》尽管采用"象"的符号来进行象征，然而其言说方式也是极为讲

---

① 袁行霈主编：《中国文学史》（第一卷），高等教育出版社 2001 年版，第 49 页。
② 袁行霈主编：《中国文学史》（第一卷），高等教育出版社 2001 年版，第 51 页。

究的。诚如此书所主张："象者，言乎像者也。""象者，像也"，在其卦爻辞的某些篇章中，以象来言说，不仅形象生动，俏皮活泼，而且具有很强的画面感，给读者不同的视觉冲击。如：

> 初九，潜龙勿用。（乾卦）
> 九二，见龙在田，利见大人。（乾卦）
> 上九，亢龙有悔。（乾卦）
>
> 初六，履霜，坚冰至。（坤卦）
> 上六，龙战于野，其血玄黄。（坤卦）
>
> 六三，即鹿无虞，惟入于林中；君子几，不如舍，往吝。（屯卦）……

这些语句都言简意赅，极少议论，对每一爻的阐发很少直接下断语，多采用比喻象征，以"象"的方式来言说卜卦含义，富有画面感，避免了预测吉凶时的武断和可能出现的失误。说者并不以言道尽，也没采用概念思维直接判定，而是使用形象化语言给人某种暗示或启迪，让其自己去领会，这种言说方式本身便是一种文学性表达，具有很强的审美性。对《周易》拟象所表现出文学的形象化色彩，陈良运先生曾指出：

> 在卦、爻辞中将抽象符号还原为各种人事、物事具象或可感的意象（有不少是"想象"之"象"）……从抽象还原为矩形和可感性意象，就向文学靠近了，从这些象生发出有意味的话语，就进入了文学领域了。[①]

只不过，《周易》中这种构象方式稍显简单，目的主要在于言理，但这在上古时期，不可苛责，它直接开启了后世以"象"创作各式美文的滥觞。对于这种以"象"来表达的方式及其影响，近代学者章学诚在《文史通义》中分析道：

---

① 陈良运：《周易与中国文学》，百花洲文艺出版社 1999 年版，第 6 页。

《易》象虽包六义，与《诗》之比兴，尤为表里。夫诗之流别，盛于战国人文，所谓长于讽喻，不学诗，无以言也。然战国之文，深于比兴，即其深于取象者也。庄列之寓言也，则触蛮可以立国，蕉鹿可以听讼；《离骚》之抒愤也，则帝阍可上九天，鬼情可察九地。他若纵横驰说之士，飞钳牌阖之流，拔蛇引虎之营谋，桃梗土偶之问答，愈出愈奇，不可思议。然而指迷从道，固有其功。饰奸售欺，亦受其毒，故人心营构之象，有吉有凶，以察天理自然之象，而衷之以理，此《易》教所以范天下也。

章先生以学者敏锐的眼光，发现了《周易》写作中所使用的"象"与《诗经》运用"比兴"在本质上是一致的。其"象"无论是取自自然，还是主观营构，都开启了后世创作中通过精心构象以抒情达意的优良文学传统。

二、《诗》之比兴与《骚》之象征的实践

（一）《诗经》拟"象"

赋、比、兴与风、雅、颂被称为《诗经》"六义"，其中比兴手法在《诗经》中被运用得出神入化，成为影响后世文艺深远的重要艺术表现手法。《诗经》中很多篇章都采用比兴手法来表现意象，极大地增强了作品的艺术感染力。

先看"比"。《诗经》中有整首诗都采用拟物手法来表情达意的，如众所周知的《魏风·硕鼠》等，借助司空见惯的硕鼠把劳动者对统治阶级残酷剥削的愤怒之情表达得淋漓尽致。而部分运用"比"的手法更为常见，如《卫风·硕人》描绘了卫庄公夫人庄姜之美，用了一连串生动形象的比："手如柔荑，肤如凝脂，颈如蝤蛴，齿如瓠犀，螓首蛾眉。"① 在这里，诗人根据长期积累的审

① 译成今文，则大体为："双手像初春的草芽那样鲜嫩柔软，皮肤像凝结的脂肪那样细腻光滑，脖颈像天牛的幼虫那样细长白净，牙齿像葫芦的籽儿那样洁白整齐，前额方正润泽像蝉儿的头面，秀眉细软弯曲像蛾子的长须。"

美经验，采撷现实生活中司空见惯、耳熟能详的"柔荑""凝脂""蝤蛴""瓠犀""螓首""蛾眉"等六种事物，来分别比喻庄姜的双手、皮肤、颈项、牙齿、前额和眉毛，本体与喻体之间具有十分相似的特征，可谓顺手拈来，比喻贴切，形象生动，无懈可击。而一句点睛之笔"巧笑倩兮，美目盼兮"，更使这幅美人图跃然纸上，栩栩如生。庄姜之美，极为准确而典型地体现了《诗经》时代人们对人体美的审美规范。而《召南·野有死麕》则以整体譬喻，谓"有女如玉"，使人由少女的美貌温柔联想到美玉的洁白与温润。显然，诗人的情感是感性多样、复杂多变的，看不见摸不着，而要使人领略，创作主体经常采用劳动生活中的具体动作场景，或身边耳熟能详的事物来比拟难言的情感，或者直接以熟悉的事物比拟具有独特特征的事物，以引发大家的共鸣。如"中心如醉""中心如噎"（《王风·黍离》），以"醉""噎"比喻难以形容的忧思，将其程度和情状模拟得恰到好处。此外，"巧言如簧"（《小雅·巧言》）、"其甘如荠"（《邶风·谷风》）中，"巧言""甘"这些不易描摹的情态，表现为具体形象的"簧""荠"等，读者均可迅速领悟，一通百通。这种高超而巧妙的比喻手法在整部《诗经》中运用得炉火纯青，令人拍案叫绝。《诗经》中大量用比，表明诗人具有丰富的联想和想象，能够以具体形象的诗歌语言来表达思想感情，再现异彩纷呈的物象。"[①]

再看"兴"。兴的使用在《诗经》中有多种情况，部分是置于开头起调节韵律、唤起情绪的作用，如《小雅·鸳鸯》《小雅·白华》即是。而更多的是兴句与下文有着委婉的内在联系。"或烘托渲染环境气氛，或比附象征中心题旨，构成诗歌艺术境界不可或缺的部分"。[②]如《关雎》篇曰："关关雎鸠，在河之洲，窈窕淑女，君子好逑。"以自然界成双成对的鸟儿来感发对男女思慕、恋情的表达。又如《周南·桃夭》记载"桃之夭夭，灼灼其华"，以红艳桃花灿烂盛开的季节，引发少女的春情萌动，自然感发女子婚嫁的情思。这种从自然界取象之兴，运用得贴切而自然，极大地增强了诗歌的表现力，同时也带给读者绵绵不绝的艺术美感。

《诗经》以"比兴"手法来取"象"，的确取得了较好的艺术效果。尤其是许多不便传达、难以用语言抒发的复杂情感，诗人往往借助于物象，寥寥数语

---

① 袁行霈主编：《中国文学史》（第一卷），高等教育出版社 2001 年版，第 73 页。

② 袁行霈主编：《中国文学史》（第一卷），高等教育出版社 2001 年版，第 74 页。

就将一种复杂的情感和盘托出，给读者无尽的美感。如《小雅·采薇》写道：

> 昔我往矣，杨柳依依；今我来思，雨雪霏霏。

此诗仅仅选取“杨柳”和“雨雪”两个意象，就把服役前离开家乡的留恋不舍、在外征战多年的劳苦奔波、重回故乡后的欣喜若狂、满腹感慨之情道尽。诚如王夫之《姜斋诗话》云：“以乐景写哀，以哀景写乐，一倍增其哀乐。”而景即象也。诗人正是把自己的情感融注在景物的描写中，达到巧妙构象、借象抒情之功效。明代学者李东阳在《怀麓堂诗话》中则着重阐释了比兴对创构意象的意义：

> 所谓比与兴者，皆托物寓情而为之也。盖正言直述则易于穷尽，而难于感发；惟有所寓托，形容摹写，反复讽咏，以俟人之自得，言有尽而意无穷，则神爽飞动，手舞足蹈而不自觉。

这里道出了“言”在传情达意时的局促和有限性，而解决途径正在于“象”。所谓“托物寓情”“形容摹写”即是拟象以达到“言有尽而意无穷”的艺术效果。虽然在先秦时期理论界尚不能像唐宋那样自觉去总结所谓“象外之意”，但《诗经》大量采用比兴以拟“象”的功用便可见一斑。

当然，《诗经》中也以赋叙事，铺陈性地描述事件发展的前因后果。而无论是叙事还是比兴之取景，这均和《周易》以“象”写作异曲同工，如上引章学诚所言：“《易》象虽包六义，与《诗》之比兴，尤为表里。”（《文史通义·易教下》）只是《诗经》构“象”的文学色彩更为浓厚。它们都属于“观物取象”的思维方式，“象”来自自然界和社会人事，而取象的目的在于传情达意，如刘勰在《文心雕龙·比兴》篇中所指出：

> 且何谓为比？盖写物以附意，飏言以切事者也。故金锡以喻明德，珪璋以譬秀民，螟蛉以类教诲，蜩螗以写号呼，浣衣以拟心忧，席卷以方志固：凡斯切象，皆比义也。至如“麻衣如雪”，“两骖如舞”，若斯之类，皆比类者也。

如果说其目睹耳闻之"象"（"凡斯切象，皆比义也"）只是工具和手段，是"此岸"；则所谓"以切事者、以喻明德、以譬秀民、以类教诲、以写号呼、以拟心忧"云云，便成为目的与终点，是"彼岸"，"象"的价值和意义正在于服务于诗人在不同语境和场合的情感、心志表达，由"此岸"抵达"彼岸"。清代学者王士祯在《渔洋诗话》中亦总结道：

> 余因思《诗三百篇》，真如化工之肖物，如《燕燕》之伤别，《竹竿》之思归，"蒹葭苍苍"之怀人，《小戎》之典志，《硕人》之次章写美人之妖冶；《七月》次章写阳春之明丽，而终以"女心伤悲，殆及公子同归"，《东山》之三章"我来自东，零雨其濛。鹳鸣于垤，妇叹于室"四章之"其新孔嘉，其旧如之何？"写闺阁之致，远归之情，遂为六朝唐人之祖；《无羊》之"或降于阿，或饮于池，或寝或讹，尔牧来思，何蓑何笠，或负其餱，魔之以肪，毕来既升。"字字写生，恐史道硕、戴嵩画手，未能如此极妍尽态也。

这是对《诗经》"比兴"手法产生的艺术效果的高度赞誉。而诗人在"比"在"兴"时，在为表情达意精心构象时，宛如画家写生一般生动传神，这得力于诗人对"象"的灵活调度和合理运用。

闻一多先生从宗教思维和艺术思维的共同特征入手阐发了"象"与"兴"之间的密切关联：

> 隐在六经中相当于《易》的象与《诗》的兴，预示必须有神秘性，所言占卜家的语言少不了象。诗——作为社会诗、政治诗的雅，和作为风情诗的风，在各种性质的踏布（taboo）的监视下，必须带着伪装，隐秘活动，所以诗人的语言中，尤其不能没有兴。象与兴实际都是隐，有话不能明说是隐。所以《易》有《诗》的效果，《诗》亦兼《易》的功能，二者在形式上往往不能分别。①

---

① 选自闻一多：《说鱼·探源》，收入闻一多著作《古诗神韵》（中国青年出版社 2008 年版）中。

他把 "兴" 与 "象" 联系起来看，说明其一致性，这是很有见地的。赋、比、兴相对独立，各有特点，明代文论家郝敬解释其内涵时也曾指出 "比兴" 与 "象" 之间的内在关联：

> 兴者，诗之情。情动于中而发言为赋。赋者，事之辞。辞不欲显，托于物为比。比者，意之象。故夫铺叙括综曰赋，意象附合曰比，感动触发曰兴。(《毛诗原解序》)

所论相当精湛，他明确指出 "比者，意之象"，正是诗人在 "意" 的统摄下生发、营造不同的 "象"。从这个意义上来说，一部《诗经》比兴手法的娴熟运用，也是中国古代早期对 "象" 范畴的文学实践。

虽然对 "比兴" 之内涵学界有不同阐释，分歧很大，但对宋代朱熹所论还是比较认可的，其云："比者，以彼物比此物也"，"兴者，先言它物以引起所咏之辞也。"（朱熹《诗集传》）无论这里的 "彼物""此物" 还是 "它物"，都是 "象" 的具体体现。而吴乔《围炉诗话》则说："感物而动则为兴，托物而陈则为比。"无论是 "感物" 还是 "托物"，都是对 "象" 的调度和取用。总之，"比" 即为譬喻，包含明喻和暗喻；而 "兴" 有两种作用：一是用于诗歌发端，二是象征。《诗经》比兴手法所体现出来的 "象"，其来源不外乎古人在生产与生活中的所见所闻，比如自然物象、劳动场景、生活片段等，诗人都能巧妙地在不同物象之间寻找到相似点，在 "象" 和 "意" 之间寻求某种关联，来抒发多元而复杂的感情，从而完成佳作的创构。因此，《诗经》比兴的本质是以象达意，拟象传情。对此，唐代诗僧皎然在《诗式·用事》中曾透辟地分析道：

> 取象曰 "比"，取义曰 "兴"。义即象下之意。凡禽鱼、草木、人物、名数，万象之中义类同者，尽入比兴，"关雎" 即其义也。如陶公以 "孤云" 比 "贫士"；鲍照以 "直" 比 "朱线"，以 "清" 比 "玉壶"。

譬如即为取象，以求类同者，即求其相似之关联也；"兴" 即为获得 "象下之意"，《诗经》中的万象，无不因达 "义" 而设。皎然诗论的可贵之处在于，他把比兴和诗的形象联系起来了，洞穿了《诗经》取"象"的文学本质，"比"是描绘物象的手段，"兴"则是物象之中所包含的意蕴（义）。而其云"象下之意"，则对后世的比兴理论有深远的影响，此后文论家刘梦得、方东树等提到的"兴在象外"说，都是对其理论的丰富和发展。

《诗经》是中国先秦时期最早的诗歌总集，正是凭借着"比兴"手法的娴熟运用，其构象方式和创作经验给了后世无数作家以滋养和启迪。王弼曾曰："《离骚》之文，依《诗》取兴，引类譬喻。"（《离骚经序》），其后的《离骚》采用象征手法，不过是《诗经》比兴手法的进一步发展，是突破个别、单一之"象"而取整体之"象"的创造。而"六朝和唐宋时期的诗论，则将比兴的特点加以发展，形成创造诗歌艺术形象的特殊手段，成为富有中国民族特色的艺术构思和形象思维方式。比兴也成为一个极富理论价值的范畴"。[①]这在钟嵘等处有论，兹不赘述。

（二）《离骚》拟"象"

《楚辞》之所以能在简短的篇章中酣畅淋漓地传达屈原忠贞爱国、忧国忧民的复杂情怀，很大程度上得益于屈原对"象"的成功创造。《诗经》拟"象"通常具有单一性，这不是指其"象"不够多元化，而大多是一"象"一"用"，在具体某篇诗作中，特定语境中的"象"被用来表达一种特定的情感思绪，而没有连成一片，赋予其整体性的象征意蕴。而在《离骚》中，屈原拟"象"最大的推进是使意象群体出现并形成有机系统，最终构筑出香草、美人两类，并且其内涵较《诗经》拟"象"也更为丰富，更有艺术表现力。比如香草系列：

兰、蕙、木根、薜荔、菌桂、胡绳、留夷、揭车、杜衡、芳芷。

美人系列：

"初既与余成言兮，后悔遁而有他。"

---

① 孙耀煜：《中国古代文学原理》，江苏教育出版社 1996 年版，第 133 页。

"解佩纕以结言兮，吾令謇修以为理。"

"众女嫉余之蛾眉兮，谣诼谓余以善淫。"

"余既不难夫离别兮，伤灵修之数化。"
……

整首《离骚》中，诗人多半以美人自喻或喻君王，前者是屈原通过自拟弃妇而抒情的，使抒情如泣如诉、凄婉感人；后者则以夫妇比喻君臣，将自身对君王由敬重到失望的心路历程，将自己在宫廷中不被重用、遭遇冷落、壮志难酬的复杂情怀表现得淋漓尽致。

同时，全诗也充满种类繁多的香草，它们和美人遥相呼应，相得益彰。香草作为独立的象征物，"一方面指品德和人格的高洁，另一方面和恶草相对，象征着政治斗争的双方"。[①]屈原正是在两极意象的强烈对比中抒发自己的不幸遭遇，表明自己的高尚情操，同时抒发对邪恶势力强烈的愤慨之情。屈原拟象多数是用来象征美人的某种品性，正如王逸在《离骚经序》中所云：

　　故善鸟香草，以配忠贞；恶禽臭物，以比谗佞；灵修美人，以媲于君；伏妃佚女，以譬贤臣；虬龙鸾凤，以托君子；飘风云霓，以为小人。

所谓忠贞、谗佞、贤臣、君子等，皆是自然或神话意象的真实人间所指。可以说，"由于屈原卓越的创造能力，使香草美人意象结合着屈原的生平遭遇、人格精神和情感经历，从而更富有现实感，也更加充实，赢得了后世的认同，并形成了一个源远流长的香草美人的文学传统。"[②]

《离骚》之 "象" 紧承《诗经》比兴而来，王逸在《离骚经序》中论及《离骚》的艺术特点时曰："《离骚》之文，依《诗》取兴，引类譬喻。"所谓骚之文，实指《离骚》的拟象方式和艺术成效，他是把骚之 "象" 和诗之 "兴" 相提并论的。屈原以奇特的想象、悲悯的情感和浪漫的情怀来拟 "象"，在借

---

① 孙耀煜：《中国古代文学原理》，江苏教育出版社 1996 年版，第 136 页。

② 袁行霈主编：《中国文学史》（第一卷），高等教育出版社 2001 年版，第 147 页。

"象"传情达意上与《诗经》拟"象"异曲同工，然而整体性地赋予"象"浓烈的象征色彩，并使分散的"象"构筑成系统，这是其重大推进和创举。正是形象的成功运用，造成了《楚辞》作品"气往轹古，辞来切今，惊采绝艳，难于并能"（《文心雕龙·辨骚》）的绚烂多彩之面貌。自《离骚》之后，中国文学之"象"的表现空间大大扩展了，并能够承载复杂微妙、丰富厚重的各式情感，其表现力的增强也使文学更加富有魅力。

三、诸子寓言写作与"象"

近代学者章学诚曾指出，战国诸子文章及纵横家言理多用寓言，直接受自《诗》之比兴，间接出于《易》象。可见，寓言、传说和故事等和此前的"比兴""卦象"都是"象"的多元体现，战国诸子和史著中的寓言是"象"在先秦的进一步发展，或者是"象"主要在言理方面的充分体现，这和诗骚遥相呼应。

战国时期诸子各派在表达自己的哲学思想和政治主张时，都特别讲究辞的运用。比如老子所论之"道"原本是很抽象、晦涩的，并具有很强的思辨性。而老子以韵散结合的文体来抒发其哲思，他善于运用具体形象来表现抽象的哲理，这也是先秦诸子的共同特点。老子运用得出神入化、得心应手。他以车轮、制陶、造屋为喻：

> 三十辐共一毂，当其无，有车之用。埏埴以为器，当其无，有器之用。凿户牖以为室，当其无，有室之用。故有之以为利，无之以为用。（《老子》第十一章）

"有""无"之关系本来比较复杂抽象，这里采用辐条、陶土、门窗等具象来说明，形象活泼，通俗易懂。此外，《老子》第二章为表达美与善的相对性，连用"故有无相生，难易相成，长短相形，高下相盈，音声相和，前后相随，恒也"。这里长短、高下、前后等取象都来自人们生活中可以感受到或看到的现象，从不同角度加以说明，非常具体实在，将言理推向深入，读来也亲切易懂。"把深奥的道理变成了极易理解的身边事，使得抽象的内涵穿上了形象的外衣"。①

战国诸子游说诸侯或表达社会政治理想，或攫取功名富贵，都非常注意言辞技巧，诸子士人都受到过以《诗》言志的训练，所以也注意到语言的生动形象性。不过归根结底还是"象"思维在从中起着重要作用。刘向《说苑·善说》中载惠子事最能说明此问题。梁王曾谓惠子曰：

> "愿先生言事直言无譬也。"惠子曰："今有不知弹者曰：'弹之状为何？'曰：'弹之状为弹，喻乎？'曰：'未喻也。'曰：'弹之状如弓而以竹为弦。则知乎？'王曰：'知矣。'惠子曰：'夫说者固以所知喻所不知而使人知之，今王曰无譬，则不可矣。'"（《说苑·善说》）

《说苑》虽为汉代刘向所作，但所用材料是先秦的应该无疑。张之洞《书目答问》曰："虽汉人作，然皆纪古史多本旧文，故列古史。"惠施的话也说明了比喻的重要性在于借人们已有的经验知识来想象未曾见过的事物。比喻更重要的是把抽象的事物形象化，便于人们接受。《尚书·盘庚上》中盘庚曰：

> 非予自荒兹德，惟汝含德，不惕予一人。予若观火。予亦拙谋，作乃逸。若网在纲，有条而不紊；若农服田力穑，乃亦有秋……汝曷弗告朕，而胥动以浮言，恐沈于众？若火之燎于原，不可向迩，其犹可扑，灭？则惟汝众自作弗靖，民非予有咎。

这几句话中就有许多比喻，孙星衍释"予若观火，予亦拙谋"曰："言予威若热火之猛烈，但予拙谋细威不用，使汝纵逸不肯徙也。""观"通"灌"，热也。威势是人由于其地位权力对他人形成的一种压迫力，这力量的大小是一种心理感觉，不是可以用重量来衡量的，所以用"观火"对人的烧灼感来加以比喻；接下来两个比喻要求臣民服从自己，用"若网在纲"形容顺从之状，用"农服田力穑"比喻将会有好的结果。这些道理本来是抽象的，由于用了

---

① 王培元、廖群著：《中国文学精神》（先秦卷），山东教育出版社 2003 年版，第 245—246 页。

比喻这种方式，道理反而表达得更充分。《周易》中许多带有比喻性的卦辞、爻辞也属于此类。

而历史著作《战国策》则文采斐然，其文风辨丽横肆，这与其生动形象的语言运用有关。战国策士为了使其政治主张得到诸侯国君的重视和采纳，特别善于炼辞，即以生动形象的语言来表述某种抽象的道理，古文引类譬喻是其特长，其"主要手法是巧于比喻，善用寓言和博引史事"。[①] 或者借助动物、植物或人们生活中习见的其他事物为喻，循序渐进地达到辩说的目的。

该史著中的比喻多选取身边或日常熟悉的事物为喻体，有效建立起已知与未知的关联，言理晓畅明白，堪称一绝。如《楚策四·庄辛说楚襄王》记庄辛论幸臣之危国，由蜻蛉而黄雀、黄鹄，再及蔡侯、君王，其四种设喻由小至大，从物到人，因内及外，情理动人。《楚策三·苏秦之楚三日乃得见乎王》章则运用一连串的譬喻，形象地描述了难见楚王的困境与愤怒之情。再如《齐策·邹忌讽齐王纳谏》，也是从切身体验的生活趣事入手，来形象喻示所要阐述的道理，贴切深刻，饶有风趣，很有说服力。后世家喻户晓的许多成语、故事、传说等均出自《战国策》。如"唇亡则齿寒""譬若虎口""譬犹千钧之弩溃痈""譬若驰韩卢而逐蹇兔""断齐、秦之要，绝楚、魏之脊""无异于驱群羊而攻猛虎""如使豺狼逐群羊""譬犹抱薪而救火""心摇摇如悬旌""危险于累卵""轻于鸿毛""重于泰山"等，可谓连篇累牍，不绝于耳。可见，战国时期，中国史学家和思想家在表达历史观念、陈述哲学思想、提出政治主张时，都善于娴熟运用"象"，以"象"传意，他们对于古今事件、各式人物了如指掌，对于历史典故信手拈来，都可入文成"象"，以"象"言理。

不仅如此，《战国策》还有近七十则寓言故事，散见于各册之中。如置于文章中则它们成为整体的一部分，然而众多寓言又都具有一定的独立性。后世读者曾单独将其挑选出来编册成书，均具有较强的文学色彩。如"两虎相斗""一举而兼""鹬蚌相争，渔人得利"……同一寓意变换着采用不同的形象入文，而后人熟知的"画蛇添足""狐假虎威""惊弓之鸟""南辕北辙""土偶与桃梗""江上之处女"等寓言故事，均是以寓言表达历史观念的典范，启人深思。由此可见，"象"在《战国策》等历史著作中主要表现为寓言、比喻和史事、传说、掌故等，它们主要被用来增强辩词的说服力。而其"象"来自士人从书本、

---

① 郭预衡主编：《中国古代文学史》（第一卷），上海古籍出版社1998年版，第81页。

历史和生活中丰厚的积累,他们善于"即事编撰,独出心裁,比附现实,以表达情意,用具体的形象概括抽象的道理,表现出极强的艺术力量"。[①]而以古证今、以古例今,常常使史书具有图画性。可见,意象思维不仅是中国古代文人创作的法宝,同时也是文人写作以传达心意的金钥匙。

《孟子》非常善于在论辩中巧妙地运用比喻或穿插寓言故事,增强论辞的感染力和说服力。其用譬之多,设喻之妙,历来受人赞赏。比如"五十步笑百步"(《梁惠王上》)、"揠苗助长"(《公孙丑上》)、"齐人有一妻一妾"(《离娄下》)、"弈秋诲弈"(《告子上》)等,更是其传神之笔,是"象"运用得极为成功的典范。相比而言,《荀子》使用寓言较少。全书32篇论文仅有寓言数则而已,然而荀子也大量运用日常生活中的常见事物来譬喻。深入浅出、生动巧妙地把抽象的道理具体化、形象化,使深奥的理论浅显易懂。比如我们熟知的《劝学》篇,通篇采用引类譬喻重叠而成,譬喻摇曳生姿、变化多端,令人目不暇接,在并列、反对之间游刃有余地周旋,可谓异彩纷呈,看似五光十色,然无不用来说明"劝学"之主旨,而这种譬喻的运用就是"象"的体现。类似这种譬喻在《荀子》全书中几乎占去一半,荀子正是借助于大量的"象"来言说其政治主张和哲学思想的。

而《庄子》堪称中国文学史上的奇篇,其自称创作方法是:"寓言十九,重言十七,卮言日出,和以天倪。"(《庄子·寓言》),在《天下》篇中又提到"以卮言为蔓衍,以重言为真,以寓言为广"。其中"寓言"即虚拟地寄寓于他人、他物、他事的言语,这充斥《庄子》全书,如其言"寓言十九",《史记》也云庄子"大抵率寓言也"。而他人、他物则构成一种新型的"象",类似《离骚》之象征,具有整体性。所不同者在于庄子借寓言之"象"来表达其哲学观,而屈原借香草、美人之"象"来抒发忠贞爱国之心。《庄子》一书的寓言数量之多,在诸子著作中首屈一指,表现出庄子超常的想象力,构成了奇特的形象世界,这是庄子特别擅长形象思维的表现,绝少枯燥的说教,"他把深刻的哲理形象地寄寓于虚妄的情节之中,在一种超越现实的艺术氛围里巧妙地表现了自己的真实思想"。[②]"意出尘外,怪生笔端"(刘熙载《艺概·文概》)"哲学思想博大精深,深奥玄妙,具有高深莫测、不可捉摸的神秘色彩,用概念和逻辑推理

---

① 袁行霈主编:《中国文学史》(第一卷),高等教育出版社2001年版,第100页。

② 郭预衡主编:《中国古代文学史》(第一卷),上海古籍出版社1998年版,第100页。

来直接表达，不如通过想象和虚构的形象世界来象征暗示"。①而"象"在《庄子》一书中主要表现为各式寓言，其对"象"的虚构和营造，往往超越时空的局限和物我的分别，奇幻异常、变化万千。"杯水芥舟，朝菌蟪蛄（《逍遥游》）、蜗角蛮触（《则阳》），曲尽小之情状。而骷髅论道（《至乐》），罔两问影（《齐物论》），庄周梦蝶（《养生主》），人物之间，物物之间，梦幻与现实之间，万物齐同，毫无戒心，想象奇特恣纵，伟大丰富，晚周诸子之作，莫能先也。"②据统计，庄子仅《内篇》就用了近50个寓言故事，譬如《养生主》一篇的末段为比喻，是"象"，而第二、三、四、五段即"以寓言为广"。如此结合使用，是对"象"的言说实践。

庄子使用寓言的突出特征在于取象"恢诡谲怪"。众多奇特的形象在书中异彩纷呈，比如奇大无比的鲲鹏（《逍遥游》），庄周梦化的蝴蝶（《齐物论》）、形体残缺的支离疏（《人间世》）、运斤成风的匠石（《徐无鬼》）、吸风引露的神人（《逍遥游》）、似有若无的罔两与景（《齐物论》）、七窍皆无的混沌（《应帝王》）、望洋兴叹的河伯（《秋水》）、自夸其乐的坎井之蛙（《秋水》）等，这些类似光怪陆离的形象纷至沓来、异彩纷呈，不仅有效地传达出庄子深邃的哲学思想，而且欣赏起来令人赞不绝口，这些形象的描绘仿佛把人引入一个超越时空、不辨上下古今的艺术至境。

当然，作为语言艺术大师，庄子也善于"属书离辞，指事类情"（《史记·老庄申韩列传》），诸如鸟兽虫鱼、灵龟、大树，抑或风云、山水、神怪、异人等，无不写得惟妙惟肖、绘声绘色，正是不同"象"的运用，庄子"以肆其端"（柳宗元《答韦中立论师道书》），方才"意出尘外，怪生笔端"（刘熙载《艺概·文概》），"古今文士，每每奇之"（罗勉道《南华真经循本释题》）。

而《韩非子》运用寓言故事无论是就数量还是文学性来说，在诸子中都是首屈一指的。据笔者初步统计，其寓言使用达到300余则，化"象"为寓言是韩非子的"拿手好戏"。相比而言，《庄子》也长篇累牍地运用寓言，但主要还是服从于其哲学思想的表达，成为其议论说理文的一部分，而韩非子运用"象"寓言有如下两个显著的变化与推进：

---

① 高巅：《庄子哲学思想的诗意表现》，载"中华国学网"，http://www.iguoxue.cn/html/00/n-91000.html。

② 袁行霈主编：《中国文学史》（第一卷），高等教育出版社2001年版，第115—116页。

一是他使寓言基本上成为一种独立的文学体裁，这与其多年来有意识地收集、整理、创作寓言分不开，诸如《说林》《喻老》《十过》等篇章均为寓言专集，这不像此前诸子在篇章中将寓言作为附属性的论理产品。

二是《韩非子》的寓言主要取材于历史故事、各类典故和现实生活，很少拟人化的动物故事和幻想神话故事，没有超越现实的虚幻境界和人物。诸如"郑人买履""郢书燕说""和氏献璧""滥竽充数""老马识途""自相矛盾"等寓言都是韩非子在洞悉人间百态后从现实生活中精心提炼出来的，具有很强的讽刺力量。刘勰曾谓"韩非著博喻之富"（《文心雕龙·诸子》）即是指此。

《吕氏春秋》以"象"论理也自成特色，往往先提出总的论点，然后采用成串的寓言来论证。全书共有寓言三百余则，其数量之众、使用之密集，堪与《韩非子》媲美。如《察今》篇，先提出因时变法的主张，紧接其后连用"荆人涉澭""刻舟求剑""引婴投江"三个寓言来论证，意在强调治世必须因人制宜，三者各有侧重而共同说明了一个主旨。而《当务》篇先提出辨、信、勇、法四者不当的危害，也相应地引用四个不同寓言来进一步说明，其理自然包孕于"象"中。

在《离骚》以"象"来传情、诸子散文以"象"来言理的影响下，秦汉散文亦大量而娴熟地以"象"来从事创作，甚至把"象"的外延从寓言扩大到传说、故事等，更富文学的美感。西汉的《淮南子》有着完整的思想体系，其观点博奥深宏，无所不包。但它并非抽象论道，而是娴熟用"象"来言说，用"象"展开论证，其"象"有神话、故事、历史、传说等，可谓极大地增强了此著的文学色彩，成为汉代一部颇有影响的散文集。当然，这与其排比句式、语言修饰、行文铺张等修辞之运用相关，但多种"象"的营造是此作耐读的一个重要原因。比如《览冥训》一篇，前后共运用了武王伐纣、黄帝治天下、女娲补天等十几个神话、传说与历史故事，来说明览观幽冥变化的道理，文风瑰丽。诚如清朝刘熙载《艺概·文概》所云："《淮南子》连类喻义，本诸《易》与《庄子》，而奇伟宏富，又能自用其才，虽使与先秦诸子同时，亦足成一家之作。"①

先秦文章几乎包含了后代所有的修辞手段，它们使先秦各种著作充满生动的形象，很多显示出很强的文学色彩。诚如刘勰在《文心雕龙·情采》篇中所谓：

---

① ［清］刘熙载：《艺概》，上海古籍出版社 1978 年版，第 14 页。

故立文之道，其理有三：一曰形文，五色是也；二曰声文，五音
是也；三曰情文，五性是也。五色杂而成黼黻，五音比而成韶夏，五性
发而为辞章，神理之数也。

而诸多辞格中比喻和象征的运用就是拟"象"的体现。比喻在于寻找不同事物之间的连接点与相似点，通过对照联想，达到以彼喻此之目的。在先秦文章中比喻使用的广泛性和多样化可见一斑。早在《尚书》中，比喻就开始发展为灵活而有力的表现手段。如《尧典》云"百姓如丧考妣"；《盘庚上》更是把各种生活现象纳入比喻的范围中来，"若火之燎于原，不可向迩，其犹可扑灭？"而《说命上》则载殷高宗梦得传说之后，对传说的命辞就使用了连续的比喻。

四、汉赋写作对"象"的铺张模拟

两汉以赋体见长。先秦时期即已有以辞赋来拟形状物之作。典型如荀子《云》《蚕》《箴》诸赋，以及相传为宋玉所作的《风》《笛》《钓》《舞》诸赋。荀子以言理见长，大约赋作为一种文体在当时尚处于孕育阶段，以赋状物喻理在《荀子》中表现得较为板滞枯燥。相比而言，宋玉之赋则以夸饰见长。先秦辞赋取"象"都还处于尝试的初步阶段。

而至汉代贾谊作《旱云赋》，则要娴熟和进步得多，通篇描摹云气和大旱的情状，富有表现力。赋家绝不只是单纯描绘景物，而是借物喻理，以象明理。把对（物）"象"的描摹同政治民生紧密结合起来，发挥作品抒情言志、批判现实的功用。如：

阴阳分而不相得兮，更惟贪邪而狼戾？……咎于在位。（《旱云赋》）

此后，严忌、邹阳等赋家之作以四言韵文为主，已显露出铺排描摹的迹象。如邹阳《酒赋》对酒和饮酒的铺写，枚乘《柳赋》对柳之情态、柳与其他自然物象的关系，柳与人之亲和的描绘，都是汉赋拟"象"的文学实践。枚乘《逸园赋》已初显汉赋铺陈排比之气象，如描绘梁孝王逸园，依山、竹、溪、鸟、游人、采桑

女的次第，逐层展述，接连拟 "象" 铺陈，以看出恢宏的气度。且看关于 "其始起也，洪淋淋焉" 的曲江观涛描写，通段以 "象" 来展示江涛的汹涌澎湃。又司马相如《子虚赋》通篇以繁细的铺叙、夸张的摹绘来写宫殿苑猎、山水事物：

> 子虚曰："可。"王车架千乘，选徒万乘，畋于海滨。列卒满泽，罘网弥山。掩兔辚鹿，射麋脚麟。鹜于盐浦，割鲜染轮。射中获多，矜而自功。顾谓仆曰："楚亦有平原广泽游猎之地，饶乐若此者乎？楚王之猎，孰与寡人乎？"仆下车对曰："臣楚国之鄙人也。幸得宿卫，十有余年，时从出游，游于后园，览于有无，然犹未能遍睹也，又焉足以方其外泽乎？"齐王曰："虽然，略以子之所闻见而言之。"

无论是排比物产，还是渲染田猎，或者描绘宫殿、模山范水，都堪称一绝，被刘勰《文心雕龙·诠赋》评为："拟诸形容，言务纤密""写物图貌，蔚似雕画。"《汉书·艺文志》则曰："感物造端，材智深美。"皆彰显出汉赋拟 "象" 的成效。

汉赋到了后期，所涉之 "象" 的范围不断扩大，从苑囿、田猎发展到都市、郡邑之繁华。进入赋家笔下的 "象" 也日趋丰富起来。如张衡的《二京赋》可谓汉代大赋的绝响。全文除描绘苑所、田猎、宫室等 "象" 外，还把游侠、辩士和商贾等及街市、百戏等作为 "象" 摄入其中，描绘不厌其烦，详尽之能事，其拟 "象" 之规模、容量和篇幅等都超过前人。并且，汉代中后期赋家拟 "象" 也更趋专门化。由此前《子虚赋》的各种取象到后来集中于某一门类，如扬雄《蜀都赋》专写蜀都山水之雄伟、物产之丰饶，《甘泉》《河东》二赋则专写天子祭祀，《羽猎》《长杨》二赋专写天子田猎，所摄之 "象" 虽不及先前广泛，但集中有力得多。

汉赋如此密集地铺陈 "象"，可造成文体的气势，增加辞采的富丽。如：

> 撞千石之钟，立万石之虡，建翠华之旗，树灵鼍之鼓；奏陶唐氏之舞，听葛天氏之歌；千人唱，万人和；山陵为之震动，川谷为之荡波。（司马相如《上林赋》）

该篇以大量的连词、对偶、排句，层层渲染，增加了文章词采的富丽，波澜壮阔、气势充沛。刘熙载《艺概·赋概》曾评曰："以赋视诗，较若纷至沓来，气猛势恶，故才弱者往往能为诗，不能为赋。"

至东汉，抒情小赋兴起后，汉赋拟"象"出现了由客观铺陈到融入感情的重大转变。初期如班固的《两都赋》、张衡的《二京赋》是铺张扬厉的大赋，延续了司马相如和扬雄之赋的拟象风格，多以京都为题材，从不同角度描摹其形胜巨丽。而至张衡《归田赋》，则文体日趋短小，并朝向抒写现实人生的抒情言志方向发展。典型如赵壹《刺世疾邪赋》、祢衡《鹦鹉赋》等堪称代表。文中加入了隐喻的成分，赵壹《穷鸟赋》以穷鸟隐喻身陷困厄的自己，其对鸟"象"的刻画和描摹旨在表达一种激愤和不平。而祢衡《鹦鹉赋》则对鹦鹉资质的美好、深陷罗网和被人囚笼赏玩的悲哀极尽描绘，以此"象"来寄予作家深陷尘网被人摆布的深切悲哀。一言以蔽之，东汉后期开始抒情小赋拟"象"已并非纯客观铺陈了，而注入了主体鲜明而强烈的情感烙印。这直接为魏晋六朝文人写诗以"象"来表达自己的情志奠定了基础。

五、魏晋南北朝抒情文学："意"的勃发与诗文对"象"的运用

1. 文学自觉与抒情作品的流行

魏晋南北朝被鲁迅誉为是"人的自觉"和文学的自觉时期，也是中国文学迅速发展的重要时期。文学的独立和自觉体现在多个方面，首要的是文学的重要性日趋受到重视，文人赋予它前所未有的地位，在王粲《荆州文学记官志》中有云："夫文学也者，人伦之首，大教之本也。"类似对文学地位的重视与评价是前无古人的。其后曹丕在《典论·论文》和《与王朗书》中也高度称誉文学之功用与魅力，他把文学与立德、立功放到同等重要的地位，把它们视为扬名不朽的大业，视为实现人生价值的追求。

而文学在动荡的汉魏之际，也日趋摆脱了儒家文学功利观的束缚，文学不再依赖外因这种非文学因素而获得自身价值。文学以其抒情言志的特征而受人欢迎。曹丕在《典论·论文》中说"诗赋欲丽"，把赏心悦目的艺术美作为诗赋的首要文体特征，又反复申说"文以气为主"，这里"气"显然包含有个性、气质的元素，曹丕并没有论及儒家伦理对文学之志的要求。此后，陆机进一步提

出“诗缘情而绮靡”，从“缘情”“绮靡”四字要求可见他是兼顾了文的情感与丽辞二者。而他们以“气”“情”取代前人所论之“志”，其根本原因“便是自我意识的觉醒，是个体疏离、叛乱礼法名教的精神在看待文学上的自然表现”。①

个体化的情感、意念也在魏晋南北朝时期得到普遍张扬，这从当时诸多诗人文论家以“性情”“情志”来谈文学艺术特征就可见一斑，如《文心雕龙·体性》曰：“吐纳英华，莫非情性。”钟嵘《诗品》曰：“摇荡性情，形诸舞咏。”萧子显《南齐书·文学传论》篇谓：“文章者，盖情性之风标，神明之吕律也。”颜之推《颜氏家训·文章》篇则曰：“文章之体，标举兴会，发引性灵。”而在文学创作上，魏晋南北朝的抒情文学极为畅达，无论是雅好慷慨，还是建安风骨，都体现出对情意的关注与器重。正是此阶段文学创作中“意”的勃发，自然促使诗人们思考在如何立意、尽意等方面做文章，而“象”的精心营造就是其中至关重要的一环。

2. 山水、田园诗作中的“兴感”

在南朝时期，中国山水意象大量进入诗文中，与此前汉赋所铺陈山川物貌决然不同地是，南朝山水成为文学审美的对象，寄予了创作主体更多的情思。山水文学的兴盛，与多种因素有关②。随着东汉以来豪强地主庄园的兴起，清流士大夫逐渐脱离官场，而移居田园。他们日常所接触的景象自然以田园山水居多，如颜之推就曾描述：

> 生民之本，要当稼穑而食，桑麻以衣。蔬果之畜，园场之所产；鸡豚之善，坰圈之所生。爰及栋宇器械，樵苏脂烛，莫非种植之物也。至能守其业者，闭门而为生之具以足，但家无盐井耳。今北土风俗，率能躬俭节用，以赡衣食；江南奢侈，多不逮焉。（《颜氏家训·治家》）

---

① 罗宗强、陈洪主编：《中国古代文学史》（第一卷），华东师范大学出版社 2000 年版，第52 页。

② 郭预衡主编：《中国古代文学史》（第二卷），上海古籍出版社 1995 年版，第64—68 页有分析，可参看。

这样的士族庄园为士族提供了最为现实和理想的生活基础。"文人身在其间，无论家居或出游，既不失权势富贵之利，又尽得山水田园之美。"①谢灵运曾描写到："因父祖之资，生业甚厚。……岩嶂千里，莫不备尽。"（《宋书·谢灵运传》）正是这种生活环境的转变，对文人们产生了双重影响：一是熏陶了他们的审美情趣，文人们大量直接将自然景物作为审美对象来打量；二是大量关于山水田园的意象进入其诗文创作中，题材内容也发生了翻天覆地的变化。如《山居赋序》所云："今所赋既非京都、宫观、游猎、声色之盛，而叙山野、草木、水石、谷稼之事。"因此，正是外界环境的变化必然导致这一时期文学拟"象"的变化。

东晋以后政权南移，南方的山水风貌也令士人们大为惊叹，耳目为之一新，这在《世说新语·言语》篇中多有反映。南方独特的地理环境和建筑条件，可使诗人"润色取美"（《文心雕龙·隐秀》）。山水之美强烈地吸引着文人们寄情其间，流连忘返，诗人们"达自然之至，畅万物之情"（王弼《老子》第二十九章注）。"士族地主阶层大都以山林为乐土，他们往往把自己的理想的生活和山水之美结合起来。因此山水的描写在诗里就逐渐多了起来。"②而士族的闲情逸致和审美趣味也由此得到激活和释放，对自然美的尽情领略，成为文人生活中不可或缺的内容，"浑万象以冥观，兀同体于自然"。（孙绰《游天台山赋》）自然的名胜山川也就成为文学表现的对象，大量涌入诗文之中。此外，士人出入于玄佛之间，自然山水同时成为体现玄学佛理的媒介，也即玄、佛合流大大促进了人与自然的审美关系及艺术关系之建立。总之，此阶段作品之"象"以山水、田园见长，迥异于战国诸子散文以寓言、故事、修辞居多之局面，"象"的外延在魏晋时期发生了重要变化。

曹操的《观沧海》③被认为是中国第一首完整而独立的山水诗。此诗中有关山水的描写不但在篇幅上占据主要地位，而且诗人以物我合一的审美意识对之进行把握，只是理性色彩较为浓厚。此外西晋左思的《招隐诗》和郭璞的《游仙诗》都写到山水的清音与美貌。而此前诗骚中虽然也以自然景物、山水图画

---

① 郭预衡主编：《中国古代文学史》（第二卷），上海古籍出版社 1995 年版，第 65 页。

② 袁行霈主编：《中国文学史》（第二卷），高等教育出版社 2001 年版，第 104 页。

③ 曹操《观沧海》："东临碣石，以观沧海。水何澹澹，山岛竦峙。树木丛生，百草丰茂。秋风萧瑟，洪波涌起。日月之行，若出其中。星汉灿烂，若出其里。幸甚至哉，歌以咏志。"

作为意象，然而那多半是比兴的媒介，或仅仅作为陪衬背景，还没有像魏晋南北朝那样直接将山水意象作为审美对象进入笔端。正是庄园经济的发展、南方天然的地域优势以及士人生活环境的改变，促使山水诗迅速地发展，杨方、殷仲文、谢混等诗人，都是典型代表，而到了谢灵运、谢朓和陶渊明，则山水田园诗大量摄取自然意象达到了一个新的高峰。

3. 个案透视：陶渊明诗文与"象"

东晋大诗人陶渊明促使了诗歌写意拟象的发展，他无意于像谢朓那样模山范水，去细致地描写自然景物的方方面面，"只能写出他自己胸中的一片天地"。[①] 在其笔下，景象具有很强的暗示性，引发人去联想和品咂，体悟言外之意的效果。因此，尽管陶渊明拟象表面看似白描手法，寥寥数笔，但在平淡的文字外表下，却饱含着诗人炽热的情感，洋溢着浓郁的田园生活气息。其"笔下的青松、秋菊、孤云、归鸟等意象，无不渗透着诗人的性情和人格，甚至成为诗人的化身和人格的象征"。[②] 陶渊明是西晋借"象"传意的一派，其"象"所包孕的主观性尤为浓厚，他"描写景物并不追求物象的形似，叙事也不追求情节的曲折，而是透过人人可见之物，普普通通之事，表达高于世人之情，写出人所未必能够悟出之理"。[③] 其诗作拟象完全不同于后来的谢灵运那样追求形似，而是以心驭景，虽所有的情理皆源自景象，但这"象"只是一种抒写心境的工具和桥梁，他笔下的一切自然景物——村舍、鸡犬、豆苗、桑麻、荆扉、穷巷等——都不那么讲求逼真，皆体现了诗人的主观感情和个性，是具象的也是理念的，是形象的也是情感的。其《拟挽歌辞》第三首便是情、景、事、理四者浑融的典范之作[④]，兹不展开分析。

正是在陶渊明等田园诗人的创作实践下，魏晋南北朝的"象"呈现出明显

---

① 袁行霈主编：《中国文学史》（第一卷），高等教育出版社2001年版，第106页。
② 袁行霈主编：《中国文学史》（第二卷），高等教育出版社2001年版，第108页。
③ 袁行霈主编：《中国文学史》（第二卷），高等教育出版社2001年版，第79页。
④ 陶渊明《拟挽歌辞》（其三）曰："荒草何茫茫，白杨亦萧萧。严霜九月中，送我出远郊。四面无人居，高坟正嶣峣。马为仰天鸣，风为自萧条。幽室一已闭，千年不复朝。千年不复朝，贤达无奈何。向来相送人，各自还其家。亲戚或余悲，他人亦已歌。死去何所道，托体同山阿。"

的写意化走向。日常生活或身边不同的"象"进入笔端，便打上了主体情感的烙印，而主体移情于象，或借象言理，都极大地充实了"象"的内涵和容量。而这一切，都为这一阶段提出"意象"说做出了早期准备。后来诸如"言外之意""象外之象"等"花朵"的盛开，都离不开魏晋南北朝文学实践这一"土壤"的培育和滋养。

4. 从谢灵运到谢朓：诗歌拟"象"的重大转变

才学出众的谢灵运政治并不得意，出任永嘉太守之后，无论是在任还是隐居，总是纵情山水、肆意遨游，且所至辄为诗咏，以泄其意，这既有发泄不满的意味，同时也试图从山水的欣赏中获得心灵的平静，得到自然美景的抚慰。因此，其山水诗意象鲜明清丽，汤惠休曾云："谢诗如芙蓉出水，颜如错彩镂金。"（钟嵘《诗品》卷中引）谢灵运生动细致地描绘了永嘉、会稽等地的自然景色，自然，清新，可爱，"在新在俊"（沈德潜《说诗晬语》卷上）。通常认为，在谢灵运之前，中国诗歌以写意为主，摹写状物只处于从属地位。陶渊明便以写意见长，数笔勾勒便流露出诗人或愤慨或静谧的情怀，借"象"传意，"象"染上了诗人浓烈的感情色彩，于平淡中见出华丽。而谢灵运则更多地偏重于写实，自然山水景象在他的诗篇中被描摹得美轮美奂，这与其细致的观察功夫、敏锐的感受力和超强的语言功底分不开。他对山水景物作精心细致的刻画，"尚巧似"，力求真实地再现自然之美，因而其笔下的山、水、月、夜等具有很强的写实性，可谓描摹其情态、形状殆尽，后人难以匹敌，其拟象的客观性和独立性堪称一绝。正如《文心雕龙·明诗》所云：

> 俪采百字之偶，争价一句之奇，情必极貌以写物，辞必穷力而追
新，此近世之所竞也。

所言极恰。比如谢灵运非常善于区分不同时间、环境下的不同景物，哪怕是同一季节的不同时间，在其笔下也是风采各异的。他观察山水绝不只是整体通观，而是局部透视，详察细部，追求每一个差异，"最终试图使每一个景观都成为独立的世界，让每一缕阳光，每一个峰峦，乃至每一株花树，都激发出生命独异

的回响。"① 正是在谢灵运的创作实践基础上，南朝时期山水诗逐渐成为一种独立的诗歌题材，并日趋兴盛。不过，谢灵运在诗歌创作中拟象也有融情入景的成功篇章，主客体、意与象已如盐融入水中，难以分解。总之，以谢灵运为代表的一派山水诗创作，以景语见长，其所拟之自然景象无疑偏重于客观写实。或者说，其诗中之 "象" 以冷静、逼真、形似、写实见长。

而到了后来，谢灵运则结合情与景，拟象时将二者结合，使之趋于协调。比如《过白岸亭》篇：

> 拂衣遵沙垣。缓步入蓬屋。近涧涓密石。远山映疏木。空翠难强名。渔钓易为曲。援萝临青崖。春心自相属。交交止栩黄。呦呦食萍鹿。伤彼人百哀。嘉尔承筐乐。荣悴迭去来。穷通成休戚。未若长疏散。万事恒抱朴。

开篇便写秀丽的景色，因外物的触发（"物感" 说）而心有所动，紧接着，虽含玄理，却是对此前所观察景象的一种心灵回应，亦很自然。紧承其后，诗人在情理的感召下进一步描写景物，似乎写景为了蓄势，后面展开的历史思索，传达抱朴守贞的情怀，合情合理，全诗的结构方式是：景象→情理→景象→情理，前因后果融为一体，"象" 与 "意" 环环相扣，将诗的境界写到极致，象中含情，情由象出，借象抒情，因象明理，这是南朝时期拟象走向成熟的典范代表。在文学创作实践中，"象" 所包孕情感的细腻度和传达情思的丰富度也大大超越了此前，在文学和美学创作领域，"象" 的调度选取乃至赋予意蕴等已逐渐被当时的诗人作家们所娴熟运用。

魏晋南北朝的批评界，拟象亦相当普遍和娴熟。除前述钟嵘以具象论诗作和风格外，此阶段文论中许多用 "如、若、犹、似、譬" 等词的句子，其手法是比，其思维即是具象思维。《文心雕龙》中这样的例子颇多，如《声律》篇有 "若夫宫商大和，譬诸吹龠；翻回取均，颇似调瑟"，《章句》篇有 "章句在篇，如茧之抽绪"，《总术》篇有 "是以执术驭篇，似善弈之穷数；弃术任心，如博塞之邀遇" 等等，莫不如此。后世文论中的具象表达亦延续这一传统，多用这种句式。

---

① 郭延礼主编，王洲明著：《中国文学精神》（汉代卷），山东教育出版社 2003 年版，第224 页。

具象思维的另一种句式是所谓"对喻""平行的譬喻"。① 即先说喻体，后说本体。在《文心雕龙》中，这种句式也很多见，如《通变》篇"练青濯绛，必归蓝蓓，矫讹翻浅，还宗经诰"，《丽辞》篇"体植必两，辞动有配"，《指瑕》篇"丹青初炳而后渝，文章岁久而弥光"等等即是。这种句式的手法似乎也可理解为兴体，亦是具象批评的典范。

在魏晋具象批评的影响下，古代文学、文论中的具象思维还有一种句式，既无系动词，也不是对喻，而纯是具象画面的呈现。如创作界马致远《天净沙·秋思》、柳宗元《江雪》，批评界司空图《二十四诗品》等多为此种句式，朱自清《诗言志辨》说其"集形似语之大成"，意即集具象之大成。在文论中运用比兴手法，文论家们把文论当作品来创作，力图使之更形象、更生动、更富于诗性，抽象的变成具体的，呆板的变成富于灵性的。在中国人看来，文学不是抽象玄虚之学，而是有声有色、有形有态、有滋有味、有气有温的，是可看、可听、可闻、可尝、可触、可摸的灵性之物。"象"的运用化入思维，极大地提升了作品——尤其是理论批评文本的审美品位。

第四节　中国早期文学创作拟"象"的特点与魅力

魏晋南北朝不仅是"象"由哲学范畴向文艺和美学范畴转变的重要阶段，而且也是"象"内涵不断深化、外延也日趋扩大的关键时期。正是在数代批评家的共同阐发和推进下，"象"被各艺术领域的创作主体所高度重视。如何精心构象、巧妙拟象，如何实现"象"和"意"的融通，如何通过"象"来传达丰富的情理、提升作品的品位和境界等，都是这一时期乃至其后中国诗人作家们普遍关注的重要话题。无论是"象"的属性转变，还是其自身不断的发展与演进，这都脱离不开文论家的理论总结与创作练笔的不断实践。唐宋及其以后文学讲究"象外之象"和"意境"，基本上都延续了秦汉至魏晋六朝的文学实践而

① 朱自清：《诗言志辨》，华东师范大学出版社 1996 年版，第 56 页。

来，就先秦诗骚采用比兴、象征，到汉赋铺陈取"象"，再到魏晋南北朝山水田园文学发展后走向"象"与"意"的融合，对这一发展历程进行一番梳理和总结，透视中国早期不同朝代创作中拟"象"的特点，并描绘其走向，显然能给读者一个清晰的线索和轮廓式的认识。

一、早期文学创作拟"象"的走向、特点及其意义

第一，直接从自然界中选取外界景物之"象"。

早期诗歌创作和史传、诸子写作中大量采用类比、譬喻修辞来抒情言理，所取之"象"多为自然界的各类景物。《诗经》之比兴手法常以外界景物作为喻体，如前文所举《卫风·硕人》曰："手如柔荑，肤如凝脂，……"接连以白茅芽、油脂、天牛幼虫、秦虫、蚕蛾触须等自然外物来喻美人身体之部位。又如《论语·子罕》中孔子站立河边，感叹曰："逝者如斯夫，不舍昼夜！"又云"岁寒然后知松柏之后凋也"。而《老子》第七十六章则曰：

> 人之生也柔弱，其死也坚强。万物草木之生也柔脆，其死也枯槁。故坚强者死之徒，柔弱者生之徒。是以兵强则灭，木强则折。强大处下，柔弱处上。

就是直接采用自然之草木来类比，说明坚强与柔弱之转换与相对性的道理。而此种"拟象"法在先秦士人中不断被弘扬光大，成为诸子散文形象性的重要表现方式之一。①

第二，先秦诸子"拟象"的另一种方式是将理性的内涵寄托在日常生活的观察和体验之中，这种"象"常通过记事表达出来。

先秦诸子充分采用人们所熟知的日常经验来说理，从个别上升到普遍，易于被人接受，但它并不是简单地比喻，所取之"象"不是单一的某种自然景物

---

① 读者可参见王培元、廖群著：《中国文学精神》（先秦卷），山东教育出版社2003年版，第251—256页。

或客观外物，而是某种现象或代表性事件。它将某种道理包含在事实本身之中，而并不是简单的类比。如《孟子·齐桓晋文之事章》以"挟太山以超北海""为长者折枝"为喻，说明"不能""不为"的区别；《有为神农者之言者许行章》篇以"出于幽谷，迁于乔木"，喻应当学习高明的道术；《告子上·鱼我所欲也章》以舍鱼而取熊掌，喻舍生取义之理。类似以"事"为"象"，在《荀子》《韩非子》中比比皆是。

第三，从历史故事或神话传说中取"象"。

即以神话或故事来言说某种道理、表达某种思索。如使用了三百多个寓言故事的《韩非子》在诸子著作中独树一帜，很多篇章采用历史故事的形式来阐明道理、表达思想，其中《外储说左上》《外储说右上》等篇章甚至通篇由独立的寓言组成。韩非子往往在讲述完一个历史故事后（有时也不乏虚构），接着亮出寓意。又如《庄子》中《达生》《山木》《列御寇》等篇章几乎接着一个又一个寓言。其数量之众，想象之奇，令人叫绝。

第四，通过想象、幻想来虚构"象"。

先秦散文创作还有一种拟象方式，即通过虚构、夸张来营造意象和故事，从而达到言理之目的。典型如《庄子·逍遥游》写鲲、鹏体型巨大，不可拟想，其气势恢宏，令人称奇；且鲲可以自由变换体貌，由鱼为鸟。这样的想象都超越了凡界，"神思迭出，离奇多姿，令人想所不及；移步换形，应接不暇"。[①]这种想象之"象"营造了《庄子》奇幻谲瑰的散文风格。

二、拟"象"的多元魅力

"象"在秦汉至魏晋南北朝时期，被各种文体广泛实践，受到众多批评家的高度重视和及时总结，初步彰显出其独特的艺术功效。

1. 在先秦文学思想中也时常可以看到这种思维的要求，即视觉的具象性特点。

---

① 罗宗强、陈洪主编：《中国古代文学史》（第一卷），华东师范大学出版社 2000 年版，第 76—77 页。

作家们十分注意在具体事物中体现一般道理，不执着于某一具体事物本身的描写，往往以可视物象来言抽象之理。《诗经》的比兴意象往往是固定的，有一些固定的意象甚至出现在多首诗中的，表达不同人在不同情景中共同的生命感受。闻一多先生在《说鱼》认为《周易》《诗经》中的"鱼"象征着配偶，打鱼钓鱼是求偶的隐语，以吃鱼烹鱼喻合欢或结配，又用吃鱼的鸟兽喻代求偶者。赵沛霖先生在《兴的源起》中进一步指出，在先秦典籍中鸟类兴象多抒发思念祖先父母及宗国情怀，树木多反映宗族乡里之思和福禄国祚观念，虚拟动物如龙、凤、麒麟等则具有征兆祥瑞的意义。又如季节的变化也同样反映出特定的心情。如《诗·秦风·蒹葭》"蒹葭苍苍，白露为霜"，《九歌·湘夫人》"袅袅兮秋风，洞庭波兮木叶下"，《九辩》"悲哉秋之为气也！萧瑟兮草木摇落而变衰；憭栗兮若远行，登山临水兮送将归"……这些都是借自然物象和季节变迁来表达主体情感的作品。

又如史传《战国策·燕策三》载荆卿歌曰：

风萧萧兮易水寒，壮士一去兮不复还！

皆以秋景衬托难分难舍、不忍分离之情。每一个事物或画面都表现着一种情感类型，此"风萧萧兮易水寒"甚至成为后世表达悲慨之情的兴体。《孟子·尽心下》篇曰："言近而指远者，善言也；守约而施博者，善道也。君子之言也，不下带而道存焉；君子之守，修其身而天下平。人病舍其田而芸人之田，所求于人者重，而所以自任者轻。"朱熹则曰："古人视不下带，则带之上乃目前常见至近之处也。据目前之近事而至理存焉。"事物之间是有共性的，"目前之近事"，也可以说明深远的道理，对其他事情有着启示作用。此所谓"指远"者同于《系辞传》之"其旨远，其辞文"之"旨远"，"指""旨"二字通用。《史记·屈原贾生列传》引淮南王刘安《离骚传》语曰："其文约，其辞微，其志洁，其行廉，其称文小而其指极大，举类迩而见义远。"这是对楚骚写作的高度评价，从刘安的论述中仍能看到"象"思维的特点。

《墨子·小取》篇讨论辩论方法时曰："援也者，曰：'子然，我奚独不可以然也？'推也者，以其所不取之，同于其所取者，予之也。是犹谓也者，同也，吾岂谓也者，异也。"虽然说的是论辩问题，同样要求立论、反驳都应该具有普遍的适应性。

2. 秦汉文学创作中叙事写景不求精细，而是提倡简要。

细节描述太多往往会影响人们对于语言内容的关注和把握。《庄子·缮性》称："然后附之以文，益之以博，文灭质，博溺心。然后民始惑乱，无以反其性情而复其初。"即是此义。当然"文"指礼文，"博"指博学，同时也包含了言辞和文献的内容。《尚书·毕命》曰："政贵有恒，辞尚体要；不惟好异，商俗靡靡，利口惟贤，余风未殄。"《大学衍义补》则云："对暂之谓恒，对常之谓异，趣完具而已之谓体，众体所会之谓要。政事纯一，辞令简实，深戒作聪明趋浮末好异之事。"此说大致不错，"不惟好异"对"政贵有恒"言，"商俗靡靡，利口为贤"对"辞尚体要"而言，而"体要"应该指得体、简要。当然，这里说到的"商俗"主要是指商代末期，所以是作为总结历史教训而提出的，并非整个商代都"利口惟贤"。在《论语·卫灵公下》中孔子也说过："辞达而已矣。"从文献看，《春秋》笔法记历史事件，不是面面俱到，而用简约的文字和客观的记叙以体现对社会的认识和对事件的态度。《诗经》《楚辞》中的比兴，对自然事物描写非常简约，既可从自然事物中见到作者难以言传的感受，又不因为景物的描绘而埋没作品中的情志。《文心雕龙·物色》篇曰：

> 是以诗人感物，连类不穷，流连万象之际，沉吟视听之区，写气图貌，既随物以宛转；属采附声，亦与心而徘徊。故"灼灼"状桃花之鲜，"依依"尽杨柳之貌，"杲杲"为出日之容，"瀌瀌"拟雨雪之状，"喈喈"逐黄鸟之声，"喓喓"学草虫之韵。"皎日""嘒星"，一言穷理；"参差""沃若"，两字连形；并以少总多，情貌无遗矣。

指出《诗经》描绘物态虽用字简约，却能"穷理""连形"。这既反映出艺术的成熟，也在后世得到了传承。

3. 求神不求形，强调了典籍阅读者主观能动性的充分发挥。

"文字"正如轮扁所言是古人之糟粕，读者若只执着于文字，是难得古人之意的，所以阅读中必要的想象十分重要。孟子在论古代文献时深有体会，《万章上》论《诗》《书》，提出"不以文害辞，不以辞害志"，《尽心下》提出"尽信书，不如无书"，把达意放在言辞的首位，甚至言辞所叙之事不必完全吻合事实原貌，如说《大雅·云汉》"周余黎民，靡有孑遗"，曰："信斯言也，是周无遗民也。"释《尚书·武成》"血流漂杵"，曰："仁人无敌于天下，以至仁伐至不仁，而何其血之流杵也？"都注意到夸张虽不合于历史真实，却更能反映人们对于生活本质的认识。这些都是先秦拟"象"的显著特征之一。

4. 取象从局部走向整体。

在先秦文学中，除局部采用譬喻来拟象外，有时整体性地用借喻或寓言来集中表达某种道理的也不在少数，这是对"象"的更高一级的运用。典型如《魏风·硕鼠》《豳风·鸱鸮》等，整首诗歌作比，塑造完整的艺术形象。有的篇章虽没有塑造"硕鼠"那样完整生动的艺术形象，但通篇采用系列物象来比喻，典型如《小雅·鹤鸣》：

> 鹤鸣于九皋，声闻于野。鱼潜在渊，或在于渚。乐彼之园，爰有树檀，其下维萚。他山之石，可以为错。
>
> 鹤鸣于九皋，声闻于天。鱼在于渚，或潜在渊。乐彼之园，爰有树檀，其下维榖。他山之石，可以攻玉。

该诗以鸣于九皋的鹤、深潜在渊的鱼、园中高大的檀树等，来隐喻人才的可贵，暗示招致任用的必要与迫切。恰如清代王夫之在《姜斋诗话》（卷下）中评曰："全用比体，不道破一句，《三百篇》中创调也。"

此外，部分诸子散文通篇以"寓言"组合串联，作为本体来展开言说。作家所言之理直接寄寓在整个寓言故事中，读者需通过对寓言（"象"）含义的整体把握，从而领会其真正主旨（"意"）。最典型如《让王》《达生》《山木》《田子方》《列御寇》等篇章，其中《达生》篇 12 节文字竟有 11 则寓言。以外篇 15 篇为例，除《骈拇》《马蹄》《胠箧》《刻意》《缮性》这 5 篇是直接论述外，其余 10 篇几乎都有寓言。《山木》篇有 9 则寓言，《田子方》有 11 则寓言，《知北游》也有 11 则寓言。而杂篇 11 篇中，除去《说剑》《天下》两篇外，其余 9 篇寓言总数甚至达到了 62 则。《庄子》全书几乎由一个接一个的寓言所组成 ①，诚如司马迁《史记·老庄申韩》中所说："其著书十余万言，大抵率寓言也。"

---

① 据陈蒲清的《中国古代寓言史》（湖南教育出版社 1983 年版）统计，《庄子》共有寓言 181 则。依此计算，则该书平均每百字便有一个寓言。其密集可见一斑。庄子借助重言、卮言和寓言来言说其深邃的哲学思想，其中寓言发挥了极为重要的作用。

总之，"象"从它的文字演变来看，是由具体的"大象"这一实体动物而衍生出了"效法""形象""想象"等一系列的抽象语义，反映了汉民族特殊的思维方式。体现在文学方面，一是重视说理、议论、叙事的具体可视性；二是强调反映事物的类型特点，给读者更多的想象空间，使人们认识世界可由此及彼、由小见大、见微知著。

第三章　文论元范畴"象"的确立与成熟

从先秦至魏晋一千余年的文学创作实践来看，作家们对"象"的使用日趋成熟和自觉，在运用"象"来言情说理方面积累了丰厚的经验，同时也为汉魏批评家将"象"最终上升到文艺层面提供了参照和借鉴。在文学自觉的魏晋六朝时期，历经挚虞、陆机、刘勰、钟嵘等批评家的推进和阐发，"象"终于实现了由哲学范畴向文论范畴的巨大跨越，并广泛波及诗文、书画等各种艺术门类，同时也渗透到文艺构思、文本、鉴赏等诸多层面。"象"范畴作为文论元范畴的确立，当在魏晋南北朝时期。

第一节　"象"作为元范畴的最终确立：
向文论的全面渗透

"象"如珠玉散落于文论的大厦，并关联创作、文本和接受诸多层面，在不断演进中泛化，得益于魏晋唐宋诸多典范性的批评之总结和推进。从"象"的产生和发展来看，真正突破传统理论中哲学和史学领域，将对"象"的认识理解和理论阐述引入到文学理论批评当中全面论述以提升其内涵的，当属刘勰。

一、刘勰对"象"的全面推进 ^①

1."意象"说的确定

如果说在挚虞论"象"时，它还是一个处于哲学与文艺学之间的范畴，那么到了刘勰，"象"才真正进入到文论领域并得到了最为深刻的阐发。通观《文心雕龙》全书，据初步统计共出现了单字"象"21次，而"意象"仅现1次。在开篇《原道》篇中，刘勰就几乎承前启后地以"象"论文：

> 夫玄黄色杂，方圆体分，日月叠璧，以垂丽天之象；山川焕绮，以铺理地之形，此盖道之文也。
>
> 人文之元，肇自太极，幽赞神明，《易》象惟先。庖牺画其始，仲尼翼其终。

他将"象"的多重含义进行了区分，垂丽天之"象"为宇宙的"天象"，与地上可视可睹之物相对应。他以生动优美的笔调描摹了天之"象"与地之"形"，实则将这些自然之美确定为文学表现的对象。紧承其后，他又论及人文之"象"，回溯了古代先圣取象的方式和途径，借助《易》象来传达神明的幽微。在其后的诸多篇章中，他也论及"象"，旨在阐明"象"与"文"的二元关系："象"因"文"而丽，"文"借"象"以传"道"，文中之"象"不仅具有"载道"的教化功能，因此也具有浓郁的美学特征。可以说，从美学角度来言"象"是刘勰的突出贡献。

而刘勰最为杰出的创造还在于鲜明地提出"意象"说，并在不同篇章中为"意象"充实内涵。这是"象"范畴研究史上具有里程碑意义的转折点。在《文心雕龙·神思》篇中刘勰写到：

> 然后使玄解之宰，寻声律而定墨；独照之匠，窥意象而运斤：此

---

① 关于刘勰论"象"，详情可参见杨星映：《〈文心雕龙〉的"象"范畴》，载《重庆师范大学学报》2009年第6期。

盖驭文之首术，谋篇之大端。

这里"意象"已经完全突破了此前卦象、象征、物象等内涵，而首次将"意"与"象"结合组词，成为一个全新的术语。该篇从创作构思角度来阐发主体内心如何构"象"的问题。从提出语境来看，刘勰先论及学养的储备和虚静状态的调整，进而自然过渡到构思阶段，专门论述诗人作家如何在脑海中创构意象，以及意象和想象、情感之间的互动关系。究竟何谓"意象"？当前学界有两种不同的解释：一是指独立于主体的客观物象，或称为外象；二是指意中之"象"，即主体在脑海、心灵中构思时所浮现出的物象，它熔铸了主体的情感和意念，直接为作品形象的最终形成做出准备。显然，从前后语境及刘勰原意来看，后者似更为符合。在经过了"疏瀹五藏，澡雪精神。积学以储宝，酌理以富才"（《文心雕龙·神思》）后，客观物象必然在意念的支配下，染上感情的印迹，不断进入脑海加工运作，并最终成为文学形象。"窥意象而运斤"是在审美心理的主宰下将构造之"象"形诸笔墨的过程。文学创作迥异于绘画的模仿性描绘，它必须借助语言文字来建构一个艺术世界，而符号的能指又是开放、多元的，这尤其需要发挥想象的作用。因此，意象只能在脑海中凭借既有的知识储备、感情积淀和物象筛选等来综合完成。

"意"与"象"结合成词是刘勰的一大贡献。按照习惯，刘勰似乎也可顺理成章、按部就班地直接使用"象"，然而他却有意创建"意象"一词，这是对构思活动最精准的概括。在《神思》篇中，刘勰提出"登山则情满于山，观海则意溢于海"以及"是以意授于思，言授于意，密则无际，疏则千里"，所论之意和情都属于主体内在于心的精神活动，以及主体的内心思想感情与所观照之对"象"（山、海）的相融。这里仅使用"意"而未用"意象"，显然主体之情思尚未与所观照之对象达到融合，还处于移情的阶段，还没有进入真正的构思过程。

当然，学界也曾分析过刘勰在该篇中慎重使用过"意象"一词的原因。[①]毕竟刘勰主要阐发创作构思过程中主客体之间的关联及其表现。刘勰最后总结道："神用象通，情变所孕。""象"的构造创设染上了情感的色调，显然，"意象的生成是在审美主体和外部意象的交融中形成的，存在于主体之中的内心之

---

① 赵新林：《Image 与"象"——中西诗学象论探源》，四川大学 2005 年博士论文，第 70 页。

象"。① 此外，在《物色》篇中刘勰也论及因心物交融而在内心构"象"的过程。综合可见，刘勰对言、意、象的使用还是很有区别的。

总之，刘勰"意象"说的提出及他对文艺创作中情与物、意与象之关系的论述，率先从审美层面来论"象"，实现此范畴属性的根本转变，对后世文学之"象"内涵的开拓和品格的提升等，具有重要理论意义。

明代李东阳、何景明和王世贞等人都对诗歌的"意象"作了某种分析和探讨。这些都是紧承刘勰论"象"而来的。如李东阳谓："止提掇出紧观物色字样，而音韵铿锵，意象具足，始为难得。""则意象超脱，直到人不能道处耳。"（《怀麓堂诗话》）云云，王世贞则曰："翩翩意象，老境超然胜之"（《艺苑卮言》卷四），兹录数则，即可窥其一斑。如果说这些言论还只是偏重于感性的体验，那么明朝批评家王廷相则明确把审美意象作为诗歌的本体。他指出诗歌之所以能动人，有余味，是在于审美意象的创造，所谓"言征实则寡余味也，情直致而难动物也，故示以意象。"希望达到的艺术效果是："使人思而咀之，感而契之，邈哉深矣，此诗之大致也。"（《王氏家藏集》卷二十八《与郭价夫学士论诗书》）

2."隐秀"说的提出

据宋代张戒《岁寒堂诗话》引用，刘勰在《文心雕龙·隐秀》篇中还提出："情在词外曰隐，状溢目前曰秀。"这可看作是他对"隐秀"说的最基本规范。深受玄学思维影响的刘勰，在提出"意象"和"隐秀"时都不是孤立地来论"象"，而是赋予其浓厚的辩证色彩。这里"隐秀"是二元一体的。

先看"秀"。有人根据"彼波起辞间，是谓之秀""如欲辨秀，亦惟摘句""篇章秀句，裁可百二"等，解释"秀"为"秀句"之义，这是有欠妥当的。固然"秀"的使用可以有不同情况，然而若脱离前后语境，不结合前后文来看刘勰对"秀"的基本规定，则易陷入理解的偏狭。刘勰曾谓："状溢目前曰秀。"而"状溢目前"，即指审美意象的鲜明性、生动性和可感性，虽为文字表达，然而读者如身临其境，似目睹其形，真切鲜活可见一斑。因此，这里"秀"

---

① 赵新林：《Image 与"象"——中西诗学象论探源》，四川大学 2005 年博士论文，第 71 页。

实则为"审美意象"的代名词，是刘勰对"象"的进一步扩大。正如清代批评家冯班所云："秀者章中迫出之词，意象生动者也。"（《钝吟杂录》）这是深得刘勰原意的。"秀"是对审美意象的一种规定，即要求作品中的审美意象经过提炼、筛选后，必须鲜明生动、栩栩如生，读者可以直接感受。这种"象"能很快吸引读者之心，留下难忘的审美印象。

再看"隐"。据美学家叶朗先生的阐发，"隐"有双重内涵[①]，一是指向审美意蕴所蕴含的思想情感内容，即不直接用文辞表达出来，即诗人主体并不坦诚相告，而将意思内涵蕴藏于文字背后，让读者自己去品咂和领悟。所谓："情在词外曰隐""夫隐之为体，义生文外……"隐在文外，或义生文外，通常言辞是用来传达主体的情志，然而"意"又何以在文外体现呢？这就必然要求文辞富有形象感，也即通过"状溢目前"之"秀"来表达。可见，隐意的营造离不开鲜明可感形象的传达。"象"正是解决有限言辞无法传达、包孕的丰富内涵的途径和方式。"隐"的另外一种含义是审美形象的多义性。刘勰说："隐也者，文外之重旨也。""隐以复意为工。"（《文心雕龙·隐秀》）任何审美意象所包孕的情意都不是单一和孤立的，而是丰富与多元的，也即同一个意象可以体现、生发出不同的内涵。正如刘禹锡所云"片言可以明百意"。清朝王夫之亦提出"诗无达志"，即是说具体诗文有多种解释的可能性，也是对审美"意象"多义性的最经典概括。

可见，"隐秀"本是相互对立的范畴。"秀"是说文学作品的具体生动的形象，而"隐"则指文学作品不直接说出来的多重情意。而"隐处即秀处"（刘永济《文心雕龙校释》），就是说文章不直接道出来的多重情意要通过具体生动的形象表达出来。不仅如此，刘勰还对"隐秀"做出了进一步规定：

或有晦塞为深，虽奥非隐，雕削取巧，虽美非秀矣。

即是说只注重雕琢字句，也难以缔造出鲜明生动的形象。华丽词句的堆砌并不能代表"象"可"状溢目前"，雕削取巧并不能生"秀"。而多元的审美意蕴也并非靠晦涩或深奥来达到的，如能有效取象，则无须逻辑式的判断表达，就能使意象之意蕴丰厚、饱满，令人回味无穷，作品也由此具有强盛的生命力。这

---

① 叶朗：《中国美学史大纲》，上海人民出版社 1985 年版，第 227—228 页。

恰恰是审美意象的功能与长处。正如叶朗先生所言：

> 隐秀的作品，就其给读者提供一个具体可感的审美意象来说，它是直接的、单纯的、有限的和确定的；就其通过审美意象来表达多重的情意，引发读者的想象和联想，使之获得多方面的感受和启示来说，它又具有间接性、丰富性以及某种无限性和不确定性。[1]

如果说言意关系一直被魏晋南北朝玄学家和批评家在探讨，那么刘勰"隐秀"说是从另一个侧面分析"意象"，实则为"意"应该"隐"，"象"应该"秀"，"隐"在"秀"中即是指"意"在"象"中。这是对"象"内涵的进一步充实。

3. "风骨"论

不仅如此，刘勰还从文章的感化力量和教育作用出发提出"风骨"说，从另一个角度来充实"象"的内涵，这从一个侧面反映了魏晋南北朝美学家对于审美意象认识的不断深入。因为"意象"的形成离不开意蕴和"象"各自的质的规定，据叶朗先生研究，如果说"传神写照"是侧重于对"象"的分析和规定，那么"风"与"骨"即近似于"情"和"理"，是对"意"的全新规定，它们是从内容层面对文辞的要求。[2] 由此关联来看，风骨也从文章感化力量的角度来提升和赋予"意象"某种品格，相比前面论"意象"从创作构思来说，论风骨则是立足于文本自身来讲的。

综上可见，笔者认为刘勰论"象"有三个突出亮点：一是对"秀"进行了基本规定，文学创作中的审美意象必须鲜明生动、具体可感，让人容易体悟而非含糊、生涩；二是他将"隐""秀"相对又融合，置于辩证的磁场中来论"象"，凸显出"象"的功能和价值，生发多重难以言尽的意蕴；三是鲜明的审美意象必须能使人产生联想与想象，引发读者进入一个宽广的艺术世界。而所有这一切最终使"象"实现了由哲学范畴向文学范畴的转变，并使它在开始进入文艺领域时就具有浓厚的美学品格，从而使"象"真正成为文论领域中的一

---

① 叶朗：《中国美学史大纲》，上海人民出版社 1985 年版，第 229 页。

② 叶朗：《中国美学史大纲》，上海人民出版社 1985 年版，第 235 页。

个元范畴。

自刘勰提出"意象"范畴并从"隐秀""风骨"各个方面充实了"象"的内涵后,许多艺术理论家便经常使用它了。唐代王昌龄《诗格》曰:"久用精思,未契意象,力疲智竭,安放神思,心偶照镜,率然而生。"晚唐司空图在《诗品·缜密》中云:"意象欲出,造化已奇。"宋代苏轼在《客游道场何山得鸟字》云:"集中登临诸作,无不名句纷披,而意象各别。"金代元好问在《遗山文集》中云:"自东坡出,情性之外,不知有文字,真有'一洗万古凡马空'意象。"……以"象"言诗,不胜枚举。到了明清两代,论及"意象"者则比比皆是。如胡应麟《诗薮·内编》云:"古诗之妙,专求意象。"清代王夫之《唐诗评选》卷四云:"意象霏微,不于名言取似。"方东树《昭昧詹言》卷二论道:"意象笔势文法极奇。"总之,以"意象"论创作和批评,便十分普及了。

二、殷璠论"兴象"

唐朝文论家殷璠率先使用"兴象"这一概念。其在《河岳英灵集·序》中批评过去一些诗歌选集"都无兴象,但贵轻妍",并且还多处运用这一术语。如评陶翰诗:"既多兴象,复备风骨。"评孟浩然诗"无论兴象,兼复故实"等等,殷璠将此术语作为评诗的一个重要标准,对"象"内涵的推进具有重要价值。叶朗先生认为"兴象"是在"意象"的基础上提出来的,是"意象"的一种,其含义与先秦时期赋比兴中的"兴"有着直接的关联,或者说"兴象"是"兴"与"象"组合而成的新词。[①] 在前一章中,我们就集中探讨过先秦"比兴"手法与"象"之间的关系,按照章太炎先生的说法,"比兴"与"象"二者互为表里,"比兴"在《诗经》中的运用就是"象"在先秦文学创作中的初步体现。它们是早期古代诗人对于情意和形象关系的一种理论概括。"而兴是起源于物对心的感发,物的触引在先,心的情意之感发在后,而且这种感发是自然的、无意的。"故"所谓'兴象',就是按照'兴'这种方式产生和结构的意象"[②]。当然

---

① 叶朗:《中国美学史大纲》,上海人民出版社 1985 年版,第 263 页。

② 叶朗:《中国美学史大纲》,上海人民出版社 1985 年版,第 263 页。

这只是一家之言。复旦大学王运熙先生则谓：

> 所谓"象"即作品中描绘的具体形象。所谓"兴"，是诗人由外界事物的触发而产生的感受，殷璠所指多数是对自然景物的感受。古人常用"兴"表示自然景物引起的感触，兴致，有时也包括因此而产生的创作冲动。①

可见，在殷璠看来诗歌之"形象"，源自外界"物象"的触发和导引，它既非人工有意安排，也非诗人主体靠冥思苦想、刻意经营所得，因而情至景来、率性天然而作。"兴象结构中的意与象的关系不是外在的拼合，而是互相融为一体，因此特别精妙。"②兴象源自意象，属于意象的一种，我们也可将之视为对"象"的更进一步规定。殷璠连接"兴"与"象"二者，不仅是对传统"兴"范畴的延续，而且是对"象"内涵有力的推进。自殷璠之后，不少美学家、批评家都在使用这一概念，如清代纪昀评王维《登辨觉寺》："五、六句兴象深微，特为精妙。"评常建《题破山寺》则谓："兴象深微，笔笔超妙。此为神来之侯，自然二字尚不足以尽之。"评王维《辋川闲居》说："三四自然流出，兴象天然。"类似批评，随处可见，不胜枚举。"兴象"被很多文论家用来指诗人受自然触发、妙笔取象后一种情思跃动的状态和结果。

　　正是这种取"象"方式，直接导致了殷璠对"意余言外"诗风的不断追求，这一倡导对引发唐朝以司空图为代表的大批文论家注重"象外之象"具有先导意义。"兴象"本身就强调主体在外物的触发下起兴的作用，"象"的浑然天成源自主体的情不自禁，一气呵成。殷璠评价常建诗曰："其旨远，其兴僻，佳句辄来，唯论意表。"评刘睿虚诗曰："情幽兴远，思苦语奇。"评储光羲诗云："格高调远，趣远情深。"（均见《河岳英灵集》）汇总其诸多评语来看，殷璠"兴象"论引发注重言外含意、象中孕育的诗歌风貌，这与魏晋六朝至唐朝诗歌创作日趋走向成熟有关，只有以前期创作实践作为基础，批评家才能从大量诗歌作品中提炼出这一理论来。

---

① 王运熙：《中国古代文论管窥》（增补本），上海古籍出版社 2006 年版，第 176 页。

② 叶朗：《中国美学史大纲》，上海人民出版社 1985 年版，第 264 页。

三、"境"的提出及"四外"说

从刘勰、殷璠等人对"象"内涵的开掘和推进来看,"象"这一范畴自魏晋六朝开始正式进入文论和美学领域,而且一步步从创作构思层面(意象)转向文本意蕴层面(隐秀),进而逐渐成为批评术语(兴象),用来进行作家作品评论,其内涵在不断丰富,其外延也在不断扩大。而其最终成为文论元范畴尚需涵盖读者接受层面,即对"象"能给读者带来怎样的余味,如何起到余音绕梁从而让读者品味不尽的艺术效果,尚在唐朝引用佛学之境来论"象"之后。正是"境"的引用和介入,"象"才最终涉及创作、文本和接受等不同维度,从而最终和"气""味"一起成为中国文论的核心元范畴,成为中国古代文论体系网络中的主干。

这得益于王昌龄、皎然、刘禹锡、司空图等系列批评家的不断探索,他们承前启后地对"境"与"象"的发展做出了重大推进。

(一)王昌龄论"象"

王昌龄在《诗格》[①]中大量地以"象"论诗:

> 夫置意作诗,即须凝心,目击其物,便以心击之,深穿其境。如登高山绝顶,下临万象,如在掌中。以此见象,心中了见,当此即用。(日本遍照金刚《文镜秘府论》之引文)

所谓"下临万象""以此见象"等,都反映出文学之"象"的艺术特征。这里,王昌龄论"象"和殷璠提出"兴象"一样,都是对刘勰从创作构思层面论"象"的一种突破,使象论"转移到诗歌的结构层面,并能从鉴赏和批评的角度来全面地进行重新阐释"[②]。这里,王昌龄详细地论及诗人取"象"的过程,首先对

---

① 关于《诗格》是否为王昌龄所作,学界存有争议,是书恐非原貌而经后人编写整理,然日本遍照金刚《文镜秘府论》之引文似是可靠,故引,并从当前学界主流之说。

② 赵新林:《Image 与"象"——中西诗学象论探源》,四川大学 2005 年博士论文,第 73 页。

外界事物“凝心”与“目击”中见“象”，这种对“万象”的凝神观照尚处于摄取的阶段，和刘勰论“意象”“隐秀”相近的是，王昌龄也明确地将“象”作为审美观照的对象，进而又明确地谈到外在之象的内化过程（“以心击之，深穿其境”）。紧承其后，他提出“外在之象”和“诗歌之象”的根本差异：

> 如有无不似，乃以律调之定，然后书之于纸，会其题目。山林、日月、风景为真，以歌咏之。犹如水中见月，文章是景，物色是本，照之须了见其象也。

这里王昌龄细致地描摹了诗人取“象”，使“象”由外变内的详细过程，并指出诗歌之“象”犹如水中见月，具有可望而不可即的典型特征，这是对作品意象特征的深入认识。这为其后司空图进一步鲜明提出“象外之象”埋下了伏笔，或提供了基础。并且，王昌龄还提到了诗歌创作构“象”的几种方式与境界：

> 一曰生思，久用精思，未契意象，力疲智竭，安放神思，心偶照镜率然而生；二曰感思，寻味前言，吟讽古制，感而生思；三曰取思，搜求于象，心入于境，神会于物，因心而得。

未契“意象”而后“安放”“寻味”，因感而“神会于物”。相比刘勰在创作构思的细致活动中论及拟象的微妙过程以及它与想象、情感的关系而言，王昌龄则侧重于对“象”的质进行了某种规定，并开始阐发以“象”入“境”及其在接受维度方面引发读者某种余味的艺术功效。

再者，王昌龄针对诗歌构象，提出著名的“三境”说：

> 诗有三境：一曰物境，欲为山水诗，则张泉石云峰之境，极丽绝秀者，神之于心，处身于境，视境于心，莹然掌中，然后用思，了然境象，故得形似。
>
> 二曰情境，娱乐愁怨，皆张于意，而处于身，然后驰思，深得其情。
>
> 三曰意境，亦张之于意，而思之于心，则得其真矣。（宋代陈应行的《吟窗杂录》引王昌龄的《诗格》）

对此"三境"说，今人解释莫衷一是，众说纷纭。叶朗先生释"三境"为："物境"指自然山水的境界；"情境"指人生经历的境界；"意境"指内心意识的境界。① 他认为此"三境"都属于审美客体，而"物境"则首当其冲，是说"诗人要体贴物情，得其神韵，达到物我一体，形神兼备的诗境"。② 而"故得形似"，则是为了传神写意；而"神之于心"，便反映出在取象时想象和情感的流动与踊跃。而情境则表露出更多的主体感情色彩，也可理解为"触景生情"，或"缘情取象""移情入境"，类似"以我观物，故物皆著我之色彩"（《人间词话》），这是对拟象过程中情感主导作用的强调。很显然，王昌龄是从创作入思的角度来论及的。

不仅如此，王昌龄还引入"象"来批评具体作家、作品。如："诗有天然物色，以五彩比之而不及。有是言之，假物不如真象，假色不如天然。"又云："假物色比象。"所谓"比象""真象"，已经比外在"物象"更进一步，完全是从批评角度进入文本层面来论"象"的。这样，王昌龄在引入"三境"来充实"象"内涵的同时，也将之推及到文本、创作和批评多个维度，大大拓展了"象"的外延。

同时，王昌龄还把"象"置于言、意之间来论述，力图实现三者的互融。如《文静秘府论·文意》谓："巧运言辞，精炼意魄。"他严厉批评那种有象无意或言而无意的诗歌，高度提倡言、象、意三者的有机交融、协调统一：

> 若空言物色，则虽好而无味，必须安立其身。（《诗格》卷上）

> 凡诗，物色兼意下为好；若有物色，无意兴，虽巧亦无处用之。（《文镜秘府论·南卷·集论》引）

而"言"的目的和"意"的来源，都得力于"象"的营造和拟取，"象"必须含"意"，必须内蕴某种韵味。正是在唐朝批评家的阐发下，"象"与"味"范畴在文本和接受层面实现了交融，二者都渗入审美体验的直观描述之中。

---

① 叶朗：《中国美学史大纲》，上海人民出版社 1985 年版，第 267 页。

② 孙耀煜：《中国古代文学原理》，江苏教育出版社 1996 年版，第 240 页。

（二）皎然论"象"

皎然紧承王昌龄以"境"论诗，融"象"于含情、含意之"境"，其对"象"的论述基本上都体现在对"境"的论述之中，从而使"象"范畴在唐朝真正实现了"诗境"和"禅境"的融合。皎然首先高度重视"象"对诗歌艺术成就所起的巨大作用。其《诗式·用事》篇云：

> 时人皆以征古为用事，不必尽然也。今且于六义之中略论比兴。取象曰比，取义曰兴，义即象下之意。凡禽鱼草木、人物名数，万象之中义类同者，尽入比兴。

明确提出"取象曰比，取义曰兴"，而比兴自先秦始就是传统文艺最经典的创作手法。"万象之中义类同者，尽入比兴"，"象"的重要性自不言而喻。

皎然论"象"须从其论诗"境"之提炼而出。从他在《诗式》中所提到"境象不一，虚实难明"以及"采奇于象外"等说法中可以看出，他的诗歌之"境"就是含"象"之境。或者说，经皎然的推演，诗境、境象成为"象"全新内涵的体现，它们都是"实象"与"虚象"生发出来的子范畴。

而究竟何谓"境"呢？刘禹锡曾谓"境生于象外"（《董氏武陵集记》），"境"的创发必然离不开"象"，依"象"而造"境"，因"象"而成"境"。皎然紧承刘禹锡而来，他在《诗式》中云："夫不入虎穴，焉得虎子。取境之时，须至难至险，始见奇句。"自然可以想见从万象中精心筛选、提炼而构象的艰难，因为这种"象"必须包含丰富的内涵与意蕴。所谓"采奇于象外"云云，便是拟象的魅力和希望达到的效果。可见，在皎然这里，论"象"和论"境"是同为一体的，诗之境来自"象外"。

此外，皎然还把境和情有机联系起来。如他提到："诗情缘境发，法性寄筌空。"[1]诗歌所表达的情感是要在"境（景）象"当中来实现的，这就像佛之法性要寄于言筌才可得到传达。这里"境""象"已实为一体，它相比王昌龄所区分的"三境"说已有很大的推进。一旦引入佛学之道理和范畴来论诗之"象"，则极大地扩大了"象"的包孕度，提升了作品的审美内涵，从而使唐朝诗歌在

境象的营构下，如虎添翼，熠熠生辉。

由此，皎然就从诗歌的"取象"着手转向，专论"取境"问题。他曾多处论及理想诗歌风貌的特征：

> 夫诗人之思初发，取境偏高，则一首举体便高；取境偏逸，则一首举体偏逸。

而所谓"高"或"逸"，往往取决于作品的"境"与"象"。从诗风的角度来重视"象"的功用，这也是此前所没有的。在《诗式·取境》中，他更为详尽地论道：

> 取境之时，须至难至险，始见奇句。成篇之后，观其气貌，有似等闲，不思而得。此高手也。有时意静神至，佳句纵横，若不可遏，宛如神助。不然，盖由先积精思，因神王而得乎？

皎然对苦心营造诗歌境象的体会非常深刻。诗歌入思首先是取境立意，要"至难至险"，要求诗人殚精竭虑，谋求取境构象的奇高，这样才有佳句产生。在追求"奇""险"的同时又要注意诗篇在整体风貌上呈现出自然天成、无人工雕琢痕迹的艺术效果。这里皎然又谈到了诗歌创作中出现的取境、构象状态。他描述了诗歌构象中"意静神至，佳句纵横""宛如神助"的情态，"实际上是诗人的平时积累所致，使他的诗论既有深妙的神理，也有深切的感性体验色彩"。[①]

皎然论"象"，是从"诗境"角度出发的。综合来看，其"诗境"论有如下三个典型特征。

一是"采奇于象外"。这表明，皎然已经认识到了诗歌"象"外意蕴的问题。对于这一点他在其他地方也屡有提及。如在《诗式·重意》中曰："两重意以上，皆文外之旨，若遇高手如康乐公览而察之，但见性情，不睹文字，盖诣道之极也。"在评谢灵运诗时则云："池塘生春草，情在词外。"此类标示，举不胜举。这些均表明，皎然认为达到极致的作品，应该是"但见性情，不睹文

---

① 赵新林：《Image 与"象"——中西诗学象论探源》，四川大学 2005 年博士论文，第 78 页。

字",其谓"两重意以上,皆文外之旨",上承刘勰"隐秀"说,下开司空图"象外之象"与"味外之旨"。

这里,我们可以明显看到传统的"象"论当中"得象忘意"和"得意忘象"等哲学命题对文学"象"论产生影响的痕迹,它要求人们不要拘泥于世相,诗之真旨不仅仅局限在诗内,故人们可以得意而忘"象",或者更准确地说是由"象"而至极。

二是诗境必须气势飞动,具有动态之美。《诗式·明势》篇云:

> 高手述作,如登荆、巫,觌三湘,鄢郢山川之盛,萦回盘礴,千
> 变万态。或极天高峙,崒焉不群,气腾势飞,合沓相属。或修江耿耿,
> 万里无波,欸出高深重复之状。奇势互发,古今逸格,皆造其极矣。

三是真率自然,天生化成,无人为造作痕迹。如《诗式》"文章宗旨"条说谢康乐为文"真于性情,尚于作用,不顾词彩,而风流自然",评李陵、苏武诗"天予真性,发言自高"等,这和此前文论家强调"象"要出乎性情自然异曲同工。

应该说,皎然的"境外"或"象外"说对唐代其他文论家的影响也是十分深远的。唐代另一位著名诗人刘禹锡在《董氏武陵集纪》一文中也提出了"境生象外"的重要观点。虽然他并没有对其进一步加以申论,但这一观点的提出,在中国传统诗歌理论发展史上有着极为重要的意义,是后来诗歌批评理论中出现诸如"象外之象""味外之旨"等其他观点的滥觞。它极大地丰富了诗歌批评理论对"象"的认识。不过,刘禹锡对"境生象外"的相关解说不多,只是论到:

> 诗者,其文章之蕴邪? 义得而言丧,故微而难能;境生于象外,
> 故精而寡和。(《董氏武陵集纪》)

"义得而言丧",继承了传统文论当中言、象、意关系的论述。实际上,"境生于象外",就是对"言外"和"象外"的更高意蕴的旨归,显现出唐代诗歌理论对老庄哲学的承袭。可见,在刘禹锡看来,"境"是可言之象和无形之物,即为虚象与实象的结合。"象"一方面是有限、可见之"象",而寓于"象"内、又

超乎其外的"境"则是通向无限的虚境。这一观点在其后司空图理论"象外之象""景外之景"中又得到了进一步发挥。

（三）刘禹锡论"象"

刘禹锡则把意境和言意理论联系起来综合考察，其《董氏武陵集纪》论是中国文学批评史上第一次对"境"这一概念的准确概括，从而在"意象"的基础上扩大了"象"的包孕度，直接导致"意境"概念的形成。叶朗在《中国美学史大纲》中指出：

> "象"与"境"的区别，在于"象"是某种孤立的，有限的物象，而"境"则是大自然或人生的整幅图景。"境"不仅包括"象"，而且包括"象"外的虚空。"境"不是一草一木一花一果，而是元气流动的造化自然。[①]

或者说，境是由具体意象组合而成，是由意象生发出的一种艺术空间，它令读者品味不尽，也使作品回味无穷。它固然离不开"象"，然而从广义上来讲，它本身就是"象"，是"象"的扩大、体现和延续罢了。

唐朝批评家将"境"与"象"联系起来，是在唐代儒、道、释文化并存、碰撞和融合的复杂语境下对传统诗歌之"象"的理论发展和归纳。虽然说"象"和"境"的联系在南北朝佛教盛行中国时就已初见端倪，但在诗歌批评领域将其联系起来，鲜明提出"境象"观，还是在儒、道、释三教文化有机融合的唐朝时期。从刘禹锡"境生于象外"和皎然"采奇于象外"来看，"诗境"是"象"的另外一种表达。甚至从某种意义上讲，这也成为后来"意境"论的滥觞，其理论价值极为重大，其影响力也极为深远。

（四）司空图论"象"

应该说，从南朝至唐代中期，诸多批评家论"象"，已将"象"发展到了一

---

① 叶朗：《中国美学史大纲》，上海人民出版社 1985 年版，第 270 页。

个全新的阶段，"象"的内涵得到了充实，其外延也被空前扩大了。而最后集大成并使"象"最终成为中国文论核心元范畴的，则是晚唐有系统理论观的司空图。作为倡导"韵味"说的杰出代表，司空图的诗歌批评理论呈现出浓郁的诗性特征，他以诗论诗、以象论象，可谓以身作则，其诗体批评给读者无尽的艺术美感。他使文学之"象"的理论彻底渗透到对诗歌本质、创作以及批评鉴赏等各个方面。从这一点来看，司空图使中国古代诗学"象"论最终形成较为完备的理论形态，并使"象"这一概念最终成为中国古代文论当中的一个基本核心元范畴。甚至可以说，自司空图以后的中国传统诗学理论对"象"的讨论大都未超出他和其余唐代论家建立起来的基本理论[①]。

在《与极浦书》中，司空图鲜明地提出了"象外之象""景外之景"的观点：

> 戴容州云："诗家之景，如蓝田日暖，良玉生烟，可望而不可置于眉睫之前也。"象外之象，景外之景，岂容易可谭哉！

这个著名的命题"象外之象"，与其在《诗品》[②]中所谓的"超以象外，得其环中"异曲同工，都是其"超象"理论的表达。其中第一个"象"是"拟诸形容，象其物宜，是故谓之象"（《周易》），侧重于对艺术意象的具体可感的有形描写，这是"实象"，是"实境"。而第二个"象"是由实象所暗示和象征出的一个朦胧恍惚的"虚象""虚境"，是一种让人回味不尽的艺术空间，也即严羽所谓的象外自然抒发、不露痕迹的艺术境界：

> 羚羊挂角，无迹可求……如空中之音，相中之色，水中之月，镜中之象，言有尽而意无穷。

司空图在这里将"象"和"景"分为两个层面，一是可望之"象"或"景"，即在诗歌作品中的语象表层里由诗人所描述的，呈现在读者面前的景色。其次是可望而不可即的"象外之象""景外之景"，也就是诗人深藏在诗歌语象表层后

---

① 赵新林：《Image与"象"——中西诗学象论探源》，四川大学2005年博士论文，第79页。

② 关于《诗品》是否为司空图所作，学界陈尚君等教授存有异议，世纪之交争鸣不休，这里暂从学界主流说法。

面的，由读者进一步去寻觅的深层之 "象" 和 "景"，即诗歌的深层次意蕴，或更高的境界。如孙耀煜先生所言："这个象外之象，只存在于作家和读者的情感体验和审美想象之中，正是在这里创作主体和接受主体达到了深层的沟通，圆融一致的境界。"①

至此，发展了数百年的 "意象" 理论在司空图这里得到了某种定格和提升。司空图从理论阐发到创作实践，都可以说是一种自觉追求。如果说突破单纯的客观物象，而在创作运思的过程中，在情感、想象建构的立体磁场中论 "意象"（刘勰），是 "象" 发展的第一步；那么在精心拟 "象" 的过程中，注重 "象" 的包蕴性，开掘 "象" 的多重韵味（司空图），则是从文本、接受层面，对 "象" 的又一次重大突破。文学的意象来自主体根据表达的需要，对自然万象进行选择和提炼，以实现主、客体的有机统一。它既包括第一个 "象"，及对 "实象" 的具体描写，这是 "象内" 之意，也是意象的物质基础，或谓其 "形体" "形式"，没有这个形体，意象就失去了依托而成水中之月。但这个形体只是意象的外在部分，意象的真精神和真生命还在于第二个 "象"，在于能生发诗境的 "象"，我们认为这才是意象的灵魂。如果说前一个 "象" 是意象的表层和根基，那么后一个 "象" "象外之象" 才是点睛之笔，使意象具有生命力和灵动性。它是 "发自意象的最深、最隐秘的内层、核心之中，是意蕴的潜在层次" "两个象的互补、统一，形成意象的整体生命"，② 艺术作品正是凭借着实象、实景才使人体会到那些虽然没有现于画面之上，但是在想象和联想中，仍能体验到更为广阔的艺术空间，感受到更深层次上的虚景。

"象外之象" 并非是一个新的观点，此前刘禹锡就曾经提到 "境生于象外"。这是最早就诗歌之 "象" 所提出的 "象外之象" 的命题。但刘禹锡只是点到为止地提出了问题，只是认为它具有 "精而寡和" 的特点，而未能就此问题进一步展开。而到了司空图这里，这一命题才得到了较为完整的理论描述。在《诗品》中论 "雄浑" 时，他提出：

> 大用外腓，真体内充，返虚入浑，积健为雄。
> 具备万物，横绝大空，荒荒油云，寥寥长风。

---

① 孙耀煜：《中国古代文学原理》，江苏教育出版社 1996 年版，第 211 页。

② 孙耀煜：《中国古代文学原理》，江苏教育出版社 1996 年版，第 211 页。

超以象外，得其环中，持之匪强，来之无穷。

联系到上面的那段论述，此处他实际上是将"象"划分为虚、实之象，而虚象是形上的世界本原之象，是无形、无色、可望而不可及的，居于恍惚之间。

和"象外之象"相关联地是，司空图还提出"味外之旨""韵外之致"说，从而使"意境"理论得以真正成熟。"味外之旨"和"象外之象"虽然是分别提出的，但两者之间是密切关联的，属于同一个话题。"象外之象"是就形象的构造而言（创作上如何设置和追求等）；"味外之旨"是就形象的审美特征而言（欣赏品鉴时如何把握言外之意和多重内涵等）。没有"象外之象"就没有"味外之旨"；反过来说，要想有"味外之旨"，就必须首先营造"象外之象"。而其《与李生论诗书》则云：

文之难，而诗之尤难。古今之喻多矣，愚以为辨于味，而后可以言诗矣。

近而不浮，远而不尽，然后可以言韵外之致耳。

倘复以全美为工，即知味外之旨矣。

这里，司空图紧承"象外之象"的"超象"理论，继续对"象"做出规定："近而不浮"指具体景象的描写要如在目前而不空泛；"远而不尽"指具体景象所包含的意蕴含蓄深远，有无穷之余味，而不直露。亦即同样的"象"中包孕着双重要求，和刘勰所谓"隐秀"可谓一脉相承。不少批评家也是从"象"的这种规定性来论述的，如钟嵘评阮籍诗云"言在耳目之内，情寄八荒之表"（《诗品》）欧阳修引梅尧臣语曰："状难写之景如在目前，含不尽之意见于言外。"（《六一诗话》）这些都和司空图的"近而不浮，远而不尽"的含义极为接近。

此外，司空图还非常重视作品意味的创生，因此对拟象的重视也便极其自然。《二十四诗品》一书强调诗歌重在传神而不落行迹。如《形容》篇"离形得似，庶几斯人"；《冲淡》篇"脱有形似，握手已违"。中国诗论历来重视神似，不求形似。早在东晋时画家顾恺之就曾提出"以形写神"的主张。后来苏轼也说:"论画以形似,见与儿童邻。作诗必此诗,定非知诗人。"而所谓"神似"实则来自"象"的营构,"象"必须包孕着虽未道出但可供读者回味的各种意味。

司空图在批评实践中堪称以"象"传"意"的楷模。其在《二十四诗品》中列出了诗歌的二十四种品格几乎代表了中国古代意象批评的高峰,它们分别是:雄浑、冲淡、纤秾、沉着、高古、典雅、洗炼、劲健、绮丽、自然、含蓄、豪放、精神、缜密、疏野、清奇、委曲、实境、悲慨、形容、超诣、飘逸、旷达、流动。这二十四种诗歌品格实际上就是二十四种充满了神机妙理的"境"或"象"①。如论"纤秾":

> 采采流水,蓬蓬远春,窈窕深谷,时见美人。碧桃满树,风日水滨,柳阴路曲,流莺比邻。乘之逾往,识之逾真。如将不尽,与古为新。

又如在表述"典雅"时曰:

> 玉壶买春,赏雨茅屋,坐中佳士,左右修竹。白云初晴,幽鸟相逐,眠琴绿阴,上有飞瀑,落花无言,人淡如菊。书之岁华,其曰可读。

等等,不一而足。司空图不断给读者展现出一幅幅绝佳的景象图画,美不胜收。他所描述的每一种美学品格实际上就是一种境界或含蕴之"象"。他以"象"言诗,用形象来说理论,用象喻性描绘方式来论诗,是批评领域中以"象"来论诗的最娴熟者,也是最杰出的代表。司空图以具象论风格,通过构图来描摹境象,将传统的意象批评发展、演绎到了极致。

"象"在魏晋南北朝便彻底实现了由哲学范畴向文艺美学范畴的巨大转变。其后经刘勰论艺术构思时提出"意象"说,分析"意象"关系进而提出"隐秀"说,在辩证关系中提升了"象"的内涵,"象"发展演变为"心象""意

---

① 目前学界对司空图《二十四诗品》是论"境界"还是"风格"持有不同看法,曾有多家争鸣,此处从主流"风格"说。

象"说；而在唐朝经殷璠以"兴"论"象"，皎然、刘禹锡、司空图等以禅境论诗境，大大申发了"象"的内涵，"象"进而发展为"兴象"说、"境象"说和"象外"说（超象说）等，"象"逐渐渗透到创作、文本和接受各个层面，从而成为中国古代文论中一个核心元范畴，一个无法绕开的关键词。在宋元以后，它弥漫、衍生出系列范畴群落，其运用生生不息。

（五）宋元批评家论"象"

宋代杨万里主张"含蓄不尽"。其《诚斋诗话》曰："诗已尽而味方永，乃善之善也。"其《颐庵诗稿序》则云："夫诗，何为者也？尚去其词而已矣。曰：'善诗者去词。'然则尚其意而已矣。'曰：'善诗者去意。'然则去词去意，则诗安在乎？'曰：'去词去意，而诗有在矣。'"所谓"去词去意"，即是要不拘泥于词和意，而要在创造具有含蓄不尽、超绝言象的深远意境。真正从文学反映的对象和创作客体方面，对"象"范畴做出大力推进的，当数宋代严羽。其引入禅学术语和思想来论诗，极大地提升了"象"的内涵。

1. 先看严羽"以禅喻诗"说。严羽曾鲜明地提出"妙悟"说：

> 大抵禅道惟在妙悟，诗道亦在妙悟。且孟襄阳学力下韩退之远甚，
> 而其诗独出退之上者，一味妙悟而已。惟悟乃为当行，乃为本色。
>
> （《沧浪诗话·诗辨》）

此前韩驹、范温等人也提及过"悟"。禅宗的"妙悟"，其特点是以心传心，非语言可传达，只能在自己心里去体会、体验和感受，带有较强的直觉和主观色彩。而严羽所谓"悟"实际上是指一种直觉式、跳跃式的艺术思维方式，"妙悟""透彻之悟"均是指对诗歌创作顿时领悟达到豁然贯通的境界的一种描述。

而为提高"妙悟"之法，严羽提出"识""辨""熟参"等范畴作为途径和工具，兹不赘述。

2. "别材、别趣"说。这是严羽诗论中别具一格的两个关键词。且看：

> 夫诗有别材，非关书也；诗有别趣，非关理也。然非多读书，多

穷理，则不能极其至。所谓不涉理路，不落言筌者，上也。诗者，吟咏
情性也。(《沧浪诗话·诗辨》)

"别趣"是指另一种趣味，即审美趣味。这是针对以议论为诗的不良倾向而发
的。严羽曰："诗有词理意兴。南朝人尚词而病于理；本朝人尚理而病于意兴；
唐人尚意兴而理在其中；汉魏之诗，词理意兴，无迹可求。"这里的词、理、意
兴的关系，实际上就是语言、思想、形象之关系。"意兴"就是"别趣"，是感
情激荡时出现的现象，是指诗歌审美意象所具有的感发人的情志、激起人的审
美趣味的特征。但严羽强调"别材""别趣"，并不废学、废理。故沈德潜《说
诗晬语》载曰："严仪卿有'诗有别材，非关学也'之说，谓神明妙悟，不专学
问，非教人废学也。"

3. "兴趣"说。严羽在《沧浪诗话·诗辨》篇中进一步论道：

盛唐诸人惟在兴趣，羚羊挂角，无迹可求。故其妙处，透彻玲珑，
不可凑泊，如空中之音，相中之色，水中之月，镜中之象，言有尽而意
无穷。

此为其诗论核心。其"兴趣"和司空图所说的"韵外之致""味外之旨"意思接
近，都是指诗歌的审美特征。这个审美特征一是强调情感的自然抒发，不露痕
迹，故曰"羚羊挂角，无迹可求"；二是认为诗歌形象必须具有"象外之象"的
虚实相生的特征。

有人说严羽的"兴趣"说是对"意境"理论的贡献和发展，对后来的"神
韵"说产生了很大的影响。后人有诗云："宋人谈艺半陈因，独有沧浪得解新。
挂角羚羊妙无迹，阮亭佩服到终身。"(王士禛) 王运熙先生认为严羽所说的
"兴趣"说有三个要素：一是抒情，所谓"诗者，吟咏情性也"；二是要有真实
感受和具体形象；三是要含蓄和自然浑成。[①] 可谓点到了要害，其"真实感受和
具体形象"，便是此诗学涉"象"的鲜明体现。

---

① 王运熙：《中国古代文论管窥》，齐鲁书社 1987 年版，第 221 页。

第二节　文论元范畴"象"的内涵

由上节论述可见，"象"范畴自进入文艺、美学领域后依然经历了近千年的发展与演变，其作为文论元范畴地位的确立，伴随着其内涵的不断深化和外延的不断扩大。它们或者是在言、象、意三者构成的磁场中衍变，或者被置于构思过程与品鉴接受的视域中论及，这也经历了一代又一代批评家的努力推进。

"象"内涵得到不断充实与推进。所谓范畴的"内涵"，是指它所包孕的内在含义。其形成既离不开前代乃至当时创作实践这一丰厚的土壤作为基础，更得力于不同批评家的理论总结，不断赋予、充实其内涵。在"象"作为文论范畴演进的魏晋唐宋时期，刘勰、殷璠、王昌龄、皎然、司空图等批评家的总结和贡献尤其显著。这里选取若干典范做专题性透视。

一、刘勰将"象"置于"想象""情感"之中熏染

刘勰是中国文论史上具有里程碑意义的重要文学理论批评家，许多重要范畴如"风骨""形神""比兴""隐秀"等都是经过他的阐发后，内涵得到了极大的提高。对于"象"亦不例外，前文已论及其"意象"和"隐秀"说的提出及其含义。这里综合前人研究，截取横断面来透视刘勰究竟从哪些方面赋予了"象"以理论内涵，使其日趋完善和成熟。刘勰对"象"内涵的推进主要体现在对"心象"形成过程的论述和相关要素的分析之上。

其一，先看"象"与"心"如何融合而成为"心象"。

显然，创作构思是主体凝聚精神、让平时积累的万象经过滤、选择与提炼而纷至沓来，从而最终进入笔端形诸文字的过程。而这一切都在主体的心、脑中完成，审美意象的最终形成是心物交融的结果，它亦可称为"心象"。"这一过程中，作者拟容取心，在情感驱使下展开想象活动，形成瑰丽多姿、内蕴丰

厚的心象"。① 且看刘勰所云：

> 是以诗人感物，联类不穷。流连万象之际，沉吟视听之区。写气图貌，既随物以宛转；属采附声，亦与心而徘徊。(《文心雕龙·物色》)

诗人因感物而意象迭出，物以婉转，而心亦徘徊，正是"心"与"物"的互动和融合，才产生出富有生命情趣的意象。刘勰道出了这种意象源自诗人的感物兴发，是客观外象（物象）与内在精神的有机融合。"随物以婉转"出自《庄子·天下》篇："椎拍輐断，与物宛转。"是说描摹外形要跟着景物曲折回旋，即主体之心、之情意必须紧跟物象而展开活动，不可任凭主观随意臆造。可见，诗人在描写事物的气、貌、声、采时，必须首先遵照其客观特征和整体姿态。这里刘勰辩证地顾及营造"心象"的两个方面。

一是"随物象以宛转"，遵照事物所赋予的某些特征和性质的规定，然后移情于物上，以引发对事物的感触，从而达到人与自然的和谐统一。按刘勰"象以神通"说即为建构"象"与"神"之间的关联；二是"与心而徘徊"，在描摹外物的同时，也要联系着自己的心境来斟酌，可谓移情之后充分发挥主体能动性，以精神役使万物，为我所驱遣并调度。如果说前者是从人到物，则后者为从物到人。"心象"的形成就是人心与物象的互动，最终交融而成诗文之象，饱含情韵与意念。这个过程也可用刘勰《文心雕龙·物色》篇中的一句话来概括："目既往还，心亦吐纳"，"情往似赠，兴来如答。"心象也正形成于心物的往返、吐纳和赠答之中。这涉及比较微妙的文艺心理学层面，深入创作构思的底层，体现出刘勰的真知灼见，在他之前尚无人从这个层面论及过"象"。刘勰是中国文学批评史上从纯粹的创作角度来洞察诗人主体拟"象"这一微妙心理的第一人。

其二，刘勰论想象活动始终离不开"表象"。

在生发"心象"的过程中，主体必然离不开"表象"来展开想象活动。其功能在于不拘泥于具体物象，而跨越时空的局限，任由主体在艺术的王国中自由驰骋。如陆机所云："恢万里而无阂，通亿载而为津"(《文赋》)，刘勰则谓"思接千载"，"视通万里"(《文心雕龙·神思》)。也就是说，"想象可以突破个

---

① 朱恩彬、周波主编：《中国古代文艺心理学》，山东文艺出版社 1997 年版，第 287 页。

体感性经验的局限性，创造出一个崭新的艺术世界。这个世界既来源于客观世界，又与之迥然有别，高于原世界，康德称之为第二自然。”① 然而想象并非凭空存在，而是附丽于物象之上，它源自外物又高于外物，有些若即若离之感，既可充分尊重原物的状貌特征，也可根据情感表达的需要进行夸张、变形乃至重组等。如梁代萧子显在《南齐书·文学传论》中所云：“属文之情，事出神思，感召无象，变化不穷。”一切以服务于主观情意的表达为旨归。

刘勰紧承顾恺之、陆机等人，对艺术想象活动进行了深入阐发。按照叶朗先生的研究②，艺术想象需要调动人的生理和心理方面的全部力量作为支持，就前者而言，主体需“陶钧文思，贵在虚静，疏瀹五藏，澡雪精神”（《文心雕龙·神思》）要使自身的精神状态保持新鲜、饱满，即为“养气”。但同时更离不开外物的感兴。同时，艺术想象是创造性的想象，其结果是产生审美意象，就人心对外物的感应而言，刘勰集中概括了两个突出的特点：一是“理思为妙，神与物游”，即主体的想象活动始终和事物的表象密切联系在一起，或者说想象自始至终无法脱离开事物的表象。

这是刘勰论构思时对“象”的第二种阐发与界说。其洞察之精微，传达之透辟，令人拍案叫绝。

其三，刘勰赋予“象”的情感性。

早在《文赋》中陆机就指出：“情曈昽而弥鲜，物昭晰而互进。”以明确“情”与“物”之间的互动关系：它们彼此关联并促进，当内部情感越来越鲜明时，外部的各种物象也就越来越清晰。《文心雕龙·神思》篇谓：“神用象通，情变所孕。物以貌求，心以理应。”明确突出情思的主体地位。当诗人的想象活动和事物的形象贯通在一起时，自然引起了情感的相应变化。无论是“物感”说还是这里的“情变”说，都说明创作的触发和艺术构思的过程，必然离不开主体情思的渗透和运行轨迹，艺术想象活动是一种饱含情感的心理创造活动。而“情”便寄托在“象”上，或者说“意”与“物”、“情”与“象”二者紧密关联，共同缔造着文学审美意象。

刘勰在《文心雕龙·诠赋》篇中也提出“情”与“物”的紧密结合，此为审美意象生成的必然路径：

---

① 朱恩彬、周波主编：《中国古代文艺心理学》，山东文艺出版社 1997 年版，第 288 页。
② 叶朗：《中国美学史大纲》，上海人民出版社 1985 年版，第 236—237 页。

> 原夫登高之旨，盖睹物兴情。情以物兴，故义必明雅；物以情观，
> 故词必巧丽。丽词雅义，符采相胜，如组织之品朱紫，画绘之著玄黄。

刘勰所论之 "象" 突出表现在情与物的结合，他曾提出过两种方式以成 "象"：
"情以物兴" "物以情观"。在《物色》篇中，刘勰对 "情以物兴" 多有论述，
如："春秋代序，阴阳惨舒，物色之动，心亦摇焉。" "一叶且或迎意，虫声有足
引心。" 情的勃发源自主体受到外物刺激的触动；而 "物以情观"，则与起物兴
情的路径相反，它侧重于主体以有色眼镜去看待万物，在移情的作用下去调度
物象，"使物著我之色彩"。杜甫的名句 "感时花溅泪" 即是如此，仿佛外物也
像人一样充满思想情感而具有某种灵性，修辞中拟人手法多是主体移情的结果。
"这种以情为主的意象营造，与象生于意的理论有着内在的一致性。情物论演
化为情景论后，情的地位仍很重要。"[①] 而《文心雕龙·神思》篇谓："岁有其物，
物有其容；情以物迁，辞以情发。" 可见，"情" 是沟通 "物" 并最终形成 "辞"
的核心枢纽。刘勰对 "象" 内涵的第三个深入认识在于：情因象生，象必含情。

　　综上，刘勰完全在文艺和审美层面对 "象" 进行着质的规定，他是在论
艺术构思的微妙过程中赋予 "象" 的内涵：外物与内心互动融合而成 "心象"，
"心象" 的营造时，离不开 "心" 与 "物" 的往返吐纳；表象始终贯穿于作家主
体想象过程之中；意象必然饱含主体的某种情感，"象" 的调遣与拟定始终离不
开 "情" 的渗透和指引。

二、殷璠全面提升 "象" 的品质

　　唐代文论家殷璠在《河岳英灵集·序》中批评齐梁诗风时提出 "兴象" 说，
影响也极为深远：

> 理则不足，言常有余。都无兴象，但贵轻艳。

---

① 　朱恩彬、周波主编：《中国古代文艺心理学》，山东文艺出版社 1997 年版，第 290 页。

此外其选集也有多处提到这个范畴，如评陶翰诗："既多兴象，复备风骨。"评孟浩然诗："无论兴象，兼复故实。"等等。"兴象"被殷璠作为衡量诗歌优劣成败的重要标尺，亦可看作"象"在唐代的某种变体。"兴"作为《诗经》的主要表现手法之一，直接关乎自然景物，诗人起兴而拟象往往是在受到自然景物的触发而产生的，并以之来抒情言志。早在魏晋南北朝审美意识开始觉醒的时期，部分士人开始流连山水，将自然风光作为审美对象，在玄学思潮的推动下追寻道家"法自然"的思想，山水、田园诗派由此兴盛。直到唐代，以王维、孟浩然、常建等为代表的山水田园诗派，和以高适、岑参、王昌龄为代表的边塞诗派，在创作上均取得了很大的成就，这些诗作已达到了物象与情思的完美结合，如部分学者所论：

> 兴象主要是就唐代，特别是盛唐山水诗创作经验的理论概括。①

可见，正是此前山水田园和边塞诗派为"兴象"理论的提出提供了坚实的创作基础。"兴象"论是当时对创作中物象和情思有机结合的最好概括，当时《文镜秘府论》等著作也持论近似。而殷璠本人在评论刘眘虚、常建及王维诗歌时也是从三位诗人物象与情思意蕴完美结合入手的。综合来看，我们认为殷璠对"象"内涵的推进和贡献集中表现在如下几个方面。

其一，审美意象的产生要以外物（主要指大自然中的景色）触发为主，是在起兴方式下产生的意象，能有机融合物象与情思，具有含蓄委婉、自然天成之特征。依"兴"成"象"，而不是冥思苦想、绞尽脑汁来构象。只有在"兴"的激发下，这种"象"才蕴含情思，令读者回味无穷。正如有的学者指出：

> 特别是他将初唐时期人们对历代诗歌创作的评价问题的辨析纳入到"象"的范畴来进行总结，为中国古代文论对于诗歌的研究增加了一个新的理论视角，这不能不说是他对中国古代诗学"象"论的发展所作出的贡献。②

① 敏泽主编：《中国文学思想史》，湖南教育出版社 2004 年版，第 520 页。
② 赵新林：《Image 与"象"——中西诗学象论探源》，四川大学 2005 年博士论文，第 76 页。

即殷璠以"兴象"观来展开诗文批评，从某种意义上来说也拓宽了"象"的外延。如果说刘勰的"隐秀"说是对"象"必须生动鲜明的规定，还停留在创作阶段，那么殷璠的"兴象"论则从某种程度上联通创作和文本二维，同时也赋予"象"某种新的特质：必触发而成，且饱含情思。

其二，若置于综合语境中来考察，殷璠是以"兴象、风骨、声律"三者同时兼备来总结初唐诗人创作经验的。这是从诗歌整体风貌角度去论"象"的，殷璠不仅注重音调协和的自然声律，尤其强调诗歌内容所具有的感染力和说服力。如果说刘勰率先提出"意象"，那么后来批评家各自从"意"和"象"两大维度来对其提出规定，这里"风骨"侧重于"意"方面的要求，而"兴象"则侧重于"象"方面的要求，无论是注重诗风意蕴具有情理兼备而形成的感染力和说服力，还是受到外物触发而拟"象"，从而使"象"饱含情思而言，从根本上来说，这都是对"象"所属内涵的一种基本规定，而这种规定完全是从"象"的文艺层面和审美意蕴角度做出的。

三、"境"与"象"，"取象"与"取境"——"境"中之"象"

唐朝学术思想以佛学见长。随着佛教的不断渗透和广泛传播，文论家——尤其是身兼僧人和诗人等多重身份的批评家——如皎然、司空图等，都以"禅境"论"诗境"，实现佛学精神和诗文神韵的融通，最终形成"境象"说，象的内涵得到空前激发。

唐朝是"意境"理论基本成型并终成格局的时期。这也是引入佛学之"境"来论诗的结果。而刘勰正式提出"意象"说，"意境"与"意象"两大范畴都含"意"，但一字之差，区别关联极大。"意象"是渗透着情意的个体形象，而"意境"则是浸透着情意的综合形象，"意象存在于意境之中，意境包含着意象。多个意象构成为意境，离开了这些意象，意境也就无从谈起；意境包含着意象与意象之间的关系"。[①] 或者说，意境是源自意象营构的更大的艺术空间。以马致远的《天净沙·秋思》为例，其枯藤、老树、昏鸦、小桥、流水、人家等九个

---

① 刘九洲：《艺术意境概论》，华中师范大学出版社 1987 年版，第 68 页。

意象，每三个构成一个图画，不可轻易换位或颠倒，九个意象排列组合而整体性地形成一种萧瑟秋天里一个流浪游子旅途奔波、无家可归的意境，而所有九个单独的意象都包含于这一意境之中。正因为意境包含意象，而意象体现意境，故"境象"的概念也应运而生，这是"象"的内涵在唐朝的新体现，即"境象"特指意境中的意象。它明确揭示出意象与意境之间相依共存的关联。最早提出这一子范畴的当属皎然，其《诗议》云：

> 夫境象非议，虚实难明，有可视而不可取，景也；可闻而不可见，风也。

即指意境中的意象也有虚实特点，这从根本上来说与上文揭示刘勰论"象"时赋予其想象、情感特质的内涵有关。而王昌龄在《诗格》中谈"三境"时则谓"了然境象，故得形似"之说，可见，"境象"是唐朝文论家借鉴、引入佛学之境来论"象"的专门术语，后来成为历代诗论家和画家笔下的常用之词。如翁方纲《石洲诗话》云："盛唐诸公，全在境象超诣。"方东树评姜夔词曰："步步留境象。"凡此种种，不胜枚举。

在唐代，"境"正式成为"取之象外"的代名词。当时美学家讲"象外"，或"境"，并非指"意"，而仍然是"象"。这种"象外"不是单指某种具体和有限之"象"，而是突破有限形象的某种无限之"象"，是"虚实结合"之"象"，这种"象"即司空图所谓的"象外之象""景外之景"。据叶朗先生所解，"象"在此阶段呈现为"境"，它与此前的"象"的区别也是非常明显的：

> 象与境（象外之象）的区别，在于象是某种孤立的、有限的物象，而境则是大自然或人生的整幅图景。境不仅包括象，而且包括象外的虚空。境不是一草一木一花一果，而是元气流动的造化自然。①

正是因为"境"的这种品性（源自"象"又包含"象外"的虚空），自魏晋以后，人们的审美对象日趋由"象"转向"境"了，而"取象"也逐渐转向了"取境"。这是中国文学史、批评史和艺术史上的巨大转折。

---

① 叶朗：《中国美学史大纲》，上海人民出版社1985年版，第270页。

如果说"意境"和"意象"的内涵与外延近似却又不尽相同的话，则"意象"往往表现为独特的"这一个"，偏重于一种个体的形象，趋于一般、单一和具象；而"境象"则侧重于多个意象整体而营造出的一种艺术空间，它是来自于"意境"之中的"象"。或者说，"境象"存在的前提是诗文要有意境，这便使"象"的内涵得到了极大的开拓，也与"象外"说具有异曲同工之妙。而无论是"境象"还是"象外"，都是对"象"内涵的一种全新规定。

四、"象外"论及其申发

自唐朝司空图提出"象外之象"后，"象外"说便成为"象"在这一阶段发展的另外一种表现形式，或谓之"超象"论。然而，中国古代批评家重视"象外"更广阔的虚空并非一时之见，而早在魏晋南北朝绘画和诗文中就有此端倪。

1. 魏晋南北朝"象外"论的萌芽

最早在美学意义上使用"象外"者当属南朝谢赫，他在《古画品录》中云："若取之象外，方厌膏腴，可谓微妙也。"是劝诫画家不要拘以体物，单纯停留在有限的物象上，而应突破有限和个别去追求无限和普遍，在咫尺中见大千世界，画面才能气韵生动，宇宙本体和生命之道才能被淋漓尽致地表现出来。显然，取之"象外"并不能脱离"象"，于"空"中求"象"，所表现的"象外"也是"象"，是一种新型的"象"，即艺术品所营造出的供人回味品咂的艺术空间。

而当时一些佛僧也常谈"象外"，他们极力追求"象外"的佛理，如"穷心尽智，极象外之谈"[1]，"抚玄节于希声，畅微言于象外"[2]等等，这些佛僧所讲的"象外"是指用形象传达出的佛理。如"托形象以传真"[3]，"象者理之所假"

---

[1] 僧肇：《般若无知论》，《全梁文》一百六十四卷。
[2] 僧卫：《十住经合注序》，《全晋文》一百六十五卷。
[3] 释慧皎语，见《高僧传·义解论》。

便屡被提及。这里佛学所谓的"象外"是指用形象传出的"真""理"（近似于王弼"立象以尽意"中的"意"），不同于文学之"象"表达出的情感意绪等。然而，佛学借助形象来言理不仅使人容易醒悟，而且给了文学和批评无穷的启迪：如何突破有限之言和孤立之象而获取更大的阐发空间，这是古往今来多少艺术家竭力追求的境界，而艺术家的想象也便在这种巨大的包孕性空间中驰骋跌宕。而到了唐朝，佛学对文艺和批评的渗透更为深入，"象外"论干脆直接发展为"境"这一范畴。或者说，在佛学的催发下，广泛使用于画论中的"象外"说，从佛语"境"中找到了某种替代与置换。

2.唐朝的"象外"说

唐代诗僧对"象外"可谓情有独钟，如《冷斋夜话》中记载：

> 比物以意，而不指言一物，谓之象外句。如无可上人诗曰：听雨寒更尽，开门落叶深。是落叶比雨声也。

这里集中分析了落叶仿佛雨声，暗示出僧侣生活的孤寂与凄苦，给人意象之外的复杂感受，可谓"妙在言其用而不言其名"。而这种手法在著名诗僧王维之诗中，更是被运用到了极致。王维充分利用自身的身份优势，尤其重视形象的暗示性和诗句的感染力，创作了大量具有象外之意的美妙诗篇，为唐代诗人多采用巧妙的物象组合、精心拟"象"以传达象外的丰富意蕴开了先锋。

正是在前期大量佛僧阐发佛理和创作实践的基础上，唐宋文论家对"象外"的构成、功能等也格外关注，并上升到了理论的高度鲜明提出"超象"论。如诗僧皎然提出"采奇于象外"，刘禹锡提出"境生于象外"，又称"兴在象外"，都是要求诗意洋溢于言表之外。而至司空图则概括为"超以象外，得其环中"，鲜明提出"象外之象""景外之景"等理论，对"象"所指示的一种象征性意蕴和艺术空间做了相应的规定，他在《二十四诗品》中还表达了他的诗歌审美标准是"不着一字，尽得风流"，"不着一字"即超以象外，"尽得风流"即"得其环中"（孙联奎《诗品臆说》），而这都归结于"万取一收"，于"一"中见"万"，从单一的具象中见出大千世界。所有这些，连同司空图的"近而不浮、远而不尽"等，都是对"象外"说的阐发，构成司空图诗歌美学的核心。

可以说，经过殷璠、王昌龄、皎然、刘禹锡和司空图等批评家承前启后的阐发，"象外"论的提出，使"象"范畴在唐宋阶段获得了全新发展，其内涵得到了极大的弘扬与扩增。后世诗文大多都是在"象外"获得巨大的艺术空间，供人想象品味，一切文艺作品无不借助"象外"来熠熠生辉。总之，"象外""境象"使艺术插上了腾飞的翅膀。

自唐朝提出"象外"说之后，宋元明清批评家对"象外"之意便格外重视。吕本中对古诗的评价就采用这种方式，如"诗皆思深而有余意，言有尽而意无穷也"（《童蒙诗训》）。姜夔曾论道：

> 语贵含蓄。东坡云："言有尽而意无穷者，天下之至言也。"山谷尤谨于此。清庙之瑟，一唱三叹，远矣哉！后之学诗者，可不务乎？若句中无余字，篇中无长语，非善之善者也。句中有余味，篇中有余意，善之善者也。[①]

而至张戒《岁寒堂诗话》则更是把具有言外之意的辞微意婉、寓意象征，作为评诗的最高标准。虽然学界对宋代论家将诗歌要有寄托和余味的审美标准引向一味求深、求隐的路上过了头最终陷入流弊[②]，然而"象外"的美学追求，自此正式成为中国艺术传统的不二法门。

五、"情景"论的提出

"象"范畴经过唐代以"境"论诗以及"超象"论的推进和演变后，其内涵和外延都得到了很大的变化，从而成为文艺批评领域中的一个核心元范畴，然而直到明清时期其内涵仍在不断演变，并未停止。这集中表现在对情景关系的论述中。

中国是宗法制农业型的传统社会，自然经济历来占据主导地位。自古以来，

---

① 姜夔：《白石道人诗说》。

② 孙耀煜：《中国古代文学原理》，江苏教育出版社1996年版，第213页。

人与自然的关系就息息相通。复杂多样的山形地貌、自然胜景美不胜收，"在典型、封闭的自然经济下生活的文人墨客，便将全部的审美情趣，倾注于山水诗画的创作。他们把大自然的山水佳景，作为主要的审美对象"。①尤其是在魏晋南北朝时期，中国的名山胜水都进入诗人、画家们的视野中，成为文人墨客抒发心灵的寄托。山水诗和山水画自然也就诞生了，而自然山水便顺理成章地成为艺术作品中的"象"。

早在唐朝时期的近体律诗中，情景结合的诗作就比较多。诗论中也有辩证论述，如遍照金刚《文镜秘府论》中载王昌龄评诗曰：

> 理如景势者，诗不可一向把理，皆须入景语始清味。景入理势者，诗一向言意，则不清乃无味；一向言景亦无味。事须景与意相兼始好。凡景语入理语，皆须相惬。

景—意—理三者的契合，为后来王夫之等文论家直接提出"情景"说提供了理论基础。批评家提出理中含情、情景相兼，已经将"象"的包容性拓展到了新的维度，"象"不但是景物的体现，而且含情融理，为"象外"说的营造奠基。紧承其后，"情景"说在宋代便初现端倪。诗论中对情景的结构关系进行了细微的分析，为系统理论的最终成熟作了必要准备。如范晞文就是从诗的结构入手进行分析的：

> 老杜诗："天高云去尽，江迥月来迟。衰谢多扶病，招邀屡有期。"上联景，下联情。"身无却少壮，迹有但羁栖。江水流城郭，春风入鼓鼙。"上联情，下联景。"水流心不竞，云在意俱迟。"景中之情也。"卷帘唯白水，隐几亦青山。"情中之景也。"感时花溅泪，恨别鸟惊心。"情景相融而莫分也。"白首多年疾，秋天昨夜凉。""高风下木叶，永夜揽貂裘。"一句情一句景也。固知景无情不发，情无景不生，或者便谓首首当如此作，则失之甚矣。(《对床夜话》卷二)

这里集中而辩证地论及情景二者之紧密关系。所谓"景中之情"是融情意入景

---

① 孙耀煜：《中国古代文学原理》，江苏教育出版社1996年版，第246页。

物的抒写之中；而“情中之景”，是指缘情置景，化景物为情思。“情景相融而莫分也”，起点、路径、方式虽然不一，但无一例外的都是情景兼备，是新语境下“象”内涵的体现。情景有机统一于“象”，“景无情不发，情无景不生”，情景彼此不可分离，对立中却又统一。

王夫之在王廷相以审美意象作为诗之本体的基础上，明确地对诗歌的意象结构作了具体的分析，此即其著名的“情景”说。其认为诗虽言志，但诗不等于志（意），诗是审美意象——情与景的内在统一，此二者乃为诗歌意象的基本结构。这就从情景两个维度对文艺美学之“象”范畴展开了具体分析。王夫之曾反复指出，情、景是诗歌审美意象不可分离、紧密关联的两个因素。如其称赞谢灵运的诗歌曰：

> 言情则于往来动止、缥渺有无之中，得灵蠁而执之有象，取景则于击目经心丝分缕合之际，貌固有而言之不欺。而且情不虚情，情皆可景，景非滞景，景总含情。①

王夫之认为诗歌的审美意象必然包含两个方面，它绝不仅仅只是孤立的景，景离不开情，脱离了情，则景只是物象而没有上升到审美意象的高度；反之，情不可能凭空存在，它必然包孕于景中，二者共同缔造了“象”。只有“情不虚情，情皆可景，景非虚景，景总含情”，才是完整而统一的象，或更准确地说是“审美意象”。

此外，宋代批评家论象中之情景时还是比较独立的，二者并不如后来融合得那么紧密、贴合，他们认为写诗必须上联情、下联景，这与当时论家的认识有限相关。而王夫之则反复强调情景是二者内在的统一而非人为地断裂，也非机械地相加。如《姜斋诗话》卷二云：

> 夫景以情合，情以景生，初不相离，唯意所适。截分两撅，则情不足兴，而景非其景。

> 景中生情，情中含景，故曰景者情之景，情者景之情也。

---

① 载王夫之:《古诗评选》卷五谢灵运《登上戍石鼓山诗》评语。

对情景辩证性的认识，在王夫之这里已经达到了一个新的高度。其所谓"情中景，景中情"，所谓"景以情合，情以景生"云云，都是强调"情""景"的内在统一，是审美意象的一体两翼，而绝不只是外在的简单组合与叠加，而是二者有机融为一体。

不仅如此，王夫之反对把诗歌意象简单地分为几种模式和类型，他指出了情景合一的多种具体形态，其中尤以"景中情"和"情中景"最为突出，二者的内在统一是在直接的审美感兴中实现的。"在直接审美感兴中，情与景自然契合而升华，从而构成审美意象。"①如王夫之谓：

> 游览诗固有适然未有情者，俗笔必强入以情，无病呻吟，徒令江山短气。写景至处，但令心与目不相睽离，则无穷之情，正从此而生。一虚一实、一景一情之说生……

这里王夫之所谓"心与目不相睽离"便是指创作时直接产生审美感兴②，唯其如此才能导致情景的内在统一，这也使很多诗歌虽无直接的情语，但读者品鉴却能生发出感人之情，完全在于拟象时对情、景二维的内在统一有比较准确地把握。孙耀煜先生指出："情与景的融合，就是建立起人与世界的异质同构关系。诗便是这种同构关系的媒介。以情景交融为基础所建立起来的意境，是一个象征性的框架，一个多层次的暗示性的结构。"凭借此，"读者通过审美直觉和想象，获得了对于现实的深入体验，从自然的背后或者内部，直悟某种象征性意蕴"。③可见，情、景二因子使审美意象具有丰富的情感内涵与文学意味。读者正是通过对作品中这种"象"的品味，来获得无穷的美感。

---

① 叶朗：《中国美学史大纲》，上海人民出版社1985年版，第459页。

② 这与其"现量"说理论的提出，是一脉相承的。"现量"就是"因情因景，自然灵妙"。二者都侧重于当前直接的审美感知，而非苦苦思索或依靠书本、前人印象。关于这方面的论述，读者可参见叶朗：《中国美学史大纲》，上海人民出版社1985年版，第460—465页。

③ 孙耀煜：《中国古代文学原理》，江苏教育出版社1996年版，第251页。

第三节　文论元范畴"象"之外延：交织与扩展

"象"范畴的内涵在不断更新、丰富和充实的同时，其外延也在逐渐扩大，它不仅开始显示出作为元范畴具有的极强再生能力和覆盖能力，而且自身所涵盖的艺术层面也在不断扩大，逐渐由最初作品的文本层面而涉及创作构思、文艺心理、读者接受等方方面面，从而最终显示出其空前的统摄力。

一、"象"从文本层面延伸到接受层面：魏晋批评家论"诗味"

自《周易》率先提出"立象尽意""观物取象"等命题后，魏晋玄学又将之置于言、象、意三者有机组成的网络中来辩证考察，此后"象"范畴的产生与发展始终离不开言与意对它的催发与滋养。而广义之"意"包括志向、思想、情感、哲理、意绪等，它是艺术家主体所要传达的内容，也是希望读者能够欣赏和品味的重要部分，这在后来便演变为由"象"所营造出来的"余味"与"境象"，换句话说，"象"范畴的外延早在魏晋南北朝时期就开始联通了著名的"滋味"说。依"象"成"意"、因"象"酿"味"，成为当时众多批评家的不懈追求。

先看陆机率先以"味"品诗论文。其《文赋》云：

> 或清虚以婉约，每除烦而去滥；阙大羹之遗味，同朱弦之清氾。
> 虽一唱而三叹，固既雅而不艳。

这里沿用《礼记·乐记》之说法，把音乐中的遗味（即余味）之说，引入文学批评之中，从反面批评晋代文学"雅而不艳"，"质而少文"，缺少"遗味"，而对于此处之"艳"宜做中性理解，透露出陆机对艺术缺乏余味的批判。

紧承其后，刘勰在《文心雕龙》中也多次论及"味"的作用与妙处。如《宗经》篇曰："辞约而旨丰，事近而喻远。是以往者虽旧，余味日新。"《情采》

篇谓："繁采寡情，味之必厌。"《物色》篇之"使味飘飘而轻举，情晔晔而更新"等等，他认为诗歌要有审美趣味，才能联通作品和读者，才能尽显独特的艺术魅力。

陆机、刘勰等批评家对"诗味"的重视具有双重功效：其一，此前"象"范畴主要局限在文本类，偏重于物象、心象、意象等子范畴，而诗味论则突破这一单一视域，将其外延逐步拓展到接受层面，比较注重读者对象的品鉴；二是从某种程度上激发了主体对建构"象"的高度重视，诗人作家们所拟之"象"必须饱含情意，或体现哲思，以理服人；或饱含情感，以情动人。这直接加速了人们对"象"内涵的规定与制约。从这个意义上来讲，"象"内涵的发展与外延的拓展几乎是同步进行的，二者相得益彰。

而真正建构以"味"论诗的理论体系则在钟嵘。其《诗品·序》云：

> 五言居文词之要，是众作之有滋味者也，故云会于流俗。岂不以指事造形，穷情写物，最为详切者耶！
>
> 使味之者无极，闻之者动心，是诗之至也。

理论倡导之鲜明，前所未有。并且钟嵘还指出了创造诗味的具体方法和途径。以"味"论诗直接影响到晚唐司空图提出的"味外之旨"，南宋严羽提出的"兴趣"，清袁枚提出的"神韵"等。作品有滋有味，便具有较高的审美价值，能给人带来审美愉悦。而作品"滋味"从何而来？它源自"象"的孕育，"象"的外延几乎同时涉及文本和接受两大层面。

二、"象"的触角伸向接受和批评等多个层面

早在魏晋南北朝时期，刘勰便连接起了创作和文本两大层面，实现了"象"外延的汇通，在《文心雕龙·神思》篇中论"意象"时，"象"范畴便深入涉及创作层面中的情感、想象及意蕴等；而提出"隐秀"说则是从作品层面出发，对"象"的特征和所包孕的意蕴等进行了质的规定。而至唐朝，王昌龄论"象"则同时兼顾创作和文本、接受等多个层面，大大扩展了"象"的外延。

王昌龄"诗有三境"说的提出主要着眼于文本而言，在《诗格》中他已将"境"作为诗歌理论的重要概念并开始大量运用：

> 诗有三境：一曰物境，欲为山水诗，则张泉石云峰之境，极丽绝秀者，神之于心，处身于境，视境于心，莹然掌中，然后用思，了然境象，故得形似。二曰情境，娱乐愁怨，皆张于意而处于身，然后驰思，深得其情。三曰意境，亦张之于意而思之于心，则得其真矣。

而"诗境"的三个构成层面均主要指向作品：如"物境"指自然景物层面；"情境"指主体情感层面；而"意境"指整首诗的深层意蕴层面①。笔者以为，此"三境"即为文学之"象"的多维表现。

王昌龄论"象"还同时涉及创作构思层面。他将"意"与"境"二者统一起来谈诗文创作，"夫作文章，但多立意。……思若不来，即须放情却宽之，令境生。然后以境照之，思则便来，来即作文。如其境思不来，不可作也"，又说"夫置意作诗，即须凝心，目击其物，便以心击之，深穿其境"。并且他还明确了诗歌创作中"象"与"境"的关系，认为先须有"境"，然后构"象"，至意、象契合，才算完成。"搜求于象，心入于境，神会于物，因心而得"，"久用精思，未契意象，力疲智竭，放安神思，心偶照境，率然而生"。诗境的创造，关键在意、象契合，当久思不得时，不可力强，只有当"境"成熟于胸，"象"才会生生不穷。这些观点既强调了客体之"境"在创作中的基础作用，又揭示了主体之"意""思"在创作中的主导地位。这从另外的角度强调了主体构象、拟象的关键环节。

王昌龄还以"象"论诗，广泛采用"象"语来评论作家、作品。如"假物不如真象，假色不如天然""此皆假物色比象，力若不堪也"等等，"象"走出构思和作品层面，进入批评的天地。王昌龄正是畅论文学之"象"，将之纳入创作、文本、接受、批评等多个层面，我们认为在中国文学批评史上，王昌龄是把"象"外延拓展得最为广阔的第一人。正是得力于他和此前刘勰的阐发，"象"从唐代开始，渗透进艺术各个领域，不仅联通世界和作家，也在作品中游刃有余，更在接受、批评层面如鱼得水，后世对"象"内涵的阐

---

① 后人所谓"意境"，实则包括了此"三境"。

发都是基于此而来的。

不独王昌龄如此，唐朝众多批评家在论及"象"时，都将其外延同时拓展至多个层面。如皎然即论取象、取境（创作层面），也论采奇于象外、象外意蕴（接受层面）；司空图不仅以诗的语言来描述二十四种诗歌风格[①]，从文本层面论"象"所营构的艺术效果；而且其"象外之象""景外之景"连同"韵味之致""味外之旨"，将诗歌接受层面的美学旨趣揭示得淋漓尽致。可以说，正是在唐朝"象"作为文论元范畴的地位才得以确立，这与"象"内涵的拓展和外延的不断扩大密切相关。自唐宋后，无论是诗人作家还是理论家批评家论及"象"，往往都将之置于不同的层面来综合考察。"象"范畴正是在不断地推进中，最终发展成为一张涵盖中国传统文论的巨网，在和"气""味"等元范畴的交织与共同作用下，建构出中国文论的主干网络。

三、"象"范畴的联通性和辩证性

"象"范畴内涵的不断增添与更新，其外延的不断演变与交织，固然得益于特定时代学术思潮（如玄学和佛学）的影响与渗透，以及不同时代创作实践（神话传说、诗骚等）做出早期铺垫，同时离不开它在自身发展过程中与诸多范畴产生某种关联，从而在互动中吸取相应的理论资源充实自我。这里仅举"有无""虚实"等范畴为例，稍做分析，以窥其一斑。

司空图在《诗品》中论及"雄浑"时曰："超以象外，得其环中。持之匪强，来之无穷。"联系此前其论"象外之象"来看，这里"象外"与"环中"，正反映出司空图在"象"上所做的文章：视"象"为虚像与实像两个有机组成部分，"虚""实"辩证二维共存于一体。并且作诗宗旨在于依实生虚、由实出虚，诗人不可拘泥于具体的实像，必须"超以象外"以求"韵外之旨"。作为著名佛僧，司空图自幼同时深受道家思想影响，他在论"象"时自然借鉴和运用了道家有无与虚实论的精髓。老子曾深刻提出"有无相生"的辩证思想：

---

①　学界对司空图《二十四诗品》是论 24 种"境界"还是 24 种"风格"存有争议，目前以"风格"说占据主导，暂从此说。

天下万物生于有，有生于无。（第四十章）

三十辐共一毂，当其无，有车之用。埏埴以为器，当其无，有器之用。凿户牖以为室，当其无，有室之用。故有之以为利，无之以为用。（第十一章）

老子论万物生于"无"，而"无"并不是隔离于人的世界之外而完全无法得知。其"无"以"有"为参照，"有"之外即"无"，"有"指我们可以感知、可以固定的有形世界，"有""无"是相辅相生的。后一句引文中老子以车轮、陶器、房子为例，解释了有无相生。"毂"是车轮中心的圆孔，是插车轴的地方，因为它是中空的，所以套上车轴之后可以转动，车才能行驶；陶器的中间是空的，有了空的部分，才能盛物；房子中间是空的，有了中间空的部分，我们才能居住。所以，在制作毂、陶器、房屋中，"实有"的部分是从"无"的角度考虑的。从老子的论述中我们可以看出"有"可以衬托、暗示"无"的存在（如中国画中月亮的画法，月亮不是直接画出，而是用周围的云彩衬托出来的），这样，老子就从哲学上确定了"实有"和"虚无"二者之间的辩证关系。正是在老子的阐发下，"有""无"后来不断演变为虚实观，进入到文艺各个层面。此后，魏晋的陆机，南朝的刘勰等文论家都曾作过运用和演绎。而司空图正是透彻领悟了实像与虚像的辩证关系后，追求实像所引发的艺术虚空，促使人回味无穷、联想不尽。从老庄论"有无"与"虚实"来看，由实出虚，虚实相生，虚象、象外等便成为彰显诗歌艺术魅力的关键性因素。"对诗歌作品的把握不能受作品表层语象所展示的东西的局限，而应超越表层语象，看到象外之虚，而把握语象背后的深刻意蕴，即他所说的'得其环中'"。[①]而所谓"得其环中"之"环中"，语出《庄子·齐物论》："枢始得其环中，以应无穷。"庄子以"环"为喻，旨在阐发虚实相生的深刻道理。"环"是指门上下横槛上的圆洞，用以承受轴的旋转，将门轴放进环孔洞中，门便可转动自如。庄子以门来做比讲虚实之理，也是要强调虚或空无的重要性。这与其论诗之"象"是"可望而不可置于眉睫之前"异曲同工。司空图直接采用老庄关于有无和虚实的理论，将之用于诗歌作品之"境"或"象"上，以阐发虚境（或虚象）在诗歌创作或鉴赏

---

①　赵新林：《Image 与"象"——中西诗学象论探源》，四川大学 2005 年博士论文，第 81 页。

中的重要作用,这便建构起"象"与周边范畴的桥梁。

皎然认为成功的诗境创造会超越文字表层意蕴,由象到象外,由文到文外,引发读者的不尽联想,从而产生"文外之旨"。皎然继承刘禹锡"境生于象外"之论,强调诗境创造要"采奇于象外",《诗式》中所谓"情在言外,旨冥句中","两重意以上,皆文外之旨","但见情性,不睹文字"等论述,谈的都是诗境的特征。引人入胜的诗境,就是要使读者在言、象、意三层面中得象忘言,得意忘象,最终不睹文字,只见性情,深味文外之重旨、不尽之意趣。

皎然还指出诗境虚实相生的特征,其《诗议》曰:

> 夫境象非一,虚实难明。有可睹而不可取,景也;可闻而不可见,风也。虽系乎我形,而妙用无体,心也;义贯众象,而无定质,色也。凡此等,可以偶虚,亦可以偶实。

这段文字是皎然对诗境虚实交合特征的深刻体会。景、风、色等自然事物和人的心性,既实又虚,有形又无体,皆处于变动不定中,其用之于诗境创造,既可以"实"的方式摹其"形",亦可按"虚"的方式传其"神";既可按"实"的方式显其"有",亦可按"虚"的方式藏其"无";既可实写其"静",亦可虚显其"动",这样就会产生虚实交合的意境美。

可见,"象"的发展及其作为文论元范畴的确立,离不开传统思想文化的熏陶和儒道学术的滋养,尤其是先秦辩证哲学直接导引后世文论家在提升象的内涵和扩展其外延时,始终置于辩证的磁场中来阐发,诸如"意象""隐秀""兴象"等的提出,都在某种程度上吸取了传统哲学的辩证精神,在论"象外""境象"时,更是吸纳了经典哲学范畴,"象"在"有无""虚实""形神""言意"等综合构成的视域中,最终由一棵小苗而成长为参天大树,覆盖、涵摄文艺的方方面面,成为一个统摄后来诸多范畴群落的核心元范畴。

第四章 "象"的成熟与泛化

在魏晋南北朝之后"象"便开始走向成熟，拓展、延伸出系列子范畴并相互交织、渗透，组成一个庞大的范畴群落，关联并涉及创作、文本和接受各个层面。甚至不少范畴同时跨越多个层面，具有很强的统摄力和涵盖性。随着创作实践和理论总结的并辔齐行，"象"范畴在发展演进过程中不仅衍生出系列子范畴，如物象、意象、气象、兴象、境象、心象等，尤其是由"虚象"所生发出的"境"范畴，又产生出虚境、实境、情境、清境、浊境、神境、空境、化境、写境以及有我之境、无我之境等系列子范畴，它们构成一个庞大的范畴群落，而且依"象"还催生了很多经典的文论概念、命题，如"立象以尽意""观物取象""情中景，景中情"等等，同时与"象"有关的象意识、象情感、象风格等也在唐宋以后更趋明显①。"象"的成熟与泛化使它和"气""味"共同支撑着传统文论的体系结构。

第一节 自身的拓展——形成以"象"为核心的范畴束

如第一章所论，"象"范畴自先秦《周易》发展到唐宋文论，其内涵日趋丰富，外延也不断得到扩大。在千年文论长河中，这个古老元范畴不断拓展，

---

① 参见王振复主编《中国美学范畴史》，山西教育出版社 2006 年版，第一卷第 185 页、274 页，第三卷第 115 页。

显示出文论元范畴很强的自我演进和更新能力。美国著名理论家艾布拉姆斯曾把文艺分为世界、创作、文本和接受四大层面[①]，这一理论目前被学界所普遍认同，具有相当的涵盖力与适用性。据此四分法，则"象"在演进历程中逐渐形成关乎取材（世界）、构思（创作）、作品（结构）和接受（读者）等层面的系列二级子范畴，并共同建构了一个巨大的"象"网络。"象"的种种"变体"组成一个以"象"为元点的范畴束[②]，"象"的衍生范畴彼此交织，组成一个阶梯级的范畴群落。

一、世界与取材："物象""卦象"

世界及其生活是一切文艺创作的根本源泉。艺术家摄取的各种符号最初通常就来自纷纭复杂的生活中。"象"在取材中产生了"物象"这一范畴。

古人早在《左传·宣公三年》中就提出"贡金九牧，铸鼎象物，百物而为之备，使民知神、奸"。当时铸鼎首先要习鉴图物，在模拟、仿效百物的基础上，进而创造出鼎以似百物之"象"。这种经过由眼入心再到用心摄取并在巧手的雕刻下最终形成的"象"，通常称为"物象"。又如《韩非子·解老》篇中载曰："人希见生象也，而得死象之骨，案其图以想其生也，故诸人之所以意象者皆谓之象也。"这里之"象"是中原盛产大象的某种绘图，亦为"物象"，此前动物之"象"虽然绝迹，但世人依然希望通过描绘之物象来保持珍贵的记忆（表象）。"象"在最初确实被赋予了"案其图以想其生也"的含义。从汉语造字来看，甲骨文中"象"即是对动物实体的模拟，只不过这字"象"在后世发展演进中不断符号化了，抽象性被大大增强。然其最初对事物外形、体貌的模仿而成为"物象"则是和《左传》中"铸鼎象物"是相通的。

可见，一方面"物象"与真正的"实物"是有所区别的，尽管也还没有达

---

① 美国学者 M.H. 艾布拉姆斯（M.H. Abrams）曾将文学分为世界、艺术家、作品和读者四个层面。此"四分法"传入国内后为学界普遍接受。

② 王前先生曾按照物态、属性、本源和规律之象把"象"区分为四个层次，见其《论"象思维"的机理》，载《中国社会科学院研究生院学报》2002 年第 3 期。

到完整的"艺象"程度①，但能初步体现出此后各种文艺之"象"——诸如意象、兴象、形象、气象等——在形成过程中的必要步骤。另一方面，这种物象尚处于初步成"象"阶段，突出模拟和仿效，在追求真实性的基础上来促进当时的礼乐教化与实际应用。因此，模拟和逼真是物象的主要特征，只是其中熔铸的主体情感尚不那么突出。但不管怎样，"物象"的营造已反映出古人由"实物"向"物象"转变的重要一步，而古人所有的创造性也正体现在这一"转变"之中。

究竟何谓"物象"？它是各种自然景观和外物实体的符号化。即便是到了"象"发展非常成熟的唐宋阶段，"物象"的这种突出"物"的实体性以及与事物原貌接近性的含义依然在延续和使用。在这一层面，物象比先秦早期有所发展，毕竟熔铸进了诗人作家的部分情感，是形成"意象"的必要基础，类似高楼大厦的组成零件。这时所指"物象"是和"意象"相对应的。国内部分学者指出当前学界通常以"意象"来指称自然物象的现象，认为意象和物象紧密关联却又存在着显著区别②，笔者亦有共识。如温庭筠的"鸡声茅店月，人迹板桥霜"，是由多个视觉性的映像连缀而成的，其中"鸡声""茅店"或"月"都是名词提示的简单的"象"——物象，单个名词不存在所谓"意象"——意中之象，只有这三个物象综合形成视觉性的复合体后才能称为"意象"。可见，这里的"物象"比先秦早期模拟性的"映像"又进展了一步，侧重指称一个个的"自然物象"，并且是构成整体性的供人回味品咂的"意象"之基石。如杜甫的绝句"两个黄鹂鸣翠柳，一行白鹭上青天"（《绝句》）中，就不能按照通常流行的分类法，将"黄鹂""翠柳""白鹭""青天"视为意象，若据庞德观点，"一个意象是在瞬息间呈现出的一个理性和感情的复合体"。③ 它们只是一个个"物象"，是组成意象的零部件，因为单个的自然物象并未融入主体之情意。只有"两个黄鹂鸣翠柳"这个完整的画面才能构成一个意象，作者的感觉和意趣也融入其间。据蒋寅先生分析，"全诗可以说是由四个意象构成的，分别用静—近，动—远、小—远、大—近四种构图组成全诗的视觉空间，配以千秋、万里、东吴而

---

① 这种"物象"的形成过程，离不开眼、手、心的综合过程，和艺术创作"外师造化，中得心缘"的创作过程有着内在的一致性。

② 蒋寅：《语象·物象·意象·意境》，载《文学评论》2002 年第 3 期。

③ 黄晋凯主编：《象征主义·意象派》，中国人民大学出版社 1989 年版，第 135 页。

形成包含时间感的想象空间"。①据此看来，则通常认为马致远的《天净沙·秋思》是由三组九个物象（而非意象）构成，正是这九个名词不依靠任何虚词连接、简洁组合而产生的张力，构图营造出一幅图画，以烘托出作者天涯孤旅的情思。

对于这种单个名词性的自然所指，古人也是称为"物象"的。如孟郊《同年春宴》云："视听改旧趣，物象含新姿。"《赠郑大夫鲂》云："文章得其微，物象由我裁。"托名白居易的《金针诗格》云："单谓物象之象，日月山河虫鱼草木之谓也。"他们所称道的"物象"一般均指具体的自然景物。可见，"物象"是"象"最基础性的内涵，不仅在早期使用，在"象"内涵多元化的唐宋阶段也广泛使用。

二、构思与创作："象罔""表象""想象""意象""艺象"

1. "象罔"

《庄子》全书中《至乐》《刻意》《达生》等篇均从不同角度论到"象"，但基本上均指"有形之物象"，这大约紧承在庄子之前千余年古人所采用的模拟外物而形成"象"的内涵而来。而这种有形迹可寻的存在样态是不被庄子所崇尚的。如讲到人的精神入于道境并与化育万物的宇宙冥合一体时，提出"不可为象"（《刻意》篇），精神决不可为形迹所束缚；论及宇宙最初之状态时亦称"无有象"（《至乐》篇），故落于"有貌象声色者，皆物也"（《达生》篇）。既然有形之物象皆非言"道"，而真正能接近本源之"道"的又是什么呢？庄子创造了一个全新的词汇："象罔"。它彻底遗落形迹且需主体以虚静之心去体悟。在《庄子·天地》篇中说到：

> 黄帝游乎赤水之北，登乎昆仑之丘而南望。还归，遗其玄珠。使知索之而不得，使离朱索之而不得，使吃诟索之而不得也。乃使象罔，

---

① 黄晋凯主编：《象征主义·意象派》，中国人民大学出版社1989年版，第135页。

象罔得之。黄帝曰:"异哉,象罔乃可以得之乎?"

这里"玄珠"即指"道"或本原世界,而"知""离朱"等皆是人们认识世界的传统方式。在庄子看来,这种靠知识、视听感觉和言语去接近"道"本体的想法是不现实的,永远与"道"相隔,根本无法把握到"道"本身。为此,他特意提出"象罔"说作为近"道"之途径和体"道"之方式。诚如宗白华感叹吕慧卿注释得很好一样:

> 象则非无,罔则非有,有皦不昧,玄珠在所以得也。非有非无,有皦不昧,这正是艺术形象的象征作用。象是境相,罔是虚幻,艺术家创造虚幻的境相以象征宇宙人生的真际。真理闪耀艺术形象里,玄珠闪耀于象罔里。[①]

可见,庄子对此前所谓物象、迹象是否定的,这与他一向对反对、漠视所谓形色、声名等实有具象的态度是一致的。在庄子看来,只有这种非有非无、无形有象的"象罔"状态,才最富有生命力。"不着形迹的'象罔'才趋于生命本体,才能给内通无尽的言外之意,包蕴道体内在的意蕴与旨趣,太坐实了,落到形迹,一如'浑沌'之被凿七窍,反而失去了生命力,就艺术表现上讲也就丧失了表现张力。"[②]

　　庄子之所以能别出心裁地提出"象罔"一说,与其论"道"的观念一脉相承。虽然这一术语只是悟道、体道、近道之途径,其使用偏于哲学层面,但似有非无、有无相生的"象罔"之论是从主体层面提出的,对文艺界的主体精心构"象"具有深远影响,它直接启发了后世艺术家如何通过有形之象(形象)来营造出类似"道"那样的供人回味不尽的艺术审美空间,甚至更进一步舍"象"而取"境"以获取艺术的真谛,而这都是创作构思阶段需要重点考虑和把握的。

---

① 宗白华:《美学散步》,上海人民出版社1981年版,第81页。
② 王振复主编:《中国美学范畴史》(第一卷),山西教育出版社2006年版,第184页。

2. "表象"

"表象"是指主体在劳动与生活中不断积累起来的关于事物形貌特征的某种回忆，它脱离了实物后，凭借记忆在大脑中浮现出事物的形象（局部或全貌）。就文艺创造而言，无数自然物象正是作为信息储存到主体大脑后，主体依照表情达意的需要进行过滤和筛选，从而对"表象"进行加工，尤其赋予其"意"味，打上主体鲜明的印迹，并最终凝结为具体的"意象""心象"，从而向作品之"艺象""形象"转化。可见，"表象"是连接"物象"与"意象"的中间桥梁。它源自周边世界，是作家主体取材的必备"原料"。

早在先秦时期中国古籍中就有"表象"的运用。如《尚书·说命上》记载殷高宗武丁自述立傅说为相的故事，曰：

> 命之曰："……梦帝赉予良弼，以代予言。"乃审厥象，俾以形旁求天下，说，筑傅岩之野，惟肖，爰立作相。

这里"乃审厥象"是以梦境的形式追忆和浮现"良弼"的外形，而不是凭空想象或虚构，是对有形可见的孩子的"表象"式体现。表象不仅存在于个体的追忆中，而且也鲜活地存在于某个群体或一个民族的记忆中，如：

> 商人服象，为虐于东夷，周公遂以师逐之，至于江南，乃为《三象》，以嘉其德。故乐之所由来者尚矣，非独为一世之所造也。（《吕览·古乐》）

> 《象》，周公乐也。南人服象，为虐于夷，成王命周公以兵追之，至于南海，乃为《三象》乐也。（《汉书·司马相如传》注引张揖）

> 升歌《清庙》，下管《象》，朱干玉戚以舞《大武》。（《礼记·内则》）

> 十有三年，学乐，诵诗，舞《勺》。成童舞《象》，学射御。（《礼记·明堂位》）

这里所谓《象》《三象》皆是由人来模仿动物 "象" 而活动的舞蹈动作，并仿效 "象" 舞蹈以配乐的曲名。而 "象" 何以动作和舞蹈？在日趋稀少甚至绝迹的中原地区，人们只能凭借 "表象" 来还原和塑造。不过 "表象" 绝不只是对原来实物的机械性还原，更不是对其最初模样的简单复现，而往往附带性地渗透进了主体特定的情感体验，增添了主体的某种创造。如上引文中，人们表演《象》舞时那种欢快的场面及舞象的目的意图通过记载便可见一斑。正是 "表象" 成为架起 "物象" 与 "心象" 之间的桥梁，它虽然偏重于在脑海中对事物形态体貌的复现，但必然会打上主体相应的情感烙印。

刘勰在《文心雕龙·神思》篇中曾详细地论述到艺术想象（或构思）的过程与特点，尤其是情感与意念的活跃须臾离不开 "表象"。艺术想象正是凭借着表象运动而展开。如：

> 故思理为妙，神与物游。神居胸臆，而志气统其关键；物沿耳目，而辞令管其枢机。枢机方通，则物无隐貌；关键将塞，则神有遁心。
> 夫神思方运，万涂竞萌，规矩虚位，刻镂无形。登山则情满于山，观海则意溢于海；我才之多少，将与风云而并驱矣。

所谓 "神与物游" 是指人的精神与具体事物一起驰游、运动；"物沿耳目" 是耳目所接触到的外物，这里 "物" 均指呈现在脑际的事物 "表象"。而充满山上的景色（"情满于山"），腾涌海上的风光（"意溢于海"）无不在脑中建构，在意念和精神中完成。刘勰所指出的艺术想象离不开具体的物象，这道出了形象思维的基本特征。整个构思过程以 "表象" 作为运思载体，"志气"（即情志）是主导，而 "辞令"（语词）是促使 "表象" 转换为 "意象" 的符号形态，对表象起着牵连和导引之功效。因此，艺术构思是表象与情志、语词相互催发、融为一体的过程，最终表现为审美意象的孕育与诞生。

3. "想象"

在秦汉时期散文中，已有多个词汇与当前心理学意义的 "想象" 含义极为接近，如《庄子》之 "游心" "坐驰"，《列子》的 "神游"，《韩非子》的 "意想"，《淮南子》的 "神与化游"，等等。而首次鲜明提出 "想象" 一词还是屈原《楚辞·远游》篇中谓"思故旧以想象兮，长太息而掩涕"。而南朝的刘勰则在《文心雕龙》中开辟专章《神思》篇，集中而详尽地论述艺术构思和想象过程①，其理论之深入与丰富，令人叹为观止。

《神思》篇详尽展示了艺术创造时审美心态、艺术想象及心理过程、特征等。据朱恩彬等人研究，这集中表现为四个方面：②一是主体必须进入虚静的心理状态，不仅要涵养精神而且要调节情绪，并且需要具备多方面的艺术修养和训练；二是想象作为一种自由的精神活动，可以打破时空的界限（"思接千载，思通万里"），纵横驰骋，变幻奇妙；三是想象必然伴随着表象，受到心态和语词的双重作用；四是想象是一种复杂微妙的心理活动，思绪恍惚朦胧，意象含蓄，虚实结合。总之，意象性、含糊性和变幻性是想象的突出特征。

从上述所引古人相近术语表述来看，"想象"即为"意念之想"，它必然掺杂着各种"表象"——无论是实有的"物象"，还是并不存在的虚构之"心象"，都是被"想"之"象"，这是审美"意象"最终发展成为可供品鉴的"艺象"的关键一环。正是随着想象过程中思绪的飘忽不定，"意象"千奇万变（"发想无端，如天上白云，卷舒灭现。"见方东树《昭昧詹言》卷十二）和物象、卦象最初所指不同的是，"想象"所涉之象不单纯是自然之"象"，更是虚构之"象"。画家张潮就曾将"象"的不同层次进行过区分，其谓画"有地上之山水，有画上之山水，有梦中之山水，有胸中之山水"。③而所谓的"山水"之"象"，即可指物象（实物），也可指表象、心象甚至艺象，就看它处于"象"的哪一具体层次。而清初学者田同之还认为诗人不但可以把山川草木、花鸟虫鱼之"情形""声臭"绘于胸中，而且还能够"超出象外"，即能于自然物象之外去自由拟"象"、任意构"象"是诗人发挥想象能力、营造作品审美空间的重要本领。单纯限于所触所见的生活中的"物象"，则艺术必然陷入板滞，缺乏灵气与格

---

① 当然，刘勰所谓"神思"包含想象，但比想象含义要丰富得多，"神思"大体可译为"精神的驰骋（游动）"。据朱恩彬、周波主编《中国古代文艺心理学》（山东文艺出版社1997年版）第170页分析，是指"以想和思为形式的整个精神活动，并非仅仅指想象。对于文学创造而言，是指作家以艺术想象为中心的精神活动"。

② 这里吸取、参照了朱恩彬、周波主编的《中国古代文艺心理学》（山东文艺出版社1997年版）第170—176页部分论述，特此说明并致谢。

③ 转引自王振复主编：《中国美学范畴史》（第三卷），山西教育出版社2006年版，第308页。

调。正是 "想象" 使艺术插上了腾飞的翅膀,"想象可以突破个体感性经验的局限性,创造出一个崭新的精神世界"。① 德国哲学家曾称之为 "第二自然",而近代学者章学诚则明确将 "象" 区分为 "天地自然之象" 和 "人心营构之象"(《文史通义》),二者紧密关联,毕竟 "艺术想象活动并非凭空进行,而是附丽在感性的物象上,即刘勰所谓的'神与物游'(《文心雕龙·神思》)"。② "而人心营构之象" 明显增强了 "象" 的虚性品格。当然,"人心之象" 是从 "自然之象" 中抽离、提升出来的,主体需要仔细地观察并具备一定的心境。

南朝以后众多批评家在刘勰基础上将艺术构思之研究推向深入,相继提出 "静思" "苦思" "思与境偕" "澄思静虑" "胸有成竹" 等一系列范畴和命题,极大地丰富和完善了 "想象" 的内涵。如宋代范晞文谓:"熟参此序,乃知昭君出嫁之时,未必以琵琶寄情,特后人想象而赋之耳。"(《对床夜雨》卷一,载《历代诗话续编》),金代王若虚《文辨》谓《归去来辞》,将归而赋耳,既归之事,当想象而言之"(《滹南遗老集》卷三十四)。到明清,"想象" 这一术语则被广泛运用,进入不同艺术门类之中。显然,想象可以突破时空,出于表情达意需要而进行适当加工,以充分发挥主体的创造性。

4. "意象"

"意象" 在魏晋南北朝由哲学范畴进入美学与文艺领域,是 "象" 范畴发展史上具有转折意义的关键一步,也是促使这一元范畴具有极强生命力和覆盖性的重要原因。此后 "象" 的成熟和泛化也由此而来。这里我们无意于全面梳理古代文论长河中 "意象" 范畴的发展演进历程,前人多有详尽论述③。作为一个联通创作和文本二维的综合性范畴,"意象" 具有很强的融合与联通能力,笔者这里只集中剖析其在创作层面所彰显出的 "主体性"。

显然,学界有时直观、明了地释 "意象" 为 "意中之象","意" 作为主体意识的反映,寄托于 "象" 并在 "象" 中体现出来,"意" 与 "象" 二者紧

---

① 朱恩彬、周波主编:《中国古代文艺心理学》,山东文艺出版社 1997 年版,第 288 页。

② 朱恩彬、周波主编:《中国古代文艺心理学》,山东文艺出版社 1997 年版,第 288 页。

③ 读者可参见朱恩彬、周波主编《中国古代文艺心理学》(山东文艺出版社 1997 年版)和曾祖荫著《中国古代美学范畴》(华中工学院出版社 1986 年版)中专章论述。

密关联，组合成词，便取得了超越单个字的整体蕴含。早在先秦时期《易传》所论"见乃谓之象，形乃谓之器"，便初步体现出"象"是通过人的视觉感受而形成的，必然离不开主体感觉。正是对主体之"意"（情感、思想、意念等）的强调与弘扬，"意象"便具有含蓄不尽的品格，比"形象"更具有多义性。据朱恩彬等学者研究，"形象"的意象性通常比较明显，意义相对稳定，主体的爱憎情感比较分明；而"意象"则不然，意与象、意象与意象之间特殊的组合方式，一方面使作者的主体意识获得多种不稳定的呈现方式，多渠道地得以实现；另一方面，也为读者实现其主体意识提供了足够广阔的空间，兼含了主体的多样性与复杂性。① 这里"意"无论是象征还是情感，抑或情志与思想等，都是一种隐形的、看不见摸不着的心理内涵，必须凭借"象"之载体得以传达和表述。也正是"意中之象"的多种组合方式，极大地开拓了文本的审美空间，正是托物寓情、以象显意，作品才真正彰显出创作主体丰富的精神世界。

由于情与物互相促进而产生意象，因情取物，因意生象，故"意象"有时又称为"心象"，以意统象，因心生象，更可见出这一子范畴的主体色彩。刘勰曾提出"拟容取心"观，当"表象"被储存后，作家主体会根据表情达意的需要而适当加以取舍和剪裁，所谓"拟容"即为"托物"，"取心"即为"寓情"，也即主体如何将情感置放在特定的表象之中，这尤其体现了"心"与"物"交相融合、事物的形貌和主体的情意相互结合的特征。

三、文本与结构：虚象、实象、兴象、气象、形象、乐象

"象"范畴在文本层面的成熟与泛化主要表现为对作品结构的分析与认定。在主体完成了创作构思后，文本语言所指涉的具体物象以及符号所包孕的想象性空间，都使"象"有了分野。而不同意象组合成一幅完整的画面后，又呈现出一种整体风格。无论是单个物象，还是系列形象，或者叠加成为一种意象，都是"象"在作品中的体现。

---

① 朱恩彬、周波主编：《中国古代文艺心理学》，山东文艺出版社1997年版，第306页。

1."实象"①

"实象"主要侧重指作品中直接呈现的人、事、景、物等客观物象,具有可视可见性。文艺作品常常虚实结合,它和表达看不见、摸不着的"虚象"——情感、思绪、意理等构成文本同时并存的两个方面,虚象与实象水乳交融、密不可分。这里为论述之便,分别而论。

从文艺作品内容的主客关系上看,虚实论与情景论有交叉的含义,"实"指景物,"虚"指情思、意理。文艺作品的内容是由客观的人事景物和主观的情思、意理两大部分组合而成。前者作用于人的感官是有形、具象,是"实象";后者体现于人的意识、心灵,作用于人的感官是无形、抽象,是"虚象"。因此,古人便从情、景二元的义项上使用"虚实"概念,将客观的人事景物看作"实象",将主观的情思意理视为"虚象"。从这个意义上讲,虚实关系即指情景关系,化景物为情思即是虚实交融的表现。

最早从情景义项上使用虚实概念的是周伯弼的《四虚序》,他将诗中的抒情言志文字称为"虚",将写景物人事的文字称为"实"。宋代范晞文《对床夜话》记载:

> 《四虚序》云:不以虚为虚,而以实为虚,化景物为情思,从首至尾,自然如行云流水,此其难也。否则偏于枯瘠,流于轻俗,而不足采矣。姑举其所选一二云:"岭猿同旦暮,江柳共风烟。"又:"猿声知后夜,花发见流年。"若猿,若柳,若花,若旦暮,若风烟,若夜,若年,皆景物也,化而虚之者一字耳,此所以次于四实也。②

范晞文是在具体阐说周伯弼的"以实为虚"——化景物为情思的观点。在上面四句例诗中可见,岭猿、旦暮、江柳、风烟、猿声、后夜、花发、流年都是景语,"化而虚之者一字耳",这"一字"即四句诗中的"同""共""知""见",这几个字的运用使得客观的景物内容带上了主体的情思与意趣,此即"化实为

---

① 这里论"虚象""实象"参考和吸纳了胡立新等《虚实范畴在传统文艺学中的表义系统辨析》(载《中南民族大学学报》2003年第5期。)一文,特此说明。

② 张少康:《中国历代文论精品》,时代文艺出版社1995年版,第463页。

虚"。可见，他们讲的"化实为虚"是要求不能纯客观写景，应从客观的人事景物中传达出主体的某种心理蕴含与情感意绪来。

清人李涂在《文章精义》中说："庄子文章善用虚，以其虚而虚天下之实"，"太史公文字善用实，以其实而实天下之虚。"其意是说，庄子文章善于以意理（虚）来概括天下实事（实），司马迁文章则善于以叙述客观事实（实）来寄托某种意理（虚）。可见李涂也是从情景义项上使用"虚实"的。

清代文论家刘熙载亦从情景义项上使用"虚实"概念："文章家知尚见解、尚议论，而不以虚见解、虚议论为戒。则虽实多虚少，且以害事，况实少虚多乎？"（《艺概》）其意是说，文章既要有见解、有议论，又不能空发议论空说见解。"实多"是说客观事实太多，"虚少"是说见解道理不明，缺乏真知灼见。此处的"实"即事实，"虚"即意理，虚实关系即情景关系，更确切具体地说是指理事关系。正确处理这种虚实关系就要做到客观事实与主体见解互为表里、相得益彰，即牵涉到对"实象"的把握。

从情景义项上讲虚实，具体化到诗文创作和绘画中去，就涉及实字与虚字、实笔与虚笔等的关系处理问题，兹不展开。总之，古人从文艺作品内容的主、客观两方面出发，即从创作表现的情、景两方面关系处理中讨论"虚实"问题，认为文艺作品应在虚象与实象结合中创造出情景交融的艺术意境，营造出虚实相生的艺术氛围。强调在主客体的相互融汇中表现出物我浑然、天人合一的艺术至境，标志着中国传统艺术在抒情样式上已全面形成自身的民族特色，同时我们也从中看到了古代艺术"虚实"论与"情景"论——或"虚象"与"实象"在含义指向上的交叉、互渗性特征。

2. "虚象"

已如上论，"虚象"侧重指主体的思想情感、情志意念等不可见的、能引发读者审美愉悦的部分。它与"实象"的结合从而形成"虚实"范畴，可造成一种含蓄蕴藉、余味无穷的朦胧美。或者借用文字及语义修辞，产生言外之意、弦外之音；或者故意留白，于虚实相间的意境中传达某种情感，创造一种饱含韵味的情思，这种含蓄朦胧在于不直接道出，半抱琵琶，耐人寻味。文学作品在构筑"实象"时常故意留下许多空白点，让读者自己调动个人的经验、感受去进行联想和补充，来再现诗歌的艺术形象，从而达到某种审美超越。如贾岛

《寻隐者不遇》便是典型的一例：

> 松下问童子，言师采药去。
>
> 只在此山中，云深不知处。

这种否定之答便是诗人故意留下的"空白"。全诗仅 20 字，时间、地点、事件、访者、童子等均为具体描写，是实象；而隐者与童子的一问一答中，我们不难想象出隐者轻舒、飘逸的形象，静穆自守而又有一种意任自在的气度，这些是潜藏于文本中的"虚象"。诗歌朦胧、含蓄的意境正体现在诗人所设置留下的连童子都不知师傅去处的"空白"未知之中。

这种"空白"便是诗人精心营造的"虚象"，在诗文中不单纯是提炼、概括的结果，与那些以少总多、以局部代整体的诗文不同，作家的留白设虚意识更强。通常这种诗文容易造成一种意在言外、余味无穷的美学效果。文学语言历来贵在含蓄，不宜什么都直说出来一语道尽——不仅不可能，也没有必要。但正是这种不直接说出的"虚"（无）、"空白"，往往比直接说出的"实"（有）更意味深长，耐人咀嚼。如唐人朱庆余的《宫词》：

> 寂寂花时闭院门，美人相并立琼轩。
>
> 含情欲说宫中事，鹦鹉前头不敢言。

这是古代无数宫怨诗中杰出的一首，它描绘了深宫幽居的美人噤若寒蝉、敢怨不敢言的情态，却没有写出她们欲言又止的"宫中事"究竟是什么，这一留白、虚象恰恰是此诗意蕴营造之处，也充分显示出了诗人高超的创作能力。至于"宫中事"的具体内容，便是不宜直接诉诸言辞的"虚无"了。也正因为如此，不同读者便可以在虚象造成的"空白"中各自引起丰富的联想：人物"含情欲说"的或许是自己失宠的哀愁？或许是宫中争幸邀宠、互相倾轧的丑闻？或许是封建帝王的无耻荒淫与凶残专横？如此等等，这类诗妙在对人物不敢言的事，诗人不写出来，既符合特定情境中人物的精神状态（古代宫中妇女身心受到双重压迫），更见其哀怨之深，又传达出诗人心中对宫女生活难以言传的酸楚与同情。像这样韵味深长、引人深思的"虚无"与"空白"，自然远胜过那些直接诉诸言词的"实有"。诗文的韵味也常常产生于留白的含蓄朦胧中。这里关键在

"度"的把握，即记事抒情恰到好处，依虚生意而不点破。文学作品的美感在很大程度上来自"虚象"，然而"虚象"从来都不是孤立的、单一的，它与实象共同构成"虚实"这一辩证范畴。这里我们有选择性地剖析由实生虚的艺术手法及其魅力。

先看虚中藏实的情理美。在虚实范畴的运用中，由实出虚是我们比较常见的。然而，另一种特殊生成用法是景、象融入情、理中，作品以虚中藏实的方式来生发一种情理美，或者以情感人，或者以理动人。如陈子昂的名篇《登幽州台歌》：

> 前不见古人，后不见来者。念天地之悠悠，独怆然而涕下！

乍看起来，此诗作为"情语"，与其他唐诗别具一格的是它抒发了诗人一腔的感慨而已。其实，诗人的兴叹是有所指的，当时，他在幽州台旧军中任职，遭到排斥和打击，颇不得志。登上幽州台诗人就很自然地想到了战国时代燕昭王建筑黄金台招揽人才的景象。读者可感觉到诗人自己的形象，他登上幽州台，极目辽阔而苍茫的宇宙，思索延绵不绝的历史长河，怀着大干一番事业的雄心，却又无法拓展自己的才干和抱负，于是忧心如焚，怆然泪下。这些景象，字面上并不存在，诗人这种志向情怀升腾于心，那么怎样把它抒发出来并让读者感受得到呢？这便是艺术的难题了。此处诗人巧妙地虚中藏实，这种写法也叫作虚中有实，景藏情中，常常能够传达出一种动人的情理来。

至于整篇只作"情语"的诗文除刘邦《大风歌》等外，尚不多见。大胆热烈表达爱情的韦庄《思帝乡》亦是如此，没有遮拦，是故清代贺裳在《皱水轩词筌》评论此诗时说："诗以含蓄为体，然亦有作决绝语而妙者，如韦庄'陌上谁家年少足风流？妾拟将身嫁与一生休。纵被无情弃，不能羞'之类是也。"[1]然而多数文论家对这类无所依托、直抒怀抱的诗作，大多持否定态度，认为诗歌若"一向言志，则不清无味"，[2]如苏轼《颖洲初别事由》写道：

> 近别不改容，远别涕沾胸。咫尺不相见，实与千里同。人生无离

---

[1] 引自日僧遍照金刚《文境秘府论》。

[2] 引自日僧遍照金刚《文境秘府论》。

> 别，谁知恩爱重。

此诗用的是议论，虽抒发了对弟弟的感情但因缺少景物作媒介来反映，则情感抒发显得抽象直露、空乏而无诗味，不及虚实相生给人不尽想象和回味余地的唐诗。故严羽《沧浪诗话》指出，作诗忌讳议论，其"妙悟"说正是针对当时文坛上的江西诗风提出的。又如朱熹这首家喻户晓的《观书有感》：

> 半亩方塘一鉴开，天光云影共徘徊。
> 问渠那得清如许？为有源头活水来！

此诗初看起来似乎在写实，其实是在表达一种哲理。朱熹把哲理巧妙而形象地寄托在带有实在物象的比喻之中。可见任何妙诗都必须借助景物形象来抒情言理，否则，抽象言理则近似宗教而脱离了文学的轨道，显得干瘪而拒人于千里之外。此外，苏轼《题西林壁》及叶绍翁《游园不值》等均属此类。一些鲜明的抒情或深刻言理的名句如"海内存知己，天涯若比邻"，"问君能有几多愁，恰似一江春水向东流"，"夕阳无限好，只是近黄昏"等等，莫不如此。这种写法叫作虚中有实，景藏情中。综观中国古代专作情语或以说理成趣见长的诗文，实则也虚中见实，纯粹的抒情言理易于枯燥，也丧失了余味。因此，古人也常常化实为景，以此来营造意境，即哲理意趣之"虚"也还是蕴于鲜明形象之"实"中的。

当然，虚实之美远不止这些，其独特的魅力是多元的，需要不断地探索和总结。这种高超的艺术表现手法吸引了一代代文学理论家面对文学发出由衷的感慨，并竭力登堂入室，以窥文学之奥妙，就虚实进行种种理论的总结和升华。时至今日，虚实相生这一古人的艺术智慧结晶仍为后世作品所承传，并在大众的文艺欣赏中散发出奇光异彩。

再看虚实还可造成咀嚼中回味无穷的想象美。这种想象既可源于语义的多样性，即突破单一的能指而感受到更多的所指，或者在接受效果上，读者充分调动想象力，进行见仁见智的再创造，去填补虚空留白给人的想象空间。

诗文创作、欣赏，讲究以有带无，化实为虚。若借用西方当代的哲学术语来讲，"虚"的"无"的，乃是"不在场"的、"隐蔽"的东西；"实"的"有"的，乃是"在场"的、"显现"之物。而通常"不在场"者总是无穷无尽的，

"在场"的却是有限的。"诗性语言的存在论根源在于主客融合，重视不在场者，一心要把隐藏的东西显现出来。所以，诗性的语言的特性就是超越在场的东西，而通达于不在场的东西"。①

因此，文艺总是从"无限"出发观照"有限"，再以"有限"之物言说"无限"，显现"无限"，以具体可感的艺术形象传达难以言传、无法穷尽的各种复杂、微妙的审美体验，这就是通常的化实为虚手法的运用。它在诗文中通常体现为如下两种情况：

一是通过对某一事物典型局部特征的描写，引导读者产生联想，由局部推及整体，从而产生言外之意。如刘禹锡的《石头城》："山围故国周遭在，潮打空城寂寞回。淮水东边旧时月，夜深还过女墙来。"作者兴废之感、凭吊之意均未直说，而是隐约于山、水、夜、月等典型景象的描绘之中。沈德潜说："只写山水明月，而六代繁华，俱归乌有，令人于言外思之。"②其评论颇能抓住此诗的特色。又如张继《枫桥夜泊》："月落乌啼霜满天，江枫渔火对愁眠。姑苏城外寒山寺，夜半钟声到客船。"沈德潜评："尘志喧阗之处，只闻钟声，荒凉寥寂可知。"③即以点带面，以少总多，而艺术意蕴尽出。在小说《三国演义》中，关羽温酒斩华雄，一虚一实，给人留下了广阔的想象空间，一个活脱脱的武艺高强、大智大勇的英雄形象便跃然纸上。而《红楼梦》中，作家除对林黛玉的肖像作正面描写之外，还借王熙凤的口夸奖林黛玉："天下真有这样标致的人物，我今儿才算见了！"令人去想象林黛玉的容貌美。脂砚斋评曰："真有这样标致的人物，出自凤口，黛玉风姿可知。"文论家道出了这种虚实常常"言有尽而意无穷"。通过虚实相生造成一种可供想象回味的艺术空间，意蕴尽出，耐人寻味。

二是以少总多的方式则是一中蕴十、以一当十的典型化方法。即是说诗人不可能把面前浩瀚复杂的生活现象，事事入文，景景成章，而必须善于在诸多现象中进行筛选、摄取、提炼和加工，把其中有价值的当作典型，把意义相对较大的加以典型化，这样才可以通过个别反映出一般来。由于这种典型具有广泛深刻的概括性，故可使读者通过鲜明的个别去加以想象、填充和再创造。

① 张世英：《进入澄明之境——哲学的新方向》，商务印书馆1999年版，第224页。
② 沈德潜：《唐诗别裁集》，上海古籍出版社1979年版，第669—670页。
③ 沈德潜：《唐诗别裁集》，上海古籍出版社1979年版，第662页。

3. "兴象"

殷璠《河岳英灵集》中有三处提及"兴象": 在序言中谓"理则不足, 言常有余, 都无兴象, 但贵轻艳"; 论陶翰诗则曰: "既多兴象, 复备风骨"; 论孟浩然诗又云: "无论兴象, 兼复故实。"作为殷璠所创造的一个文论新术语, "兴象"所指并未得到明确解说。

先来看"兴"与"象"各自的所指, 再来看其组合含义。"兴"本具有激发人感性力量与审美价值等意蕴, 是主体在自然外物的感召与触发下, 激发起浓厚的审美情趣和强烈的创造愿望, 不经冥思苦想而直接以活泼的物象来入诗; 而"象"便是这一过程中直接赐予主体灵感和悟性的外界物象。因兴生象, 自然能启发人们丰富的想象。虽然这一子范畴同时跨越主体创作和作品结构两个层面, 然而主体依神来、情来、气来而起"兴"、而兴感, 直接对作品中物象的鲜明性与模糊感具有决定意义。为方便起见, 这里置于主体层面来重点论述。

叶朗在《中国美学史大纲》中解释说: "所谓'兴象', 就是按照'兴'这种方式产生和结构的意象。"[①] 王运熙在《中国古代文论管窥》中认为:

> 所谓"象"即作品中描绘的具体形象。所谓"兴", 是诗人由外界事物的触发而产生的感受, 殷璠所指多数是对自然景物的感受。古人常用"兴"表示自然景物引起的感触、兴致, 有时也包括因此而产生的创作冲动。[②]

无论是起"兴"的方式, 还是引起的"感触""兴致"和创作"冲动", 都是针对创作主体而言的。

从"兴象"的构"象"方式来看, "兴象"乃触物起兴, 一般是"物"在先而"兴"在后, 由物及心, 因物起兴、由象生意, 从"兴"的本义和过程来看, 它是人们在观照自然中产生愉悦的精神感受, 直接潜入审美对象的生命内核, 把握对象的深层意蕴, 从而获得审美情趣。而这一过程中创作主体处于兴奋与活跃的状态。因此, "兴象"就是诗人将审美感兴中捕捉"心"与"物"适然相

---

① 叶朗:《中国美学史大纲》, 上海人民出版社 1985 年版, 第 263 页。

② 王运熙:《中国古代文论管窥》(增补本), 上海古籍出版社 2006 年版, 第 176 页。

遇产生瞬间的直觉感受，同时将把握的物象直接转化为文学中的审美意象。可见，"兴象"与"意象"的生成方式不同，"意象"一般采用"比"的构象方式，意在先，象在后，即由心及物，由意寻象。诗人先有主观情感冲动或理性认识，然后寻求相应的客观物象，来表现主观情志。[①]而"兴象"则是构象中实现心与物的遇合，尤其强调情景交融，这样产生的作品之"象"具有含蓄不见、意味无穷的审美效果。

4. "气象"

"气"与"象"同为中国古代文论重要的元范畴，二者在唐宋时期不断渗透，逐渐实现了融合，并在不同艺术领域中广泛普及开来。"气象"连用的本义是指大自然的景色和现象，它与自然物候、山川形貌息息相关。如谢道蕴《登山》谓："气象尔何物，遂令我屡迁。"高适《信安王幕府诗》曰："四郊增气象，万里绝风烟。"范仲淹《岳阳楼记》则谓："朝晖夕阴，气象万千。"……凡此种种，不胜枚举。在宋代很多画论著作中也以"气象"指称四时及景色，如李成《山水诀》曰："气象：春山明媚，夏木繁阴，秋林摇落萧疏，冬树槎枒妥帖。"韩拙《山水纯全集》亦云："山有四时之色，春山艳冶而如笑，夏山苍翠而如滴，秋山明净而如洗，东山惨淡而如睡，四时之气象也。"可见，以四季气候、景色来理解"气象"在北宋具有相当的普遍性。

汉语词汇总是在不断发展中被赋予丰富的比喻义和引申义。"气象"的使用日趋扩大到人物、社会、地域、时代的特质和风格方面，诸如"帝王气象""盛唐气象"云云，莫不如此，它被用来指人物、时代或文化的某种整体风貌与精神特质。如唐朝就常以"气象"论诗。杜甫有"赋诗分气象，佳句莫频频"（《秋日寄题郑监湖上亭》）、"彩笔昔曾干气象，白头吟望苦低垂"（《秋兴八首》之八）的诗句，这是对当时诗风的一种自觉，是诗人创作渐趋成熟的标志。诗僧皎然也是从作品全局着眼论气象，其《诗式》曰"诗有四深"，首要就是"气象氤氲，由深入体势"。究竟何谓"氤氲"？从先秦以来思想家们所用来看，它

---

① 李鹏飞：《中国古代诗学兴象论研究》，广西师大2007年硕士论文，第25页。另外，王振复主编的《中国美学范畴史》（第一卷）（山西教育出版社2006年版）中，也就"兴象"和"意象"的不同进行了区分，该书第三卷第81页就"兴象"与"气象"进行了区分，读者可参看。

是用来形容大自然气象峥嵘的宏伟壮阔景象。皎然以之来形容上乘的诗作气象，而这在唐宋时期绝非一家，具有很强的普遍性。如韩愈以 "气象" 论盛唐时代精神在文艺审美上的折射与流露，其《荐士》曰："逶迤晋宋间，气象日凋耗。"可见，韩愈推崇的是一种真力弥漫、伟岸雄奇的 "气象"，与建安时代的 "风骨" 类似。从这个角度来看，这里是说晋宋之际的诗文日益缺少建安时代的博大胸怀和昂扬意志。① 据北宋周紫芝的《竹坡诗话》记载苏东坡对其侄所云："大凡为文，当使气象峥嵘，五色绚烂，渐老渐熟，乃造平淡。"气象成为当时诗人、批评家极力推崇的一种艺术风范。叶梦得在《石林诗话》中则曰："七言难于气象雄浑。句少有力而纤徐不失言外之意。"接下来他比较了杜甫、韩愈和刘禹锡三人的诗作，从其评语来看其论 "气象" 崇尚雄浑、峥嵘，这与琐细乏力、平庸无奇的艺术表现相对立。虽然至北宋，批评家论 "气象" 更为注重 "气" 的审美，偏重于司空图所述的雄浑与豪放，"在美学意蕴上则融合了天地自然生化之气与主体精神雄迈之气，呈现出阔大、疏朗、寥廓的精神气质"，② 并且逐渐替代了唐代的 "兴象" 论，而成为文艺美学中的一个重要批评概念。

"气象" 范畴体现出很强的辩证性。"气" 与 "象" 的结合实际上就是虚与实的反映，《礼记·乐记》记载："逆气成象，而淫乐兴焉……顺气成象，而和乐兴焉。"率先将 "气" "象" 连用，并道出 "气" 与 "象" 之关系，这与此前 "气化万物" 的哲学观是一致的。北宋张载则进一步指出："凡可状，皆有也。凡有，皆象也。凡象，皆气也。"（《正蒙·乾称》）不仅道出因气成象、见象知气，而且指出 "气" 虚 "象" 实，体现出这一子范畴的辩证性。组合来看，"气象" 既有形象鲜明、具体可感的一面（象成），也有模糊浑成、意蕴无穷的一面（气生）。

不但实象具有辩证性，皎然还指出 "诗境" 虚实相生的特征，其《诗议》曰：

> 夫境象非一，虚实难明。有可睹而不可取，景也；可闻而不可见，风也。虽系乎我形，而妙用无体，心也；义贯众象，而无定质，色也。凡此等，可以偶虚，亦可以偶实。

---

① 王振复主编:《中国美学范畴史》(第三卷)，山西教育出版社 2006 年版，第 79 页。

② 王振复主编:《中国美学范畴史》(第三卷)，山西教育出版社 2006 年版，第 81 页。

这段文字是皎然对诗境虚实结合特征的深刻体会。景、风、色等自然事物和人的心性，既实又虚，有形又无体，皆处于变动不定中，其用之于诗境创造，既可以"实"的方式摹其"形"，亦可按"虚"的方式传其"神"；既可按"实"的方式显其"有"，亦可按"虚"的方式藏其"无"；既可实写其"静"，亦可"虚"显其"动"，这样就会产生虚实结合的意境之美。

可见，"气象"在唐宋时期渗透进各门文艺领域中，并逐渐弥漫到人物、时代、民族等不同层面中，从其使用的多元化来看，"气象"的泛化已是必然。然而就诗歌作品而言，它指具有昂扬精神、雄迈之气的一种诗风，是对具有极高境界的诗歌风格的概括。

5. "形象"

在中国当前文艺界，"象"的另一个核心子范畴"形象"被泛化到文艺界的每个角落，尤其是在以叙事文学见长的现当代文学领域，"形象"更是远远超过传统对诗歌"意象"术语的使用[①]，可谓无处不在。这是"象"成熟和富有生命力的一个重要表现。

那么究竟何谓"形象"（image）？它是否只是一个从西方文论中搬用、引进过来的概念？其实"形象"一词在中国传统文论中源远流长。考察其最初来源，当出自《易经》。在《系辞上》中开篇即谓：

> 在天成象，在地成形，变化见矣。

这是现有史料中首次将"形""象"对举而论。韩康伯注曰："象，况日月星辰，形，况山川草木也。"明确道出了"形""象"各自的所指。相比而言，"象"侧重指天地远处人所难以把握的宏大自然物象，或者通过眼睛这个感受器所能呈

---

① 重庆师范大学赵新林教授指出：从明清时代开始，作为一个完整的文学批评理论术语，"形象"的含义逐渐在中国古代文学及文论发展当中明确起来。尽管在具体的使用上时常出现概念的界说和使用不清的现象，但它最基本的含义是十分清楚的，是指文学作品中显现出的生动的人或事物的形貌。这是因为，"形象"偏重于"象"的实有，而中国传统诗歌批评理论则更倾向于崇尚文学的空灵或虚无，因此它始终未能在中国古代传统文学理论中成为核心概念。见赵新林《Image 与"象"——中西诗学象论探源》（四川大学 2005 年博士论文）第一章第一节第 19 页分析。

现出来的直观映像；而"形"则指周边可视可睹的实体事物之形貌、形体、形器等。虽然"日月星辰"都是客观存在的物象，但古人肉眼难以辨认确证，还不能肯定其实体性存在，只好从视觉感受的角度称其为"象"。如阮瑀说天上的星象"日月丽天，可瞻而难附"，即是如此。不管怎样，它们都是对天地万物的比拟而成的可观之"形象"，也即事物可以感知到的表象。区别在于，"形"是纯粹客观的，不以人的感受为转移；而"象"是客观形体在人的视觉感官上的反映。"形的存在与人的感受无关，而象却不能不随着人对对象的感受角度的变化而变化。"①《易传》甚至云："形而上者谓之道，形而下者谓之器。"可见，形上、形下是道、器的分界。这里已初步包含着对"象"的认识："象"处于"道""器"之间。古人对"形"与"象"的区分还是非常清楚的，不限于《易传》《礼记·乐记》，在应场《文质论》中："仰观象于玄表，俯察式于群形。"《文心雕龙·原道》则谓："日月叠璧，以垂丽天之象；山川焕绮，以铺理地之形；此盖道之文也。"莫不如此。

"形""象"之合用，最初只是指向哲学层面。从老子谓"大音希声，大象无形"来看，"大象"即"原象"，也即"道"也，"道"本无形，永恒不变。实体性的形貌是无从接近不可视见的"大道"（大象）的。这里老庄哲学实际上已经道出了有"形"之"象"与无"形"之"象"的界限，所谓"形"——事物的形体、形貌——即是事物可见之"象"。其后，"形"与"象"成为两个对举的范畴，紧密关联又有所区别。人们论"形"的问题时，总是伴随着"象"的。"当人感觉到'形'时，'象'便在心中了。'形'是'象'的感觉外在，'象'是形的心理现实。"②而其含义在先秦两汉是较为固定的。如《吕氏春秋·顺说》中出现"不设形象，与生与长"；汉代孔安国注解《尚书》时也有"使百官以所梦之形象，经营求之野外"，和"审所梦之人，刻其形象，以四方旁求之于民间"之语。这里"形象"都是指人、事、物的外部形貌。

而"形象"一词真正进入到文学艺术领域中则是在汉魏时期。在当时佛祖神像的塑造活动中，人们常常借用生活中习以为常的形象来论神像，而佛教推行像教，四处造像，"托象以传真"。而在人们热衷于佛祖艺术形象的塑造时，

---

① 李壮鹰：《中国诗学六论》，齐鲁书社 1989 年版，第 187—188 页。

② 王振复主编：《中国美学范畴史》（第一卷），山西教育出版社 2006 年版，第 290 页。该书第一卷第 291—292 页还详细论述述汉代创生"形象"一词的原因与由来，读者可参考。

"形象"大都指的是雕塑艺术的工匠塑造出来的佛教神像，即艺术家、工匠手中塑造的具体神明的"形态外貌"。正是凭借着佛学的推行与普及，"形象"才整体性地作为一个子范畴进入到文艺领域中来。不过无论是生活中还是佛教中使用"形象"，都侧重指可见事物的外部相貌。

而宣扬佛教义理、广造佛像、宣传佛道，都必须采用生动活泼、形象直观和通俗易懂的手法，使民众对佛之"神明"产生亲近感。何承天在《与宗居士书论释慧琳〈白黑论〉》中就曾谓：

> 且以形象彩饰，将谐众人耳目。

可见，"形象"在此就是以艺术手段所塑造出来的，呈现于人们视觉面前的神的塑像。然而在中国千年文论长河中，"形"与"象"长期以来独立使用，人们更多地是以象、景象、物象、意象来谈论诗歌领域里的相关概念。随着隋唐之后诗歌创作和诗歌批评理论的繁荣与发展，诸如景象、物象、意象等二级范畴（"象"的子范畴）也日趋普及开来。这些子范畴形成彼此关联的范畴群落，不断交织、演绎和渗透、弥漫，共同建构起以"象"和"气""味"为支柱的文论体系。

直到清代叶燮的《原诗》更频繁地用"形象"一词来谈论诗。他在具体论诗作时也常用"形象"一词。如点评汉魏之诗曰"如画家之荷墨于太虚中，初见形象"；点评宋诗谓"形象无余蕴"，评语中均连用"形象"一词，主要用来指作品中的"意象"。尤其是抨击当时诗歌创作的弊端曰：

> 诗之致处，妙在含蓄无垠，思致微渺，其寄托在可言不可言之间，其指归在可解不可解之会，言在此而意在彼，泯端倪而离形象，绝议论而穷思维，引人入溟漠恍惚之境，所以为至也。

已明显将具备"形象"（表象）作为诗歌的显著特征。

6."乐象"

汉代《乐记》中有《乐象》篇，其文曰："凡奸声干扰，而逆气应之；逆气成象，而淫乐兴焉。正声感人，而顺气应之；顺气成象，而和乐兴焉。"直接通过声、气之"象"来判断音乐的性质，进而"审乐以知政"。这里"象"介于"气""乐"之间，虽然较"形象"稍显抽象，但"象"的内涵和功用则大同小异，是声、气给人听觉上的折射与流露，是区分淫乐与和乐的征兆与迹象。

依次推演，则传统文论中还有"易象""书象"等等概念范畴，都是元范畴"象"在不同领域泛化使用并走向成熟的具体表现。

四、接受与品鉴：境象、象外之象

自魏晋南北朝之后，"象"渗透、泛化到了读者接受层面，在品鉴与批评中广泛使用。并涌现出"象外之象""境象""意境"等系列重要范畴。这里仅析"象外之象"这一关键子范畴。

在唐之前，尽管已有"象外"之说，但还主要在哲学和佛像层面使用，文论上还没有突破"象外"而最终形成的"境象"，这与后来把"象外"从"象"中突出出来，直接形成"象"之子范畴并作为诗歌美学特征，还有一段距离。直到唐代王昌龄、司空图等批评家深入阐发后，"象外"论才真正进入接受层面，为读者品味诗歌的含蓄意味提供依据。

前文对"象外"论受佛学的启发和影响进入文艺领域进行了详尽阐发，兹不赘述。尤其是禅宗顿悟给诗人诸多启迪，在唐宋时期逐渐形成以禅喻诗的风气。唐人作诗多追求物象的巧妙组合从而形成一种"意在言外"的艺术效果，当时大量山水诗、田园诗在殷璠"兴象"论的推动下，精心构"象"，通过"象"的搭配、暗示来加强作品的感染力。几位著名文论家则就"象"与"境"之关联做出了理论总结和提升，这直接把诗人创作的重心和读者欣赏诗歌时的注意力引向了"象外""景外"。如诗僧皎然提出"采奇于象外"（《诗式》），刘禹锡提出"境生于象外"（《董氏武陵集纪》），这导引诗人们直接在言、象之外去求"意"。至司空图，以"象外之象"为代表的"四外"说方才正式提出，批评家从理论的高度对"象"的内涵作了极大提升。

在"象外之象""景外之景"中，前一个"象""景"是实写，是作品的实体部分，是诗人呈现给读者目视的文字部分；而第二个"象""景"则是虚写，是作品的空间部分，它必须借助前者的比喻、暗示、象征和指引才得以形成、缔造，它并非静止或固定，"是活动的、空灵的、富有生命力的境界"①，需要读者调动主观能动性，发挥想象力去填充和再创造。简单来说，"象外之象"大大扩充了诗的艺术空间，也从接受层面对读者提出了相应的要求。

有学者曾将"象外之象"论总结为"超象"论。其象征性意蕴的获得有赖于读者去解码。这一子范畴直接促发了后世诗人追求象外之意、讲究诗歌要有所寄托，对严羽、梅尧臣、叶燮、刘熙载等文论家紧承其后提出相应的理论主张，产生了深远的影响。

以上依次对文论元范畴在四大层面的辐射和使用进行了一番巡视。由此可见，"象"在魏晋衍生出"意象"、在唐朝衍生出"象外""境象"等二级子范畴后，其使用不断得到泛化，后世诸如"兴象""具象""抽象""道象"等范畴术语，莫不是"象"范畴的变体。当然，"象"范畴的每一个二级子范畴往往具有很强的普适性，同时关联构思与作品（如"兴象""意象""气象"等），或创作与接受（如"象外""境象"等），并不是单一归属于某个固定层面，它们往往具有很强的跨越性。以上分论，只是出于行文的方便。总之，"象"范畴在"滚雪球"的千年发展中不断形成梯级范畴群落，并逐渐形成一个庞大的"象"家族，这不仅展示出中国文论核心元范畴强大的生命力，也显示出以"象"为代表和统帅的母范畴巨大的涵摄力。后世涌现出系列相关子范畴、相关概念、交叉命题等，都是其成熟和泛化的表现，这在下文中将详细论述。

第二节 交互渗透——"象"的跨越层面

"象"作为中国古代文论一个重要的元范畴，其成熟与泛化不仅体现在演变出许多相互交叉的二级子范畴。除了家族成员扩增并分布于以上四大层面外，

---

① 曾祖荫：《中国古代美学范畴》，华中工学院出版社1986年版，第295页。

"象"作为母范畴还同时辐射到文艺不同层面，具有很强的统摄性与跨越度，这使"象"范畴的涵盖面远远超过其余范畴。这里选取"意象""兴象""气象""境象"等若干重要范畴加以透视，观管窥豹，以见一斑。

一、跨越创作与作品层面：意象、兴象、气象

"意象"原本用来指艺术构思，后世被泛化指作品的"形象"。而"兴象"不仅指创作中因"兴"构"象"，而且也指作品情景交融的风格特征。"气象"不仅对主体的刚健气质提出了相应要求，同时也指作品或时代整体所具备的精神风貌。"象"的这三个重要子范畴都关乎创作和作品。

1. "意象"

刘勰在《文心雕龙·神思》篇中论构思过程时提出"意象"说，此后这一范畴便在中国文艺界和美学界具有无可取代的重要地位。从先秦《周易》《庄子》论言意关系起，"意象"的形成经历了漫长的发展过程，这里无意去追根溯源，只就"意象"如何跨越创作构思和作品结构两大层面，稍做剖析。

刘勰谓："独照之匠，窥意象而运斤。"（《文心雕龙·神思》）可见，"意象"孕育于构思过程中，还没有形诸笔墨，尚处于使用语言符号来传达心理这一营造阶段。刘勰以比喻形象地说明作家要根据艺术构思中形成的"意象"来动笔塑造艺象。因此，"意象"也可顾名思义地理解为"意（念）中之象"，或如章学诚所说是"人心营构之象"。正是处于脑心的孕育和酝酿阶段，尚未成为栩栩如生的文本形象，没有被客观化和对象化，刘勰便将之置于《神思》篇中。而后人无视具体语境，几乎将"意象"等同于"形象"了，我们认为这是违背初衷、有欠妥当的。

外界"物象"一旦变成"表象"进入作家脑海中以后，主体便自觉而充分地调动意念，并根据表情达意的需要来进行艺术构思，这时"表象"便成被意念所调遣、浸染，深深打上了主体的情感印迹，绝不是单纯而机械地再现"映像"。如果把"意象"置于《神思》全篇，从刘勰论构思过程和功能来看，则此

子范畴中的"意"绝不单纯指情感，同时也包含一定的"理"，是情与理交融的统一体。刘勰曾明确地说：

> 吟咏之间，吐纳珠玉之声；眉睫之前，卷舒风云之色。(《文心雕龙·神思》)

此皆"思理之致"。并且他进一步概括曰："故思理为妙，神与物游。"可见，在构思中，始终"神居胸臆，而志气统其关键"，"意"便成为取象、构象的枢纽与统帅，这尤其强调构思中主体的关键作用，以及应具备的相关素养。比如，"意象"中不仅饱含"理"，同时也深含"情"（"登山则情满于山，观海则意溢于海"），而"意象"中的"象"也不是纯粹的客观物象，而是经作家情思浸染后的"象"，其间主体必须对物象进行选择、概括和提炼。故从刘勰论"意象"来看，这一范畴便是主观与客观的交融，是情与景的融合，是情与理的汇通。学界曾从心物交互作用、想象激发、情感参与以及拟容取心等四个方面，分析过"意象"范畴的形成过程，也剖析过"意象"主体性的多元表现[①]，读者可参看。这些都可看出"意象"如何在构思的"黑箱"中潜在地运作，都是从主体层面论及的，兹不赘述和展开。

此后众多批评家也都以"意象"来论构思。如司空图曰："意象欲出，造化乃奇。"[②]王昌龄则云："久用精思，未契意象。"[③]何景明说："夫意象应曰合，意象离曰乖。"[④]李维桢云："意象风神，立于眼前，而浮于言外，是宁尽法乎？"[⑤]……"意象"在文论中的运用开始普及起来。

从最初含义来看，"意象"处于创作构思时主体之"心"与外界之物交融的阶段，反映出诗人取材构思时某种复杂而微妙的心理状态。然而一旦构思完成，主体借助艺术符号（艺象）把"意象"（心象）传达出来后，"意象"就成为作品的"形象"或可供欣赏的"艺象"。其生成过程恰似郑板桥《题

---

① 朱恩彬、周波主编：《中国古代文艺心理学》，山东文艺出版社1997年版，第286—291页；第303—310页。

② 司空图：《诗品·缜密》。

③ 王昌龄：《诗格》。

④ 何景明：《与李空同论诗书》。

⑤ 李维桢：《大泌山房集》十九《来使君诗序》。

画·竹》中所描述的，从"眼中之竹"到"胸中之竹"再到"手中之竹"的过程，也就是从"物象"到"心象"再到"艺象"的过程。构思时主体移情渗透于"象"，实现心物交融，这"形象"便具有相应的品鉴美感，它要求读者接受时，必须通过形象去感受作家所要传达的"意"，领悟其中特定的情感与哲思，因为"意象"的形成是主体寄"意"于"象"中的过程，"象"不过是达意的载体，所谓言以尽象，得意忘象，"立象以尽意"是也。否则读者不能寻象会意，而作品的"美感"也必然大打折扣，得不到应有的激发与领略。由于"意象"为"人心之营构"，展示出主体的创造性与审美观，其组合方式多种多样，这就使"意象"含蓄不尽，比"形象"更具多义性，在接受中才能带给读者丰富的艺术享受。

诗人所写的是主观感受中的"象"，是"意中之象"，故"意象"范畴首先当归属构思层面。然而此范畴在使用中其内涵和外延相应地发生了变化，后世诗人和批评家也将之归入作品层面用来指"艺象"，近似于作品可视可睹的"形象"（显然它们是有差异和区别的，如上分析）。如明代胡应麟谓："古诗之妙，专求意象。"① 清朝方东树评价孟郊诗曰："意象孤峻"②，王廷相曰："诗贵意象莹透，不喜事实粘着。"③ 近代康有为则谓："《始兴王碑》，意象雄强，其源亦出卫氏。"④ 很显然，他们所论之"意象"是"心象"客观化和对象化后的艺术形态（即为符号化的"艺象"），这已超过了构思的范围，可视作"意象"的进一步引申和发挥，也可作为"象"之子范畴具有超强辐射性和涵盖力的见证。

2. "兴象"

上文"文本"层面对"兴象"的内涵进行了详细阐发。针对怎样创造出具有"兴象"之美的诗歌，唐代文论家殷璠提出了三条途径：情来、气来、神来。这同样可以看出"兴象"这一子范畴是兼容了主体和文本二大层面的，它融通了创作和作品两个领域。

---

① 胡应麟：《诗薮》内篇卷一。
② 方东树：《昭昧詹言》。
③ 王廷相：《与郭价夫学士论诗书》。
④ 康有为：《广艺舟双楫》。

就主体营造而言，殷璠认为诗歌不仅应当有"风骨"，而且应当具有"神来，气来，情来"之妙。"神来"，是指以神似为主，形神兼备；"气来"，是指具有生机盎然的特点；"情来"，是指作品中有充沛的强烈的感情，能够感染读者。并且构思要新颖、奇特、巧妙，具有自然的声律之美。他评高适、岑参之诗莫不如此。从作品结构来看，"兴象"似乎要将物象的生动性、鲜明性恰与意蕴的抽象性、模糊性互相融合，从而形成一种情景交融的境界，它是一种内在的情感与外在的景物融合化一、圆融无碍的美学意象及其所具有的风格特征，它重在情感之抒发与意象之创造。这已具备后来"意境"论的萌芽。因此，就作品而言，"兴象"反映了唐代诗歌创作在创造审美意象（具备自然精妙之特征）方面的艺术追求和评价尺度。

盛唐诗注重"兴象"创造的特点，后人紧随其后，也多有论述，都推崇作品中"象"的自然性。如清代翁方纲《石洲诗话》谓："盖唐人之诗，但取兴象超妙。"又曰："盛唐诸公之妙，自在气体醇厚，兴象超远。"都不仅看重作品中物象应具有的特征，而且也看重主体依"兴"取"象"，这是"象"范畴发展至唐代，随着文艺创作的繁荣、艺术实践的深入和理论术语的提升，而日趋走向成熟和泛化的重要表现。

3. "气象"

盛唐诗歌风貌可用"笔力雄壮，气象浑厚"八个字概括，给人以充实饱满、旺盛有力之感，元气内充，真力弥漫，使作品精彩动人，具有整体的生命意义而难以句摘。宋代严羽论诗便极力崇尚风骨之美，常以气象论诗。作为诗歌艺术气概和整体风貌的概括，"气"与"象"原本是两个独立的元范畴，它们在发展过程中相互影响和渗透，进而组合成"气象"这一子范畴。"气"是充斥人体内作为生命本原的精气，是基于人内在生命活力或基于主体志气之上的风致和韵度。曹丕在《典论·论文》中率先提出"文气"说，并以之作为区分不同文章风貌的基本尺度。而关于"气象"与"象"之关联，清代刘熙载曾指出：

山之精神写不出，以烟霞写之；春之精神写不出，以草树写之。

故诗无气象，则精神亦无所寓矣。[①]

显然，批评家将观物取象、以具象代表来写景物之"精神"作为具备"气象"之美的途径。在他看来，气象是精神的载体，脱离烟霞、草树等典型具象，若诗无气象，便无从传达出主体的内在思想感情。因此"以气象写精神的过程，也就是以上创造寓主观于客观、化抽象为具象的过程"。[②]

"气象"能够连用成词，离不开古人对"气"与"象"关系的深刻认识。如《礼记·乐记》就曾记载："逆气成象，而淫乐兴焉。……顺气成象，而和乐兴焉。"后来北宋张载则进一步指出："凡可状，皆有也。凡有，皆象也。凡象，皆气也。"（《正蒙·乾称》）提出"然则象若非气，指何为象？"（《正蒙·神化》）可见，"象"因"气"生，主体之"气"——无论是生理的血气、气质还是心理的志气、精神世界——都会通过某种"象"体现出来，具体反映到文艺上，则尤其重视诗人主体如何抒发感情、创造意象，因气成文，则尤其强调空灵、飞动的感兴、情思之美，而这些都对诗人主体的创作个性、气质才华、情感思想等提出了很高的要求，都在创作层面对构象之主体做出了相应规定。

魏晋玄学家虽不视"气"为生命本体，但他们多以"气"为连接生命主体与抽象精神的中介概念，从而只在"气"与其哲学本体论中的元概念蕴意一致时，才赋予"气"以本体意味。王弼提出了精气氤氲万物，使物、性、体、用如一。他提出万物、人事皆因"气"的聚合而完成情的交感与物的呈现：

　　任自然之气，致至柔之和，能若婴儿之无所欲乎？则物全而性得矣。
　　气无所不入，水无所不出于经。
　　故万物之生，吾知其主；虽有万形，冲气一焉。

精气氤氲（交感而生）使一切存在物趋向无为静朴的境界，这一境界因系本体所设定，故其目的与存在相统一，具备了观念超越的哲学品格；同时，"气"的

---

①　刘熙载：《艺概》，上海古籍出版社 1978 年版，第 82 页。

②　冯冠军：《中国古代诗论中的"象"》，新疆大学 2001 年硕士论文，第 35 页。

本体自在地涵容了主体化的情、性成分，也使得人本情性得以宣张，使王弼的玄学成为人文色彩很浓的哲学美学。这也很明显地表明主体之气对"性""情"的赋予及在文艺作品中打下的深深的烙印。

"气"作为生命之气，在魏晋唐宋时期普遍使用。它包括后天因素而形成的个性、气质、才华、思想、感情等生命精神世界，如"志气""意气""才气""气力"等大量见于文论著作中。单就《文心雕龙》而言，以"气"论文，就不胜枚举。典型如：

妙极生知，睿哲惟宰。精理为文，秀气成采。（《征圣》）

慷慨以任气，磊落以使才。（《明诗》）

匹夫庶妇，讴吟土风，诗官采言，乐盲被律，志感丝篁，气变金石。（《乐府》）

至于魏之三祖，气爽才丽，宰割辞调，音靡节平。（《乐府》）

宋玉含才，颇亦负俗，始造《对问》，以申其志；放怀寥廓，气实使之。（《杂文》）

周振甫先生注："放怀寥廓：即以凤凰翱翔自比。气实使文，气势在驾驭文辞。使之，唐写本之作文。"[1] 笔者以为此处应为主体之气。又如：

然才有庸俊，气有刚柔，学有浅深，习有雅郑。（《体性》）

志气盘桓，各含殊采。（《书记》）

故思理为妙，神与物游，神居胸臆，而志气统其关键。（《神思》）

---

① 周振甫：《文心雕龙注释》，人民文学出版社1981年版，第149页。

> 方其搦翰，气倍辞前；暨乎篇成，半折心始。(《神思》)

> 岂非自然之恒资，才气之大略哉！(《体性》)

这些都是从主体气质个性、才华情感角度出发，来论诗人如何创作出不同风貌的作品。

就文艺而言，正是因"气"成"象"，则"象"为"兴象"，描绘成具体形象和意象，作品自然呈现出雄浑、峥嵘的整体风貌，这种作品属超拔豪迈的凌云健笔，有感荡心灵且耐人寻味的艺术力量，读者接受起来自然以之作为佳作的评价标准。如：

> 秦汉已前，其气浑然。迨乎司马迁、相如、董生、扬雄、刘向之徒，犹所谓杰然者也。至后汉、曹魏，气象萎靡。(《〈昌黎先生集〉序》)

其以"气象"区分不同朝代的文风，显然关乎文章的神气与风貌。而宋代严羽则直接把"气象"当作对作品创作风貌的辨识标准。他将"气象"列为诗之五法之一，其《沧浪诗话》云："诗之法有五，曰体制、曰气象、曰格力、曰兴趣、曰音节。"在该著中他数次论及"气象"，明确将其看作时代特征和诗歌个性特征的融合，并以此作为区分不同时代、不同作家风格的标准。

而从文学接受来看，"气象"论要求诗歌形象完整，给人浑成之美。宋人论诗强调"气象欲其浑成"，不仅注重篇法，否定局部字句上的雕刻而忽视全诗整体意境的构成。严羽更是以浑然天成的汉魏古诗为楷模。其《沧浪诗话》曰：

> 汉魏古诗，气象混沌，难以句摘。晋以还方有佳句，如渊明"采菊东篱下，悠然见南山"，谢灵运"池塘生春草"之类，谢所有不及陶，康乐之诗精工，渊明之诗质而自然耳。建安之作全在气象，不可寻枝摘叶。灵运之诗，已是彻首尾成对句矣，是以不及建安也。

这里以"气象混沌"评定汉魏古诗与建安诗歌，是对那种浑然一体、具有整体之美的诗风的欣赏与推崇。其对谢灵运诗删削意见的看法，也是以"意象"是否游离、文章气脉是否贯通、全诗是否浑然一体为原则的。自宋代严羽之后批评界以"气象"论诗比比皆是。如元代陈绎曾《诗谱》谓："古乐府浑然有大篇气象，六朝诸人语绝气不绝。"论辞求气，亦是以汉魏古诗为楷模。明代胡应麟在《诗薮》内编卷二中则曰："盛唐气象浑成。"许学夷则说："盛唐浑然活泼，而气象风格自在。"（《诗源辨体》）都是着眼于诗歌整体美而言的。不仅如此，气象论还要求诗作情理的表现含蓄蕴藉，具有沉厚之美，而所谓"沉厚指寓情理于形象，使诗意不浅不露，耐人寻味。"[①]姜夔曾曰："气象欲其浑厚，其失也俗。"（《白石诗话》）可见，自宋以后文艺界每每论及"气象"，则要求诗歌意象博大壮观，具有宏阔之美。

　　中国古代"气象"子范畴渗透到创作和作品两大层面，反映出古人重视"气"在作品中的贯通，认识到主体内在之"气"与外在之"象"的完美结合，"气"是"象"的生命与统帅，"象"是"气"的载体与展现，二者相得益彰，共同成为中国古代论诗的重要审美标准。

二、跨越作品与接受层面："境象"与"意境"

1."境象"

　　"境象"有时又简称"境""诗境"，它是"象"范畴在唐代的重要嬗变。这一子范畴的形成与"象外之象"极为密切。最初由王昌龄将"境"作为美学范畴使用，其《诗式》多处论及之：

　　　　处身于境，视境于心。莹然掌中，然后用思，了然境象，故得
　　形似。

　　　　可谓搜求与象，心入于境，神会于物，因心而得。

这里率先把"境""象"对举或连用。并且他还把"境"分为物境、情境和意境

---

　　① 冯冠军：《中国古代诗论中的"象"》，新疆大学 2001 年硕士论文，第 38 页。

三类。后来皎然提出"取境"说，刘禹锡提出"境生于象外"，都认为"象外"生发诗"境"，诗之"境象"也就由此萌生。

当然，文艺创作由最初"取象"到后来"取境"或"以象造境"，不唯唐代批评家的理论总结，如前所论，南朝谢赫率先提出"取之象外"说，佛僧们的"象外"之谈等，也极大地促进了人们对诗歌"境象"的不懈追求。虽然"取境"说偏重于创作层面，然"境"之魅力何以领悟，诗歌的美感何以实现，这又必须依靠读者去想象和再创造。创作必须突破有限的、单一的、具体的"象"而追求一种无限的、整体的"象"（空间，即境象），这直接导引读者去感受"象外"的整个"虚空"，去领略"象"所暗示、象征出的无限意蕴。因为"境象"的营造是虚实的结合，这体现了艺术形象有限与无限的统一，艺术创造和艺术欣赏的统一。

中国古代艺术家历来都非常重视读者联想、想象在欣赏品鉴中的重要作用。这也可看作从读者接受层面论"象外""境象"。如况周颐云：

> 读词之法，取前人名句意境绝佳者，将此意境缔构于吾想望中。然后澄思渺虑，以吾身入乎其中而涵咏玩索之。吾性灵与相浃而俱化，乃真实为吾有而外物不能夺。[①]

其谓"想望""澄思"云云，即是指联想与想象，这是对接受者调动能动性去领悟诗美的强调。唯有读者寻"象"联想，展开思索，方可真正理解古人的"名句意境"。

诗僧皎然曾力举"诗境"的创造，不仅关乎创作也联系着作品接受。他认为"诗境"会超越文字表层意蕴，由"象"到"象外"，由"文"到"文外"，引发读者的不尽联想，从而产生"文外之旨"。其《诗式》中所谓"情在言外，旨冥句中"，"两重意以上，皆文外之旨"，"但见情性，不睹文字"等论述，均是对"诗境"特征的鲜明概括。这对读者品鉴诗歌有何功效呢？成功的"诗境"必然使读者在言、象、意三大层面中得象忘言、得意忘象，最终不睹文字，去品味文外之重旨与不尽之意趣。

---

① 况周颐、王国维：《蕙风词话·人间词话》，人民文学出版社 1960 年版，第 9 页。

2. "意境"

意境说是《诗经》以来中国抒情诗歌创作与欣赏的艺术审美经验长期积淀的产物，也是经过唐诗的繁荣而进一步确证的诗美规律，更是中国传统儒、释、道文化影响诗艺及诗论的理论结晶。意境揭示的是抒情诗文的审美特征，是指客体之"境"与主体之"意"交融和合所产生的一种情景妙契、虚实相生、韵味不尽的艺术境界。

意境说的思想渊源可追溯至先秦时代的文化思想。先秦礼乐文化崇尚天人以和，孔儒文化追求中和之美，老庄道家文化追求人与自然的和谐统一。此外，佛教文化对心理空间及境界的开拓，都为"意境"说的产生奠定了厚重的哲学基础，提供了丰富的文化滋养。

就唐代文化与文论的关系而论，先有初唐儒学家孔颖达将"境"范畴运用到文论中来，他在《礼记正义》中解《乐记》之"感物"说时讲：

> 物，外境也。言乐初所起，在于人心之感外境也。……心既由于外境而变……若外境痛苦，则其心哀，哀感在心，故其声必踧急而速杀也。

孔颖达反复宣讲的"外境"一语，指的即是客观的物象世界。

初唐时期的一些《诗格》，围绕诗歌的"景""情""理"之关系展开辨析，认为诗歌应该景意相兼、理景相惬，"诗不可一向把理，皆须入景语始清味"（《文镜秘府论·十七势》），"诗一向言意，则不清及无味；一向言景，亦无味。事须景与意相兼始好。凡景语入理语，皆须相惬"。对诗歌情景关系的探讨，无疑是意境论的核心内容，因为艺术意境的创构，是使客观景物作我主观情思的象征。

王昌龄在《诗格》中已将"境"作为诗歌理论的重要概念并大量运用。他提出了"诗有三境"说（如前），此"诗境"之构成分为三个层面：物境，指自然景物层面；情境，指主体情感层面；意境，指整首诗的深层意蕴层面。后人所谓意境，实则包括了此三境。并且他还将"意"与"境"二者统一起来谈诗文创作，"夫作文章，但多立意。……思若不来，即须放情却宽之，令境生。然后以境照之，思则便来，来即作文。如其境思不来，不可作也"，又说"夫置意作诗，即须凝心，目击其物，便以心击之，深穿其境”。这些观点既强调了客体之“境”在创作中的基础作用，又揭示了主体之“意”“思”在创作中的主导地位。

王昌龄的意境论还明确了诗歌创作中“象”与“境”的关系，认为先须有“境”，然后构“象”，至“意”“象”契合，才算完成。“搜求于象，心入于境，神会于物，因心而得”，“久用精思，未契意象，力疲智竭，放安神思，心偶照境，率然而生。”(《诗格》)诗境的创造，关键在意、象契合，当久思不得时，不可力求，只有当“境”成熟于胸，“象”才会生生不穷。

可以说，王昌龄“诗有三境”论开唐宋“意境”论之先河。此后，以“境”论诗者代不乏人。李白、杜甫、殷璠、白居易等都曾运用“境”范畴来谈诗文品作。刘禹锡《董氏武陵集纪》提出“境生于象外”的命题，丰富了意境说的理论内涵。他不仅阐明了“象”与“境”的关系，认为诗境是由表层之象与象外之意共同构成的整体意象，而且还从欣赏的角度揭示了诗境的特征，认为“象外”的艺术空白、不尽意蕴都是诗境的构成部分。此外，本章将要介绍的皎然“取境”、司空图“诗品”、严羽“兴趣”“妙悟”等，均构成唐宋“意境”说的丰富内涵。

“象”范畴是中国古人心灵图景的折射和流露，它生动而虚灵，在进入艺术审美领域后，“象”最终演变为由“意象”和“意境”所共同组成的范畴群落，尤其是“境界”“意境”确立后，“象”始终孕育于其间，诸如虚境、实境、情境、清境、浊境、神境、空境、化境、写境以及有我之境、无我之境等，都是“象”范畴所扩展的二级子范畴，它们交织、弥漫开来，共同成为中国古代文论大厦中的基石。

第三节 “象”衍生系列经典命题

中国文论中很多经典性命题都是在“象”范畴的基础上衍生、发展而来的。比如“观物取象”“立象以尽意”“言外之意”“情中景景中情”以及“澄怀味象"等莫不如此。这些命题广泛分布于古代文论各个层面，从而交织成为一张巨网，笼罩传统文论的发展与演进历程，它们是元范畴"象"泛化的具体表现。兹选若干典型性命题稍做分析。

一、"观物取象"

这是《易经》赐予"象"的另一个重要规定，它集中阐发了《易》"象"的来源、产生及"观物"的方式。圣人根据对自然现象和生活现象的观察，创造出卦象，它不仅是对外物的模拟和再现，而更注重于概括性地表现宇宙万物深奥微妙的道理（天地之道，万物之情），善于从具体、个别、一般中提升到普遍和类属来。如革卦乃"变动意"，表现事物矛盾斗争中的特征。这个命题中的"象"为自然物象，不仅被主体直接认识和感知，而且观物的过程也是对客观物象进行提炼、概括和创造——从而最终成"象"的过程。

而"仰观俯察"的观照方式也影响了后世形成"流观"的审美观照方式。因为"观物取象的过程是一个圆融会通的过程，不是直上直下，定点透视，而是游走的，即远即近、即高即深、往而复返、尽收眼底的可融通的审视方式。这是中华文明观照宇宙的独特方式，更是中华文化的特质"。[1]在不同角度的观照中，内心精神与客观世界游心交融，心物与形神不二。也即主体之"观"始终不离"象"。并且在观象相合的过程中，同时主体与观照对象是融一的、内在的和相通的。"在与整个宇宙契合交感之中，诗人的内在精神处于一种和谐畅适的状态，获得自然自足的存在。"[2]这正如宗白华先生所论中国绘画表现的最深心灵是"深沉静默地与这无限的自然，无限的太空浑然融化，体合为一"。[3]而这都是对此古老命题的运用，或者是受其深远影响而凝定的美学观。

这一命题最初是从巫术意义上来解释世界，是用来阐发"卦象"的产

---

① 王振复主编：《中国美学范畴史》（第一卷），山西教育出版社 2006 年版，第 187 页。

② 王振复主编：《中国美学范畴史》（第一卷），山西教育出版社 2006 年版，第 187 页。

③ 宗白华：《美学散步》，上海人民出版社 1981 年版，第 111 页。

生，在魏晋之前也不过是应用于哲学层面。然而它自身和审美意象的产生有异曲同工之妙。因为审美意象的产生也是来自自然之象，经过主体有选择地"观""取"后，进行加工、提炼和改造，于心中产生"心象"（物我交融）后凝结为艺术意象。这个命题解释易象来源的整个思路和过程，都和审美意象的产生极为近似。孔颖达据此在《周易正义》中就言："凡易者，象也。以物象而明人事，若诗之比喻也。"比如《易·离卦》：

> 离，丽也。日月丽乎天，百谷草木丽乎土。重明以丽乎正，乃化成天下。

这便是一幅生机盎然的图景，诗意性十分显著，具有很浓郁的美学格调。类似这种卦象、卦辞还很多，虽非纯粹创作意义上的审美意象，但它显示出主体"观""取"时的情感态度，并浸染着人的想象，因此这类卦象在特征上更为接近审美意象。

这个命题被后世许多文论家和艺术家看作艺术创造的法则，如五代大画家荆浩说："画者画也，度物象而取其真。"（《笔法记》），清代思想家叶燮则谓："文章者，所有表天地万物之情状也。"（《原诗·内篇》）并且其观物取象方式也常为美学史所提及，如晋代王羲之谓：

> 仰观宇宙之大，俯察品类之盛，所以游目骋怀，足以极视听之娱，信可乐也。（《兰亭集序》）

类似这种强调以多种方式观察万物的理论，最初都可追溯到此经典命题。当代美学家宗白华先生则明确谓：

> 俯仰往还，远近取与，是中国哲人的观照法，也是诗人的观照法。而这观照法表现在我们的诗中画中，构成我们诗画中空间意识的特质。①

---

① 宗白华：《美学散步》，上海人民出版社 1981 年版，第 93 页。

显然，这都是受了此命题的启迪。可见，一"仰"一"俯"之间，主体获取的启示和信息是多元而丰富的，也最为长久，故这成为中国后世一种独特的审美观照方式。

二、"立象以尽意"

《易经》明确提出"书不尽言、言不尽意"，表示概念、推理和判断的语言，永远只是部分的和具体的，无法穷尽无限的"意"。因为"个别"无法进入"一般"。据此，《系辞传》认为"立象以尽意"，引入"象"，则可解决这个悖论，借助于形象来充分地表达圣人的意念，这样"言"所不能的，"象"便神通广大。而《系辞传·上》还对"立象以尽意"命题的特征进行了概括：

> 其称名也小，其取类也大，其旨远，其辞文，其言曲而中，其事肆而隐。

这集中表现在两点：一是以小喻大，以少总多，通过"象"来尽意，具有很强的概括性；二是"立象"后可造成"旨意深远"的艺术效果。

这直接启发了后世艺术家分析艺术形象时尤其器重以个别表现一般，以单纯表现丰富，以有限表现无限。[1] 如刘勰释"兴"则谓："观夫兴之托喻，婉而成章，称名也小，取类也大。"（《文心雕龙·比兴》）这同时也引导后世诗人在如何巧妙拟象、如何精心构象上下功夫。正是这个经典命题把"象"和"言"区分开来，同时也把"象"和"意"贯通起来，对"象"的价值和功能有清晰的认识，故后世"比兴"说、"意象"说都是由此而来的。

---

① 叶朗：《中国美学史大纲》，上海人民出版社 1985 年版，第 72 页。

三、"含不尽之意，见于言外"

欧阳修在《六一诗话》中曾引梅尧臣语曰：

状难写之景如在目前，含不尽之意见于言外。

思辨性地道出了眼前之景（实象）和言外之意（虚象）的关系。然而这个命题并非凭空生造，而经历了千年发展，它们与传统文论中言象关系一脉相承，和《周易》的"言不尽意"、庄子及王弼的"得意忘言"、钟嵘的"言有尽而意无穷"遥相呼应。重视艺术形象的言外之意可谓中国文艺美学的一贯传统。袁枚曾谓："司空表圣论诗，贵得味外味"（《随园诗话》），其所谓"味外味"即为言外之意，这是文艺创作中较高的标准。而"外意"的获得必须依靠主体在审美过程中展开想象和联想，因为文本之"象"的营造，其意蕴往往呈现为多重，如刘勰谓"隐以复意为工"，宋代范晞文曰："诗在意远。"（《对床夜话》卷二）袁枚说："诗贵两重意，不求其佳而自佳。"（《随园诗话》）言外之意并非直陈可见，常隐于词句间，要求读者必须展开联想去思索和回味，方可领悟真谛。如陈廷焯曾说它"若隐若现，欲露不露，反复缠绵，终不许一语道破"。[1] 司马光则曰："古人为诗，贵于意在言外，使人思而得之。"（《温公续诗话》）并详细分析了杜甫的名作《春望》。

文论家梅尧臣还明确提出"作者得于心，览者会以意"。可见"言外之意"的获得对创作和欣赏都提出了相应的要求：诗人必须精心构象，所取之"象"必须鲜明生动，以小见大，方可产生无穷余味，由此衍生出"隐秀"范畴；同时读者必须得意忘象，于"象外"去获得不尽之意，必须获得某种审美享受。如沈祥龙曰："意不浅露，语不穷尽，句中有余味，篇中有余意，其妙不外寄言而已。"（《论词随笔》）学界曾总结过多种"言外之意"的表达方式[2]，读者可参看，兹不赘述。

---

[1] 陈廷焯：《白雨斋词话》，人民文学出版社 1959 年，第 5 页。

[2] 曾祖荫：《中国古代美学范畴》，华中工学院出版社 1986 年版，第 235—243 页。

四、"情中景，景中情"

诗歌意象的内涵发展至宋元时期表现为情景关系。南宋范晞文曾专门分析过杜甫诗歌中的情景运用情况，得出的认识是"景无情不发，情无景不生"，他还认为作诗最难处在于"不以虚为虚，而以实为虚，化景物为情思"（《四虚序》），可见情景交融是意象的典型特征。另一位文论家沈义父在《乐府指迷》中说："结句需要放开，含有余不尽之意，以景结情最好。"所谓"以景结情"，即强调诗文末尾多以象传情，而非直接道出情感，这样才能饱含不尽之意，令读者回味无穷。

其后元代的方回在《瀛奎律髓》中进一步论述道："若四句皆言景物，则必有情思贯其间。景在情中，情在景中，未易道也。"都极为强调情景结合能产生意象之美。也有一些文论家虽然不是讲情景的结合，而是谈意与景或意与境的结合，道理是相通的，如吴渭曰："意与景融，辞与意会。"（《月泉诗社·诗评》）姜夔则曰："意中有景，景中有意。"（《白石道人诗说》）可见，古人论情（意）、景（境）关系是非常辩证全面的，"意象"必须是情与景的统一，这是对立象尽意、意由象出、得意忘象的弘扬与使用，是对意象内在结构的辩证认识。而明代批评家谢臻对"情景"关系的认识则更为鲜明和集中：

> 作诗本乎情景，孤不自成，两不相背。……景乃诗之媒，情乃诗之胚，合而为诗，以数言而统万形，元气浑成，其浩无涯矣。（《四溟诗话》卷三）

> 诗乃模写情景之具。情融乎内而深且长，景耀乎外而远且大。（《四溟诗话》卷四）

这把情景关系的认识推向了一个新的高度。此后这个命题在不同艺术领域深入人心，成为诗人创作和读者品鉴必须遵循的艺术法则。明朝王廷相和清代王夫之在宋、元、明文论家的基础上，提出了关于"情""景"的系统理论。

五、"澄怀味象"

南北朝画家宗炳在《画山水序》中开篇即言：

> 圣人含道应物，贤者澄怀味象。至于山水质有而趣灵，……

这里"贤者澄怀味象"是说贤良之人从自然山水的形象中获得一种愉悦和享受，这点明了主体（贤者）和客体（象）之间存在某种审美关系。"澄怀"论秉承老庄"涤除玄鉴""心斋""坐忘"说，即追求一种虚静空明的心境。这是主体"味象"的必要条件，只有心胸"空谷纳万境"，诗人才能实现与客体对象的交融。

而这里的"味"是动词，是对"象"的品味、回味，是从"象"中获取精神的愉悦，得到审美的享受。宗炳还提出"应目会心"，对"味"的审美心理进行了相应规定。只有首先"目"应然后"心"会，"应会感神，神超理得"，才会"万趣融于神思"（宗炳《山水画序》），从而产生"畅神"和"怡身"的审美感受。山水不仅是具体形象，让人愉悦，而且也是"道"的体现。从现有材料来看，宗炳较早地将"味"与"象"这两个元范畴联合起来使用，这为架起审美客体和欣赏主体之间的桥梁奠定了基础。

后来唐代司空图提出"味外"说。其《与李生论诗书》谓：

> 文之难，而诗之尤难，古今之喻多矣，而愚以为辨于味而后可以言诗也。……近而不浮，远而不尽，然后可以言韵外之致耳。……倘复以全美为工，即知味外之旨矣。

这是在钟嵘"滋味"说的基础上的进一步概括。韵味的整体美又具体表现为"象外之象""景外之景""韵外之致"和"味外之旨"这"四外"之中。而"象外之象"与"景外之景"中，第一个"象"与"景"，是指诗境具体描绘的"实象"与"实景"；第二个"象"与"景"，则是由眼前实象、实景联想生发的不尽虚象与虚景，它可望而不可置于眉睫之前，朦胧恍惚，捉摸不定。而"近而不浮"是指形象鲜明生动，如在目前，不浮泛含混，亦可指诗意浅近易明，不晦涩;"远而不尽"既指远景无限延伸,时空境界因廓大深远而想象不尽,又可指诗意隐曲悠远,含蓄不尽。美妙的诗境,总有许多象外、景外的虚象、虚景供人味之不尽的,这也就是韵味美。可见,司空图的"韵外之致"就是"味象"的过程。

六、"境界"与"不隔"

王国维在前人的基础上,提出"境界"或"意境"说,这便是讲究"情"与"景"、"意"与"象"、"隐"与"秀"的交融和统一。而关于情景的交融统一,上文分析过明清谢榛、王廷相等批评家做出的理论总结。王夫之就认为情景的内在统一是意象的基本结构,而王国维视之为"境界"的基本规定。当时画家布颜图就指出情景为境界之必备要素,他在《画学心法问答》中论道:"山水不出笔墨情景,情景者境界也。"这与王国维颇为近似。王国维在《人间词乙稿序》(1907 年)中从"意"与"境"的角度对"意境"做了明确的规定:

> 文学之事,其内足以摅己,而外足以感人者,意与境二者而已。
> 上焉者,意与境浑,其次或以境胜,或以意胜。苟缺其一,不足以言文
> 学⋯⋯

而其谓"意境"的统一,实际上还是意与象、情与景的统一。这在其《文学小言》和《屈子文学之精神》中可见一斑。在《人间词话》六中王国维又谓:"故能写真景物、真感情者,谓之有境界。否则谓之无境界。"均是从"象"——再现之真——的角度来定义"境界"的。

不仅如此,王国维还要求文学语言能够直接引起鲜明生动的形象感,提出"隔"与"不隔"的区别,而这能从意象与语言的关系中看出。他认为"不隔"才有"境界"(意境),只有有意境的作品"语语明白如画","写情则沁人心脾,写景则在人耳目,述事则如其口出"。无论是"写景"还是"述事"都是"构象",也都是强调文学语言能够直接引起鲜明生动的形象感。只有作家所用之语言能把头脑中的意象充分、完整地传达出来,并让读者鲜明地感受到,就是生

动的意象产生 "不隔" 的艺术效果，如 "池塘生春草" 即是如此。

　　当然，"象" 作为中国古代文论一个极为重要的元范畴，由它所衍生的系列经典范畴远不止这些，限于篇幅笔者仅择要而论。而在 "象" 范畴作用下，不同朝代催生了不同的审美境界，如北宋对 "淡" "远" 的推崇即是如此。[①] 兹不赘述。

---

　　① 参见王振复主编：《中国美学范畴史》(第三卷)，山西教育出版社 2006 年版，第 118—127 页。

第五章　影响"象"泛化和成熟的诸因素分析

自从"象"范畴在魏晋南北朝实现了由哲学范畴向美学和文艺学范畴转变，在唐宋实现内涵的提升和外延的扩展后，"象"便成为中国古代文艺美学的一个核心元范畴，成为一张巨网统摄着文艺的创作、文本与接受等不同层面。"象"逐渐成熟和泛化开来，和"气""味"等众多范畴相互交织，产生着深刻的关联。对"象"的研究不能孤立地来看哲学思想对其冲击与影响，或仅仅停留在创作实践基础上，必须联系它发展所处的特定时代背景和学术思潮来综合评析。从前文数章对"象"范畴转变的爬梳来看，此范畴为何具有如此顽强的生命力？其内涵为何在不断地滚雪球中与日更新？我们认为，在"象"范畴的发展和演进历程中，受到玄学与佛学以及人物品藻社会风气的多重影响。

第一节　玄学与"象"

秦汉时期"象"还主要是作为哲学范畴在使用，其内涵相对比较单一。而魏晋玄学兴起后，"象"在言意之辨中地位极其显赫，经王弼思辨性的阐发后，其地位、价值和功能等都得到了极大弘扬。而经玄学生发后，"象"的作用得到了陆机、刘勰、钟嵘等诸多批评家的高度重视，他们分别将"象"摄入各自的理论论述中去，"象"的内涵由此得到全面提升和厘定。

一般认为，魏晋玄学涉及有无之辨、言意之辨、名教与自然之辨、才性之辨等方面。其中，言意之辨从当时一个文化哲学命题而影响演变为后来经典的文学理论命题。秦汉时期，言意问题已见端倪，儒家经学主义主张"立言"，而道家自然主义则倡导"无言""废言"，此后《易传》对儒、道两家言意观采取折中态度，《易传·系辞上》既讲"言不尽意"，又讲"立象以尽意"；而魏晋玄学的开创者之一王弼，正是在讨论《易传》"言—象—意"之关系时，提出自己的言意观的。

《周易》中的"言"，指一个卦的卦辞和爻辞，如乾卦的卦辞是"乾，元亨利贞"，其初爻的爻辞是"初九，潜龙勿用"；《周易》中的"象"，指八卦象、六十四卦象及阴（－－）阳（—）两爻象，同时也指象征卦象意义的事物，如"乾"卦的卦相是"健"，而天、朝廷、君、父、首、玉、金、寒、冰、大赤、马、木果、龙、衣等，则是象征这一卦象意义的事物；《周易》中的"意"，指卦象及其所表征的事物所包含的意义，如乾卦所含的意义为"刚健"，坤卦所包含的意义为"柔顺"等。

一、玄学不同派别对待"言意"的态度及观点

魏晋玄学秉承先秦时期人们对言意关系的探讨，就二者关系进行了深入辨析。先后涌现出三种不同派别，各自态度极其鲜明。

先看"言不尽意"论。在品藻风气的影响下，荀粲首先从理论上对"言不尽意"说进行了论证。据何劭《荀粲传》记载，荀之兄长亦赞成《周易》关于"圣人立象以尽意""系辞以尽言"的观点，而荀粲则针对所谓尽意尽言说提出批驳，认为言不能尽意，象也不能尽意，因为"理"充满微妙之特征，只可"意会"，远非语言和图像所能完全表达。以有限之言去应对无穷之意则殆矣。鉴于此，他提出"象外之意，系表之言"的新说。这虽然是立足于玄学话语而做出的争辩，然而它在某种程度上契合了艺术形象的美学特征，他将言、象、意三者的关系大大向前推进了一步。不过，他"突出了言外、象外之意，但就'象'的发展来说，他仍停留在《系辞》阶段"。[①] 并且他更多地倾向于自然而

---

① 朱恩彬、周波主编：《中国古代文艺心理学》，山东文艺出版社1997年版，第281页。

非人为地去立象。但对言外、象外的突出和强调，某种程度上促使后人进一步思索如何去接近“意”。

再看“言可尽意”论。这是魏晋言意之辨的另一种表现形式。西晋欧阳建曾著《言尽意论》，认为“形”与“理”先于“名”和“言”早已存在，故名言、形理没有必然之关联。而给物定名，以“言”表“理”，是人们生活和交往的需要。而“名”“言”与“物”“理”对应一致，“名”之于“物”，“言”之于“理”，似影之于形，响之于声，因此言能尽意。虽有学者曾指出魏晋时期这两派之争根本无法构成真正的矛盾，分属于两个不同的领域。[①]然而言意之辨直接引发了魏晋理论家和诗人作家对“象”地位、价值和建构方法等全新的认识，极大地促进了“象”的发展。

魏晋南北朝玄学思潮对文论之影响，突出地表现在言意范畴的形成及演变之中。王弼认为若拘滞于名言和卦象，也无从得“意”。当代学者曾有分析：

> 忘言忘象，体会其所蕴之义，则圣人之意乃昭然可见。王弼依此方法，将汉易象数之学一举而廓清之，汉代经学转为魏晋玄学，其基础由此而奠定矣。[②]

得意忘言不仅为解读经典之新法，而且为正始玄学之要义。“玄贵虚无，虚者无象，无者无名。超言绝象，道之体也。因此本体论所谓体用之辨亦即方法上所称言意之别。……故玄学家之贵无者，莫不用得意忘言之义以成其说。”[③]正始玄学的王弼、何晏如此，竹林玄学的嵇康、阮籍亦然。王、何兼综名理，会通儒道，注重本体之宗旨；嵇、阮越名任心，旷达奔放，追求天地之和美，尤其是嵇康的《声无哀乐论》，论音乐亦本“得意”之旨。

① 高华平：《“言意之辩”与魏晋文学理论的新成就》，载《华中师范大学学报》2001年第2期。

② 汤用彤：《汤用彤学术论文集》，中华书局1983年版，第216页。

③ 汤用彤：《汤用彤学术论文集》，中华书局1983年版，第218—219页。

二、王弼对言—象—意的辩证思考

魏晋玄学的重要开创者之一王弼对言、象、意三者关系的论述最为辩证、详尽和深入，影响也最大最深远。其《周易略例·明象》篇指出：

> 夫象者，出意者也；言者，明象者也。尽意莫若象，尽象莫若言。言生于象，故可寻言以观象；象生于意，故可寻象以观意。意以象尽，象以言著。故言者，所以明象，得象而忘言；象者，所以存意，得意而忘象。犹蹄者所以在兔，得兔而忘蹄；筌者所以在鱼，得鱼而忘筌也。

在这段思辨性的评述中，王弼是如何确立“象”的中介地位的呢？他从一顺一反两个方面阐发了言、象、意之间的关系。

首先，从“作卦”（创造）角度来看，遵循“言→象→意”的路线，即前者存在的功用在于引发后者：言以明象，象以出意。并且在这一过程中，并非此前的言以尽意，而必须依托于“象”这一中介才能联通“言”与“意”，从而凸显出“象”作为中介和桥梁的理论地位。或如学界所论：“象生于意，意以尽象，意为象之内涵，象为意之形式或外观；言生于象，象以尽言，象为言之对象，言为象之形式。”① 无论是形式还是内涵，总之这是从创作视角来论及的。相比玄学其余诸家如荀粲、欧阳建等，王弼的高明之处在于他不是单纯论“象外”，论“言意”关系，而是始终将言、象、意三者置于综合的磁场中来审视，始终重视“象”的中介地位。

其次，从“解卦”（接受）角度来看，读者面对作家精心创造的文本如何获得美感？这是一个不断“忘”和“得”的思辨过程：寻言以观象，得象忘言；要寻象以观意，得意忘象。其遵循的路径是：言←象←意。前者都是作为工具和手段，为后者服务和奠基，而欣赏和品鉴的最终目的是透过“言”知晓“象”从而最终领会“意”。尤其难能可贵的是，王弼肯定了先有“意”后有“象”，然后才有“言”。这既肯定了“意”的本体地位，也使不可言说的“意”有了现实的依托——“言”，从而他最终确立了“意”为本体、“象”为中介、“言”为

---

① 李建中主编：《中国古代文论》，华中师范大学出版社2002年版，第121—122页。

契入点的理论观念。[1]而此前还没有人认识得如此深刻、阐发得如此透彻的。可见，在解卦过程中，"象"依然处于沟通言、意的中介地位。由玄学推及文学，则作品写"意"因"象"而构，读者会"意"依"象"以引。

经过了以上往返循环后，王弼就把"象"的地位和价值提到了空前的高度，当然这和魏晋同时重视"意"的地位不可分割。正是在尽意、创意的催发下，"象"的主观性也大大增强，魏晋南北朝乃至此后唐宋文学都是围绕如何移情于自然景物（物象），从而精心构造称心、合适之"象"（意象）来展开的。

三、王弼的推进与创新

显然，理不辩不明。经过诸多玄学家对言意关系的争鸣后，魏晋士人在如何构"象"、尽"意"上着实下了一番苦功。玄学的思辨与争鸣带来"象"功能、地位的全面提升，尤其是在王弼辩证地论及此三者关系后，"象"的地位被空前凸显。而王弼论言意并非凭空创造，而是承续此前《周易》和《庄子》而来的。这里纵向上把王弼论"象"和前辈传统进行比照，同时横向上又与同时代其余玄学家做一对比，可以看出王弼对"象"发展的推进和创新。

先看与前朝的对比。如第一章所详论，《周易》多处论及"象"，典型如：

> 古者包羲氏之王天下也，仰则观象于天，俯则观法于地……（《周易·系辞下》）
> 子曰："圣人立象以尽意，设卦以尽情伪……"（《周易·系辞下》）
> 又曰："天垂象，见吉凶，圣人象之。"（《周易·系辞上》）
> 圣人有以见天下之赜，而拟诸其形容，象其物宜，是故谓之象。
> （《周易·系辞上》）

尤其是其"立象以尽意"说的提出，对后世建构"象"与"意"之间的关联起着铺垫作用。而其"象"主要还是指"卦象"或"模仿"，其"意"则更多地表

---

① 朱恩彬、周波：《中国古代文艺心理学》，山东文艺出版社 1997 年版，第 281 页。

示卦象或所表征的事物包含的某种意义，侧重于宇宙间的哲思。这只是初步涉及二者之关联，并无思辨性。而庄子对言意的论述是在论"道"中展开的，"意之所随者，不可以言传也。"（《庄子·天道》）"可以言论者，物之粗也；可以意致者，物之精也。"（《庄子·秋水》）乃至"轮扁斫轮"的寓言，都旨在说明"道"的不可言传、意的不可描述，而得鱼忘筌、得兔忘蹄的比喻，也是最终为了说明书本语言不可达意，圣人无言，只以意会。"言"的"苍白"和"无用"在庄子这里被演绎到了极致。

虽然庄子的这两个经典类比（譬喻）同样被王弼吸收过来论言、意，然而王弼回避了言能否尽意的问题，而从"象"出发，前溯于"言"，指出"得意而忘言"；后及于"意"，主张"得意而忘象"。这样"象"在联通言意二者的过程中，既充当了"目的地"，也扮演了"中介"角色。即为了获"意"，读者必须存"象"，通过"象"来予以领会并回味；而作为达"意"的中介，读者又必须善忘"象"（过于拘泥则无法获取"象外"之美）。因此，王弼《明象》篇的突出贡献在于，"强调了本体的意和中介的象不是一回事，执于象就无法达到意，不依靠象，也无法达到意。因而要通过对言的阅读，存象再忘象，进而得到意"。① 王弼对"象"功用、地位、价值和意义等方面的认识极富有思辨性，达到了一定的理论深度，从而为"象"内涵的充实奠定了理论基础。

再看与同时代的玄学家相比，王弼对言、象、意关系的认识更为深入，并直接促发了"象"在魏晋南北朝的飞速发展。是王弼把诗人、作家引入到对"象"的思考与实践之中，把理论家、批评家的视线引入到对"象"的重视与关注之中。提出"言不尽意"的荀粲更关注"象外之意"和"系表之言"，认为意内、象内、系内等皆可言，意外、象外和系外之类则"蕴而不出"，其对言、象、意三者的关系紧承《周易》和《庄子》而来。而何晏在《无名论》中讲"有所有"和"无所无"，也涉及"言意"问题，都是玄学思潮中涉及现象背后关于"无"的本体问题。而王弼对"象"的论述不仅更为集中和深入，而且进行了很大的理论创新。在探讨了"言""象"的来源问题后他集中论述了两方面。

先是关于言、象的功能问题。言象并非固有的，它们都派生于"意"，而这二者存在的必要在"意"，它们都是理解和掌握"意"的主要工具，必不可少。其筌蹄之喻将"言"和"象"的功用刻画得惟妙惟肖。其次是关于言、象的目

---

① 朱恩彬、周波主编：《中国古代文艺心理学》，山东文艺出版社 1997 年版，第 282 页。

的问题。它们虽为理解意的工具，是通向意义领域的桥梁，然而一旦达"意"，其任务也就圆满完成了。否则为言而言、为象而象，或无法出入于"存""忘"之间，则无异于本末倒置，走入了死胡同。[1]而忘的动机（得意）与过程（"象"为中介）也直接引发了人们对"象"思维的高度关注和深入探讨。

正是以王弼为首的一大批玄学家将"象"置于言意综合构成的磁场中进行深入论述，"象"的地位和功用才得到弘扬与激发。而哲学思潮中的言意之辨和相关理论资源等便直接被引入到文论和美学领域中去。波及文论领域，则"象"在陆机、刘勰等论著中被深入阐发，唐代对象外、境象、心象的倡导也是沿此而来的。

四、玄学论"象"：对文论之促发与影响

玄学家对言、象、意之关系的全面论述和深入探讨，直接启发了其时乃至后来诗人、批评家对"象"的创构和对"意"的推崇。

在文论史上，魏晋南北朝时期第一个受"言意"之辨影响而探讨为文"用心"的是西晋陆机。他自称"恒患意不称物，文不逮意"，作《文赋》专论文学创作过程中的"物—意—文（言）"之间的关系。陆机精准而微妙地道出了语言之外尚有更多不能被表达的部分，对玄妙的思绪、情感、意念等体悟（而非语言描述）越深刻，则所获得的感受便越丰富。

后来刘勰讲"文外之重旨"，在《文心雕龙·神思》等篇章中提出"意象"说、"隐秀"说等，则明显受到了玄学家论"象"的影响，[2]把形象的构思过程论述得很辩证，视之为情景、形神、虚实、言意与动静等的统一；而钟嵘讲"文已尽而意有余""因物喻志""寓言写物"等，均含有对"言外之意"之美学旨趣的推崇和追求。

在创作实践上，陶渊明是受"言意"之辨影响的著名诗人，自谓"好读

---

① 康中乾：《魏晋玄学》，人民出版社 2008 年版，第 104 页。

② 拙稿《魏晋南北朝批评主体研究——从文体学角度切入》（武汉大学 2010 年博士论文）对魏晋玄学与刘勰思辨性文论建构有详细论述，读者可参考。

书，不求甚解；每有会意，便欣然忘食"。(《五柳先生传》)这正是玄学家不为烦琐经学所束缚而轻言重意的审美态度。陶渊明《饮酒》一诗写道："山气日夕佳，飞鸟相与还。此中有真意，欲辩已忘言。"诗人感物心动，忽有所悟，欲以言传意，却觉得不待言或不必言，"真意"在不言之中或在言语之外。这是魏晋南北朝受玄学论"象"影响的典型诗人，此后唐宋明清，王维、司空图等大批诗人莫不如此。

第二节　人物品藻风尚与"象"

由上可见，玄学思潮对"象"的影响主要体现在言意之辨中，尤以王弼的论析贡献最为显著。他传承《周易》论"象"，将其置于言、意的磁场中，对"象"的功能、目的等，进行了深刻阐发，直接启发了其后陆机、刘勰将之引入到文论领域中，这是"象"范畴发展史上的一次重大转折。

一、魏晋六朝人物品藻风尚的兴起

中国人的流品观念起源甚早。广义上的人物品评并非始于魏晋六朝，实则古已有之。早在先秦时代，孔子就从推行仁政礼教思想的观念出发，提出"泛论众材，以辩三等，犹序门人，以为四科"(刘邵《人物志》)，将门人分为德行、言语、政事、文学四科。这种对人才区分等第及德行上的要求，以及其他评论人物的长短偏失、观察人物的方法等，为后世人物品评的酝酿奠定了基础。其后孟子进一步将人格修养所达境界分为善、信、美、大、圣、神六个等级，并明确而具体地运用于人物的品评与识鉴。据《汉书·古今人表》记载，班固曾"九品论人"，这一点在《诗品序》中，钟嵘曾明确提出他受其启发和影响：

> 昔九品论人,《七略》裁士,校以宾实,诚多未值。

所谓"《七略》裁士"是指刘歆《七略》对群书作者的评论。而《汉书·艺文志》就是对《七略》"删其要"而成。但《诗品》受《汉书》的影响,不仅在于"三品论文"和"追溯源流",而且还在于全书的结构。《汉书·艺文志》自"昔仲尼末而微言绝"至"以备篇籍",为此志之总序,其下分为"六略",每"略"下又有论。《诗品》仿效之,则卷首列总序,上中二品后又载附论,形成一种由上而下、由少及多的多层次结构。《诗品》可能本其意而变之。而"九品论人"则指班固将上代历史人物分作上、中、下三等,每等之中又分为三等,这样三三得九,涵盖上等的圣人和下等的愚人几乎所有类别。班固的做法也不是其独创,而是当时风气的一种普遍反映。《史记·李将军列传》中谓,"(李)蔡为人在下中"。司马贞在索《隐案》曰:"以九品论人,在下之中,当第八。"

及至魏晋六朝时期,人物品评便开始弥漫,逐渐成为一种有意识的社会风尚。而它最初是和相术联系在一起,对人物的贵贱、贫富、祸福、寿夭等进行评论、预测或议说。东汉时以察举和征辟的方式取士论人,进行提拔和任用,尤其重在士人的道德礼仪等方面的条件和要求,这需要宗族乡间对名士进行品评和鉴定,以作为升迁、提拔的依据。自此,品评人物受到整个社会的高度重视,在当时形成了每月一评的制度。汤用彤先生指出:

> 有名者入青云,无名者委沟壑。朝廷以名治,士风亦竟以名相高。
> 名声出于乡里之臧否,故民间清议乃隐操士人进退之权。于是月旦人物,流为尚俗;讲目成名,具有定格,乃成社会中不成文之法度。[①]

可见人物品评在当时社会的重要性与普及性。这种选拔人才的方式,直接影响到当时的政治体制和对人品头论足的角度。

汉末曹魏时期,曹丕接受魏司空陈群的建议,推行了九品中正制,按所管辖区内人物的品德才能的考察来评定人选。这种方式几乎贯穿整个魏晋南北朝时期,前后延续达四百年之久,到隋文帝方始废弃。其时间之久且远,影响之深且广,自然不难预见。而北魏孝文帝太和十八年(494)九月,下诏

---

① 汤用彤:《汤用彤学术论文集》,中华书局 1983 年版,第 202—203 页。

考绩百官，依其劳绩优劣分为三等，每等又分为三品。① 次年，皇帝又下诏诸州，将属官分为三等奏闻。可见，北方政权也曾多采用分品法，并且多为三等。

朝廷政治上的品第论人、考评官员自然关乎从民间到上层全民品第风尚的最终形成。人物品藻在魏晋南北朝广泛盛行开来。曹丕曾著有《士品》一书，② 虽其书已佚，但从书名猜想，当是分为品级的。而真实反映魏晋南北朝名士风范及社会习俗的《世说新语》则多有当时品藻风尚的记载。如《品藻》篇注引《晋阳秋》，说西晋王衍"常为天下士目曰：阿平第一，子嵩第二，处仲第三"。其"天下士目"不知是已著称专书，还是仅仅口陈标榜，但总之是分为三等（或更多等）的。

结合诸多零散的记载来看，从德行、才情、个性、风貌等各方面广泛地品评天下士人，深得当时人的青睐和喜好，他们在言论之间，每每将人物品为一流、二流等品级。与钟嵘几乎同时的阮孝绪著《高隐传》③，也是将上古至梁天监末的隐士"分为三品"④。总之，品藻几乎成为一种弥漫魏晋南北朝整个社会的风气。而形成文本，则于书法、绘画和棋类艺术批评中得到专门运用，兹不赘述。一言以贯之，品藻风尚在魏晋南北朝时期成为一种普遍风尚，渗透、弥漫到各个领域，就文艺与批评而言，对"象"范畴的促发尤为显著。

二、品藻中"风神"之论与体悟、领会之"意"

魏晋时期，伴随着黄老之学的复兴，尤其是玄学的兴起，人物品藻风尚弥漫至整个社会。士人臧否人物，"注重人的个性表现，风神潇洒，对于士人的要求，不仅是人品方正，而且要神余象外，气骨不凡，富于个性之美。这种风气

---

① 见《北史》魏本纪。

② 《隋书·经籍志》子部名家类著录，云《士操》，姚振宗《隋书经籍志考证》云当作《诗品》。又，《隋志》史部杂传类有《海内士品》，不著撰人；两《唐书》则作《海内士品陆》，且云魏文帝撰。

③ 其书略迟于钟嵘《诗品》。

④ 见《南史·阮孝绪传》。

也浸染了文艺，注重象外意蕴的表现"。① 在士人形体之外展示、流露出某种神韵气度，这种品藻特征极大地促进了言意、形神的发展。

1. 品藻对言意、形神的推进

魏晋玄学始于清谈，而清谈又起源于以人物品鉴为己任的清议。魏晋玄学的言意论、形神论以及下面要谈到才性论，均与人物品评相关。汤用彤先生曾说：

> 玄学系统之建立，有赖于言意之辨。但详溯其源，则言意之辨实亦起于汉魏间之名学。名理之学源于评论人物。②

而"象"范畴正是在当时玄学思潮和品藻风尚的共同作用下迅速发展起来的。这一过程如绘图即为：

人物品藻→名理之学→言意之辨→"象"的发展

汉末人物识鉴常常名不符实，故魏晋人品评人物主张神鉴，主张掌握人的内在神理而不要看重外在的形名，这更加强化了言意之辨中对"意"之本体地位及"象"的工具属性的规定。这种品鉴人物的观念和方法，就言意观而论是重意轻言、得意忘言，就形神观而论是重神轻形、得神忘形。无论是"忘言"还是"轻形"，都是对言以生象、象以尽意的理论诠释。

形神论与人物品评的关系最为密切，而魏晋玄学对魏晋文论"形神"观的影响更是与人物品鉴紧密相关。魏晋时期儒学式微、庄学复兴，文人士大夫不受世俗礼法的羁绊而放浪形骸之外。他们或身居庙堂却心存江湖，或远离尘世、遁迹山林，或潇洒风流、佯狂自适。这种重风神而轻形迹的名士风度，在当时受到人们的高度评价和推崇。汤用彤先生指出：

> 汉人朴茂，晋人超脱。朴茂者尚实际，故汉代观人之方，根本为

---

① 孙耀煜：《中国古代文学原理》，江苏教育出版社 1996 年版，第 216 页。
② 汤用彤：《汤用彤学术论文集》，中华书局 1983 年版，第 215 页。

相法，由外貌差别推知其体内五行之不同。汉末魏初犹有此风（如刘劭《人物志》），其后识鉴乃重神气，而入于虚无难言之域。

其又谓"汉代相人以筋骨，魏晋识鉴在神明"①。而这里"识鉴乃重神气，而入于虚无难言之域""识鉴在神明"云云，都是属于"意"和"虚"的层面，问题关键是如何让"神气"和"神明"等传达出来让人知晓？这便涉及对形的描摹、对实象的拟构，即品藻风尚所看重的人物的神韵和风度等都属于抽象的领域，无法让读者触摸或视睹，必须借助于"象"，这与创作中"立象以尽意"具有异曲同工之妙。

玄学形神论的重神轻形，到了南朝以后又与佛教的"神不灭论"相互融合。佛教的中心思想是强调形神分离、灵魂不灭，当时有不少的佛教徒精通玄学并以玄理释佛理，其中包括用玄学的形神观释佛学的神不灭论。读《全上古三代秦汉三国六朝文》可知，魏晋南北朝时期讨论形神关系的文章很多，如释家支遁的《神无形论》，慧远的《形尽神不灭论》等。玄心与佛心合流，共同铸成"形神"论的美学内涵。

2. 小结

具体到品藻风尚对"象"的发展而言，从以上论述可见，其影响突出表现在如下两个方面。

一是人物品藻空前引发了士人对"意"的好奇、眷念，试图去揭示其学理内涵。受魏晋玄学的影响，《世说新语》品评识鉴人物尤其注重"风神"，如冠之以"神"的品人用语就有神气、神色、神情、神姿、神隽、神颖、神明、神清等，又如冠之以"风"的则有风姿、风韵、风格、风骨、风气、风标、风期、风尚、风情、风仪、风量、风检等。批评家对"风神"之器重，由此可见一斑。《世说新语》的人物品评，对文学作品的审美鉴赏和评价产生了巨大的影响，尤其是重视"风神"的美学倾向，对文学理论中"形神"观的发展有直接的推动作用。中国古代文论中有关形神理论的诸多概念、术语，大多是从《世说新语》

---

① 汤用彤：《汤用彤学术论文集》，中华书局1983年版，第226页。

的品人用语中移植过来的。

魏晋玄学的形神论,对南朝的绘画理论也产生了影响。顾恺之画人物重在传神,据《世说新语·巧艺》,顾恺之画人,或数年不点目精。人问其故,顾答曰:"四体妍蚩,本无关于妙处;传神写照,正在阿堵中。"顾恺之与人论画,称"手挥五弦易,目送归鸿难"。"手挥五弦"是绘其形,"目送归鸿"此是传其神,绘形易而传神难,可见顾恺之也是重神轻形的。当然,"目精"或"目送"也是形,从根本上说,绘画是不可能略其"形"的,所以顾恺之又提出"以形写神"。"形"在这里只是"传神"的手段,作画者重神似不重形似,品画者则得其神而忘其形。而"形神"和"言意"具有相通之处,从根本上来说对"神"的重视是承袭魏晋人物品评风尚而来的,谓之"传神",实则是对"意"的强调和期盼,诸如对观眸子以知人,重其神韵而略其形貌,即"意"为本体,"象"不过是中介和工具罢了。

二是伴随着对"意"的高度关注,精心拟象、构象的呼唤也迫在眉睫,直接引发不同著作率先采用"象"的方式来进行批评实践(魏晋以"象"来创作见前文分析)。如上列举《世说新语》中所采用的"品藻"词汇,无论是"风"还是"神",都属于士人的情态、意蕴、才情、风貌、格调和意趣所体现出来的整体的"意",是难以准确地用语言来详尽描述的,而如何让读者领会呢?就在这无法言传却又必须借助语言传达的悖论中,依"象"尽"意"也就水到渠成,通过描摹"象"来表达不同人物"风神"的意愿也就空前强烈了。比如《世说新语》中品题常见的审美概念有:清、神、朗、率、达、雅、通、简、真、畅、俊、旷、远、高、深、虚、逸、超等,这些都是需要靠主体心灵去领悟的"意",尤其是"真""深""朗"三者在全书中出现的频率最高。然而究竟何谓"清""朗""雅""达"呢?这就需要构象以示之。而构象来传意的大多为自然景象,如"玉树""玉山""云中白鹤""龙跃云津""凤鸣朝阳""松下风""千丈松"等等,都是具体可见之"象",这些形象的语言、比喻象征的手法极具文学美感。而此后文论在描述一些较为抽象的范畴如风骨、骨气、风神、清虚、清通、高远、情致、才情等时,也多采用象喻方法来阐明,彰显出浓郁的诗性特征。

三、品藻实践:"象"批评

1. 意象—譬喻批评的蔓延:人物品评的催发

魏晋时期,人物品评尤其注重人的容貌、气质等,尤其是偏于个性、风度等较为抽象层面的东西,很难用寻常的语言道出,品者常常用具体的意象、以审美的眼光加以形容,如王瑶所言:"在魏晋,其风直至南朝,一个名士是要他长得像个美貌的女子才被人称赞的。"[①] 这种在审美化品藻人物风气中所使用的意象,给予文学批评以极大的启迪、孕育和催发。如《世说新语·赏誉》篇曰:

> 世目李元礼:"谡谡如劲松下风。"

> 见山巨源,如登山临下,幽然深远。

> 王戎目山巨源:"如璞玉浑金,人皆钦其宝,莫知名其器。"

> 王戎曰:"太尉神姿高彻,如瑶林琼树,自然是风尘外物。"

> 王右军见杜宏治,叹曰:"面如凝脂,眼如点漆,此神仙中人。"
> ……

通观《世说新语》,我们会发现,刘义庆在品评众多人物的才情、风貌及仪容、形态和日常生活时,常用非常优美的自然景物做比拟。诸如"濯濯如春月柳""双眸闪闪若岩下电"等均是以外在自然景物来体现人物内在智慧、风姿与品格之美。这种以具体的意象来品藻人物的气概、风度的方式,也逐渐地扩大到人物的学问、语言乃至创作的风格和特色之中。如《世说新语·文学》篇载曰:

---

① 见王瑶著《文人与药》,载《中古文学史论集》,上海古籍出版社 1982 年版,第 13 页。

> 褚季野语孙安国云："北人学问，渊综广博。"孙答曰："南人学问，清通简要。"支道林闻之，曰："圣贤固所忘言。自中人以还，北人看书，如显处示月；南人学问，如牖中窥日。"

以"显处示月""牖中窥日"之意象比喻性地谈论学问，非常形象生动，通俗易懂。刘孝标注曰："学广则难周，难周则识闇，故如显处识月，……"云云。又《世说新语·赏誉》篇曰：王太尉云："郭子玄语议，如悬河泻水，注而不竭。"这是评论语言风格的，悬河注水是司空见惯的自然现象，不仅以之比喻其语言，而且形容其文风，一箭双雕，高妙可见。又如评论创作特色：

> 胡毋彦国吐佳言如屑，后进领袖。（《世说新语·赏誉》）

> 孙兴公道曹辅佐："才如白地明光锦，裁为负版绔，非无文采，酷无裁制。"（《世说新语·文学》）

可见，在人物品藻中意象运用开始和比喻批评有机结合起来，这是逐步过渡到文学批评的重要环节。或者说，在魏晋南北朝时期广为使用的"象喻批评"，经历了由社会学领域（品藻风气）到文学领域（创作、风格论等）的重大转移，以各种意象来品藻不同人物是这种批评的早期实践活动。

不仅如此，我们还可以从其他艺术领域中寻找到相关辅证。意象与比喻批评还同时在当时的书法、绘画等批评中蔓延开来。"如果将其评语和人物品评作一对比，则往往能够从语言上发现由品评人物到意象批评的转换。"[1]例如，《世说新语·赏誉》篇载：

> 王公目太尉："岩岩清峙，壁立千仞。"

这是评人。而刘孝标注引顾恺之《夷甫画赞》则曰：

> 夷甫天形瑰特，识者以为岩岩清峙，壁立千仞。

---

[1]　张伯伟：《中国古代文学批评方法研究》，中华书局2002年版，第230页。

这是评画。显然，魏晋南北朝时期意象比喻批评一经使用，便深受欢迎。被不同领域的批评甚至创作所借鉴、移用。从而意象批评也逐步地在不同方面蔓延开来。张伯伟先生曾列举了三个例子，将曹植《洛神赋》的描写与魏晋人物品藻以及意象批评三个方面逐一做过对比，展示了从品评人物到意象批评的具体转变，读者可参考①，不赘述。

2."象"批评方法在魏晋南北朝的表现及审美分类

意象与比喻批评在魏晋南北朝时期不断走向成熟。其意象范围极其广泛，概而言之，可分为"人物意象""自然意象"两大类，并具有鲜明的时代色彩。先看"人物意象"。早在两汉，扬雄便谓："言，心声也；书，心画也。声画形，君子小人见矣。"（《法言·问神》）论书、论人常可合二为一，不仅与"文如其人"的文艺传统有关，更与古代的"人格化"批评有关②，然而此评是形容其书的格调韵致。而旧题梁武帝《书评》云"龙跳天门，虎卧风阙"，则以象喻论其风格。《宣和书谱》卷十六云：

> 论者谓欣学献之，如颜回与夫子有步趋之近。虽号入室，终不能度越献之规矩，使洒落奔放，自成一家。故又有婢夫人之诮。

羊欣书虽酷似王献之，但毕竟有"风神"不如者，即如"大家婢夫人"。而梁庾元威《论书》云：

> 袁崧书如深山道士，见人便欲退缩。

以深山道士形容其书法的拘谨。这些都是当时较为典型的人物意象批评。直接选用人物作为意象来进行艺术批评，这和魏晋以来人物品藻的兴盛不无关系。

再看自然意象。魏晋六朝士人不仅以情感的眼光来品评现实人物，也以情

---

① 张伯伟：《中国古代文学批评方法研究》，中华书局 2002 年版，第 230—231 页。

② 相关详细、深入论述，请读者参见李建中等著《中国古代文论诗性特征研究》（武汉大学出版社 2007 年版），第 231—252 页。

感的笔触去描写日常自然。如宗白华所说："晋人向外发现了自然，也向内发现了自己的深情。"①正是内外的结合，推进了魏晋南北朝时期刘勰、钟嵘等对"心物"关系的进一步发展。在玄学的推动下，自然山水本身也就成了"道"的化身，并启发人们用审美的眼光去观赏自然。而魏晋以下不论是创作抑或批评，自然意象都被大量地摄入主体笔下，也与品藻中常将人拟自然化或将自然拟人化有关，并且人物品质和诗文评论中的比喻也开始大量出现，初步实现了意象批评的融合。著名例子如汤惠休评颜延之、谢灵运诗：

谢诗如芙蓉出水，颜诗如错彩镂金。（《诗品》卷中）

鲍照亦评二人诗曰：

谢五言如初发芙蓉，自然可爱；君诗若铺锦列绣，亦雕缋满眼。②

均以自然山水形容诗歌风格的自然天成，反之过于雕琢者则以人工的锦绣相喻。又沈约曾以谢朓语"好诗圆美流转如弹丸"来形容王筠诗③，"弹丸"之喻也非常形象，主要说明其作诗之快捷，阅读无滞碍，因此，"作品必须是语言流美，音韵铿锵，文思贯畅，一气呵成，处处有得心应手之妙。"④

早在秦汉时期已有少数地方偶尔使用意象批评。进入魏晋，以意象做比喻的方法突然增多。在集大成的钟嵘高密度地、娴熟地采用意象、比喻连同品第、比较法来著《诗品》之前的近二百年间，意象、比喻法在文学批评中就已屡见不鲜。除前述《世说新语·文学》篇中的大量例子外，又如在《与吴季重书》中，曹植评论吴质诗文风格曰：

所得来讯，文采委曲，晔若春荣，浏若清风。申咏反复，旷若复面。

---

① 宗白华：《论〈世说新语〉和晋人的美》，见《美学散步》，上海人民出版社1981年版，第215页。

② 见李延寿：《南史·颜延之传》。

③ 见李延寿：《南史·王昙首传》。

④ 刘明今：《中国古代文学理论体系：方法论》，复旦大学出版社2000年版，第282页。

这既是阅读的整体感受之流露，也是对其作兼具辞藻之美和内容之佳的综合评价。又如李充《翰林论》：

> 潘安仁之为文也，犹翔禽之羽毛，衣被之绡縠。

其“文”究竟如何，批评家不再像两汉那样直接陈述，而是以比喻、意象描绘之，读者自可领会。这种以诗意的语言来对诗人、诗作展开批评的方式，被后人延续下来。再如葛洪《抱朴子》曰：

> 陆君之文，犹玄圃之积玉，无非夜光也。

文之特征、文之美妙无须言述，自然可见。而至钟嵘则将意象、比喻法结合得天衣无缝，运用得游刃有余，广泛用来对作家作品的各个方面进行批评。其意象批评依笔者总结，大约说来有如下数端。

一是对多家作品的整体风貌进行比较式的描绘。如《诗品》评范云、丘迟之诗曰：

> 范诗清便宛转，如流风回雪。丘诗点缀映媚，似落花依草。故当
> 浅于江淹，而秀于任昉。

这些富于形象的语言表达，言简而蕴深，两个比喻加两个形容词，极优美、婉转地表达了批评家品第作品时的鲜明感受与激赏之情。并且“用自己创造的新的‘批评形象’沟通原来的‘诗歌形象’”，使人读后“有一种妙不可言的领悟，感受到甚至比定性分析更清晰的内容”[1]。不仅如此，这种象喻式批评，还引发联想，启人遐思，不仅可以整体性地揭示诗作的风格，保持其审美完整性[2]，而且具有回味无穷的阅读美感。

二是对作家创作特点及作品风貌从多方面进行形象地描绘。如《诗品》上

---

① 曹旭：《诗品研究》，上海古籍出版社 1998 年版，第 166 页。

② 张伯伟先生曾详尽分析了范云与丘迟的诗作，论证颇有说服力，可参考其《钟嵘诗品研究》（南京大学出版社 1999 年版），第 90 页。

卷评谢灵运：

> 然名章迥句，处处间起；丽曲新声，络绎奔发。譬犹青松之拔灌
> 木，白玉之映尘沙，未足贬其高洁也。

谢诗中新辞丽句不断，"譬犹青松之拔灌木，白玉之映尘沙"，钟嵘以形象譬喻描绘秀句所展示的艺术效果，谢诗之特点可见一斑。

三是对某（几）位诗人诗作的成就、地位和价值、特点的评价，采用意象、比喻（往往同时结合比较）的方法综合来批评，给予比较准确的概括和定位。如评曹植诗曰：

> 嗟乎！陈思之于文章也，譬人伦之有周、孔，鳞羽之有龙凤，音
> 乐之有琴笙，女工之有黼黻。

以一连串的形象性比喻，在赞美中有比较，将曹植之诗（其风格、地位、价值等）推向无以复加的崇高地位，也表达了钟嵘的无限向往之情。单单数个意象比喻所产生的批评效果远远胜过了千言万语的直白评价和平面叙述。又如评潘岳诗曰：

> 其源出于仲宣。《翰林》叹其翩翩奕奕，//如翔禽之有羽毛，衣被
> 之有绡縠，犹浅于陆机。谢混云：//"潘诗烂若舒锦，无处不佳；陆文
> 如披沙简金，往往见宝。嵘谓：益寿轻华，故以潘胜；《翰林》笃论，
> 故叹陆为深。余常言：//陆才如海，潘才如江。

在摘句引用中，接连用了三重象喻（标//），非常密集地就潘岳的诗风、成就和陆机相比而言独具的特点等，揭示得淋漓尽致，入木三分。

四、"意象"批评对后世文论的深远影响

由上可见，意象比喻批评发展至南朝钟嵘时已达到了很高的水平。后世晚

唐大量的象喻堆砌①, 宋代诗话中的大量譬喻②, 都是承续魏晋南北朝意象譬喻批评而来。只是后世在发展的基础上运用得更加灵活、多变, 如以譬喻论述历代诗歌的发展变化, 以意象对较为抽象的艺术境界进行描绘 (如司空图《二十四诗品》、皎然的《诗式》等著作中)。③ 没有魏晋南北朝对意象批评的多元尝试和成功运用, 就没有唐宋明清以繁密意象来评诗的格局, 中国文论的审美性也将大打折扣。

意象批评在宋代进一步发展, 由文评广泛进入画评、词评、碑评乃至医评中, 并且流传到朝鲜和日本, 进入其诗歌批评中。也正是在宋代, 博喻式的批评开始兴盛, 并且在禅宗的影响下, 意象扩大到 "禅语" 之中, 日益走向空灵。④ 这种种变化都是紧承魏晋南北朝意象譬喻批评而来, 没有钟嵘、刘勰等魏晋南北朝批评家的大量实践作铺垫, 没有前代批评文体的范本和表率, 就很难有后世精致优美的各种意象在批评作品中的接连出现。

先秦两汉文学批评中所采用的比喻多半只是一种修辞, 或者常和类比一起连用, 以便于用生动的语言表达, 并没有直接用来进行批评。只有在魏晋南北朝时期, 象喻批评才真正成熟起来, 成为一种独立的方法被广泛运用于各种艺术领域。意象不再仅仅是作为喻体出现, 它自身代表了批评的含义, 展示了批评的过程。读者通过批评家选取的 "意象" 和 "譬喻" 领略创作过程、作品风格、艺术特点等方方面面, 批评家对诗人诗作的感受、态度和评析整体性地蕴于 "意象" 和 "譬喻" 之中, 无须再另外叙事或说明。这是意象、譬喻批评和比喻修辞的根本区别之所在。

---

① 如杜牧《李贺集序》中以 "云烟绵联" "水之迢迢" "春之盎盎" "秋之明洁" "风樯阵马" "时花美女" "荒国侘傺" 等一连串的比喻刻画李贺超乎寻常、极其诡异绮丽的诗风; 李商隐的《唐容州经略使元结集后序》更是一篇 "集比喻之能事的奇文"。详见刘明今《中国古代文学理论体系: 方法论》(复旦大学出版社 2000 年版) 第 283—284 页举例分析。

② 如蔡涤评唐宋十四家诗风可谓竭尽比喻之能事; 敖陶孙评古今二十八家诗, 更是传为美谈, 广为学界所征引。

③ 详见刘明今:《中国古代文学理论体系: 方法论》, 复旦大学出版社 2000 年版, 第289—292 页。

④ 参见张伯伟:《中国古代文学批评方法研究》, 中华书局 2002 年版, 第 252—259 页。

五、"意象"批评对营造文体品味的价值与意义

这种批评方法对于魏晋南北朝批评文体艺术性的形成具有重要意义。它成功地淡化了理论和批评自身带来的抽象、枯燥，避免了过多的理性和冷静，它赋予了批评文体形象性，促进了其文学美感的产生，有机融通了创作和批评二者。或者说，它使批评变成"别样的创作"，二者同时成为主体杰出创造的体现。对此，我们可以针对该方法之运用和特点，做如下分析。

其一，意象譬喻批评使批评文体以具象言抽象，以读者可感易知的直观形象来阐发较为抽象的诗学思想和较为客观的文学理论，使批评文体彰显出独有的民族特色，不至于使文体走向分析、综合或推理、逻辑演绎的泥潭，或因理性的侵蚀而失去文体应有的灵性与艺术气息。如陆机在《文赋》中曰：

> 或藻思绮合，清丽千眠；炳若缛绣，凄若繁弦。必所拟之不殊，
> 乃暗合乎曩篇。

陆机探讨文章的辞采和文义相结合的理论问题，他接连采用了花纹、锦绣和繁弦三种直观可感的具体意象作为比喻，来谈辞采之功效，这使不易弄懂的问题一下变得晓畅清晰起来。可以说，一篇《文赋》通篇贯穿意象，陆机完全在以象言理，将批评家内在的体验、神奇的想象发挥到了极致。如前所述，他对于构思、布局和剪裁的微妙过程之意象譬喻法的揭示，更是批评的传神之笔。因此可以说，"用形象比喻，由于采用了与批评对象相应的感性形式，较能充分地体现批评家意识相遇、相从、相融合时的初始经验，同时也容易诱发读者的想象，对作品的韵味产生创造性的理解"。[①]

其二，这一批评方法源自批评家的具象思维，和其直觉、体验及感受力紧密关联，意象的形成、比喻的选择及其运用，是体现批评家感受力、想象力等才华的重要标尺。意象与譬喻批评中有相当一部分是直觉性的思维在起作用，而结果往往是意象化的概念。如张怀瑾在《书议》中谈及之：

---

① 赖力行：《中国古代文学批评学》，华中师范大学出版社1991年版，第82页。

昔为评者数家，既无文词，则何以立说？何谓取向其势，仿佛其形？……非唯独闻之听，独见之明，不可议无声之音、无形之相。……①

迹乃含情，言为叙事。披封不绝欣然独笑，虽则不面，其若面焉。妙用玄通，邻与神化。然此论虽不足搜索至真之理，亦可谓张皇墨妙之门。但能精求，自可得意。思之不已，神将告之，理与道通，必然灵应。②

可见，评者若不擅长批评方法的运用，缺乏一定的艺术感受力和表现力，不具备文辞的表达力，则无法"立说"，也就根本不能"取向其势，仿佛其形"。而传达中"欣然独笑"则是一种直觉的领悟，"自可得意""理与道通"，即言批评家用意象批评以抒发文论之绝妙。通常，批评家内心所体悟到的诗歌中那种朦胧、飘忽、弹性的情感体验，是无法指实、无法用言明的方式来传达的。而批评家的悖论在于又必须高于读者去进行有效的传达，于是，"立象"（意象譬喻批评）以"尽意"（文论观点、诗学思想等），便成了批评主体的合法武器，他必须在心领神会之外去架起文本和读者之间沟通的桥梁。因此，批评家的直觉与具象思维越发达，则其想象力越丰富，其批评文体中的譬喻也就越神奇，这样的文体读来也就最富于文学的美感与韵味。从这个意义上来说，魏晋南北朝批评家的艺术感觉、文学素养都普遍高于两汉批评家，对批评方法的运用和把握也更加娴熟和老练，这与此阶段人的觉醒和创作的自觉密不可分。

其三，这一批评方法有利于保持批评文体的灵动性和诗意特征，有利于批评家完整地传达艺术美感，而不至于对作品整体韵味之美等造成肢解、分裂或破坏。"意象批评法具有审美经验完整性的特点，它是批评家对于作品风格的整体把握，是在作品的实际体验中所得到的完整印象，是想象力对于理性的投射"。③因此，这种用意象的语言所传达的经验就不是理性的分析所可取代的。

---

① 转引自中田勇次郎主编：《中国书论大系》，日本东京二玄 1978 年版，第二卷第 194—196 页。

② 转引自中田勇次郎主编：《中国书论大系》，日本东京二玄 1978 年版，第二卷 206—207 页。

③ 张伯伟：《中国古代文学批评方法研究》，中华书局 2002 年版，第 271 页。

还是回到钟嵘评范云诗"清便婉转，如流风回雪"吧。据学者张伯伟详尽分析范作，发现范云的诗就句法而言，多交错句；而结句常今昔对写，用字多有迭现。的确在用字的视、听觉上给人错杂缭乱之感。而其结构更是回环往复，宛转关合，前呼后应。而其诗作的这些特征，笔者这里是采用当今的分析法逐条陈述和展示，并且其中任何一条特征，也许其余诗人、诗作亦曾具备，然而它们——语言、结构等因素——一旦结合起来，就形成了范云诗作整体的、独有的风格特征，而钟嵘以"清便婉转，如流风回雪"就概括了这一整体风格，而避免了逐一条缕析带来的对美的肢解。可以说，这种意象、譬喻批评在评论、阅读诸多方面，不仅保持了原作的诗性灵动，也使欣赏者具有一种难得的审美愉悦。因此，读者诸君可对比谈论自己的感受：阅读笔者的仿照式分析，也许是读一种科学化的批评；而阅读钟嵘的意象之原评，则如读优美的诗作（文学作品），二者欣赏品味之高下，文体传达之优劣，不辨自明。

第三节　佛教与"象"

人物品藻是贯穿魏晋南北朝相当长历史的一种社会风尚，它渗透到当时书评、画评、棋评乃至诗评中，它促进了士人大量摄取人物或自然意象来论诗的习俗和传统，以譬喻、意象批评的实践方式，直接推动了"象"范畴的急剧发展。正是在人物品藻的影响下，以"象"从事创作和批评的早期实践，为后来"象"在唐宋的总结和新变奠定了厚实的基础。

一、佛教与"象外"的促发

1. 魏晋时期"象外"论的萌芽

早在南北朝时期就有文论家从美学意义上来使用"象外"这一概念，如南朝的谢赫在《古画品录》中论道：

> 若拘以体物，则未见精粹；若取之象外，方厌膏腴，可谓微妙也。

这里所谓"取之象外"，是说画家勿"拘以体物"，即不要拘泥于具体而单一的物象，而应主动突破局限，滴水中折射出太阳的光辉，咫尺之间见出大千的世界。唯其如此，方可拓宽艺术的空间，创造出品味不尽的艺术境界。

从佛僧慧远在《万佛影铭序》中曾云"神道无方，触象而寄"来看，佛理和佛像是融为一体的，佛理正是凭借佛像而具体化和亲切化并容易为人接受。而佛教的真谛并不仅仅限于对佛祖塑像的顶礼膜拜，或者对教义的图解，而是追求更高的"象外"之义。这与佛教的教义有关。佛家力求超越具体物象而从不执着于人间万象，其"四大皆空，一切惟识"的佛教观，引导人追求形体之上的佛性，象外之旨的佛理，即为佛家"求理于象外"，而"象外"所得远非语言所可描述，乃假象以神通。[①]这直接启发了后来禅境佛教偈语的大量涌现，其玄学色彩对主体的悟性也提出了较高的要求。这种假象以神通，"神余象外"的表现方式，在六朝画论中非常盛行，除上文所提及谢赫率先提出"象外"论[②]外，贾岛的"神游象外"，皎然的"采奇于象外"，司空图的"象外之象""超以象外，得其环中"等运用，均是这种"神"与"象"浑融一体的必然结果，唐宋的"象外""境象"之论均承袭魏晋南北朝"象外"论而来。[③]

2.唐宋佛学之"象外"论述

至宋代，以禅喻诗的风气尤为浓厚，这直接为中国文论增添新鲜的血液。禅宗的传教方式重"悟"，自居教外，单传心印，不立文字。所传的真如，不能

---

① 孙耀煜：《中国古代文学原理》，江苏教育出版社 1996 年版，第 197 页。

② 美学家叶朗先生曾认为谢赫之"象外"只是对具象的突破，是"象"的另外一种形式，和佛教"象外"论是不同的。见其《中国美学史大纲》（上海人民出版社 1985 年版）第 269 页。

③ 这里参照、借鉴了孙耀煜《中国古代文学原理》（江苏教育出版社 1996 年版）第 197 页的部分论述，特此说明并致谢。读者可参见该页孙先生对刘勰"神象"论和佛学"象"教的关联与异同。

形诸语言，常常采用象喻、隐喻等，以象征的方式，启人心领神会。所谓"参禅"，从根本上来讲就是去领悟"象外"之意，禅宗创造了"象外喻意"的表述法，达到"象外之谈"的微妙境界，形成独特的思维和表达方式。[①]而佛教尤其反对只是执着于字面意思，停留在文字层面去认识佛理，更应靠着慧眼、直觉和灵性去参透词语的隐喻之义。它常常以相差极为玄虚的另类事物来启发人思考和顿悟，而这和诗文追求"象外之象"有异曲同工之妙。比如佛僧常借"象外之意"来暗示和点化：

　　问：如何是佛法大意？师曰：十年卖炭奴，不知枰畔星。（《景德传灯录》卷八）

　　问：如何是佛法？师曰：嘶风木马。（《佛祖历代通载》卷二十六）

类似问答在佛典中比比皆是，几乎所有答案都脱离了日常生活中的对话逻辑，初看都让人丈二和尚摸不着头脑，不知所云，然而佛僧用意在于类比、暗示与启迪，引导人不必拘泥于表面字句，而应去意会、去顿悟。而这种神秘的隐喻和象征的暗示，这种非常规的跳跃性思维，便是竭力追求"象外"的效果。"这实际上就是要人追求'象外'之意，通过创造性的想象和自由联想，妙悟神会，而进入觉悟的境界。"[②]正是在佛学的导引和影响下，"象外之论"便日益成为中国古代士人的一种思维方式与生活方式。

二、"诗境"与"禅境"的融通

佛经传入中国后，人们常用"境界"一词来表明修炼所达到的某种精神状态，如：

---

① 孙耀煜：《中国古代文学原理》，江苏教育出版社 1996 年版，第 217 页。

② 孙耀煜：《中国古代文学原理》，江苏教育出版社 1996 年版，第 218 页。

了知境界，如梦如幻。（《华严梵行品》）

是佛一空，何境界之有？（《景德传灯录》）

觉通以来，尽佛境界。（《成唯识论》）

……

所论"境界"在佛典中随处可见。其特征有二：一是"境界"具有佛学独有的空幻性，并不实在；二是"境界"的达到，必须靠主体的觉悟。而唐代众多诗论家都曾对"境""境象""取境"等有过深入论述，力求寻求佛学象教、境界和诗歌象外、意境说之间的紧密关联。

这里选取皎然的"诗境"创生论，关于缘境、取境、造境的论述，来观管窥豹，看他是如何借鉴、引用佛学禅境来论诗境的。[1]

其一是"缘境"。

"缘境"本为佛家语，指内心趋向事物之作用。唐代诗论家所谓"缘境"，一则谓诗人情志缘外境感发而起，仗境而生；二则谓诗人又可以在创生诗境的过程中生发出新的诗情。

诗僧皎然较早有意识地运用"缘境"一词来阐述诗境的创生。其《秋日遥和卢使君游何山寺宿扬上人房于涅槃经义》一诗曰：

> 江郡当秋景，期将道者同。迹高怜竹寺，夜静赏莲宫。
> 古磬清霜下，寒山晓月中。诗情缘境发，法性寄筌空。
> 翻译推南本，何人继谢公。

诗中的"古磬清霜""寒山晓月"都是可以直接诉诸人的感官，即属于眼、耳、鼻、舌、身诸"识"的对象。在皎然看来，外界诸境是激发诗思的条件。如果换一个角度，"诗情缘境发，法性寄筌空"还可以理解为：境之所造，乃为抒情，犹如"法性"之寄于言筌一般。"法性"本空，寄于言筌为可见；诗情本

---

[1] 这里关于"三境"的分析，参照了李建中主编《中国文学批评史》（武汉大学出版社2007年版），第217—224页，特此说明。

无形，托于境乃发生。这就是说，诗情寄托于境而存在。按照唯识理论，虽然"万法唯识"，但缘境又能生发出新的"识"。外境作为"相分"，又是产生新的认识的一种"缘"，叫作"所缘缘"。意思是，本是所缘虑的对象的"境"又成为一种"缘"。皎然不仅道出了"诗情缘境发"这一诗境产生的奥秘，而且还提出了"缘境不尽曰情"的看法。诗情寄托于境而存在，缘境而又生情，如此反复，不但使得情景交融，而且在表达上也不断深化。

其二是"取境"。

"取境"本出自瑜伽行派的理论。皎然最先用于诗论，其《诗式》专门把"取境"列为一个条目，《诗式·取境》条云：

> 或云：诗不假修饰，任其丑朴，但风韵正，天真全，即名上等。予曰：不然。无盐阙容而有德，曷若文王、太姒有容而有德乎？又云：不要苦思，苦思则丧自然之质。此亦不然。夫不入虎穴，焉得虎子？取境之时，须至难至险，始见奇句。成篇之后，观其气貌，有似等闲不思而得，此高手也。有时意静神王，佳句纵横，若不可遏，宛如神助。不然，盖由先积精思，固神王而得乎！

皎然认为，取境不能只求"风韵正，天真全""不假修饰，任其丑朴"，而应当把本质美与形式美统一起来，使之相得益彰。而要做到这一点，只有经过作者艰苦的创造性劳动才能够达到。《诗式·辨体有一十九字》中说："夫诗人之思初发，取境偏高，则一首举体便高；取境偏逸，则一首举体便逸。"可见，取境的格调，直接关乎诗作的艺术效果。

其三是"造境"。

佛教灭苦的精髓在于造境，诗文创作与发挥作用的精髓也在于造境，皎然认为"昢昧方知造境难，象忘神遇非笔端"；造境的关键在于如何处理言象意之间的关系，皎然多次提到"文外""象外""言外"在造境中的重要地位。《诗式·重意诗例》有云："两重意已上，皆文外之旨，若遇高手如康乐公览而察之，但见性情，不睹文字，盖诣诗道之极也。"在《诗议》中，这"文外"就演化为"象外"了：

> 或曰：诗不要苦思，苦思则丧于天真。此甚不然。固须绎虑于险

中，采奇于象外，状飞动之句，写冥奥之思。

他还认为，诗人在诗中所要表达的意旨，不但不局限在言语之内，而且有时乍一看起来，似与表面的言辞相悖。如他评论王粲《七哀》中的"南登灞陵岸，回首望长安"二句，说它"察思则已极，览辞则不伤"，意即表面上看起来并无感伤之辞，然而读了之后却能感到诗人的极度哀思。他认为谢灵运的"池塘生春草""抑由情在言外，故其辞似淡而无味"，也是说的此意。

皎然论诗的风格有 19 字，也就是说他把诗的风格分为 19 类，每类用一个字来概括，有些是从诗境特征上来分的，如"静"（非如松风不动、林狖未鸣，乃谓意中之静）、"远"（非如渺渺望水、杳杳看山，乃谓意中之远）、"高"（风韵朗畅）、"逸"（体格闲放）等等。以不同的意境特征来区别诗歌风格特色，是中国古代文学风格论的一个十分重要的发展。

三、佛教对"形神""言意"论的催发

佛教自两汉之际传入中国后，经历三百余年的发展，至东晋时期开始走向繁荣，并对南北朝时期的文化产生了巨大的影响。作为一种外来文化，佛教在与本土文化的冲突与融合中不断走向中国化，而本土文化也在回应佛教冲击中不断发生新变。由佛教传播带来的文化双向新变，为南北朝文学批评的发展提供了许多新的内容，尤其是玄佛合流后对"意"的弘扬与推崇，对"象"的催发与引导，给"象"发展带来了一线生机与活力。

魏晋时期玄学盛行，由于佛教"般若"学、假有性空的理论与玄学谈无说有的思想在本质上具有相通之处，因此佛教的"般若"学不断兴盛，得以和玄学思想趋于融合。而当时许多玄学家精通佛学，身兼二职；而佛教徒亦大都深明玄理，玄佛合流也就成为必然。这一思潮至东晋时期而达到高潮，佛教也借此开始走向繁荣，正式登上了中国学术思想的舞台。玄佛合流使佛学为玄学影响下的南北朝文学批评注入了新的内容。

1."形似"与拟"象"

佛学在为文论中"形神"观注入新内容的同时，也在某种程度上促进了言意的发展，"形似"观给予人们拟象深刻的启示。

如前所述，玄学形神观是重神轻形，强调得神忘形，并对魏晋文学批评深有影响。佛教形神观也重神，强调形灭神不灭。齐梁二代，围绕范缜提出的"神灭论"曾发生过两次大争论，争论的核心内容便是为了维护佛教的形灭神不灭思想。不过，佛教在重神的同时并不轻形，而是肯定了形作为神的显现方式的重要作用。佛教非常重视画像雕像，有所谓"像教"之称，可以说更突出地表现了这一思想。晋代慧远曾说："神道无方，触像而寄。"[①] 神佛本无形，必须借有形之像为依托，方能显现其灵验。形虽不是神，但神却须寄之以显。所以，佛教虽然主张形灭神不灭，但并不因此轻视形的作用。佛教这一观念与玄学形神观相比又有了进一步的发展，故对南北朝时期的文艺形神观产生了新的影响。且看魏晋南北朝诗人作家记佛的篇章：

> 摹似遗量，寄托青彩，岂唯像形也笃，故亦传心者极矣。（谢灵运《佛影铭》）

> 夫理贵空寂，虽灵范不能传；业动因应，非形相无以感。（沈约《竟陵王造释迦像记》）

从他们的论述中我们可以看到此时文人对佛教形神观的接受，而这一时期文学创作中"形似"风尚的流行也是受到这一观念的影响。刘勰《文心雕龙·物色》云："自近代以来，文贵形似。"钟嵘《诗品》评谢灵运、颜延之、鲍照之诗"尚巧似"；颜之推《颜氏家训·文章》则指出："何逊诗实为清巧，多形似之言。"这种风尚显然会影响到文学批评理论。刘勰在《文心雕龙·神思》篇中曾提出"神用象通"的观点，"就正是从佛像雕塑艺术中神触像而寄的思想中发展而来并成为文学创作中作家的'神'借'象'而体现的

---

① （晋）慧远：《万佛影铭序》。

一种理论性概括"①。佛学对形似的强调直接促发了诗人批评家对拟"象"的重视与关注。

2. "言意"观的深化与"象外"论的萌芽

佛学进一步深化了文学批评中的"言意"理论，尤其强调佛道不可用语言来表达，强化了"意"的本体地位，进而为"象外"的萌芽和滋生奠定了基础。

玄学"言意"观强调言不尽意，得意忘言。在玄佛合流的背景下，佛学界也非常重视言不尽意问题。如：

> 夫涅槃之为道也，寂寞虚旷，不可以形名得；微妙无相，不可以有心知。（晋僧肇《涅槃无名论》）

> "菩提"者，盖是正觉无相之真智乎！其道虚玄，妙绝常境，听者无以容其听，智者无以运其智，辩者无以措其言，像者无以状其仪。（晋僧肇《维摩经注·菩萨品》）

> 至理无言，玄致幽寂。（梁慧皎《高僧传·义解》）

从这些论述可知，佛教界也十分强调佛道是不可以用语言表达的。

而且，他们也认识到"言虽不能言，然非言无以传"②，因此佛道只能存在于"言外"或"象外"。如宋佛学家竺道生曾说：

> 夫象以尽意，得意则象忘。言以诠理，入理则言息。自经典东流，译人重阻，多守滞文，鲜见圆义，若忘筌取鱼，始可与言道矣。③

---

① 张少康、刘三富：《中国文学理论批评发展史》（上），北京大学出版社 1995 版，第 206 页。

② （晋）僧肇：《肇论·般若无知论》。

③ （梁）慧皎：《高僧传·竺道生传》。

其在《道生法师诔》中认为："象者理之所假，执象则迷理。"慧皎在《高僧传》中说竺道生是"潜思日久，彻悟言外"，因此他在《义解》中指出欲得佛道"须穷达幽旨，妙得言外"。僧肇在《维摩诘经注》中也强调"大乘之行无言无相，调伏之言以形前文"，而他所要做的便是"明言外之旨"。他在《般若无知论》中还进一步指出："斯则穷神尽智，极象外之谈也。即之明文，圣心可知。"

　　从佛教徒对言、意的一系列论述可知，佛学言意观较玄学言意观更注重"言外之旨""象外之谈"的追求[①]，这从某种程度上加强了人们对有形之"象"的可感性和象征性的认识。以上所列举的都是僧侣们追求"象外"深奥佛理的表现。

　　同时，佛教对"象外"的推崇直接成为唐朝"象外"论、"超象"论的理论萌芽，最终极大地推进了"象"范畴内涵的包容空间，也对南北朝文艺理论产生了很大影响。宋宗炳《画山水序》云："旨微于言象之外者，可心取于书策之内。"南齐谢赫《古画品录》评张墨、荀勖云："若取之象外，方厌膏腴，可谓微妙也。"梁刘勰《文心雕龙·隐秀》云："隐也者，文外之重旨也。"梁钟嵘《诗品序》云："文已尽而意有余，兴也。"魏晋南北朝文艺理论中的这些观点，在佛学广泛传播、深入渗透的时代，无疑都受到玄佛"言意"观及"象外"论的深刻影响。

　　①　张少康、刘三富：《中国文学理论批评发展史》（上），北京大学出版社 1995 版，第 204页。

第六章 综论：中国古代文论范畴特征和 体系的学理建构

20世纪90年代古代文论界曾就中国传统文论的体系及特征进行过深入探讨，引发了多次争鸣。中国文论长河中不乏具有严密学理体系的巨著，如《文心雕龙》《原诗》《艺概》等，但整体而言各种文艺观散见于大量书信、序跋、论诗中，很多只言片语不乏真知灼见，但较为零散，不成体系。很多学者曾对中国文论是否具有体系提出质疑，然而多数学人普遍认为中国文论的体系具有潜在性，并分别尝试以"道""气""意境"等建构这一体系，先后做出过多种尝试，具有相当的启发性。

我们认为，中国文学批评是以气、象、味三个核心元范畴为基石的，三者分别主要涵盖创作主体、创作客体和欣赏主体三个不同纬度，并相互交织和融通，不断衍生与渗透，共同支撑起中国文论的主干网络。而本书所论的"象"是这个体系网络中重要的支柱，如前文所论，它在千年发展与演进历程中不仅产生出诸如"物象""卦象""意象""心象""抽象""现象""表象""兴象"等系列子范畴，形成范畴的群落，而且和"气""味"等范畴交织渗透，形成"味象""气象"等范畴，并催生出以"境"为代表的系列范畴和命题，它体现出中国文论范畴具有多义性与模糊性、传承性与变易性、通观性与互渗性、直觉性与整体性、灵活性与随意性[①]等多重特质，具有鲜明的民族特色。而"象"范畴之所以能同气、味一起建构中国文论体系大厦，从

---

① 选自张方著《虚实掩映之间》（百花洲文艺出版社2005年版）中，蔡钟翔、陈良运先生为《中国美学范畴丛书》所作的"总序"，见该书第2—3页。

根本上来讲还根源于中国古代主客不分、重整体直觉的思维方式，也与古人的审美心理息息相关。

第一节　以"象"为代表的中国文论范畴之特征

元范畴"象"集中而鲜明地体现了中国文论的民族特征，诸如具象与抽象的统一、体验与概括的结合、多义性与含糊性的并存等，都可从"象"及其衍生范畴中体现出来。

一、具象与抽象的统一

刘熙载在《艺概·诗概》中说："山之精神写不出，以烟霞写之，春之精神写不出，以草树写之。故诗无气象，则精神亦无所寓矣。""山之精神""春之精神"，是幽妙情思，难于摹定，借助"烟霞""草树"之类具物，则有所寓矣，这便道出文学中的具象手法的运用。

"象"范畴是具象与抽象的结晶。无论是透视其内涵还是分析其外延，我们发现中国古人尤其善于从日常生活中直接观察现象，而绝不是陶醉于书斋中作形而上的抽象沉思。一方面，古人认识世界、创造艺术都紧紧立足于具体的现象与事象，这使所论的道、意、境等具有牢固的基础，许多哲学与文艺方面带规律性的认识不至于被架空；另一方面，古人绝不是仅仅停留于具体事物，而是对其进行相应地提炼和概括，上升到艺术规律、表现手法和品鉴心理等层面，逐步赋予其抽象的内涵，从而使"象"范畴具有相当的普适性与涵盖度。

1. 汉字：从“象形”到“会意”

汉字是思维和语言符号的物质载体。一个民族的造字方式是其思维习惯、审美心理的折射与流露。汉字最初是中国古人画图而成的，这便是汉字“六书”中的“象形字”的来源，名曰“象形”者，模仿事物外形以描摹之也。如“日”“月”“山”“河”等字最初都是如此。早期汉字基本上是用形象性的轮廓来记录、显示意义的，故中国古代就有“书画同源”之说。宋代郑樵在《六书证篇》中说：“书与画同出，……六书也者皆象形之变也。”常任侠在谈及文字起源与绘画的关系时说：“中国的古文字原是从象形开始的，文字与绘画同源，文字本身就是缩小了的绘画。”[①]甲骨文研究专家陈梦家先生也认为汉字从象形开始，在发展成形声字以后仍未完全失去意象的本质：

中国文字（汉字）发源于图像，逐渐地经过简化和人意的改作成为定形的、简省的、概略的象形，作为记录语言的符号。[②]

正是汉字、书法和绘画都具有象形特征，后来绘画自然受到汉字拟象之启发，其造型和技法在很多方面都受到汉字六书的影响。例如，中国象形文字有整体象形和局部象形，而这被花鸟画借鉴过来成为特有的构图形式来表现整体与局部。

汉字从具体事物中拟象成形，既呈现物象也彰显出一种文化情境，或逐渐具有一种文化意蕴。例如，从“姓”这一汉字中就可以见出初民的生殖崇拜意绪。“姓”的本字是“生”，甲骨文的“生”像一株树，蕴含着人之生于桑林的原始意象。甲骨文的“姓”字，像一个女子对生命之树即桑林的跪拜，是祈求多子、崇生的符号表现，反映出远古母系氏族社会以女性为尊的痕迹。在当时人们的眼里，这些字形和盘托出了一种生活场景和文化情境。我们从这种象形到会意的演变中可以看出古人丰富而微妙的审美心理。

汉字后来在书写中逐渐被线条化而日趋抽象和写意，然而“六书”中的会意字和形声字依然保留了象形的痕迹，字体结构依然借助形象来表达，都是绘形表意、依形尽意。故班固在《汉书·艺文志》中称指事为象事，会意为象意，

---

① 常任侠：《常任侠艺术考古论文选集》，文物出版社 1984 年版，第 105 页。

② 陈梦家：《殷虚卜辞综述》，科学出版社 1956 年版，第 82 页。

形声为象声，突出汉字最初的事象、声音及意涵的模拟与仿效。

学者申荷永认为"六书"中所突出的"象"，集中体现了汉字结构的心理特征。首先，象形是一种生动直观地对意念或意象的表达，是最古老、最直接的一种文字表意方法，它在观察事物的基础上，把握和抽象出其典型特征，因而具有"原型"认知模式的意义。其次，象形或指事具有"察而见意"的特点，当它用形象性和象征性的符号将无形之事表达出来时，就具有了特殊的心理意义。如"刀"是象形字，"刃"则属于象事（指事）字；"木"属象形字，"本"和"末"则属于象事（指事）字。再次，通过"比类合意"而形成的象意（会意）字更是将原始象形字的单独物象纳入心理操作之中，根据实际生活的观察、体验和理解，用象形字和象事（指事）字体作为部件组合新字，表达新的意义，这个过程包含了一种自然而然的思维或心智训练。如两个人字组合成"从"字，三人成"众"；二木为"林"，三木为"森"。汉字的象意和会意特性包含了原始的观念和原型性的意象。①

可见，汉字作为象形字是古人在仰观天文、俯察地理的情形中产生的，然而它在逐渐发展过程中向会意和象形发展，不断被简约化、概括化，即由具象走向抽象，通过不同的笔画和线条来显示一种生命符号。汉字正是因为线条而逐渐发展为书法艺术，线是对感性生命的一张概括形式，既凝聚了自然，又包容了造字者对自然的理解。汉字的线条具有表现人情感的能力。②如唐代窦蒙在《述书赋》中说："古者造书契，代结绳，初假达情，浸乎竞美。"③同时，汉字形体的暗示和动感的抽象形式，本身也是具象日趋抽象化的过程。每一个汉字都是独立的个体，都有自身独特的形体结构，欣赏者都可通过其展示的景象、形体进行意会，来领略汉字艺术的美感。

2. 卦爻："象其物宜"与象征

卦爻是《周易》独特的符号系统，它正是凭借着六十四卦来阐发宇宙间的

---

① 申荷永：《汉字中的心理学》，载《心理科学》1993 年第 6 期。这里吸收了其部分论述，特此致谢。

② 朱良志：《中国艺术的生命精神》，安徽教育出版社 1995 年版，第 221 页。

③ 张彦远：《法书要录》卷五。

道理。与之相应地,《周易》也有寻常典籍所拥有的语言符号,成为卦爻辞,这不过是卦爻系统的限定和阐发。而对卦爻之来源,《周易·系辞》论道:

> 圣人有以见天下之赜,而拟诸其形容,象其物宜,是故谓之象。
>
> 《易》者,象也;象也者,像也。
>
> 象也者,像此者也。
>
> 八卦以象告。

所谓 "象其物宜,是故谓之象",充分体现卦象最初具象的一面。《系辞传》继续阐发道:

> 八卦成列,象在其中矣。因而重之,爻在其中矣。刚柔相通,变在其中矣。
>
> 八卦而小成,引而申之,触类而长之。天下之能事毕矣。

可见,八卦最初是模拟外物而成,代表八类不同事物,"象" 寄寓于其中。相应地,六十四卦不过是 "类" 的延伸和 "象" 的扩大。而八卦类而归之,则是卦象由具象走向抽象的过程,也就是通过八类具有代表性的事物反映一类现象,体现一种特质。并且,《周易》已认识到了 "道" 与 "器" 之间的差异,试图通过具象之器来概括、象征,从而获取对抽象之 "道" 的认识、体会和把握。所谓 "天下之理" "天地之道" "神明之德" "万物之情" 都是形而上的 "道"。《周易》以 "卦象" 来言 "道"。这样,具象的功用和目的就得以凸显出来。《周易·系辞上》论及 "象" 与 "意" 之关系时曰:

> 圣人立象以尽意,设卦以尽情伪,系辞焉以尽其言,变而通之以尽利,鼓之舞之以尽神。

在《周易》的卦形符号体系中,"阳" 用 "—" 表示,"阴" 用 "– –" 表示。八卦、六十四卦就是以这两种一连一断的阴阳符号重叠组合而成的。"阳" 与 "阴" 的象征范围极为广泛,两者可以分别代指自然界或人类社会中的一切对立的物象,如天地、男女、昼夜、炎凉、上下、胜负、君臣、夫妻等。《系辞传上》以"一阴一阳之谓道"，精炼地概括《易》理的本质。八卦各有一定的卦形、卦名、象征物。八卦的象征物分别为天、地、雷、风、水、火、山、泽，对应的各卦分别为乾、坤、震、巽、坎、离、艮、兑。八卦又各具特定的象征意义。

可见，《周易》中的"象"，指八卦象、六十四卦象及阴（－－）阳（—）两爻象，同时也指象征卦象意义的事物，这种卦爻象是具象与抽象的结合，如"乾"卦的卦相是"健"，而天、朝廷、君、父、首、玉、金、寒、冰、大赤、马、木果、龙、衣等，则是象征这一卦象意义的事物；所谓"卦象"及其所表征的事物所包含的意义，便是这种具象和抽象的最佳结合。如《周易》乾卦示义为"刚健"，坤卦意义为"柔顺"等，类似刚健、柔顺都是一种趋于抽象的品性。正如哲学家黑格尔曾指出：

> 个别自然事物，特别是河海、山岳、星辰之类基元事物，不是以它们的零散的直接存在的面貌而为人所认识，而是上升为观念，观念的功能就获得一种绝对普遍存在的形式。①

八卦实质就是我们祖先化具体事物为观念功能"绝对普遍存在"的八种形式。

《周易》开创的"立象尽意"的传统，经过魏晋玄学家尤其是王弼的阐发后，其具象与抽象的融合型特征便更为明显，这种思维方式通常被学界称为"象思维"或"意象思维"，它既不是直观思维，也不全然是抽象思维，它在"忘象求意"后，符合人类认识从感性到理性、从具体到抽象的一般认识规律。

3. 具象言理的普及与应用

中国传统象形文字出现后，汉字日趋由拟形走向写意和抽象化；《周易》制卦爻来表征宇宙万物的特征和规律，正反映出传统社会人们思维方式的某些特点。此后，人们在谈论情感、意念、思绪和志向等较为抽象的观念时，多半受到《周易》采用卦象以言天道和《诗经》采用比兴抒发感情等手法的深刻影响。

---

① ［德］黑格尔著，朱光潜译：《美学》（第二卷），商务印书馆 1981 版，第 23 页。

儒家所论的仁、礼、义、忠、信、亲、庄、敬、恭等范畴，都关乎人的精神境界和人格修养，属于较抽象的伦理层面。为了使读者更容易理解和接受，儒家士人采取具象言说伦理的方式，深入浅出，通俗易懂。在《论语》中，孔子便以身作则，常用具象化的方法来譬喻，使儒家的某些思想观念日益深入人心。如：

> 子曰：人而无信，不知其可也。大车无輗，小车无軏，其何以行之哉？（《论语·为政》）

车子是人们习以为常的事物，以之比"信"，形象具体，生动易懂。正如《庄子·知北游》云："夫道，窅然难言哉！"可见，哲学和宗教大多讲的是抽象的世界观和深奥的人生哲理，一般难于被人理解和接受。但哲人们大多注意自己的言说方式，通过巧妙的言说使抽象的道理变得具体生动，深奥的思想变得浅白易晓。特别是具象化手段在先秦时代备受青睐。《墨子·小取》中有段话尤其值得我们注意：

> ……辟也者，举也物而以明之也。侔也者，比辞而俱行也。援也者，曰："子然，我奚独不可以然也。"推也者，以其所不取之同于其所取者，予之也。"是犹谓"也者，同也。"吾岂谓"也者，异也。

这里的"辟""侔""援""推"等是几种不同的言说方式。其中"辟"，据任继愈说是譬喻，"即借用具体的事或具体的物以说明一件事或某个道理，这是辩论中常用的方法"[1]，亦即具象思维的言说方式。具象化是中国古代哲学和宗教的重要思维和言说方式。庄子用兔蹄、鱼筌两个具物来论述得意忘言的重要命题。禅宗公案有许多禅机：问："如何是佛？"曰："碌砖。"问："如何是道？"曰："木头。"佛法的禅理如果用演绎、辩证地传达肯定要千言万语，且越说越糊涂。但采用平常习见之事物"碌砖""木头"，则禅理禅趣尽在其中，就看闻者有无悟性。用日常习见之事物说禅论道是禅师们常有的话头。宋明理学所讲之理也是形而上的范畴，不是一句两句说得清的。周敦颐用"窗草不除"这一日常场

---

① 郭绍虞主编：《中国历代文论选》（第一册），上海古籍出版社1979年版，第27页。

景，点出理通万物的道理。

古代哲人面对天地宇宙时，总是习惯于用身边事、身边物去比照去体味其中的玄奥之理，从而在言说范畴、命题、概念、术语时实现了具象与抽象的有机融合。刘勰说，人们可以通过"象天地"去"效鬼神"，通过"参物序"来"制人伦"（《文心雕龙·宗经》）。具象思维沟通了"道"与"器"，通过易写之器消除了"道之难摹"的窘境。近代学者钱钟书则说：

> 理颐义玄，说理陈义者取譬于近，假象于实，以为研几探微之津逮，释民所谓权宜方便也。不可拘象而死于言下。[1]

所谓"取譬于近，假象于实"即是立足于具象，"探微之律逮"即是言说抽象，精准地把握了中国古代哲学、美学、文艺学诸多范畴的典型特征，这些从"象"中可见一斑。

4.意象批评的弥漫

经过秦汉的早期实践，以"象"来品人论文在魏晋南北朝大量普及开来，尤其是对于人的品性、风度、神采等虚性特质的描绘、传达，均是借助于日常感官可体验的具象词来实现的。如以"具象"来论作家作品和文风。在魏晋南北朝十分普遍。

传统文学批评常常采用具象的视觉体验来论抽象的"文风"，文章于是有高大、壮阔、雄伟等形状体验。如：

> 孔融体气高妙。（曹丕《典论·论文》）

> 骨气奇高，词采华茂。（钟嵘《诗品》评曹植）

> 贞骨凌霜，高风跨俗。（钟嵘《诗品》评刘桢）
> ......

---

① 钱钟书：《管锥编》（第一册），中华书局 1979 年版，第 11 页。

有亮丽等颜色体验：

> 赋体物而浏亮。（陆机《文赋》）

> 元嘉中，有谢灵运，才高词盛，富艳难踪。（钟嵘《诗品》）

> 其体华艳，兴托多奇。（钟嵘《诗品》评张华）

> 诗赋欲丽。（曹丕《典论·论文》）

> 文丽日月，学究天人。（钟嵘《诗品序》）

> 虽不具美，而文采高丽。（钟嵘《诗品》评潘尼）

> 词道清捷，怨深文绮。（钟嵘《诗品》评班婕妤）

> 尚规矩，不贵绮错，有伤直致之奇。（钟嵘《诗品》评陆机）
> ……

有深浅、清浊、疏密、远近、方圆、肥瘦等体验：

> ……犹浅于陆机。……故叹陆为深。（钟嵘《诗品》评潘岳）

> 才力苦弱，故务其清浅。（钟嵘《诗品》评谢瞻等）

> 气之清浊有体。（曹丕《典论·论文》）

> 轻欲辨彰清浊，掎摭利病，凡百二十人。（钟嵘《诗品序》）

> 刘桢壮而不密。（曹丕《典论·论文》）

颜延、谢庄，尤为繁密。（钟嵘《诗品序》）

常人贵远贱近。（曹丕《典论·论文》）

必使理圆事密，联璧其章。（刘勰《文心雕龙·丽辞》）

郊寒岛瘦。（苏轼《祭柳子玉文》）

造语贵圆。（《沧浪诗话·诗法》）等。

……

此外，司空图《二十四诗品》中有几品即属于视觉体验，以具象来论艺术境界。如"碧桃满树，风日水滨"之纤秾，"月明华屋，画桥碧阴"之绮丽，"水流花开，清露未晞"之缜密，"水理漩洑，鹏风翱翔"之委曲等等，其他各品也有许多视觉体验的呈现。

这些关于高大、远近和颜色的拟象批评，有效地传达出批评家对文风整体性的准确把握。使原本较为抽象的文章风格特质变得非常好懂，以具象唤醒人的情感体验，正是凭着意象从事批评，文论话语和批评观点连同创作文体和盘道出，具有艺术的美感。

5. 小结

中国思维依赖于现象层面，表现出强烈的具体性特征。据吾淳博士研究，在中国古代，"思维的对象总是个别的，是围绕着具体的事物而展开的。换言之，中国人一般来说不会脱离事物的具体规定性来把握时间，把握知识"。[①] 这从古人特别关注各种天象记录便可见一斑，建立如数学之类的一般知识结构同样如此。过于信赖知觉表现和重视个别性，虽然影响到人们对抽象问题的思考，但并不妨碍古人将之有机结合，借助具象来言说抽象，而迥异于西方纯粹抽象

---

① 吾淳：《中国思维形态》，上海人民出版社 1998 年版，第 184 页。

式的言说。如老子对"道"的论述便包含着相当多具体和形象的成分，包含着大量的例证。其以"辐条""户牖"等言"有无相生"便是如此。

自先秦起，中国古代思想家、文学家便娴熟地运用形象的方式来言说抽象的内容，他们对思想的阐释在很大程度上是借助具体形象手段来进行的，如比喻或寓言在诸子著作中便运用得相当普遍，这在前文中有分析，不赘述。而在涉及具体知识问题时，便大量使用举譬，如《墨经》中的"说在"和"其类在"即是举譬的具体形式。这些方式都是将抽象的思想或知识形象化、具象化，其言说借助于已知的、生动的具体事物。

二、体验与概括："诗"与"思"的结合

"象"具有整体性与直观性，其功用在于"立象尽意""得意忘象"，作为艺术家精心建构用来"尽意"的工具与手段，它区别于直接性和有限性特征的"言"，它是体验与概括——或曰"诗"与"思"的结合。接受者从对"象"整体、直觉式的品味、把握中，来调动各种知觉感官，领略"象"背后蕴藏着的情与理，这远比单纯语言所能包孕的有限蕴涵要丰富得多。

1. 语言的局限性

早在先秦时期，中国哲人就睿智地认识到了语言的局限性，并在长期的语言实践中建立起对语言的基本看法。老庄都认为语言不可能完全呈现客观实在与主观思想，老子曾言"道可道，非常道；名可名，非常名"（《老子》）即是说自然的恒常之道不是语言所能把握的。孔子也感受到了言说的困难和窘迫，其学生子贡云："父子之言性与天道，不可得而闻也。"这里"不可得而闻"即在一定程度上表明了言说的困难性。而《易传》则引申孔子的思想概括为："书不尽言，言不尽意。"又云："圣人立象以尽意"，"系辞焉以尽其言。"

此后庄子则对语言局限性、语言与思想的差距进行了最精密和透辟的思考。其《知北游》谓："道不可言，言而非也。"庄子认为不但语言而且思维都不能把握"道"，其云：

> 可以言论者，物之粗也；可以意致者，物之精也。言之所不能论，
> 意之所不能察，不期粗精焉。（《庄子·秋水》）

可见，语言可达物之粗略，思想可达到物之精微。真正无形无限的"道"是语言所无法表达的。而其"轮扁斫轮"的寓言充分表明语言无法充分表达人的内心体验。韩非子则认为过于讲究文辞的华丽、拘泥于语言形式会有损于思想内容的传达和接受，言之局限性尤为明显。[①] 可见，古代哲人普遍持一种轻视语言的态度。毕竟语言是为了表达概念"名"的，而概念并非真实的，只能反映观念世界，不利于人们内在的超越。语言只能暗指不能明指和确指，也无法言说人内心的意绪和宇宙间各种微妙的道理。

2."象"的出场："立象以尽意"

正是在这种背景下，不同思想家试图突破语言的局限，探寻最适合的渠道来加以传达。既然言不尽意，那么就"立象以尽意"。后世艺术家正是在《周易》卦象的启发下，在言意之间树立"象"来作为过渡，形成言、象、意三者有机关联的辩证层面。这使得此前"以言尽意"的尴尬局面得到缓解，从根本上克服了语言天然的局限，建立起一个由言到象、由"象"到"意"的富有活力的系统。总之，"象"搭建起创作者和接受者之间的艺术桥梁。

对于"象"的功用和价值，钱钟书透辟而精准地指出：

> 象虽一著，然非止一性一能，遂不限于一功一效，故一事物之象
> 可以孑立应多，守常处变。[②]

这揭示了"象"的神通广大。的确，"象"是一种整体而模糊的反映，它比语言的有限、局部和清晰性更具有灵性与诗性。作为一种交织着多种意念的模糊集合体，"象"自然不比语言那样确指和实在，它可以表达语言所无法表达的各种意绪，以及朦胧而含糊的念想，赋予作品多义性与含糊性，从而赐予读者想象

---

① 读者可参见《韩非子·外储说左上》相关寓言。

② 钱钟书：《管锥编》（第一册），中华书局 1979 年版，第 39 页。

的空间，使艺术插上腾飞的翅膀。读者可以通过体验、品味"象"，来获得言有尽而意无穷的艺术效果，在直觉体验中步入艺术的殿堂。

3. 构象、传达及各门艺术都离不开"体验"

正是"象"的引进和介入，各门艺术的审美空间才得以空前开拓。"立象尽意"成为不同艺术家苦苦追求的至境，艺术也就在"象"的营造下各显神通，把读者引领到奇妙的心灵世界。朱良志先生曾总结了艺术家笔下的自然世界——其实即为"象"——对艺术构思来说的四种基本功能：感发、净化、在审美愉悦中的超越功能、表达功能。[①] 而这些功能都是对"象"体验的结果。总结为两点即是：观象深意，假象见意。而"观象"侧重指情感的净化与深化，朱良志先生动情地写道：

> 大自然不仅能激我情思，洗我灵府，又能悦我情志，更能引发深层的生命冲动，在大自然的撞击下，心灵世界不再是沉睡的沙漠，不再是玄奥难测的秘府。它使人穿过重重心灵幻影的森林，从内心世界走向现实世界，从外在表相走入宇宙纵深，达到由一般心态到审美心态再到宇宙心态的不断超越。[②]

正是"象"的拟定，才能达到如此的艺术效果。徐复观曾言："一切艺术所要追求正是心灵可以安放进去的世界。"[③] 心灵的安放正是凭借"象"得以实现，而读者也依托于"象"来体味主体之"心"，达到领悟与交融的境界。

再者，从"假象见意"来看，艺术的传达同样离不开主体的体验，"观象使艺术家产生了融凝物我的灿烂感性，从而使内在的情感寻得了感性化的载体，艺术家不必再在愈发不能的痛苦中煎熬，艺术兴会的光临将会带去这一腔炽热的情性。自然之象促使了创作中情感和形式的升华，这便使"象"成了中国艺

---

① 朱良志：《中国艺术的生命精神》，安徽教育出版社 1995 年版，第 157—158 页。

② 朱良志：《中国艺术的生命精神》，安徽教育出版社 1995 年版，第 158 页。

③ 徐复观：《中国艺术精神》，春风文艺出版社 1987 年版，第 194 页。

术构思的逻辑起点"。①可见，"象"具有浓郁的感性特征，它熔铸了创作主体的情感和思绪，这在读者的"二度创造"中必然同样需要靠体验——而非逻辑推理和分解判断——所可领略的。

再看主体对各门艺术之体验。"象"的体验性特征在各门艺术中都有体现。如画家石涛毕生实践得出"搜尽奇峰打草稿"的艺术体验，诗人陆游则得出"汝果欲学诗，功夫在诗外"的体验。古代艺术家总是视游览登临为乐事，为的就是从自然物象中获取灵感与体验，在移情作用下，通过心物交融而产生艺术构思，"崇山峻岭，茂林修竹，何处不留下艺术家的足迹；烟云秀色，草木微情，无物不激起艺术家心中的波澜。诗人即目成诵，寓怀理陈；画家则盘纡纠纷，咸纪心中，徘徊优柔，久则化之；音乐家在与自然的深沉契会中，心弦轻拨，而令众山皆响；书法家则把自然生生不息的节奏韵律径自化入抽象的线条中，铸成了'天地何处不草书'的绝响。观物融汇的方式虽有不同，但都以物为起点，据物驰思，借物写心，使两相凿枘，莫可彼此。"②可见，艺术构思中的"观象"与"取象"无不熔铸了创作主体的情感体验，更不要说接受层面的"味象"了。

4. 批评：调动各种感官对"象"进行体验

传统文论范畴以具象表抽象，必然具有很强的简约性与概括性。"象"由物象到卦象再到意象、兴象、气象的发展与转化过程即是"象"不断走向概括和多义的过程，也是"象"从具体走向抽象、从有限走向无限、从外在实指走向内在心灵的过程。

而"象"的体验性特征集中表现为主体调动各种感官来实现"心"与"物"的交融，实现"情"与"象"的渗透。吴中胜教授曾分别从视觉、听觉、味觉、联觉四个方面总结了中国古代文论对"象"的不同体验，较有启发性，读者可参考。③

---

① 朱志荣：《中国文学艺术论》，山西教育出版社 2003 年版，第 158—159 页。

② 朱志荣：《中国文学艺术论》，山西教育出版社 2003 年版，第 159 页。

③ 李建中等著：《中国古代文论诗性特征研究》，武汉大学出版社 2007 年版，第 162—174 页。这里吸取了其中部分史料，特此说明。

先看视觉方面。如《周易·系辞上》谓卦象来源时曰：

> 仰以观于天文，俯以察于地理，是故知幽明之故。

这里"仰观俯察"是古人以视觉观象、取象的途径和方式，从来源来看，"象"的体验性不言自明。后人在此基础上自然地把万物的视觉感受转移用来议"象"论"文"，于是"象"也有形有色、有疏有密、有肥有瘦。又如评论家喜用"秀"来赞扬好作品：

> 发愀怆之词，文秀而质羸。（钟嵘《诗品》评王粲）

> 嗟其才秀人微，故取湮当代。（钟嵘《诗品》评鲍照）

> 然奇章秀句，往往警遒。（钟嵘《诗品》评谢朓）

据许慎《说文解字》释"秀"云："有实之象，下垂也。"果实成熟得下垂，这是古人日常的视觉体验，是以体验"具象"来论文（作品的风格特征）的典范。

再看听觉方面。在听觉方面古代批评家也以对具象的体验来传达某种审美愉悦。典型如"金石"意识，古人崇尚妙音妙曲，崇尚金石之声，贬轻靡靡之音、郑音、俗曲。陆机《文赋》云："或寄辞于瘁音，言徒靡而弗华"，"或奔放以谐合，务嘈囋而妖冶"，"声高而曲下"，"被金石而德广，流管弦而日新。"陈子昂推崇友人的诗歌"音情顿挫，光英朗练，有金石声"（《修竹篇序》）。欧阳修《六一诗话》云："其声清越，如击金石。"严羽《沧浪诗话·诗评》称"孟浩然之诗，讽咏之久，有金石宫商之声"杨载《诗法家数》云"下字要有金石声"，"要雄伟清健，有金石声"等等，都是体验"金石"具象来表达审美趣味和艺术效果。从论述来看，所谓"金石"之声，是一种有强劲力度、有生机活力的声音，迥异于靡靡之音或俚音俗曲。

此外，传统文论中也不乏嗅觉和触觉体验的移用。如明人沈际飞《草堂诗余四集》称"词贵香而弱，雄放者次之"。刘熙载《艺概》有"冷句中有热字，热句有冷字"之说。所谓"香""冷""热"等，都是以具象体验来论文的。

而文学批评中也有联觉（又称"通感"）体验的移入。如"美"字是文学批评中运用较多的字眼，从字源学角度来说，它便是联觉体验的移入。何谓"美"？许慎《说文解字》释曰：

　　　　美，甘也。从羊从大，羊在六畜，主给膳也。

　　"甘"为味觉体验，"大"为视觉体验。可见"美"源于视觉和味觉体验。文论有许多概念和范畴是感觉体验的移入。如"温丽"：钟嵘《诗品》评古诗"文温以丽，意悲而远"，源于触觉和视觉体验。如"清润"：钟嵘《诗品》评江祏"祏诗猗猗清润"，源于视觉和触觉体验。又如"细润"：方回《瀛奎律髓》卷十四"大历十才子以前诗格，壮丽悲感；元和之后，渐尚细润，愈出愈新"，源于视觉和触觉体验。再如"淡冷"：胡震亨《唐音癸签》卷七"详大历诸家风尚，……写致取淡冷自送"，则源于味觉和触觉体验等等。这些联觉都是体悟"象"的审美结果。

　　综上，无论是视觉、听觉还是联觉体验，都充分反映出古代文论"象"范畴的体验性特征。

5. 品鉴之体验："味象"与"妙悟"

　　中国艺术品鉴强调"味象"，即通过对"象"的回味和品鉴来领略其美感。而"味"即是主体主动的体悟与自觉的享受，因为"象"是具象与抽象的凝聚，它是道，是情，是物之精灵，是生命之结晶。毕竟，"作为审美构思终结的物化之'象'是一个丰富的世界：宇宙的精神从这里流出，个体的意绪从这里升腾，美的气韵在其中流荡"。① 如司空图所云"意象欲出，造化已奇"。"象"的奇妙在于它召唤主体与"象"所体现的感性生命进行对话，激活艺"象"所蕴藏的蓬勃生机。古代论家提出对"象"的接受需要"涵泳""妙悟"和"体味"，而非简单地通过肢解和剖析等逻辑方式所可达到。

　　宋代文论家杨万里在《颐庵诗稿序》中曾谓：

---

　　① 朱志荣：《中国文学艺术论》，山西教育出版社 2003 年版，第 159 页。

> 至于茶也,人病其苦也;然苦未既,而不胜其甘。诗亦如是而
> 已矣。

通过类比道出了艺术品鉴必须 "味象" 的原理。其在《习斋论语讲义序》中说:

> 《国风》之诗歌曰:"谁谓荼苦,其甘如荠。"吾取以为读书之
> 法焉。

这颇近似于陶渊明所说的 "不求甚解",探求 "言外之意" 和 "味外之旨" 成了 "味" 象的目的地。而 "涵泳" 和 "妙悟" 是达到这种效果的不二法门,诗之妙在于 "言外" "象外" "意外",创作主体不执着于具象而创生 "象外" 的艺术空间,读者接受同样不能停留于言语和具象,而必须去体验意象,涵泳妙悟。这是一种不假名言、不假推理的感性直觉的方法,它整体性地对 "象" 进行体验、品咂和玩味,通过以心会心的方式直指本体,这和 "以禅喻诗" 异曲同工。

6. 对 "象" 品性的规定与要求

我们从不同阶段文论家对 "象" 品格的规定与阐发来看,"象" 的特征在于熔 "体验" 与 "概括" 于一炉,它作为不可分解的整体,需要人去直观和妙悟。历来批评家都对 "象" 的品性做出了相应的要求。

如《周易》提出 "见乃谓之象"。这里强调的是 "象" 的可视性。佛教也云:"见直下便见,凝思便差。"强调通过视觉效果来进行体验,这与西方以概念、判断来进行体验截然不同。这直接影响到此后中国书法、绘画、园林等艺术门类都十分注重感觉效果,要求立象鲜明生动,栩栩如生;或逼真传神,跃然纸上。

再看钟嵘提出 "直寻" 说。《诗品序》云:

> "思君如流水" 既是即目;"高台多悲风" 亦惟所见;"清晨登陇
> 首" 羌无故实;"明月照积雪" 讵出经史?观古今胜语,多非补假,皆
> 由直寻。

钟嵘反对以概念来代替感性的描绘，其所引诗句便是自然产生的、清新活泼之"象"，而非抄书、苦寻所觅。许文雨在《诗品讲疏》中说："直寻之义，在即景会心，自然寻妙，即禅家所谓'现量'是也。"好的作品总是作家在触景生情，情与物冥的过程中产生，形成美妙的意象，并非由苦苦思索、呕心沥血得来。此为"即目会心"之意，指作者以审美直觉触物兴情、创造意象。

其后，刘勰则提出"隐秀"说。所谓"隐也者，文外之重旨也；秀也者，篇中之独拔者也。隐以复义为工，秀以卓绝为巧"（《文心雕龙·隐秀》）云云，都是强调诗歌内在的深层意蕴和外在具体可感的形象之间的有机统一。南宋张戒《岁寒堂诗话》则引曰："情在词外曰隐，状溢目前曰秀。""隐""秀"二者同时作用于"象"，对"象"做出辩证的规定。张少康曾提出"意隐象秀"说，认为"秀"是指艺术意象中的"象"而言的，它是具体的、外露的，是针对客观物象的描绘而言的，故以"卓绝"为巧；"隐"是指意象中的"意"而言的，它是内在的、隐蔽的，是寄寓于客观物象中的作家的心意情志，它统率并直接决定"象"的形成，故以"复义"为工。① 相应地，诸如钟嵘《诗品》评阮籍诗曰："言在耳目之内，情寄八荒之表。"欧阳修《六一诗话》引梅尧臣语："状难写之景如在目前，含不尽之意见于言外。"莫不是对"象"的规定。

至唐，司空图则把"直致"作为艺术表达的最高标准，把直觉的创作体验和直接的鉴赏感知叠合在一起；王国维则干脆谓之"不隔"，要求"词语都在目前"，以唤起人强烈的视觉印象，这些都强调意象的视觉性、直觉性、个别性和独特性。宋代严羽论诗以"兴趣"为本，这与其"妙悟"说相得益彰，都是一种形象的直觉，这对后来公安三袁、王士禛和袁枚等人论诗谈文注重"性灵"和"妙悟"等，均产生过深远影响。即便是后来提出"似与不似"（像与不像并存）的构象原则，也依然要求创作本乎自然，不脱离具体的感性形态，而"不似"则要求虚实结合，属于一种心理层面的审美体验。

7. "比物取象"的批评传统：体验

我们再从中国古代艺术批评来看，以"象"为代表的核心元范畴也是体验

---

① 张少康、刘三富：《中国文学理论批评发展史》（上卷），北京大学出版社 1995 年版，第232 页。

与概括的统一。传统批评不重视逻辑概念,"它极力排斥鉴赏过程中概念性的分解性的活动,接受者不是用概念去感知,而是以整个心灵去体验,欣赏的过程不是复杂的逻辑推理,而是由瞬间的感悟达到迅速的意绪超升""作为感性存在的批评对象之'象'是一浑然难分的实体,这一实体恍惚幽眇,并不可能有明确的界定。"① 学者们通常称这种直觉式的意象批评为印象式批评②,它尤其注重对"象"的描绘来传达批评家的看法和见解。对于这种批评的过程与效果,朱良志先生有一段生动形象的描绘:

> 中国欣赏艺术最忌浅尝辄止和空发议论,虽然只言片语,但均出自灵府,胎息于深深的内在体悟中,往往在吉光片羽之中,闪耀着智慧的光芒。在含蓄蕴藉的艺术形象面前,任何随意的欣赏都只能得到皮相,无法走入艺术的深境,中国艺术要求以全部生命欣赏,而欣赏不仅是为了审美愉悦,而是要激发全身心全人格的震荡。③
>
> 中国艺术鉴赏的根本途径是直觉的心灵体验,只可意会,不可言传。然而毕竟又要传,于是鉴赏者便以心传心,他们每每将心灵体验的复杂历程及其结果通过精心选择的感性形象表现出来,而不屑于去用概念表现。④

这便道出了古代艺术品鉴与批评取"象"的民族特征,文学之美和批评之思,都寄寓于"意象"之中,通过"象"表现出来。

三、确定与不确定并存("一"与"多"的辩证)

正是由于"象"范畴具有多义性和模糊性、整体性与直觉性等特征,它同

---

① 朱良志:《中国艺术的生命精神》,安徽教育出版社 1995 年版,第 168—169 页。

② 参见王先霈、胡亚敏主编《文学批评导引》,高等教育出版社 2005 年版,第四章"印象批评"。

③ 朱良志:《中国艺术的生命精神》,安徽教育出版社 1995 年版,第 169 页。

④ 朱良志:《中国艺术的生命精神》,安徽教育出版社 1995 年版,第 170 页。

时也集确定和含糊于一体。一方面，它指代具象时，其意蕴是确定的；然而这一元范畴衍生出系列子范畴，又有很大的统摄性和极强的生命力，其内涵的多元和外延的扩大是在不确定性中实现的。

1. 卦象的所指与抽象：立象以尽意

我们先来看最初卦象的构造。众所周知，卦象是古人仰观俯察来对"身"与"物"模拟的结果，同时也是对天、地、鸟、兽认识的结果。而最终形成八卦则源自周人的筮卜，正是在占卜的过程中，形成了乾、坤、震等八卦——即八种可以统摄宇宙万物的基本符号。其象征物的选取最初均为具体而确定的自然物象。如八卦的卦象，依次象征天、地、山、泽、水、火、风、雷。然而每一卦又由六爻组成，其所象征物进一步扩大和增加。如乾卦的爻象，全部是对"龙"的象征，依次象征龙的潜、现、惕、跃、飞、亢等不同状态。可以说，64卦及384爻，卦卦有象，爻爻有象，所象征的对象几乎囊括了自然与人事的方方面面。依次衍生，则八卦作为一套完整的抽象符号系统，具有巨大的可容纳性，其统摄能力直接导致其不确定性。如八卦可以分别代指人伦、人体、颜色、方向和事物等，我们可制表如下，更为直观：

表 6.1　八卦的最初确指与衍生表

八卦	自然物（最初确指）	人伦	人体	方向	动物	植物	颜色	性质、动作
乾	天	父、君	首	西北	马	木果	大赤	健
坤	地	母	腹	西南	牛		黑	顺
震	雷	长男	足	东方	龙	竹、苇	玄黄	动
巽	风	长女	股、发	东南	鸡	木	白	入退
坎	水	中男	耳	北方	豚	坚多心	赤	陷
离	火	中女		南方	雉	科上槁		丽
艮	山	少男	手	东北	狗	坚多节		止
兑	泽	少女、妾	口	西方	羊			悦、毁、拆

由表可见，八卦最初确指的天、地、雷、风等均为自然物象，后随着使用

的推广，逐渐移向人伦、人体、生物、动作层面，其外延逐步扩大。日常生活中的许多事物和观念经过直观的、形式的比类、模拟后，都被纳入八卦符号系统之中，使卦象的不确指日趋丰富起来。

2."象外之象"与"言外之意"

"象"范畴在唐宋时期衍生出"象外之象"和"境象"等子范畴，它们彼此交织而成范畴群落，成为中国古典美学的最高原则。司空图提出此"超象"论，前一个"象"是对艺术形象具体可感的有形描写，谓之"实象""实境"等，属于确指；而后一个"象"则是前者所暗示和象征出来的朦胧恍惚的虚象，构成一种令人回味无穷、驰骋遐思的艺术空间，是不确定的，属于"虚指"。这个"象"只能存在于作家和读者的情感体验和审美想象之中。"这种'象'是鉴赏者的意中之象，因此它是一种真而不实的虚象，它不脱离自然，又不仅陷入自然的表层形态，大自然一切虚灵飘忽的形态和动势都可以是艺术鉴赏者酌取的对象"。而一旦这种自然物象进入艺术家笔端，则"它以不确定的感性比附来表现不确定的意绪，不落言象荃蹄，活泼玲珑，又不损害形象的美感"。[①]

同时，司空图所描述的"蓝田日暖、良玉生烟"等，是想象中的物象，具有朦胧恍惚性，在可见与不可见、可解与不可解之间。一切艺术如果只有具象，便显得单一、坐实而拘泥、呆板，则必然僵化而无味，唯有"超象"才赋予艺术多重的深层意蕴。作品含义的多元化、其所指的模糊性，都存在于"象外"，这才是"象"之灵魂。然而"超象"必然离不开"具象"，它是由"具象"生发开来的结晶，是在"具象"基础上概括、提炼的结果。两个"象"的统一与互补，或者说"象"自身确定与不确定性的统一，才形成"意象"蓬勃的生命。

正是"象"的这种不确定性营造出艺术的"言外之意"。艺术的辩证法在于通过确定性的具象来暗示、象征某种朦胧、玄妙的虚象空间，以供读者不断品味，做出多元的阐发。如司空图在《二十四诗品》中表达其审美标准为"不着一字，尽得风流"，诗之风流即表明具备多种韵味，可作多元理解。同时他提出

---

① 朱良志：《中国艺术的生命精神》，安徽教育出版社1995年版，第167页。

诗歌要醇美，要有韵味。南宋张戒在《岁寒堂诗话》中把言外之意的辞婉意微、寓意象征，作为评诗的最高标准。此后，梅尧臣、叶燮、刘熙载等人都曾提出于"象外"营造多元意蕴的相关理论，重视比兴寄托、弦外之音、味外之味等，都是对"象"不确定性的一面的理论开掘[①]，兹不赘述。

3. 举隅:《江雪》与《宫词》的文本分析

为了更直观地领略和感受"象"的这种品性，兹举唐代柳宗元的名诗《江雪》为例，稍做分析。

> 千山鸟飞绝，万径人踪灭。孤舟蓑笠翁，独钓寒江雪。

此诗在明清诗话中多被征引和评析，具有很强的代表性。从诗歌的表层语句来看，全诗寥寥二十个字，取象极为精炼，诸如"飞鸟绝""人踪灭""蓑笠翁""寒江雪"等，这些意象是确指的，是寒冬中的实存图景，一经组合便描绘出一幅凄清冷峻的画面。进一步拷问诗歌所蕴蓄的象征意蕴，则画面流露出诗人永州革新失败后面临政治的失意，则其"象外"之意直接引导读者去体会诗人遇挫后对自身处境的反思和遗世独立的心境，这是此诗的第一重"不确定"，需由确定之自然物象来体现；其第二重"不确定"在于组合意象以及"绝""灭""雪"等字眼共同勾勒出一幅冷峻的画面和凄怆的图景，蕴含着一种浓郁的孤独感，引发一切人生不顺者的共鸣，打动了后世无数读者。这是哲思层面的一种"不确定"，显然也包孕于具象的描绘之中。

"象"的这种"不确定"性，系艺术家主体有意设定，容易造成一种艺术"空白"。通常这种诗文容易造成一种意在言外、余味无穷的美学效果。文学语言历来贵在含蓄，不宜什么都直说出来一语道尽，不仅不可能，也没有必要。但正是"象"的这种不直接说出的"虚"（无）、"空白"，往往比直接说出的"实"（有）更意味深长，耐人咀嚼。如：

---

① 　读者可参考孙耀煜：《中国古代文学原理》，江苏教育出版社 1996 年版，第 214—215 页。

寂寂花时闭院门，美人相并立琼轩。含情欲说宫中事，鹦鹉前头
不敢言。（朱庆余《宫词》）

唐人朱庆余著名篇章《宫词》，描绘了深宫幽居的美人噤若寒蝉、敢怨不敢言的
情态，然而作者没有写出他们欲言又止的"宫中事"的具体内容，这一留白恰
恰是此诗意蕴营造之处，也充分显示出了诗人高超的创作能力。像这样韵味深
长、引人深思的"虚无"与"空白"，自然远胜过那些直接诉诸言词的"实有"。
诗文的韵味也常常产生于留白的含蓄朦胧中。这里关键在"度"的把握，即记
事抒情恰到好处，依虚生意而不点破。类似诗篇在中国古代文学长河中俯拾皆
是，不绝于耳。

第二节　影响中国古代文论范畴和体系的深层原因

不同范畴在演进历程中形成范畴群落，在此基础上不断衍生出系列命题与
术语，它们共同构建中国文论的大厦。其中尤其是道、情、志、气、象、味等
核心元范畴，最能体现出中国文论的民族特质。导致中国文论范畴具有多义性
与模糊性等特质的最根本原因，在于汉民族独特的思维方式，以及推崇含蓄之
美等审美传统的形成。

一、汉民族思维方式

不同民族的思维方式直接影响到该民族的艺术风格与文化精神。在汉民族
占据主导地位的中国古代，天人合一和整体直觉的思维方式最为突出，此二者
直接关乎后世系列文论范畴的形成。

1. 天人合一

中国古代批评家通常是在"天人合一"的前提下来探讨文学问题的。在抒情文学占据主导的古老国度，士人"在创作过程中高扬主体精神，充分发挥'我向性'，克服'物象性'，从而将建立在直觉思维基础上的意象思维，定位在主体意向性的认知基础上，而非西方那种客体对象性的认知基础上"。① 这里所谓"我向性"便是天人合一思维方式影响的产物。

围绕这种思维方式，在中国古代产生了系列命题，相关论述甚多。诸如"天人感应""天人一气""天人无间"与"天人相与"等等均是。早在先秦时期，孟子就指出圣人之心性与天地相通合一，只是这一境界是通过"知"来实现的。此后，《易传》提出"天人合德"说，庄子倡导"心斋""坐忘"说，都将主体导向物我、主客浑然一体的境界。而经汉儒董仲舒等人的推演，则天人合一思维方式逐渐演变为"天道""地道"和"人道"合一的宇宙模式。《中庸》开篇即谓："天命之谓性。"导致人性自然与天性的相通。在儒家的应用下，"天人一德"说逐渐弥漫开来。

相比而言，儒家通过内省浑然而与天地合德，而道家是以虚静推于天地而与自然混同。朱恩彬先生在梳理了"天人合一"观念的发展与表现后，集中分析它对古代创作心理的深远影响。② 尤其是这一思维方式导致中国古代主、客体不分，促使心、物融为一体，文艺创作注重表现，文艺欣赏尤其强调"心"的作用。这在"象"范畴所形成的"家族成员"中就可见一斑。

比如，"象"发展日益突破单纯的模仿，除取法天地自然以外，还十分注意人的主观心志的参与，其对"象外"的关注要求体现自然的生命运动。"由此主张以心为主与从物出发的统一，情与景的统一，并且将这种统一贯穿在从艺术创作本体论（'立象以见意'）到创作论（'观物以取象'）、鉴赏论（'境生象外'）诸环节的连续展开中。"③ 正是在"天人合一"思维方式的影响下，无论是创作层面还是作品层面或接受层面上的"象"，都始终离不开"心"和"意"的主导和渗透。如"意象"便是意与象的结合，集中表现为情景合一。其中"意"

---

① 汪涌豪：《中国古代文学理论体系：范畴论》，复旦大学出版社1999年版，第509页。

② 朱恩彬、周波主编：《中国古代文艺心理学》，山东文艺出版社1997年版，第16—20页。

③ 汪涌豪：《中国古代文学理论体系：范畴论》，复旦大学出版社1999年版，第557页。

包括人的艺术活动中的意志、想象、思想观念等内容，但就艺术创作而言其核心是情感，而所谓“象”则可指万事万物，在传统诗文中主要指自然景物，而意象的形成来自主体的感兴，即目成诵，触景生情。刘勰在《文心雕龙·物色》篇中记载论述了意象的形成过程：“物色之动，心亦摇焉。”“情以物迁，辞以情发。”“……既随物以宛转，……亦与心而徘徊。”心与物、情与象的渗透，必然构成情景交融的意象。美学家朱光潜在《诗论》中曾引用克罗齐的“直觉”说加以分析道：

> 在心中直觉到一个完整的意象，恰能涵盖一种情感时，情感便已表现于意象，被表现者是感情，表现者是意象。①

可见，情感是以意象的形式体现出来。“象”的生发始终离不开“情”的浸染和渗透。而古人对象征性意象的要求是“气韵生动”，它要求物象“必须是生气灌注、饱孕情感和想象，表现出活跃的生命意识”。②这一术语更体现了主、客合一的民族特质，是中国独有的天人合一思维方式的折射。

近代学者章学诚在《文史通义·易教下》中曾指出：

> 有天地自然之象，有人心营构之象。……心之营构，则情变易为之也。情之变易，感于人世之接构而乘于阴阳倚伏为之也。是则人心营构之象，亦出天地自然之象。

可见，古人无论从哪个层面强调“象”，“正贯穿着应自然之教，与天地相参的合一天人的积极追求。而艺术作品中的兴象也好，意象也好，正是这种天人合一的文化精神的集中体现”。③本着这种思维方式，有学者认为“中国艺术精神妙在心物之际，有无之间，它是摹传和表现的统一，感性形态和观念内容的统

---

① 朱光潜：《诗论》，三联书店 1984 年版，第 63 页。可附带参考该书中收录《情趣与意象契合的分量》一文。

② 孙耀煜：《中国古代文学原理》，江苏教育出版社 1996 年版，第 195 页。

③ 汪涌豪：《中国古代文学理论体系：范畴论》，复旦大学出版社，1999 年版，第 557—558 页。

一，它统一于象"。① 总之，元范畴"象"集中而凝练地折射出中国传统的思维方式，或者说正是天人合一之思维哺育了"象"，为之注入了生生不息的生命血液，"象"范畴才具有如此丰富多元的内涵，"象"的艺术品性才得以真正提升。

2. 整体直觉

"整体"与"直觉"紧密关联，对事物整体性的把握往往不经过肢解与分析，而是直觉性地进入其全体，故二者合一统称为"整体直觉"思维。故这里合论而不分说。

传统思维注重整体性，侧重于对事物"全美"的直觉把握，避免概念分析和语言表达。② 中国古代先民把客体作为混沌的整体来认识时，只是通过直观的方式而非严密的逻辑规则去探求。无论是老庄论"道"，玄学家论自然"无"，还是理学家论"太极"，以至"理""气""心""性"等，都是如此。因此，"对整体的把握，只能靠直觉顿悟，它既不同于博格森的生命哲学的直觉，也不同于笛卡尔的理性主义直觉，它是中国人所特有的超理性的体验式的直觉"。③ 比如庄子的"心斋"观就是排除一切知识之后对于"道"的全体把握；"坐忘"则是自发状态下的神秘直觉。而儒家所谓的"一以贯之""下学而上达"等也是直觉思维的体现。所谓"直"是未经有意识的逻辑思维而直接接触对象；"觉"是感觉直接作用于客体的属性在人脑中的反映。简言之，"直觉"就是下意识或潜意识地直接把握对象。

那么，这种思维方式究竟有何优长呢？其特点是"整体性、直接性、非逻辑性、非时间性和自发性，它不是靠逻辑推理，也不是靠思维空间、时间的延续，而是思维中断时的突然领悟和全体把握。这正是传统思维的特点。就是说，它不是以概念分析和判断推理为特点的逻辑思维，而是靠灵感，即直觉和顿悟把握事物本质的非逻辑思维"。④ 显然，除中国本土的儒道两家在天人合一观的指导下大量采用整体直观思维，外来的佛家思想也对这种思维方式的形成起过

---

① 朱良志：《中国艺术的生命精神》，安徽教育出版社 1995 年版，第 172 页。
② 古代论家对语言局限性的认识，见前（本章第一节）分析。
③ 张岱年、成中英等：《中国思维偏向》，中国社会科学出版社，第 23—24 页。
④ 张岱年、成中英等：《中国思维偏向》，中国社会科学出版社，第 23—24 页。

很大作用。如禅宗吸收庄子和玄学的方法，提出"不立文字"（宋·释普济《五灯会元》卷七）、"直指人心"的顿悟法，可谓将直觉思维发展到了极点。"它强调刹那间的非逻辑的直接解悟，著作扫除一切思虑和语言，取消一切概念性认识，提倡完全的自发整体，以无念为宗、无思为思。"① 而这种"超言绝虑"的直觉顿悟后来被理学家吸收了。

学界通常认为"天人合一"和"混沌无序"分别代表儒家和道家整体思维的基本形式。前者已如上论述过。而后者所说的"混沌"是原始未分化的宇宙整体，所谓"有物混成，先天地生"，是一个实存的整体。而《周易》把一切自然现象和人事吉凶统统纳入由阴、阳两爻所组成的六十四卦系统中，建构起了一种阴阳八卦的整体模式，统摄天象、农事、兵戎、祭祀和婚姻等领域。这种直觉的整体性思维模式在传统医学理论、军事理论和建筑理论中得到了广泛应用。②

前文在分析"象"在古代不同阶段的表现时，曾指出中国古老的神话传说故事、先秦《诗经》的比兴和《离骚》的象征手法，以及《庄子》等著作中大量的寓言，诸子论及政治主张时采用的譬喻修辞等，都是一种源自经验的整体性直觉思维之应用。据吾淳博士研究，直觉性思维具有如下突出特征：一是鲜明的感受性，诸如对庖丁解牛、轮扁斫轮等寓言故事的领略即是如此；二是准确的判断；三是反复积累；四是不可言传。③ 在这种思维的影响下，中国古代视文学艺术为一个混沌整一、气脉流贯的生命体，有经有脉，有声有气，有血有肉。如严羽《沧浪诗话·诗评》所称："气象混沌，难以句摘。"在古人眼里，世间万象都是一个整体，所谓浑沌之道、阴阳之气等都是古人对宇宙自然的整体把握。整体思维是中国古人重要的思维方式，这也是一种极富原始意味的思维方式。

有学者曾深入分析过整体直观方式对传统文论的多元影响，认为中国古代文论家在观照、把握、思考、评价作品时，总是将其看作一个血肉丰满的生命整体，并从整体上进行把握，尤其表现在以气论文、以结构论文、以圆通论文

---

① 张岱年、成中英等：《中国思维偏向》，中国社会科学出版社，第24页。

② 李苏平：《中国思维座标之谜：传统人思维向现代人思维的转型》，职工教育出版社1989年版，第181—182页，读者可参考。

③ 吾淳：《中国思维形态》，上海人民出版社1998年版，第107页。

诸方面。^①王先霈先生曾集中研究中国古代文学批评对完整、丰满、周全的追求，他称之为"圆形批评"。据王先生统计，《文心雕龙》全书中"圆"字凡17处，多有周全、完整、丰满、成熟等含义。他又举了谢朓语"好诗圆美流转如弹丸"（《南史·王昙首传》附《王筠传》）、"造语贵圆"（《沧浪诗话·诗法》）等例，分析了古代文论对"圆照""圆美""圆活""圆密"等的崇尚。^②这里对"圆"的崇尚，实即指整体思维，它视文学艺术为一种具有内在生命律动的浑然不分的有机整体，注重于对作品整体特征的领悟与品鉴。

古代文论有许多重要范畴即从整体角度对文学进行把握。如司空图《二十四诗品》中，"采采流水，蓬蓬远春"之纤秾，"海风碧云，夜渚月明"之沉着，"落花无言，人淡如菊"之典雅，"流水今日，明月前身"之洗练等等，这些新颖鲜明的意境准确地揭示出对"象"的总体风貌。本来什么是"纤秾"，什么是"典雅"，只可意会而难以言传。无论从理论上做出怎样严格的界定，都难免在条分缕析下支离破碎，无法揭示其浑然、整一的境界。古代文论中充满大量的是这类重整体直觉、轻逻辑分析的概念和范畴，就"象"所衍生的子范畴及范畴群落而言，"兴象""气象""形象""境象"等均能鲜明地体现出中国古代的整体直观思维，兹以"气象"为例，来看古人如何对富有生命活力的作品进行整体观照和把握。^③

"气象"原指自然界的景色、现象。《梁书·徐勉传·答客喻》："仆闻古往今来，理运之常数；春荣秋落，气象之定期。"范仲淹《岳阳楼记》："衔远山，吞长江，浩浩荡荡，横无际涯，朝晖夕阴，气象万千，此则岳阳楼之大观也。"这种自然气象也对作家发生影响，引起主体相应的情感波动。"气象"又被古人用来指称时代、社会及人物的总体状貌特质，如"盛唐气象""帝王气象"等。如宋代许顗《彦周诗话》云："联句之盛，退之、东野、李正封也。《城南联句》云：'红皱晒檐瓦，黄团挂门衡。'是说干枣与瓜蒌，读之犹想见西北村落间气象。"在唐代，"气象"已作为一个美学范畴在运用。杜甫《秋日寄题郑监湖上亭》诗云："赋诗分气象"。皎然《诗式》认为诗有四深，"气象氤氲，由深于体

① 李建中等：《中国古代文论诗性特征研究》，武汉大学出版社2007年版，第109—120页。

② 王先霈：《圆形批评论》，华中师范大学出版社1994年版，第13—24页。

③ 这里吸取、参照了李建中等著《中国古代文论诗性特征研究》（武汉大学出版社2007年版）第117—119页相关内容，特此说明。

势"即其一。这里的"气象"已是一个专门的论诗术语了。

作为文论范畴的"气象",是指文学作品精神面貌的整体特征,故以"气象"论诗文,其思维即是整体思维。如:

> 郑谷《雪诗》,如"江上晚来堪画处,渔人披得一蓑归"之句,人皆以为奇绝,而不知其气象之浅俗也。东坡以谓此小学中教童蒙诗,可谓知言矣。(宋代周紫芝《竹坡诗话》)

> 自乐天集第十五卷《宴散诗》云:"小宴追凉散,平桥步月回。笙歌归院落,灯火下楼台。残暑蝉催尽,新秋雁载来。将何迎睡兴,临睡举残杯。"此诗殊未睹富贵气象,第二联偶经晏元献公指出,乃迥然不同。(宋代周必大《二老堂诗话》)

以上两则诗话中"气象"即指作品的总体精神面貌特征,或曰整体性的风格。

至宋代,严羽则极力倡导"气象"说,据郭绍虞校释本粗略统计,《沧浪诗话》谈及"气象"有 7 次之多,且都是从作品的整体特点着眼,而不会停留于文章局部或个别字眼。如《诗评》云:"唐人与本朝人诗,未论工拙,直是气象不同。"元代范德机著《木天禁语》立"六关"之说,第三关即为"气象"关。范德机强调"气象"的整体性:"诗之气象,犹字画然,长短肥瘦。"他反对"得一、二字面,便杂据用去"的肢解做法。

以"气象"论诗文,跟中国文论体悟式、印象式的思维方式相联系,追求一种浑沌式的朦胧美和整体美。这种浑然一体之美不可分割,不能辨析,只能意会,不能言传。严羽《沧浪诗话·诗辨》中谓诗有九品,其六即为"雄浑"。"雄浑"之美首先是浑然一体的整体之美,不是个别字句的局部美,也即"如空中之音,相中之色,水中之月,镜中之象"所言。严羽推重盛唐诗的特征和境界,即在于具有一种气象之美。"盛唐人,有似粗而非粗处,有似拙而非拙处"。胡应麟《诗薮》也说:"盛唐气象浑成,神韵轩举。"似是而非,似非而是,整体浑成,方至妙境。"雄浑"之美还是一种浑朴自然之美,绝无人工痕迹。"荒荒油云,寥寥长风"全为宇宙间天然景象,岂有丝毫人造之意?必须"持之匪强,"方能"来之无穷"。这正是严羽所追求的艺术效果:"羚羊挂角,无迹可求。"他欣赏《胡笳十八拍》,因为其"浑然天成,绝无痕迹，如蔡文姬肺肝间流出"。推崇汉魏之诗，只因其"词理意兴，无迹可求"（《沧浪诗话》）。

正是在古代整体思维与直观思维的双重影响下，中国文学家构造意象时倾情投入，拟象中赋予其情韵，不同物象或者打上了主体的情感烙印，或者一经组合便锦上添花，共同营造出一种艺术意境；文学作品是生命整体，生气贯注，血脉相连，而读者对作品"气象"的领略也是混沌意会、不可句摘。相比较而言，西方叙事文学注重情节的波澜曲折，中国抒情文学的每个元素则如血脉连心，无论是一首长诗，还是一支小曲，都是一个不可剥离的有机生命整体。

当然，影响中国文论范畴特征和体系建构的思维方式远不止以上两种，诸如"象"及其子范畴能同时容纳事物对立统一的两个方面，就是上古辩证思维的集中体现。如上分析，"象"是具象与抽象的融合，是体验与概括的统一等，都反映出中国文论元范畴思辨性的一面。

二、古代文化传统

中国文论许多范畴最初都来自哲学领域，后来在发展演进中开始转入文艺与美学领域，并日益扩散和弥漫开来，分布于文艺的创作、作品和接受等不同层面，这与中国古代诗乐舞三合一、文史哲不分的文化传统密切相关。同时，以"气""象""味"为代表的古代系列范畴不仅熔铸着传统农业社会诗人主体丰富、细腻的情感体验，而且体现出古人独特的审美意识：对含蓄之美的欣赏与推崇。探究中国文论范畴和体系特征的形成，不能不寻根以深究中国古老的文化传统。正是中国悠久的文艺传统为后世文论发展提供了丰富的滋养。

（一）对含蓄之美的推崇与营造

在艺术趣味和审美心理上，中国古人十分青睐"象外之象"与"言外之意"，不同艺术都表现出对情景交融、虚实相生等手法格外的推崇与激赏。许多技法如"比兴""隐秀"等最终都为了营造作品"含不尽之意见于言外"的艺术空间，使作品具有一种朦胧、含蓄之美，这被视为艺术的极致。自然，中国文艺界的这一悠久传统也直接影响到 "象" 的发展及其内涵外延的形成。这里选取与 "象" 有关的子范畴或命题稍做分析。

1. "象" 与 "隐"

先看卦象与 "隐"。《周易》在总结制卦原因和方式时提出 "仰观俯察" 观，认为世界上任何事物都是同构联系的，八卦是对自然物象和人文物象整体观察的结果，其所象征的物象能类推万物之情，能抵达 "神明之德"。《周易》之 "象" 无疑对后世文艺产生了深远影响。闻一多认为此 "象" 实则是一种 "隐语"：

> 隐在《六经》中，相当于《易》的象和《诗》的兴……预言必须有神秘性（天机不可泄露），所以占卜家的语言中少不了 "象"。……"象" 与 "兴" 实际都是 "隐"，有话不能明说的 "隐"，所以《易》有《诗》的效果，《诗》亦兼有《易》的功能，而二者在形式上往往不能分别。
>
> ……所以后世批评家也称诗中的 "兴" 为 "兴象"。西洋人所谓意象、象征，都是同类的东西，而用中国术语说来，实在都是 "隐"。[①]

此前著名学者章学诚也认为《诗》之 "比兴" 是《周易》"象" 的延续，二者在本质上是相通的。可见，中国文艺推崇含蓄之美，源自《周易》用卦象符号来象征性地隐喻万物之理的古老传统。对于易传善于把玄奥意义隐藏于文字符号背后而采用卦象，刘勰分析道："夫《易》惟谈天，入神致用。故《系》称旨远辞文，言中事隐。"（《宗经》）那究竟为何要 "隐" 呢？刘勰进而论道：

> ……五例微辞以婉晦，此隐义以藏用也。故知繁略殊形，隐显异术，抑引随时，变通适会，征之周孔，则文有师矣。（《文心雕龙·征圣》）

---

① 载《闻一多全集》（第三卷），湖北人民出版社 1993 年版，第 222 页。

可见，五经精心构"象"，就是为了不直接道出"鉴周日月，妙极机神"的体会，而是蕴含更丰富的认知信息。这与其《文心雕龙·隐秀》篇中提出"隐以复意为工，秀以卓绝为巧"异曲同工，"隐是隐含在象征物象之下的深层次的多重意义"。[①]最终是为了达到"始正而末奇，内明而外润，使玩之者无穷，味之者不厌矣"（《文心雕龙·隐秀》）的艺术效果。

再看"隐秀"说。"意象"通常理解为"意中之象"或"意藏于象"，其形成在于内在不可见之"意"隐匿于外在可视之"象"中。刘勰在论及艺术构思时对其内涵进行了深入剖析。同样在《文心雕龙》中，他还两次提出"隐"，即《谐隐》与《隐秀》二篇，前者是与"谜"并列的文体，后者则集中传达出刘勰对"象"营造含蓄之美的规定。《隐秀》篇虽残缺，但从宋代张戒的引文来看，他解释为："情在词外曰隐，状溢目前曰秀。"刘勰也曰："隐也者，文外之重旨者也；秀也者，篇中之独拔者也。"隐、秀二者是辩证统一的，作品的多重意蕴来自鲜明生动的意象。故刘永济先生曰："隐处即秀处。"（《文心雕龙校释》）不直接说出来的多重情意要通过具体生动的形象表达出来，形成"文外之重旨"，这要求读者必须从具体意象（形象）中获得"言外之意"。因而，中国传统文艺尤其注重委婉含蓄之美，艺术家往往通过虚实相生、情景交融等手法营造出供人回味无穷的艺术空间。这就要求作品之"象"必须含蓄朦胧，忌讳太直露，张戒在《岁寒堂诗话》中云：

> 元微之云：道得人心中史，此固白乐天长处，然情意失之太详，景物失之太露，遂成浅近，略无余蕴，此其所短处。

所谓"景物失之太露"，便是说其"象"不够"隐"，无法寄托丰富的艺术蕴含。

朱恩彬等人曾对意象"隐"的特征进行过专门总结，读者可参看。大体说来有三个方面的原因：首先，作家取象时遵循了"万取一收"的简化原则，即以少总多，从有限中显示无限；其次，"象"的蕴含空间大于意，给人以意会的伸缩性和能动性。意象中，"象"是"意"的负载者，具有概念不可框定的多向

---

① 白寅：《心灵化批评——中国古代文学批评的思维特征》，中国社会科学出版社 2005 年版，第 64 页。

性；再次，意象具有对历史意蕴的继承性。[①]无论是意象的超常奇妙组合，还是作家主体刻意地追求，或者读者品鉴的心理作用，作品之"象"所暗示、象征出的多重意蕴都具有含蓄之美，体现了华夏民族独特的审美心理。

2. "兴象"与含蓄

"兴象"在唐代成为一个理论范畴。殷璠在《河岳英灵集序》中说："于是攻异端，妄穿凿，理则不足，言常有余，都无兴象，但贵轻艳。"在批评作家作品时，殷璠常用"兴象"一词，如评陶翰"既多兴象，复备风骨"。评孟浩然"至如众山遥对酒，孤屿共题诗，无论兴象，兼复故实"。其所谓"兴象"，大抵指自然景物和诗人由此而引起的感受。以兴象见长的诗人，大抵擅长描写山水田园等自然景物，如常建、孟浩然等均是。殷璠之后，"兴象"成为历代文人每每论及的重要范畴。如明代胡应麟《诗薮》云："作诗大要不过二端，体格声调，兴象风神而已。""兴象风神"已成为一项重要的作诗原则。

古人论"兴象"之特征大致有三：其一，兴象自然。关于兴象浑沦、自然无工，宋人杨万里在书信《答建康府大军库监除达书》中所说的一段话很有意义，也惟妙惟肖："我初无意于作是诗，而是物是事适然触乎我，我之意亦适然感乎是物是事。触先焉，感随焉，而是诗出焉，我何与焉，天也！斯之谓兴。""适然"而兴的结果是自然凑泊、了无牵挂。古代诗论认为"象"是情起之时的自然呈现，或是情与景、意与象偶然触发时的"相生相融，化成一片"（朱庭珍《筱园诗话》卷一），或是"其造语天然浑成，兴象不可思议执着"（方东树《昭昧詹言》卷五），或谓"兴象玲珑，句意深婉，无工可见，无迹可寻"（胡应麟《诗薮·内编》卷六）。

其二，"兴象"深隐。"兴象"之"象"有别于"比象"之"象"，主要是"兴象"所寄之情意深而隐，朦胧含混，恍恍惚惚，常在似是而非、似非而是之间。兴象玲珑之境是情不知所起，一往情深之境；是不知何者为我，何者为物，不知庄子是蝴蝶还是蝴蝶是庄子的混沌之境；是情不知所向，不知是因情及景，还是因景生情的迷茫之境。刘勰《文心雕龙·比兴》篇云："比显而兴隐"。纪

---

① 朱恩彬、周波主编：《中国古代文艺心理学》，山东文艺出版社1997年版，第209—303页。

昀曰："在心为志，发言为诗，古之风人特自寓其悲愉，旁抒其美刺而已，心灵百变，物色万端，逢所感触，遂生寄托，寄托既远，兴象弥深，于是缘情之什，渐化为文章。"（纪昀《〈鹤街诗稿〉序》，《纪文达公文集》卷九）朱庭珍《筱园诗话》则把"兴象玲珑""寄托深远"直接作为创作追求的目标：

> 盖兴象玲珑，意趣活泼，寄托深远，风韵泠然，故能高踞题颠，不落蹊径，超超玄著，耿耿元精，独探真际于个中，遥流清音于弦外，空诸所有，妙合天籁。

其三，兴象微妙。兴象既然寄托遥深，自然高妙精微，可意会不可言传，如镜中之花、水中之月。翁方纲注重诗的"兴象互相感受"（《石洲诗话》卷十六）。方东树则追求诗歌"兴象超远，浑然元气"（方东树《昭昧詹言》卷十六）。继唐皎然"兴取象下之意"说，不少人提出"兴在象外"的命题。不同的是，他们提出这一命题的角度不一样。大致有这样三个角度：一是从"隐"与"秀"的角度。冯班说：

> 诗有活句，隐秀之词也。直叙事理，或有词无意，死句也。隐者，兴在象外，言尽而意不尽也；秀者，章中迫出之词，意象生动者也。（《严氏纠谬》，《钝吟杂录》卷五）。

冯班从"隐"与"秀"的角度来说"兴在象外"。以"隐秀"论文，始于刘勰，其《文心雕龙·隐秀》谓：

> 隐也者，文外之重旨者也。秀也者，篇中之独拔者也。

其中"隐"已有寄托之意。黄侃《文心雕龙札记》正是从这个角度来谈"隐秀"："然隐秀之原，存乎神思。意有所寄，言所不追，理具文中，神全象表，由隐生焉；意有所重，明以单辞，超越常音，独标苕颖，则秀生焉。"颇有胜义。清人章学诚说："《易》之象也，诗之兴也，变化而不可穷物矣"。在这里，象和兴都有变化而不可穷物之妙，也即都有"隐"的特点。所以朱自清在《诗言志辩》中说："言外之义，我们可以叫作兴象"。二是从诗味的角度。方东树

《昭昧詹言》卷十八曰：

> 诗重比兴，比但以物相比，兴则因物感触，言在此而义寄于
> 彼……，解此则言外有余味而不尽于句中。又有兴而兼比者，亦终取兴
> 不取比也。若夫兴在象外，则虽比而亦兴。然则，兴最诗之要用也。

方东树认为兴象 "言在此而义寄于彼"，"言外有余味而不尽于句中"，所以 "兴
最诗之要用"。这是说 "兴在象外" 有诗味。三是从情与景的角度。清代学者朱
庭珍说："夫律诗千态百变，诚不外情景虚实二端。然在大作乎，则一以贯之，
无情景虚实可执也。写景，或情在景中，或情在景外。写情，或情中有景，或
景从情生。断未有无情之景，无景之情也。又或不必言情而情更深，不必写景
而景毕现，相生相融，化成一片。情即是景，景即是情，如镜花水月，空明掩
映，活泼玲珑，其兴象精微之妙，在人神契，何可执形迹分乎？"（《筱园诗话》
卷一）。无论是情在景中还是景在情中，只要情景相生、相融，则兴象精微之妙
自不待言。

3. "比兴" 手法与寄托

《论语·阳货》曰："诗可以兴。" 孔安国注 "兴" 曰："引譬连类。" 在天人
合一思维主导下，人心与自然物象相触相通，大凡传达主体内在之思想、意念、
情志等均借助于外在物象，故比兴之用由来已久。

赋、比、兴手法是具象思维的集中体现，关于其含义，言说角度，可谓见
仁见智。郑众注《周礼》时说："比者，比方于物也，兴者，托事于物。"（郑
玄《周礼·春官·大师》注引）宋代胡寅《致李叔易书》载李仲蒙之语说："索
物以托情，谓之比；触物以起情，谓之兴；叙物以言情，谓之赋。" 朱熹《诗集
传》卷一曰：

> 赋者，敷陈其事而直言之也。
> 比者，以彼物比此物也。
> 兴者，先言他物以引起所咏之辞也。

其共性在于都把赋比兴归之于"托物"，无论言情、托情、还是起情，都要凭借"物"，即都要有具体物象作为中介，否则，运用赋比兴无异于缘木求鱼。

刘勰在《文心雕龙·比兴》篇中则解释比兴为："故比者，附也；兴者，起也。附理者切类以指事，起情者依微以拟议。"所谓"切类指事"，"依微拟议"，都可看出"比兴"手法隐约蕴藏的某种寄托。所谓"比显而兴隐"，"明而未融"云云，即是含蓄的一种表现。

从中国的文学实践看，具象思维有更丰厚的土壤。最早的《诗经》有许多草、木、鸟、兽等，它们便是作为具象存在的。谢榛《四溟诗话》卷二云："予尝考之《三百篇》，'赋'七百二十，'兴'三百七十，'比'一百一十。"而比、兴的思维即具象思维，它们都依托具体物象来进行。《诗经》中的比兴把抽象事理具象化，内在情感外物化，赋予个体情感一种审美形态，这就是具象思维，就是创造意境，创造诗美。比如《周南·汉广》，写一位樵夫爱上了一位美丽姑娘，但却得不到她，因而总是不能忘怀。首章即用"比"抒发心中强烈的渴慕与失落之情：

> 南有乔木，不可休思。汉有游女，不可求思。
> 汉之广矣，不可泳思。江之永矣，不可方思。

把朦胧而美好的感情具象化了，通过连用四个比喻，主人公失望、怅然的神态便跃然纸上，栩栩如生。

楚辞中的比、兴，在联想性与比喻象征性上同《诗经》是一致的，也极大地增强了作品的含蓄之美。"鸟飞反故乡兮，狐死必首丘"（《哀郢》），是通过正比联想，比说自己的"冀壹反之何时""何日夜而忘之"；"伯乐既没，骥焉程兮"（《怀沙》），是通过反比联想，比说"世溷浊莫吾知"；"悲回风之摇蕙兮，心冤结而内伤"（《悲回风》）、"悲哉，秋之为气也"（《九辩》），则是触景生情，以秋风之摇落草木象征自己恶劣的处境和忧伤的心情。而《离骚》中的比、兴则有着丰富的或明或暗的象喻意义，十分耐人寻味。古人有云："愤世嫉邪意，寄在草木中。"（梅尧臣《答韩三子华、韩五持国、韩六玉汝见赠述诗》）反映了古人在作品中借具象来传情达意的真实状况。

很多批评家也早就认识到"比兴"造成作品含有寄托、具有深层意蕴的功效。如清代文论家吴乔《围炉诗话》指出：

> 诗之失比兴，非细故也。比兴是虚句、活句，赋是死句。有比兴
> 则实句变为活句，无比兴则实句变成死句。(《围炉诗话》卷一)

认为用比兴，易于虚、活，当然正确，但说"赋是死句"则未免过当。他还说：

> 唐诗有意，而托比兴以杂出之，其词微而婉，如人而衣冠。宋
> 诗亦有意，惟赋而少比兴，其词径以直，如人而赤体。(《围炉诗话》
> 卷一)

认为宋诗不如唐诗，就在于只用赋而"少比兴"。不少论者都有这种观点。潘德舆也说："唐以前比兴多，宋以来赋多，故韵味迥殊。"(《养一斋诗话》卷一)。有些论者更强调"兴"。许多诗论家都认识到"兴"最能体现诗的艺术特征。李重华说：

> 兴之为义，是诗家大半得力处。无端说一件鸟兽草木，不明指天
> 时而天时恍在其中，不显言地境而地境宛在其中，且不实说人事已隐约
> 流露其中。故有兴而诗之神理全具也。(《贞一斋诗说》)

离开了"兴"，诗的神理就是残缺不全的。继承先秦文学深于取象的特点，后世的文学作品尤其是诗歌也善于取譬连类，托物寄兴。如自从屈原采用"香草美人"的象征手法之后，"香草美人"的意象便构成了一个复杂而巧妙的象征系统，使得诗歌蕴藉而生动。动植物在后世诗文中大量地成为象征意象。

王夫之《姜斋诗话》云："《小雅·鹤鸣》之诗，全用比体，不道破一句"，所谓"比体"，即是以意象传达深义。观物取象以穷天地之变的诗性智慧长期遗存于中华的言说传统之中，使"不道破一句"成为中国美学重要标准之一。传统儒家讲求中和之美，委婉美刺，"乐而不淫，哀而不伤"，一般不把情感表达得过分热烈，在不道破中达风教之旨；道家则认为至美无言，如果不得不言，则取譬于物以明己道；拈花而笑的禅家，更讲求在山林风月之中去参悟法之真义，三教的语言观，都以意象为寄，以含蓄为宗。①

----

① 详见本书第二章第三节"创作实践对'象'范畴转化的推动"分析。

（二）意象"言说"及其魅力

诗文作品属于创作，作家精心构象自不必说。而传统文学批评，主要是作家作品对文学现象进行分析和评判，在于发表主体意见和看法，表达一种知性见解，本可用分析议论以及富有逻辑性的文字来表达。然而悠久的文艺传统——对言说方式的文学性追求，诗人和批评家身份合二为一等——促使批评被作为创作来进行，具有很浓郁的文学色彩。这直接导致中国古代文论批评文体的文学化，与语言风格的美文化密切相关。众多批评家选择了对语言风格美文化的追求。

在儒道释三教影响下，"含蓄"成为传统文学作品的主要语言风格，在意象流连之中保存情感、想象、理解的综合统一，通过比兴、用典等方式，赋予传统文学一唱三叹、委婉悠长的韵味。如刘勰《文心雕龙·隐秀》曰："隐也者，文外之重旨也。"清人张谦宜《茧斋诗谈》直称："含蓄二字，是诗文第一妙处。"皎然《诗式》则称诗有"四不"，其中"气高而不怒，怒则失于风流；力劲而不露，露则伤于斤斧"。由此可见，叫嚣怒张，会失去作品的风流韵致，笔力显露，则有斤斧斫削之痕。文学的含蓄之美要求作者用平易之言表精深之意，在感情的控制之中达到感人至深的程度。

中国古代文论家将委婉含蓄的文学追求创造性地运用于文学批评，深文隐蔚，余味曲包。隐抽象的诗学思想于具体可感的意象或事件之中，让观者从没有被解析的形象之中去体会和感悟其中深意，在涵藏掩抑之中营造出诗一般的朦胧美境，使文学批评的表达含蓄深沉，具风人之旨。清人沈祥龙在《词论随笔》中曰："含蓄者，意不浅露，语不穷尽，句中有余味，篇中有余意，其妙不外寄言而已。"含蓄的语言表达不外乎一个"寄"字，寄深层意味于表层意象，让读者在品味中获得"玩之者无穷，味之者不厌"的美感。带有强烈文学体性的传统文论，在其理论的表达上，不能容忍无意象融合的、光秃秃的抽象概念和平白言说，而是习惯于让思想渗透在生动而美好的意象之中，就如同光线渗透于多面体水晶中而折射出绚烂夺目的光彩。文论中有的意象，是在对诗歌的解读过程中呈现出来的。如清人方玉润《诗经原始》评论《芣苢》篇所说：

读者试平心静气，涵咏此诗，恍听田家妇女，三三五五，于平原

> 秀野，风和日丽中，群歌互答，余音袅袅，若远若近，忽断忽续，不知
> 其情之何以移，而神之何以旷。

方氏以情解诗，必求得古人作诗之大意为止，故能深得此诗之妙境，可谓千古知音。在他再造的意境之中，融入了对原作品中复沓回环的章句、鲜明有力的节奏的感受，形象地展示了"自鸣天籁，一片好音"的评价，并寄托了"佳诗不必尽征实……若实按之，必索然矣"的诗学观念。论者用诗境"密封"诗感，主动地引导着读者去品味潜藏其中的文学意境。读者只需闭目遐想，复现论者所描绘的意境，女子们歌唱于平原田野之貌便恍然如在眼前，被《毛序》《朱传》所剖析和化解的诗的音乐美感和抒情魅力，这里真正以其本来面目含蓄而明朗地展示出来。这样的情境呈现，或者说复现性意境，一般运用于鉴赏式的品评之中。

传统文论之中更多的意象，在其表面与内在意蕴之间留下了空间。汉字符号的所指与客观物象之间总有一段距离，而符号系列中的物象与作者所要表达的情、性、义、理之间又有一段距离，因而使语义表达形成几个深浅不同的层面，层面之间还留下大片空白。这些层面和空白，为含蓄之美提供了展示才华的机遇和处所，让读者在咀嚼、寻味、等待、思索中逐渐悟出其中的玄妙。

司空图《二十四诗品》之表达可谓包孕深藏，它以哲学之诗的形式唤醒人们在日常审美体验中所渗透和积淀的理性认识。对这种含蓄表达方式的心领神会，不能离开接受者日常的审美积累、理性思考，不反复咀嚼和深入思考，很难窥得其中真义。清人郑之钟感叹道：

> 司空《诗品》脍炙人口，而注者颇鲜。
>
> 自束发就傅，即授读此编。每苦其意旨浑涵，猝难索解。不得已，
> 而请讲于师席，师惟曰："久自能悟。"迄今四十余年，犹模糊而未得其
> 指归也。[1]

---

① ［清］郑之钟：《〈诗品臆说〉序》，《司空图〈诗品〉解说二种》，齐鲁书社 1982 年版，第16 页。

司空图《二十四诗品》难于索解之"难"，在于其表层意象与抽象概念之间的大段空白，其旨归则远非复现式的思维可以达到的深境，只有接受者审美想象和理性认识的共同参与才能越过思维之路上的层层阻碍。如"纤秾"一品：

> 采采流水，蓬蓬远春。窈窕深谷，时见美人。
> 碧桃满树，风日水滨。柳阴路曲，流莺比邻。
> 乘之愈往，识之愈真。如将不尽，与古为新。

流水、深谷、美人、桃树、水滨、柳径、流莺，皆是为人常见的风景，但与方玉润所描绘的复现型意象不同，它们是对具体意境的浓缩与归纳，如同被采摘翻炒后的茶叶，要将其复原为清香鲜绿的茶水，展现为形象可观的画境，需要一定的审美积累和想象能力。孙联奎《诗品臆说》解"流莺比邻"曰：

> 余尝观群莺会矣：黄鹂集树，或坐，或鸣，或流语，珠吭千串，百梭竞掷，俨然观织锦而语广乐也。

若无观群莺会的审美体验，以及过人的艺术鉴赏能力，常人哪里想象得出"流莺比邻"之境，更不可能得出"观织锦""听广乐"的妙喻。孙氏此解，顿时使意象丰满鲜活起来，可谓深得此品之神韵。然而在意象的展现之后，更困难地是在自然之貌与抽象的"纤秾"二字之间的沟通，也就是在感性认识的基础之上理性升华。杨廷之《二十四诗品浅解》之解最为精到："纤，以纹理细腻言；秾，以色泽润厚言。"以理性的解析使"纤秾"品目得以明晰。

有的文论之语的委婉表达，建立在接受者熟知作家作品的前提之上。钟嵘《诗品》的品第用语中很少有抽象性的概念化语言，随处可见地是出神入化的譬喻，是书卷上评谢灵运诗"譬犹青松之拔灌木，白玉之映尘沙"；卷中称"范（云）诗清便宛转，如流风回雪。丘（迟）诗点缀映媚，似落花依草"；卷下评江氏兄弟，"（祜）诗猗猗清润，弟祀明靡可怀"。这些意象批语绝非妄断，而是把对作品的理解与联想和论者的情感融为一体加以传达。钟嵘之评范诗如"流风回雪"，张伯伟通过对范云存世之作的详细分析，得出了四项特征：多交错句；用字多有迭现；结句尤喜以彼我今昔对写；结构往复回环，婉转开阖，前呼后应，"在视觉和听觉上给人以错综缭乱之感"，故而"清便宛传，如流风回

273

雪"之评准确揭示了范诗的整体风格。[①] 由此可见，意象批评通常基于读者对作品和作家已非常熟悉的前提之上，如若不然，就无法体味到在精美的意象外表之下的深层意味和作者实际想表达的文论内容。

有的意象，则是非确定的 "虚境"，要唤起这种意象的艺术美感和内在理解，需读者在审美想象之前获得相应的理性认知。如严羽《沧浪诗话》评李杜诗："如金鸂擘海，香象渡河"，解此诗论，非得先熟悉佛教的典故经义。《华严经》三十六："譬如金翅鸟王，飞行虚空，安住虚空。以清静眼观察大海龙王宫殿。奋勇猛力以左右翅搏开海水，悉令两开，知龙男女有命尽者而撮取之。"故"金鸂擘海"可喻 "笔力雄壮"。罗什《维摩经》注释有云："香象菩萨之名曰'青香象也，身出香风'……"《传灯录》曰："同在佛所闻说一味之法，然所证有浅深。譬如兔、马、象三兽渡河，兔渡则浮，马渡及半，象彻底截流。"故"香象渡河"喻诗歌之 "气象浑厚"。以禅论诗，是在人人言禅的背景之下进行，放在今天，如果不借助注释，一般的读者很难明白意象表面和潜在信息之间是如何实现共通的。而建立在佛教经义之上的虚境之 "象"，如 "金鸂擘海" "香象渡河" "羚羊挂角" 等，皆非现实之中可以发现，这在客观上使文论文本呈现出空灵澄澈之美。

不仅仅是以禅论诗，以典故、佚事言诗也是传统文论的 "春秋笔法" 之一。文论者运用的典故涵盖了中华文化传统之中的方方面面。严羽曰："少陵诗法如孙吴，太白诗法如李广。少陵如节制之师"（《沧浪诗话·诗评》），以孙吴和李广用兵之法的不同，说明杜少陵之诗有规矩可学，而李太白之诗则无法可范，是用历史典故言诗。钟嵘品评诗歌，将其诗学思想含蕴在佚闻趣事之中，如 "康乐瘵对惠连" 之神述灵感，"文通梦失彩笔" 之妙言才性。自《六一诗话》以后，诗话体中多以诗坛佚事以资闲谈，用诙谐风趣的笔调阐述严肃的思想，在轻松的氛围之中，以绵里藏针机智微妙地完成对作家作品的评判。

文论家寄诗学思想于意象，其前提就是对于阅读者的充分信赖，相信他们熟悉其运用的意象体系，对于典故，对于意象之中的文化积淀了然于心。唯此，文论之美和内在的哲理性才会没有缺憾地完全展现。文论之中，典故意象之美和语言风格之美，与诗学思想层层交融，使诗与论融为一体，情与理交相辉映。司空图《二十四诗品》在清虚淡雅的诗句中，含蕴着所评对象的风格之美。如

---

① 张伯伟：《中国古代文学批评方法研究》，中华书局 2002 年版，第 241 页。

"冲淡"一品中的"犹之惠风，荏苒在衣"，典出陶渊明《归去来兮辞》"风飘飘而吹衣"。陶诗是冲淡的，陶潜的冲淡风格体现在他所营构的诸多意象之中；司空图取陶诗"风之在衣"之象来体貌"冲淡"之品，既有语言风格的美，又有典故意象化之妙。这种美文化、诗意化的言说方式，较之纯理论、纯思辨的言说，更能传冲淡之神，也更能使读者明冲淡之味。又如"缜密"一品有"水流花开，清露未晞"，这是取《诗经》"蒹葭凄凄，白露未晞"之境体貌"缜密"之品，以水之流续、露之未干点出"缜密"之风格，不露声色地将自己的文论思想含蕴在前人的意象之中。

"传统文论表达之中蕴含着极其丰富的文化信息，在共同的文化背景之下，寄托在可言不可言之间，旨归在可解不可解之会，期待着接受者透过意象的表层，思而咀之，感而契之，通过想象和参悟，深入探究其深衷曲意，从而心领神会，颔首微笑，借此达到文人之间的互相认同。因为懂得含蓄之美的人，说明他有优良的文化修养，长于欣赏含蓄之美的人，说明他有聪颖的审美体悟能力。"[①] 相反，如果把话讲得太透太直白，则有塾师讲经之嫌。所谓"不著一字，尽得风流"，并非真的要完全脱离文字，而是指在意象表层包孕内在意蕴，在从诗境过渡到诗理的思维之舟上，呈摇曳之姿，尽风流之态。

（三）农业文明与伦理情感

1. 农耕生活与"物感"说

从前文对"象"范畴的内涵演变及子范畴衍生来看，无论是"卦象""艺象"，还是"表象""意象"，抑或"气象""境象"等，都无不打上了浓厚的情感烙印。从"象"的产生到凝定，都脱离不开艺术家之"意"，呈现出鲜明的主体性。从这个角度来看，中国艺术之"象"迥异于西方的人物、典型等，是深受中国农耕文化传统的影响，和古人在劳动中处理和看待内心与外物、个体与世界有着密切的关系。

中国文学，无论是《诗经》、楚辞、汉乐府，还是唐宋诗词元曲乃至明清小说，都是抒情言志占主导的文学。从文学产生的"劳动说"来看，古人生活在

---

① 李建中等：《中国古代文论诗性特征研究》，武汉大学出版社 2007 年版，第 356 页。

一面临海、三面环山的较为封闭的国土上，长期安居乐业，过着日出而作、日落而息的农耕生活，这片土地资源丰富、气候宜人，极适合居住，古人辛勤劳动与付出必然会换来丰收和回报，生活极为安稳，在劳动中自然随着春夏秋冬四季的轮回，内心不断受到外在自然景物的感召，而生发不同的情感体验。中国农业性社会没有西方离奇古怪的各种海上冒险和外出征战，并无新鲜事情和探险经历可以叙述。人们每天田园劳作、山野栖息，听到的都是"鸡鸣桑树颠"，看到的是"桃之夭夭"，唱出的是"七月流火"，向往的是"十月获稻"。在这种农业性社会里，人们整天与田园、山水和睦相处，自然是"一叶且或迎意，虫声有足引心"（《文心雕龙·物色》），邻里亲戚尽享天伦之乐。[①] 总之，人与大自然和谐交融。于是在古代文学中，刻画、反映人与自然和谐相处的篇章不绝于耳，比比皆是。其中，尤其是人因外物触动而生发的各种情感（情景交融的抒情文学）在诗篇中均有反映，《诗经》作为一部先民的歌唱集子，即可见一斑。

早在《礼记·乐记》中古人就曾提出"物感"说："凡音之起，有人心也。人心之动，物使之然也。感于物而动，故形于声。"此篇记"乐"并非单指音乐，而泛指诗、乐、舞合一的综合性艺术。早在先秦时期，古人就明确指出文艺的产生，是由于外物的感发。此后，《毛诗序》等皆持此说。刘勰则谓："人禀七情，应物斯感，感物吟志，莫非自然。"（《文心雕龙·明诗》）陆机则将"物感"说得更具体："遵四时以叹逝，瞻万物而思纷。悲落叶于劲秋，喜柔条于芳春。"（《文赋》）此后，朱熹、朱庭珍等文论家的阐发均缘此而来。此说对后世影响极为深远，整个中国文艺可谓集中在处理"心"（情、意）与"物"（物象、意象等）之关系。"象"范畴内涵的充实及范畴群落的形成，便是受其影响而滋生。

2. 取"象"特点：源自身边和自然

《周易》云："近取诸身、远取诸物。"这直接影响到后世艺术家取"象"的方式和路径。"近取诸身"是"生命之喻"，以"人"拟"文"。远取诸物中

---

① 曹顺庆：《中国古代文论话语》，巴蜀书社 2001 年版，第 7—8 页。

"远"其实也是相对人自身而言，其物也是身边事物、眼前情景。在古代文论中，"日月叠璧"是具象，"山川焕绮"是具象，甚至"傍及万品"，动物植物皆可成具象。这些都是人们习以为常，并非稀罕之物。据李建中、吴中胜等人研究①，古人取象大致有三个向度：一是自然，二是人身，三曰人工。与之相关，同时也体现出不同的人文精神和文学观念。

中华文化是一种农业文化，古代先民在长期农耕生产的过程中，在遵守春耕秋收的节气、日出而作日落而息的过程中，逐渐形成与大自然相依相存的文化心态。人的一切活动及其结果都要合乎这个自然节律，自然而然，无为而治。文学，作为人的一项重要活动，当然要巧夺天工。文德与天道合一，所谓"文之为德"，"与天地并生"（《文心雕龙·原道》）。艺术家们要得"江山之助"（《文心雕龙·物色》），投身于大千世界山山水水之中，从山高水低、日耀星繁、鱼跃鸢飞、草长花盛中获得灵气和创作的冲动。"登山则情满于山，观海则意溢于海，我才之多少，将与风云而并驱矣"（《文心雕龙·神思》）。天地日月、山川万物给人们无尽的创作灵感和思想启迪，给文学创作带来无限活力和灵性。古人云："行万里路，读万卷书。"其中"行万里路"就包含着对山川万物的投入和对其灵气的吸纳。古代文论的许多用词，即取法自然万物，如《文心雕龙》中的几个例子：

> 是以汉饮博士，而雉集乎堂；晋策秀才，而麏兴于前。（《文心雕龙·议对》）

> 既驰金相，亦运木讷。（《文心雕龙·书记》）

> 若夫镕铸经典之范，翔集子史之术。（《文心雕龙·风骨》）

> 自献帝播迁，文学蓬转。（《文心雕龙·时序》）

> 并体貌英逸，故俊才云蒸。（《文心雕龙·时序》）

① 这里吸取了李建中等著《中国古代文论诗性特征研究》（武汉大学出版社 2007 年版）第五章第三节"神用象通"的部分成果，参见该著第 202—206 页，特此说明并致谢。

以上几例中的"雉集""麐兴""金相""木讷""翔集""蓬转""云蒸"等词语，单从词源学的角度来说，就是一幕幕大自然真实场景的写照：飞禽走兽，草青木秀、水流云飞……是人们日常生活之中抬头不见低头见的场景。从中，我们可以感受到汉民族的思维与天地一起律动的脉搏。

有感于天道与文道合一，自然的节拍与文学的节律合符，文论家们也常以山川日月、花红草绿、莺飞鱼跃等自然之象来比作文学。如：

其为文用，譬征鸟之使翼也。(《文心雕龙·风骨》)

故论文之方，譬诸草木，根干丽土而同性，臭味晞阳而异品矣。
(《文心雕龙·通变》)

此外，"绿林野屋，落日气清""海风碧云，夜渚月明"之沉着，"载瞻星气，载歌幽人。流水今日，明月前身"之洗练(《二十四诗品》)等等。均是以自然景象来论文章风格（境界）的典范。天地之间，斗转星移、风云变幻、山高水长、春华秋实，本是天造地设、自然神妙的旋律。文论家以日月星辰、山川草木比文学，自有一种"法天贵真"的人文意蕴和文学精神。历代文论家推崇行云流水、自然流畅的艺术之境，这是山川万物对文论家们的启示。刘勰认为"机好矢直，涧曲湍回"有"自然之趣"，"激水不漪，槁木无阴"是"自然之势"，"文章，如斯而已"(《文心雕龙·定势》)。李白推崇"天然去雕饰"的诗艺，是从"清水出芙蓉"的自然景象中感悟出来的。心到口到，无须刻意以求，文学中的这种自然状态是合乎天地万物之本性的。包恢说："诗家者流以汪洋淡泊为高，其体有似造化之未发者，有似造化已发者，而皆归于自然，不知所以然而然也。"(《答傅当可论诗》，《敝帚稿略》卷二)沈德潜也说："然所谓法者，行所不得不行，止所不得不止，……试看天地间水流云在，月到风来，何处着得死法。"(《说诗晬语》)山川万物自然而然，因其自然性的充分展示而近于道，故以自然之道为本体的文则必然以山川万物之自然性来标举艺术风格。这里，文学与万物齐一，文学性与自然性融合无二。

人生天地间，如白驹过隙，而天地万物相对来说则是永恒久远的。年年如此，月月如此。面对自然万物，人们常常生发出"自然永恒，人事不永"的感慨。"年年岁岁花相似，岁岁年年人不同"，"今人不见古时月，今月曾经照古人"，就透露其中信息。作为"不朽之事业"的文学与山川日月在永恒久远的特点上有了共同之处。人们常常把文学尤其是优秀的作家作品比作山河日月，说他们与山河同在，与日月同辉："故子夏叹《书》，昭昭若日月之明，离离如星辰之行，言昭灼也"（《文心雕龙·宗经》）。"若离骚者，……虽与日月争光可也"（《文心雕龙·辨骚》）。"屈平词赋悬日月，楚王台榭空山丘"（李白《江上吟》）。"尔曹身与名俱灭，不废江河万古流"（杜甫《戏为六绝句》）。"江山万古潮阳笔，合在元龙百尺楼"（元好问《论诗绝句三十首》）等等。把文学比作千古江山和恒久之日月，流露出的是对自然永恒的企羡和对生命短暂的无穷感伤。

把文学艺术作品比喻为人体[①]，是中国古代文论更常见、更普遍的比喻。陶明浚《诗说杂记》卷七解释严羽《沧浪诗话》时就说："以诗章与人身体相为比拟，……近取诸身，远取诸物，而诗道成焉。"早在20世纪30年代钱钟书就提出了这个问题。他在《中国固有的文学批评的一个特点》[②]一文中指出，中国古代文学批评有"把文章通盘的人化或生命化""把文章看成我们自己同类的活人"的特点。这样的例子很多，如《文心雕龙·体性》中说："辞为肤根，志实骨髓。"清代王铎《文丹》说："文有神、有魂、有魄、有窍、有脉、有筋、有腠理、有骨、有髓。"（《拟山园初集》）又如中国古代文论的许多概念范畴如风骨、形神、筋骨、主脑、诗眼、气骨、格力、肌理、血脉、精神、血肉、眉目、皮毛等，评论中所用肥、瘦、病、健、壮、弱等术语，都是一种把文学艺术人化的隐喻。以人拟文从文化背景上，其所接受的影响是多方面的。如古代的中医理论，汉代以后的相术和人物品评等。以人拟文反映了中国古代传统的美学思想，即推崇生机勃勃、灵动自由、神气远出的生命形式，要求文学艺术应具有和生命的运动相似相通的形式，把艺术形式视为一种具有内在生命力的有机动态整体。这与西方的某些理论有暗合之处。黑格尔以"生气灌注"（full of vitality）来表述美与人的心灵的联系。"文学是人学"也一直是西方文学的主旋律。艺术最高的境界是一种有机和谐、尽善尽美的统一，这是中西方共通的古

---

① 参见李建中等著《中国古代文论诗性特征研究》（武汉大学出版社2007年版）中"人化批评"有关论述，第232—252页。

② 原载1937年《文学杂志》第一卷第4期。

老的美学原则。① 文学的生命之喻最富于原始意味和诗性特征，原始思维的一大特点即人们"把自己当作衡量宇宙的标准"，"把自己的本性"移加到自然事物上去。②

宫室居所是人们生活居住的地方，人们再熟悉不过了，所以也常常用来比拟文学。有一个成语"登堂入室"，用在文学艺术上，指某人进入艺术殿堂或艺术造诣达到一定的程度。它出自《论语·子张》："子贡曰：譬之宫墙，赐之墙也及肩，窥见室家之好。夫子之墙数仞，不得其门而入，不见宗庙之美、百官之富。"后世文论常引此作比来谈论文学，如班固《汉书·艺文志·诗赋略论》："如孔氏之门用赋也，则贾谊登堂，相如入室矣。"钟嵘《诗品》评曹植语："故孔氏之门如用诗，则公干升堂，思王入室，景阳、潘、陆，自可坐于廊庑之间矣。"韩愈《答李翊书》："抑愈所谓望孔子之门墙而不入于其宫者，焉足以知是非邪？"登堂者固然可喜，入室者则更佳，但终究是步人后尘，至多并驾齐驱、旗鼓相当，没有超越创新的气象。

宫室居所为人工所造，非天造地设之物。以宫室居所喻文，体现了人们在自然美之外对人工美的探求。建造宫室居所，要讲结构布局，遣词造句也要讲究篇章结构。于是，源于房屋构造的"结构""布局""间架"等词成为古代文论的重要术语。在文论家们看来，写文章就像建造房屋："若筑室之须基构"（《文心雕龙·附会》）。"凡作一部大书，如匠石之营宫室，必先具结构于胸中，孰为厅堂，孰为卧室，孰为书斋灶厨，一一布置停当，然后可以兴工"（佚名《儒林外史四评》）。清代李渔在《闲情偶寄·词曲部》中甚至标出"结构第一"，以示重视。关于戏曲的结构，李渔以"工师之建宅"做比喻，把工师建造房屋的整套程序和理论都用来说明戏曲结构的重要性。

大千世界，具物万千，无论是日月星辰还是山川草木，无论是身体宫室还是珠光宝玉，都是人们身边的具物。这是一种富于诗性特征的把握文学的思维方式，有别于欧洲人进入所谓"文明社会"后的抽象的概念思维方式。应该说，原始人类以幻想性、具象性、混沌性为特征的神话思维，与文明人类以现实性、抽象性、分析性特征的理性思维，便各司其职并行不悖，相互渗透相得益彰，

① 参见吴承学：《生命之喻——论中国古代关于文学艺术人化的批评》，《文学评论》1994年第1期。

② ［意］维柯著，朱光潜译：《新科学》，商务印书馆1989年版，第114页。

而并无高下、优劣、文野、精粗之分。① 具象和抽象思维都是人类思维方式中科学的合理的存在。中国文论以具象为其特色，也出现在像刘勰《文心雕龙》、叶燮《原诗》这样逻辑性很强的文论著作中。

从以上分析传统文论引譬连类、具象比兴的言说方式来看，不同艺术家都从个体自身或身边物象取象，具有很强的日常性和现实性，从而实现象的拟人化或移情于象中②，这一切都离不开传统农业性社会所形成的文化传统。

（四）哲学基础与文人修养

以"象"为代表的中国古代核心元范畴具有极强的统摄力，涵盖文艺的不同层面，在千年发展演进过程中显示出浓郁的生命气息。它和"虚实""气""味"等范畴一样最开始都是从哲学范畴转化而来，具有深厚的哲学基础。并且中国古代文、史、哲不分家的传统为"象"范畴群落的散布与弥漫提供了很多的滋养。这里集中谈两点。

"象"可同时融具象、抽象于一体，体现出虚实交融的一面。它和"虚实"范畴一样最初深受道家哲学的滋养。老庄对"有"与"无"关系的论述赋予"虚实"深刻的内涵，几乎同时规定了"象"的两面。而《周易》的"阴阳对立"统一观为后世很多范畴提供了辩证法的思维启示。"象"在魏晋六朝经玄学家言意之辩后，其与言意之间的关系，以及自身的功能、意义等日趋彰显。早在先秦时期，"象"就处于言、意之间，被纳入辩证的系统之中。《周易·系辞上》指出：

> 子曰：书不尽言，言不尽意。然则圣人之意其不可见乎？子曰：圣人立象以尽意，设卦以尽情伪，系辞焉以尽其言，变而通之以尽利，鼓之舞之以尽神。

先人认为语言文字不能完全充分表达思想意志，语言具有无法克服的局限性。

---

① ［法］列维－斯特劳斯著，李幼蒸译：《野性的思维》，商务印书馆 1987 年版，第 5 页。

② 关于"情"与"象"之关系，参见孙耀煜《中国古代文学原理》，江苏教育出版社 1996年版，第 200—202 页。

为解决言不尽意的难题，圣人提出"立象以尽意"。"象"便成为沟通言、意二者的桥梁，言之达意须借助于象，象是言的补充和升华，象与言相辅相成而达意。此后魏晋王弼论此三者关系时则把思辨性推向极致。他先从"作卦"（创造）的角度论，象生于意，意以尽象，意为象之内涵，象为意之形式或外观；言生于象，象以尽言，象为言之对象，言为象之形式。其次，从"解卦"（接受）的角度论，要寻言以观象，得象忘言；要寻象以观意，得意忘象。这样，魏晋玄学就空前赋予了"象"哲学思辨性。

以上是置"象"于言、意系统中，从外围来看"象"的辩证性。接下来就"象"发展过程中自身的品性与内涵来说，"象"范畴也深受传统思辨哲学的影响。比如南北朝时期刘勰论创作构思提出的"意象"说，便实现了心与物、内与外的统合；后来常用的"形象"也是由可视的、实体之"形"和只能感知的符号之"象"的有机结合；而"象外之象""境象"则更是融含蓄之美于具体物象中，实现具体与抽象的巧妙结合。可见，"象"的形成与演变以中国古代哲学为根基。

此外，"象"的选取和寄寓，充分反映出创作主体的审美情趣和艺术心理，诗人作家因此将重心倾注在"象"的营造上，体现出其审美旨趣。

（五）审美意识

"象"范畴从创制到品鉴层面，都要求主体采用整体直观的方式，这和汉民族先秦之前就已形成的审美意识有关。这里且回到象形字和卦象，去一探究竟。

众所周知，汉字几千年的发展历程，大体上经历了从甲骨文、金文、到篆书、隶书、楷书等不同的阶段。商代的甲骨文，是巫术活动的产物。就汉字六书而言，如上文所论，它最初是象形的，采用线条模仿自然外物——如山、河、日、月等——来绘形。当然这种模拟物体形态轮廓只能就大体而言，并日趋走向简约化和概括化、抽象化。接受者只能从由线条符号组成的召唤结构中获得对事物的复现，并进行解码。这种理解不是靠解释，而是借助于经验、体会和领悟，去获得联想和回忆，引起审美心理上的共鸣。[1]

---

[1] 朱浩芳：《中国传统"象思维"的审美属性》，郑州大学 2007 年硕士论文，第 35 页。

第三节 中国文论体系的学理建构

诚如第四章所论，"象"范畴在魏晋南北朝进入文论领域后，不断向创作、文本和接受层面渗透，并在唐宋时期不断衍变，和其余诸多母范畴交织、渗透，最终成长为一株枝繁叶茂的参天大树。"象"范畴作为中国文论体系的重要支柱之一，对促进传统文论体系的形成发挥着重要功用。气、象、味等元范畴的发展演进史，亦是中国文论体系的建构史。这里挑选"象"范畴，来管窥中国文论是如何在母范畴的演绎中形成自身网络体系的。

一、"象"自身小体系的形成

"象"最初作为哲学范畴在秦汉典籍中大量使用，其含义不断得到泛化（参见本书第一章第四节），诸如"想象""卦象"等内涵，以及文学创作中的比兴、寓言等拟"象"运用，都为其后"象"在文艺和美学领域中衍生多元含义奠定了深厚的基础。"象"在千年的演变发展历程中，逐步形成自身的小体系，在体系内部，系列子范畴彼此照应，相互关联。

在宇宙世界层面，"象"演变出"物象""卦象"等子范畴。前者介于实物和艺象之间，多为单个的自然所指，尚无主体的提炼与概括，是后来"意象"之基石。而"卦象"则是主体根据一定意图进行过筛选和过滤，又比物象更进一步，不仅较为抽象，有更大的阐释空间，而且作为一种符号化概括，卦象已融入了主体的某种意念、情感或想象，集中反映了主体在原始素材基础上如何精心选取题材，赋予其多元意味。

在文学创作层面，围绕构思过程，"象"衍生出"象罔""表象""想象""意象""艺象"等重要范畴（亦交织着文本层面），集中反映出诗人作家摄取"物象"后的思维过程，主体情思和客观外物融合而演变为审美心象等方面。尤其是庄子为把握玄妙之"道"提出"象罔"观，集中反映出创作中虚实结合的本质特征。而刘勰对构思过程中情感意念与事物表象关系的分析，对主体构思心理过程和状态的把握，都使"象"成为文艺理论中不可或缺的重要元范畴，它直接关乎作品最终意境的营造和主旨的传达。

在作品文本层面，诸如"虚象""实象""兴象""气象""意象""形象""乐象"等子范畴层出不穷，它们不仅是作品的基本构成因子，而且直接寄托着作家的情志，折射着诗人作家的艺术技巧，体现出作品的艺术美感。

在读者接受层面，"象"形成"境象""意境""象外之象"等子范畴。在"象外之象"中，前一个"象"是实写，多为人、事、景、物，属于物象，而作品促使读者回味、咀嚼的精华则在于后一个"象"，即作品中作家有意虚空的部分，它常借助于比喻、暗示、象征和指引而得以实现。诸如创作中"由实生虚"等命题皆反映出作品之"虚"的必要性，在中国传统文论中，"虚"是诗文得以传唱不衰、流芳百世的"灵魂"所在，它能极大地激发不同时代和阶层的读者去回味、想象和再创造。"象"在演进过程中也和接受品鉴建立起了密切关联。

由上可见，"象"在发展过程中不断泛化，外延不断扩大，内涵也走向多元化，先后滋生出如上系列子范畴，它们以"象"为根基，分别指向世界、创作、作品和接受四大层面，有的衍生范畴——如卦象、意象、兴象、气象、境象等甚至同时跨越两大层面，有机交融而连成一片，共同建构起中国古代文论体系大厦的一柱。按照先世界层面，再创作和文本层面，最后读者接受层面，此体系可呈现如下：

"象"范畴自身形成的小体系

> 世界：物象
>
> 创作：象罔、表象、想象、意象
>
> 文本：虚象、实象、兴象、气象、意象、形象、乐象
>
> 接受：境象、意境、象外之象

二、连接与融合："象"与"气""味"范畴的交织与弥漫

"象"范畴在文论领域不断泛化和成熟后，逐渐成为联通主体与作品、文本与读者的桥梁，其辐射性尤其值得关注。

1. 先看"象"的跨越层面。任何体系的内部各因子都不是纯粹独立的，它们相互啮合、交融，彼此渗透和层叠，建构起一个严密而自足的体系，并充分显示出其开放性。"象"范畴涉及文学的世界、创作、文本和接受四大层面，往往共时发生、同时并存，诸如"卦象"涉猎世界和创作两大层面，反映出主体如何从客观外物中取"象"；而"意象""兴象"和"气象"则同时跨越创作和文本层面，主体运思时对"象"的处理直接关乎作品所显示出的风貌；"境象"与"意境"则同时关乎文本和接受层面，"境"的艺术魅力须借助读者去想象和再创造。围绕"象"范畴，衍生出的"虚静""情志""比兴""形神""隐秀""兴趣""别趣""象外之象"，关乎文学中的创作主体、创作客体和欣赏主体。正是这些交叉子范畴，在体系内部彼此关联，共同使以"象"范畴为核心支柱的文论体系支撑起来。

此外，"象"衍生出的系列命题，如"观物取象""立象以尽意""含不尽之意，见于言外""情中景，景中情""澄怀味象"等等，使体系内部充实而饱满。

2. 再看"象"与"气""味"照应。"象"范畴及其群落形成的小体系，只是中国古代文论大厦的一柱。它与"气""味"另外两个核心范畴及各自群落不断交织、融合，彼此在弥漫、渗透中形成相互啮合的范畴梯队。如前文第四章所论，"气""象"两个范畴此前一直在独立发展和使用。魏晋时期，"气"多关乎主体的生命精神，既指先天的个性、气质，也指后天的才华、情感等，"象"则多指主体笔下的形象和意象，因其可折射、流露出主体的思想情感和创作个性等，故"气象"连用而成词便日益普及开来。至唐宋，"气象"则指诗人以超拔豪迈的凌云健笔来营造出雄浑、峥嵘的作品风貌，作品因感荡心灵且具备耐人寻味的艺术力量而受人欢迎。后人也常以"气象混沌"来评定汉魏古诗与建安诗歌，即是对那种浑然一体、具有整体之美的诗风的欣赏与推崇。

"象"与"味"范畴合用成为"味象"一词，属动宾结构。它最初见诸南北朝画家宗炳《画山水序》：

> 圣人含道应物，贤者澄怀味象。至于山水，质有而趣灵，……

这里"贤者澄怀味象"是说贤良之人从自然山水的形象中获得一种愉悦和享受，

这点明了主体（贤者）和客体（象）之间存在某种审美关系。这里的"味"是动词，是对"象"的品味、回味，是从"象"中获取精神的愉悦，得到审美的享受。宗炳较早地将"味"与"象"这两个元范畴联合起来使用，这为架起审美客体和欣赏主体之间的桥梁奠基了基础。

后来唐代司空图在《与李生论诗书》中提出"味外味"说：

> 文之难，而诗之尤难，古今之喻多矣，而愚以为辨于味，而后可以言诗也。……近而不浮，远而不尽，然后可以言韵外之致耳。……倘复以全美为工，即知味外之旨矣。

所谓"味外味"，其中第二个"味"便是作品独特之象所体现出来的审美意蕴。至此，"味"与"象"范畴实现了叠合。从司空图"近而不浮""远而不尽"的论述来看，他倡导诗歌应具有"象外""景外"的"虚象""虚景"，供人味之不尽，这是作品韵味美的集中体现。从这个意义上来讲，司空图的"韵外之致"其实就是"味象"的过程。

参考文献

一、著作

（一）文本类

［1］［梁］刘勰，范文澜注.文心雕龙注［M］.人民文学出版社，1958.

［2］［梁］钟嵘著，陈延杰注.诗品注［M］.人民文学出版社，1961.

［3］［唐］司空图著，郭绍虞集解.诗品集解［M］.人民文学出版社，1963.

［4］［唐］司空图、［清］袁枚著，郭绍虞辑注.诗品集解·续诗品注［M］.人民文学出版社，1963.

［5］［清］刘熙载.艺概［M］.上海古籍出版社1978.

［6］［清］何文焕辑.历代诗话（上、下）［M］.中华书局，1982.

［7］［清］丁福保辑.历代诗话续编（上、中、下）［M］.中华书局，1983.

［8］夏传才.中国古代文学理论名篇今译［M］.南开大学出版社，1985.

［9］蔡钟翔等著.中国文学理论史（共五册）［M］，北京出版社，1987.

［10］王运熙、顾易生主编.中国文学批评通史（七卷本）［M］，上海古籍出版社，1996.

［11］赖力行.中国古代文学批评学［M］.华中师范大学出版社，1991.

［12］蒋凡、郁沅主编.中国古代文论教程［M］.中国书籍出版社，1994.

［13］张少康、刘三富.中国文学理论批评发展史［M］.北京大学出版社，1995.

［14］韩湖初、陈良运主编.古代文论名篇选读［M］.中国书籍出版社，1998.

［15］赖力行.中国古代文论史［M］.岳麓书社，2000.

［16］陈良运.中国诗学批评史［M］.江西人民出版社，2001.

［17］郭绍虞、王文生主编.中国历代文论选［M］.上海古籍出版社，2001.

［18］李建中主编.中国古代文论［M］.华中师范大学出版社，2002.

［19］王思焜编著.中国古代文学理论教程［M］.南京师范大学出版社，2004.

［20］穆克宏、郭丹编著.魏晋南北朝文论全编［M］.江苏教育出版社，2004.

［21］蔡镇楚.中国文学批评史［M］.中华书局，2005.

［22］［晋］陆机著，张少康集释.文赋集释［M］.人民文学出版社，2005.

［23］李建中主编.中国文学批评史［M］.武汉大学出版社，2008.

（二）思维类

［24］张恩宏.思维与思维方式［M］.黑龙江科学技术出版社，1987.

［25］张岱年、成中英等.中国思维偏向［M］.中国社科出版社，1988.

［26］武占江.中国古代思维方式的形成及特点［M］.陕西人民出版社，2001.

［27］傅修廷，黄颇.文学批评思维学［M］.文化艺术出版社，1989.

［28］李苏平.中国思维座标之谜：传统人思维向现代人思维的转型［M］.职工教育出版社，1989.

［29］蒙培元.中国哲学的主体思维［M］.东方出版社，1993.

［30］陆海明.中国文学批评方法探源［M］.中国社会科学出版社，1994.

［31］吾淳.中国思维形态［M］.上海人民出版社，1998.

［32］李清良.中国文论思辨思维［M］.岳麓书社，2001.

［33］张伯伟.中国古代文学批评方法研究［M］.中华书局，2002.

［34］吴中胜.原始思维与古代文论诗性特征研究［M］.中国社会科学出版社，2008.

（三）文学、美学类

［35］宗白华.美学散步［M］.上海人民出版社，1981.

［36］钱钟书.谈艺录［M］.中华书局 1984.

［37］曾祖荫.中国古代美学范畴［M］.华中工学院出版社，1986.

［38］敏泽.中国美学思想史（一、二、三卷）［M］，齐鲁书社出版，1987.

［39］徐复观.中国艺术精神［M］.春风文艺出版社，1987.

［40］李泽厚、刘纲纪.中国美学史（二卷三册）［M］，中国社会科学出版社，1984–1987.

［41］叶朗.中国美学史大纲［M］.上海人民出版社，1985.

［42］皮朝纲主编.中国美学体系论［M］.语文出版社，1995.

［43］郭预衡主编.中国古代文学史（4卷本）［M］，上海古籍出版社，1998.

［44］袁行霈主编.中国文学史（4卷本）［M］，高等教育出版社，1999.

［45］张利群.中国诗性文论与批评［M］.人民文学出版社，2001.

［46］郭延礼主编.中国文学精神（7卷本）［M］，山东教育出版社，2003.

［47］李泽厚.美的历程［M］.天津社会科学院出版社，2004.

［48］王振复.中国美学史教程［M］.复旦大学出版社，2004.

［49］宗白华.艺境［M］.北京大学出版社，2005.

［50］王振复主编.中国美学范畴史（共三卷）［M］，山西教育出版社，2006.

［51］萧华荣.中国古典诗学理论史［M］.华东师范大学出版社，2005.

（四）学者研究类

［52］朱恩彬、周波主编.中国古代文艺心理学［M］.山东文艺出版社，1997.

［53］孙耀煜.中国古代文学原理［M］.江苏教育出版社，1996.

［54］樊德三.中国古代文学原理［M］.光明日报出版社，1991.

［55］李建中等.中国古代文论诗性特征研究［M］.武汉大学出版社，2007.

［56］吴中胜．原始思维与中国文论诗性特征［M］．中国社会科学出版社，2009.

［57］祁志祥．中国美学的文化精神［M］．上海文艺出版社，1996.

［58］李壮鹰．中国诗学六论［M］．齐鲁书社，1989.

［59］陈良运．中国诗学体系论［M］．中国社会科学出版社，1992.

［60］朱良志．中国艺术的生命精神［M］．安徽教育出版社，1995.

［61］张海明．经与纬的交接——中国古代文艺学范畴论要．云南人民出版社，1995.

［62］李思屈．中国诗学话语［M］．四川人民出版社，1999.

［63］韩林德．境生象外——华夏审美与艺术特征的考察［M］．三联书店，1995.

［64］汪涌豪．中国古代文学理论体系：范畴论［M］．复旦大学出版社，1999.

［65］王运熙、黄霖．中国古代文学理论体系：原人论［M］．复旦大学出版社，2000.

［66］刘明今．中国古代文学理论体系：方法论［M］．复旦大学出版社，2000.

［67］曹顺庆．中国古代文论话语［M］．巴蜀书社，2001.

［68］张伯伟．中国古代文学批评方法研究［M］．中华书局，2002.

［69］李凯．儒家元典与中国诗学［M］．中国社会科学出版社，2002.

［70］周裕锴．中国古代阐释学研究［M］．上海人民出版社，2003.

［71］朱志荣．中国文学艺术论［M］．山西教育出版社，2003.

［72］童庆炳．中国古代文论的现代意义［M］．北京师范大学出版社，2003.

［73］黄应全．魏晋玄学与六朝文论［M］．首都师范大学出版社，2004.

［74］胡大雷．传统文论的魅力、模式和智慧［M］．凤凰出版社，2005.

［75］白寅．心灵化批评——中国古代文学批评的思维特征［M］．中国社会科学出版社，2005.

［76］黄念然．中国古代文论研究的现代转型［M］．中国社会科学出版社，2006.

（五）具体范畴类

［77］胡经之主编.中国古典美学丛编［M］.中华书局，1988.

［78］夏之放.文学意象论［M］.汕头大学出版社，1993.

［79］李健.比兴思维研究——对中国古代一种艺术思维方式的美学考察［M］.安徽教育出版社，1993.

［80］成复旺主编.中国美学范畴辞典［M］，中国人民大学出版社，1995.

［81］彭会资主编.中国古典美学辞典［M］，广西教育出版社，1991.

［82］陈应鸾.诗味论［M］.巴蜀书社版，1996.

［83］张皓.中国美学范畴与传统文化［M］.湖北教育出版社，1996.

［84］涂光社.中国古代美学范畴发生论［M］.人民教育出版社，1999.

［85］古风.意境探微［M］.百花洲文艺出版社，2001.

［86］胡雪冈.意象范畴的流变［M］.百花洲文艺出版社，2002.

［87］张方.虚实掩映之间［M］.百花洲文艺出版社，2005.

［88］王树人.回归原创之思——象思维视野下的中国智慧.江苏人民出版社，2005.

二、硕博论文

（一）硕士论文

［1］唐晓岚.体味的"象"与写照的"象"——从"象"的比较看中西审美意识的异同［D］.云南大学，2001.

［2］张悦.诗与思之和谐交融——论中国传统哲学中的意象思维［D］.陕西师范大学，2001.

［3］冯冠军.中国古代诗论中的"象"［D］.新疆大学，2001.

［4］陈虹.审美意象论［D］.湖北大学，2001.

［5］罗让.论中国哲学"言—象—意"观对意境理论的影响［D］.华中师范大学，2002.

［6］徐新峰.言不尽意论［D］.新疆大学，2004.

［7］陈志霞.《周易》之 "象" 的文化内涵及审美意义［D］.河南大学，2005.

［8］阎薇.以象尽意——论审美化意象生成过程中体现出的儒家思想影响［D］.山东大学，2006.

［9］李鹏飞.中国古代诗学兴象论研究［D］.广西师范大学，2007.

［10］朱浩芳.中国传统 "象思维" 的审美属性［D］.郑州大学，2007.

（二）博士论文

［11］郭令原.先秦时代几个重要文论范畴的研究［D］.西北师范大学，2003.

［12］张家梅.言意之辩与中国美学［D］.暨南大学，2003.

［13］赵新林.Image 与 "象" ——中西诗学象论探源［D］.四川大学，2005.

［14］陈碧.《周易》象数美学思想研究［D］.武汉大学，2005.

［15］林光华.魏晋玄学 "言意之辨" 的诗学研究［D］.首都师范大学，2007.

三、学术论文

（一）范畴体现宏观类

［1］叶作盛.新时期中国古代美学范畴研究状况概评［J］.福建师范大学学报，1996（2）.

［2］党圣元.中国古代文论范畴研究方法论管见［J］.文艺研究，1996（2）.

［3］党圣元.中国古代文论的范畴和体系［J］.文学评论，1997（1）.

［4］杨星映.古代文论范畴溶入当代文艺学的探索［J］.重庆师范学院学报，1998（4）.

［5］汪涌豪.中国古代文论范畴的统序特征［J］.文学评论，2000（3）.

［6］詹福瑞.中古文学理论范畴的形成及其特点［J］.文学评论，2000（1）.

［7］李凯.古代文论范畴研究方法论再探［J］.西南民族学院学报，2001（5）.

［8］蒋述卓、阎月珍.80年代以来中国古代文论范畴研究的展开与深入［J］.华南师范大学学报，2001（4）.

［9］胡建次，吴晓龙.新时期以来的中国古典诗学研究［J］.广西师范大学学报，2002（3）.

［10］王琴.当代中国传统美学范畴研究的回顾与展望［J］.四川师范大学学报，2002（1）.

［11］涂光社.困惑与启示同在的古代范畴研究［J］.辽宁大学学报，2004（4）.

［12］胡建次.90年代以来古典诗学研究的成就与走向［J］.新疆大学学报，2004（4）.

（二）"象"范畴研究类

［13］刘丛星.试论中国古典美学元范畴的模糊性［J］.延边大学学报，1985（4）.

［14］成立.中国美学的元范畴.学术月刊［J］，1991（3）.

［15］古风.中古意境研究述评［J］.延安大学学报（社会科学版），1997（4）.

［16］叶朗.再说意境［J］.文艺研究，1999（3）.

［17］陈家顺.立象寓意之述释［J］.闽江职业大学学报，1999（4）.

［18］王树人."易之象"论纲［J］.开放时代，1998（2）.

［19］王树人.论"象"与"象思维"［J］.中国社会科学，1998（4）.

［20］段吉方.论意境的审美意蕴.桂林市教育学院学报［J］，2000（1）.

［21］李舜臣、欧阳江琳.《周易》的"象"思维［J］.赣南师范学院学报，2000（1）.

［22］吴加才.王弼"得意忘象"说的形成及其美学意义［A］.春华秋实——江苏省美学学会（1981—2001）纪念文集［C］，（2001年）.

［23］胡维定.王弼“得意忘象”认识论探微［J］.学海，2001（6）.

［24］于春海.论取象思维方式——易学文化精神及其现代价值讨论之一［J］.周易研究，2000（4）.

［25］张强.道法自然与象的创生［J］.学海，2001（1）.

［26］林继中.情志·兴象·境界［J］.文学评论，2001（2）.

［27］王前.论“象思维”的机理［J］.中国社会科学院研究生院学报，2002（3）.

［28］王卫东.象.中国古代艺术哲学的核心［J］.云南艺术学院学报，2002（3）.

［29］刘存珍.重“意”与重“形”的审美诉求——中西诗学中的“象”及其美学意义初探［J］.曲靖师范学院学报，2002（5）.

［30］赵嘉鸿.中西诗学中的“象”及其美学意义［J］.大理学院学报，2002（6）.

［31］蒋寅.语象·物象·意象·意境［J］.文学评论，2002（3）.

［32］刘雪滢.说“象”.徐州教育学院学报［J］，2003（3）.

［33］周汝昌.咬文嚼字说“灵”“象”［J］.徐州师范大学学报，（哲学社科版）2003（1）.

［34］聂春华.司空图“象外之象”的思维模式及方法论意义［J］.汕头大学学报，2003（1）.

［35］张悦、许春玲.中国传统哲学中意象思维方式的成因初探［J］.西安联合大学学报，2003（3）.

［36］刘惠文、刘浏.论“意象”即“意中之象”［J］.鄂州大学学报，2003（2）.

［37］孟庆丽.“言不尽意”与“立象以尽意［J］”.辽宁大学学报，2003（4）.

［38］陈兰香.汉语词语修辞的象思维特征［J］.雄楚师范学院学报，2004（1）.

［39］陈兰香.汉语词语修辞的“象思维”特征［J］.雄楚师范学院学报，2004（1）.

［40］宋雄华.境生象外.中国艺术的审美追求［J］.中国地质大学学报，2004（2）.

［41］郭建华、张文艺.论中西美学中的“象［J］”.曲靖师范学院学报，

2004（4）.

［42］李孝佺.中西诗学意象范畴比较论［J］.青岛大学师范学院学报，2004（2）.

［43］郭建华、张文艺.论中西美学中的"象"［J］.曲靖师范学院学报，2004（4）.

［44］王朝元.观物取象.艺术创造的基本方式［J］.北方论丛，2004（3）.

［45］侯明.论《易传》之"象"［J］.辽宁工程技术大学学报（社会科学版）.2004（2）.

［46］李孝佺.中西诗学意象范畴比较论［J］.青岛大学师范学院学报，2004（2）.

［47］王雪.论王弼"得意忘象"方法论的革新［J］.长安大学学报（社会科学版），2004（4）.

［48］方锡球.玄妙之"象"与生命之"境".江苏大学学报，（社会科学版）2004（4）.

［49］王树人.中国象思维与西方概念思维之比较［J］.学术研究，2004（10）.

［50］王树人."象思维"视野下的"易道"［J］.周易研究，2004（6）.

［51］王树人."象思维"视野下的《齐物论》.中国社会科学院研究生院学报，2005（1）.

［52］李昌舒.从"意在象先"到"体无"——论王弼哲学的认识论及其美学意蕴［J］.河北大学学报（哲学社会科学版），2005（3）.

［53］孙春旲.论"语象".广东技术师范学院学报［J］，2005（2）.

［54］辛衍君.从"易象"到"审美意象"——中国古典审美意识的历史嬗变［J］.辽宁大学学报，2005（4）.

［55］尹子能."立象以尽意"何以成为可能［J］.云南民族大学学报，2006（4）.

［56］余卫国.《易传》"立象以尽意"思想发微［J］.周易研究，2006（6）.

［57］阎庆生.漫说"语象"的功力.海燕［J］，2005（10）.

［58］孙欣欣、韩晨旭.论殷璠"兴象"说产生的背景［J］.艺术广角，2006（1）.

［59］何丽野.中国古代象思维的和谐观［J］.浙江工商大学学报，2006（1）.

［60］刘德燕.论宗炳"澄怀味象"之"象"［J］.廊坊教育学院学报，2006（6）.

［61］何丽野.象·是·存在·势——中西形而上学不同方法之比较［J］.天津社会科学，2006（5）.

［62］赵伯飞、刘飚.试析《易》象的美学涵义［J］.西安电子科技大学学报，（社会科学版）2006（1）.

［63］乐祯益、孙震芳.原象——中国审美意象的历史生成［J］.湖北广博电视大学学报，2006（5）.

［64］周秋红、汪小娟.中国古代取象思维及其美学表现［J］.许昌学院学报，2006（6）.

［65］贡华南.抽象与立象.普遍性追寻的两种道路［J］.现代哲学，2007（3）.

［66］车永强.试论佛教文化对意境理论的影响［J］.学术研究，2007（5）.

［67］林莺.从意象看中国汉字文化内涵和英美意象派的诗歌［J］.淮南师范学院学报，2007（1）.

［68］李恩江.说"象"、"像".语文知识［J］，2007（1）.

［69］何烨.超越以游世.江西社会科学［J］，2007（6）.

［70］姜开成.论意象可以成为文艺学的核心范畴［J］.浙江学刊，2007（4）.

［71］刘明武.文字之外的道理［J］.中州学刊，2007（4）.

［72］庚淮成.胡煦对《周易》"象"的论述及看法［J］.信阳师范学院学报，2007（3）.

［73］赵奎英."道不可言"与"景生象外"——庄子语言哲学及其对意境论的影响［J］.山东师范大学学报，2007（3）.

［74］孙春.文学意象的生成与命名［J］.学术论坛，2007（5）.

［75］杨星映《文心雕龙》的"象"范畴［J］.重庆师范大学学报，2009（6）.

［76］马秀鹏.中西文学意象的理论阐释［J］.南京农业大学学报，2010（3）.

后　记

十多年前，在读研后不久我便大量阅读文艺学材料，经与导师商量最终确定将"虚实"范畴作为毕业论文选题。在数载研究和撰稿过程中，发现由母范畴"虚实"引申出的虚象、实象等范畴以及它们营造出的文学意境仍然是个"谜"，值得深入探究。后来我与导师均发现"象"和"气""味"等兄弟范畴均为中国古代文论中最具代表性的元范畴，它们在千年文论发展历程中衍生、催生出系列子范畴，并相互交织和融合，共同建构起中国文论的主干网络。这也许能成为研究中国文论潜在体系的一个重要突破口。

从读完硕、博到参加工作数载，因长期浸泡在关联性很强的资料中，对范畴研究的思路和方法都较为熟悉，2012—2014年我便放下手头其他工作，全力以赴研究起中国文论中"象"这个核心元范畴，以观管窥豹，展现中国文论范畴的演进历程与民族特色。因此，本书稿是十年来持续研究关联性范畴（由"虚实"到"象"）的心血结晶，也是在兴趣激发下满足自己学术探究欲望的必然产物。此前我曾就"虚实"范畴发表了约八篇文章，之后数年来围绕"象"范畴研究的相关成果，亦被《理论与现代化》《理论月刊》《武陵学刊》《宁夏大学学报》等刊物采用，提前与读者见面。

这部书稿我断断续续地写作了多年，倍感难度很大，除博士毕业、工作教学有所耽搁外，也与课题本身特点有关。"象"是中国古代一个发展演进了几千年的核心元范畴，具有极其的涵盖力和统摄性，围绕"象"衍生出系列子范畴，如物象、卦象、意象、兴象、气象、形象、境象等，它们彼此交织、渗透和融合，形成梯级范畴和庞大群落，要厘清"象"范畴的演变史及其"家族"形成，资料整理颇费功夫。四年来，只有从众多材料中披沙拣金、集腋成裘，才能稍微有所发现。加之"象"范畴在不断衍化的过程中，作为艺术符号变得日益抽象，它在走向成熟中跨越宇宙、创作、文本和接受诸多层面，十分复杂。这无疑对研究者提出了较高的要求，只有细致的前期工作和一定的专业储备才能保证研究的最终完成。数年来，我经常有一种"自己挖坑自己跳"的感觉，在工作与家庭的多重压力下，经过调试心态、寻找路径，方才坚持下来。值得欣慰的是，书稿最终在 2014 年秋季顺利获得江苏省首批社科基金后期资助类立项，这无疑是对自己多年来学术耕耘的一种肯定和回报。本书稿是此项目结题的成果。

衷心感谢业师杨星映教授、古风教授、李春青教授多年来对我的指导与帮助！感谢他们在我处于人生不同阶段时给予的鼓励和提携，更要感谢杨老师在修改打磨书稿中提出的宝贵建议。感谢北京人文在线范继义先生及中国致公出版社非常敬业的编辑尤敏、梁玉刚为本书编辑付出的辛勤劳动！

因资料和学识所限，加之课题难度较大，工作中诸事耽搁，书稿在许多方面定存有不足之处，期盼同行们批评指正，以待来日修订时进一步完善。

邓心强

2018 年 10 月于徐州